Inhalt

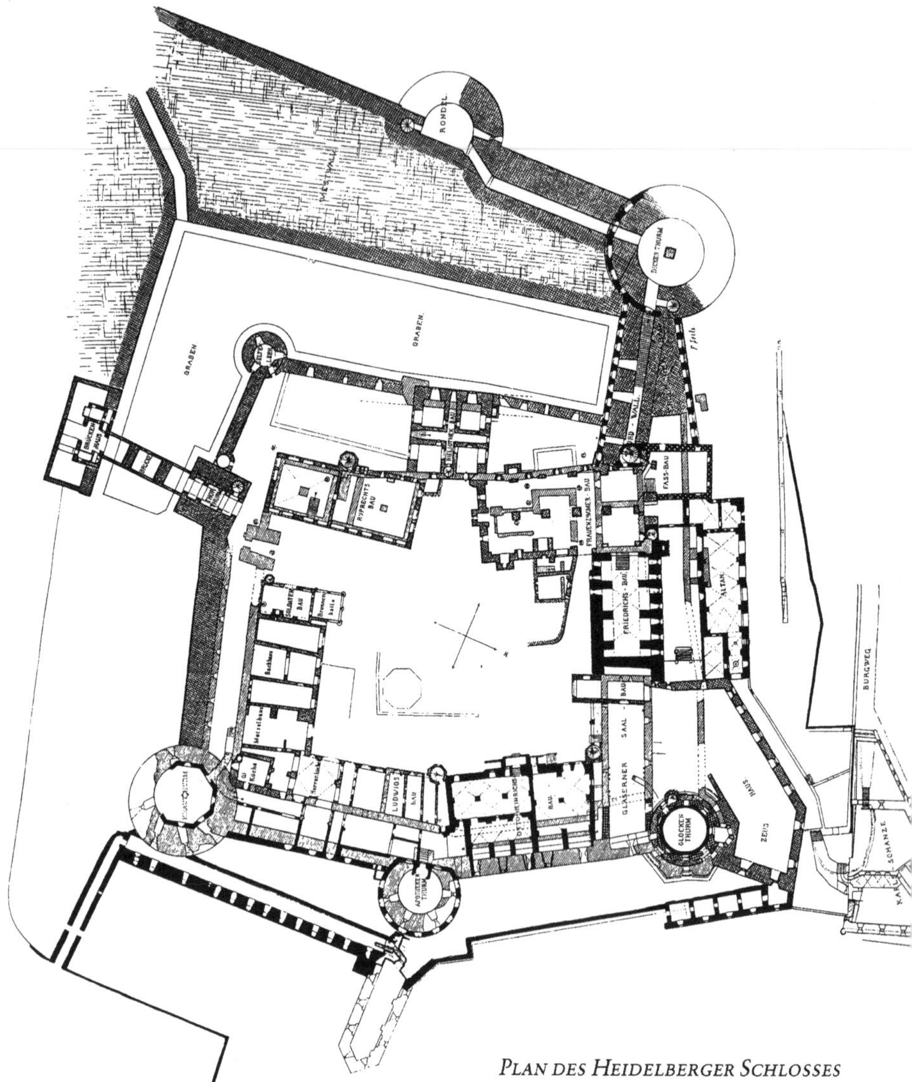

PLAN DES HEIDELBERGER SCHLOSSES

nach Koch und Seitz

- Bauten vor Ludwig V. 15. Jahrh.
- „ Ludwigs V. 1508—1544.
- „ Friedrichs II. 1544—1556.
- „ Otto Heinrichs 1556—1559. Joh. Casimir 1583—1592.
- „ Friedrichs IV. 1592—1610. Friedrichs V. 1610—1619.
- „ nach dem 30 jähr. Kriege.

Perkeo als Wächter des Großen Fasses

Da steht er und wacht er beim Großen Faß: Perkeo. Wenn er nicht gerade seinen Rausch ausschläft oder sich einen antrinkt. Oder mit festen Schritten den Steinboden abklopft. Als ob er dem Bodenlosen auf der Spur wäre mit seinen kleinen harten Schuhen, dem Unergründlichen, der Überallhohlheit. Zack, zack, dröhnt es in den Gewölben wider, wie er daherstolziert. Mit hartem Tritt, in der Art der Kleinen, deren zu kurz geratene Beine sich kein bißchen Lässigkeit leisten. Zack, zack.

Ein Zwerg zwar, doch ein Großer am Hofe. Prächtig aufgeputzt mit Schärpe, Schlüssel und Großkreuz eines kurfürstlichen Kammerherrn und Ritters, mit Perücke, feuerrot, und mit seinem Drei-Liter-Humpen in der Hand, dem Zeichen seiner Überlegenheit. Der Wächter des Großen Fasses. In Habachtstellung. Wobei es weniger darum geht aufzupassen, daß sich kein Unbefugter bedient – es ist Wein genug da, und der Kurfürst ist so großzügig, wie man es nur sein kann. Wie er selbst seinen Adamsapfel feucht hält, mit gewaltigem Schlucken Tag und Nacht, so gönnt er es auch seinem ganzen Hofstaat. Wichtiger ist, daß immer wieder Wein ins Faß hineinkommt – und nichts anderes als Wein. Kein Wasser und kein Unrat. Was man da alles hört aus dem Serail des Sultans in Stambul: Daß die riesigen kupfernen Weinkaraffen feste Deckel tragen, die mit schweren Vorhängeschlössern gesichert sind, während der Hahn unterm Bauch der Kanne einfach auf- und zugedreht wird. Weil man nicht den durstigen Dieb fürchtet, sondern den Mörder, der den Wein mit Gift versetzt, Eine schreckliche Vorstellung. Zum Glück weit, weit weg im fernen Orient, denkt Perkeo. Am Hof zu Heidelberg schleichen keine Giftmischer herum, spricht er sich beruhigend zu. Und weiß doch, daß er da nicht mehr so sicher sein kann. Nein, nein, überredet er sich, du brauchst nichts zu befürchten.

Der Kellermeister vor seinem Faß. Der kleinste Mann am Hofe vor dem größten jemals gebauten Holzfaß, in dem Wein gelagert wurde. Was für ein Größenverhältnis! Und doch ist es nicht seine Körpergröße von gerade einem Meter zehn, die Perkeo so nachdenklich macht. Draußen wird es überdeutlich; Anfang Mai, Frühlingszeit. Doch der Zwerg im düstern Faßbau fühlt eher den Herbst. In diesem Jahr 1728 ist das Große Faß erstmals wieder voll, nachdem es jahrelang trockengestanden hatte. »Nicht mehr dicht, zu alt, unbrauchbar geworden«, flüstert Perkeo vor sich hin. Und schüttelt energisch den Kopf. Nein, nein, nein. Äußerlich zwar noch in Ordnung, aber als Weinbehältnis nicht mehr brauchbar – so hatte das Faß dagestanden, bis Kurfürst Carl Philipp den Befehl zur Generalüberholung gegeben hatte. Das war im Vorjahr. Und nun hatten sie es mit pfälzischem Landwein gefüllt und am 1. Mai, mit der Namenstagsfeier des Kurfürsten, neu eingeweiht. In einem herrlichen Besäufnis auf dem Rücken des Großen Fasses, das geduldig dalag wie ein Elefant, der sich beladen läßt.

Es ist nicht der Kater nach dem Saufen, der Perkeo sein verschmitztes Lächeln gestohlen hat. Nein, damit hat er keine Last. Sein Organismus wehrt sich nicht gegen den Wein, er braucht ihn. Und er bekommt ihn, regelmäßig und unmäßig. Perkeo ist dabei zu verstehen, was sein neues Amt als Wächter des Großen Fasses bedeutet. »Die letzte Ehre, die mir mein Kurfürst erwiesen hat«, murmelt er. Der neue große Schlüssel, den Carl Philipp mir überreicht hat, war sein Abschiedsgeschenk, überlegt er. Wir haben getrunken und gelacht und uns vor Lust auf die Schenkel geschlagen, Weil alles noch einmal so war, wie früher, Und dann ist er abgereist, hinüber in sein Sommerschloß Schwetzingen, das immer größer, immer prächtiger wird. Und ich hier vor dem Großen Faß, abgestellt, eingelagert – und wie übriggeblieben von einer wunderschönen jahrelangen Feier, »Wie bin ich nur hierhin geraten?«

Armer Perkeo, das ist nicht die Frage. Besser, du würdest dich fragen; »Wie lange noch werde ich hier meine Ruhe haben? Wie schnell werden sie kommen, meine Feinde, und unbarmherzig Rache nehmen?«

Denn zur selben Stunde versammelte sich im Apothekerturm eine kleine Gruppe von Hofleuten, um über den Zwerg Perkeo einen Urteilsspruch zu fällen. Eine sonderbar gemischte Gesellschaft war es, die sich da in den untersten Gewölben des Apothekerturms zusammensetzte. Der Oberfalkenmeister des Kurfürsten, Graf Thurn und Taxis, seine schöne Schwester Violanta Theresia, der Jesuitenpater Nikolaus Staudacher, der Hofdichter Giorgio Maria Rapparini und der Apotheker, einfach »Dottore« genannt. Er war von allen wohl die unheimlichste Figur. Ein Gesicht wie ein geschnitzter Teufel. Gerade so, als ernährte er sich von den nach geheimen Rezepten gemixten Tinkturen, Pillen und Salben, die er in seiner Offizin bereithielt. In dieser von Flaschen, Phiolen und merkwürdig verbogenen Glasröhren vollgestellten Höhle hauste der Mann Tag und Nacht wie ein böser Geist. Aber als einer, von dem man sich Hilfe erhoffte, wenn es einem schlecht ging.

»Wir dürfen nur flüstern«, sagte der Apotheker, »denn die Wände des Schlosses haben Ohren, sogar noch hier, tief unten im Turm.«

»Wir sollten vielleicht schreiben, was wir meinen«, schlug der Hofdichter vor. Worüber man aber nur den Kopf schütteln konnte.

»Wir können uns mit der Zeichensprache begnügen statt zu reden – und es kurz machen«, meinte der Oberfalkenmeister und machte dabei eine energische Handbewegung vor seinem Hals, als wollte er sich selbst den Kopf abschneiden.

»Ach, wir sollten doch lieber beim Flüstern bleiben«, hauchte die Gräfin erschrocken. Und der Pater nickte eifrig zustimmend. Konnte es ihm doch gar nicht leise genug zugehen. Möglichst so leise, daß Gott es überhört. Oder daß man beim Jüngsten Gericht sich damit verteidigen könnte, man habe nicht nur nichts gesagt, sondern auch nichts gehört. Und gesehen sowieso nichts, weil es düster war in der Giftküche des Apothekers.

Der Gastgeber eröffnete die Sitzung. Weil er selbst als einziger mit dem Hofnarren keine Rechnung zu begleichen habe, übernehme er den Vorsitz, erklärte er. »Quasi als Neutraler.« Und da sich kein Widerspruch regte, fuhr er fort: »Zunächst – wer hat etwas zur Verteidigung des Hofnarren vorzubringen?« Die Frage überraschte die Versammelten. Sie sahen sich empört und mit haßerfüllten Blicken um. Aber da war niemand zu sehen, der als Verteidiger auftreten wollte. »Ich stelle fest«, sagte der Apotheker, »das Urteil ist einstimmig gefällt. Somit bleibt nur noch die Frage des Wie.«

»Verdammt noch mal, das übernehme natürlich ich«, der Oberfalkenmeister schlug mit der Faust auf den Tisch, daß rundum die Gläser klirrten. Doch als seine Mitverschworenen die Finger auf die Lippen legten und ihn mit »Pst, Pst!« zur Ruhe mahnten, setzte er leise hinzu: »Seine Aufgabe, Dottore, ist es dann nur noch, die Leiche verschwinden zu lassen. Er hat ja Mittelchen genug in Seinen Schränken.«

»Nun ja«, gab der Apotheker sich skeptisch, »wenn der Tote auch sehr klein ist, gleich ganz verschwinden lassen, das können ihn meine Essenzen wohl doch nicht. Einen Aufbewahrungsort müßt Ihr schon für ihn finden, Graf. Doch daß er dort sehr schnell verwest und kein Knöchelchen mehr übrigbleibt, dafür kann ich sorgen.«

»Und wenn man nichts mehr von ihm findet, dann ist er vergessen für alle Zeiten«, begeisterte sich der Poet. Womit die Sitzung im Apothekerturm beendet wurde, weil man alles Notwendige verabredet zu haben glaubte. – Glaubte!

Derweil denkt der Wächter des Großen Fasses nicht an die Gefahr, die ihm droht und der er ausgeliefert ist, jetzt, da die schützende Hand des Kurfürsten nicht mehr über ihm wacht. Perkeo denkt nicht an morgen und nicht an übermorgen. Er blickt zurück und läßt seine Gedanken noch einmal sein unordentliches Leben durcheilen.

Einzug des Pfalzgrafen Carl Philipp in Innsbruck

Es war vor einundzwanzig Jahren, genau: am 11. September des Jahres 1707, als Clemens Perkeo den Pfalzgrafen Carl Philipp zum ersten Mal gesehen hatte. In Innsbruck, und zwar von einem Baum aus, der vor dem Helblinghaus stand, fast genau gegenüber dem Goldenen Dachl. Damals hieß er noch einfach Clemens. Jeder nannte ihn nur Clemens, wie der alte Pfarrer in Salurn ihn getauft und seine Eltern ihn genannt hatten. Damals war er noch kein Zwerg. Er war gerade so groß wie viele andere Jungen seines Alters, also die etwa Zehnjährigen.

Clemens war in den Baum geklettert, weil die Straßen vollgestopft waren mit Menschen. Ganz Innsbruck schien auf den Straßen zu sein. Heute endlich würde er in seine Residenz einziehen, der neue Statthalter des Kaisers in Wien. Vor anderthalb Jahren war er das erste Mal in Innsbruck eingetroffen. Damals aber noch ohne viel Pomp, nur mit kleinem Gefolge. Gerade ein paar Dutzend Hofleute und Bediente. Und ganze zwei Wochen nur hatte der neue Statthalter Zeit, sich um seine Amtsgeschäfte – und die Renovierung der Hofburg – zu kümmern, dann war er schon wieder weg gewesen. Und die Hofburg hatte erneut verwaist dagestanden, nur daß die Handwerker ein wenig Leben hineingebracht hatten. Da hatten die Innsbrucker so richtig gespürt, was ihnen fehlte. Jetzt waren sie schon seit Wochen in größter Aufregung. Weil überall heftig gearbeitet wurde. Es gab viel frische Fassadenfarben in der Stadt, und es gab viel Grün, kunstvoll vor den häßlichsten Ecken der Stadt aufgepflanzt. Die Schneider hatten Hochkonjunktur wie die Fahnenmacher und die Barbiere.

Drei großartige Triumph- und Ehrenpforten hatte man eigens zu diesem Anlaß, dem feierlichen Einzug des neuen Statthalters, aufgebaut, alle mit vielen sinnreichen Emblemen und Figuren geschmückt. Das erste Tor, das der Statthalter passieren würde, stand am Rande der Vorstadt. Es war vom Landmilitär errichtet worden. Hier würde der Oberbefehlshaber dieser Truppe seinen neuen Herrn, den Gubernator, wie er genannt wurde, begrüßen. Genauso würde sich der Bürgermeister der Stadt Innsbruck an dem von der Stadt erbauten zweiten Ehrentor die Ehre geben. Es stand an der Grenze zur inneren Stadt. Und schließlich würde der Franziskanerobere die Gelegenheit ergreifen, sich dem neuen Statthalter bekannt zu machen, und zwar am dritten Tor, das vor der Hofkirche stand und von den Franziskanerbrüdern errichtet worden war.

Den Innsbruckern wären auch noch mehr Triumphtore recht gewesen. Sie gaben ein schönes Bild ab. Und was für ein Gerangel diesem Stadtschmuck vorausgegangen war. Diese Auseinandersetzungen um die Reihenfolge der Ehrungen, die ja eigentlich der Ehre der Redner dienten und niemand anderem. Es war nicht einfach gewesen, die Vertreter von Militär, Stadt und Kirche ihrem Range gemäß auftreten zu lassen. Jeder behauptete, der Wichtigste zu sein, also mußte er der erste Redner sein. Bis man schließlich auf die Lösung mit den drei Toren an drei verschiedenen Stellen kam. So hatte der erste Redner sich damit abfinden müssen, am Anfang der Vorstadt aufzutreten, während der letzte Redner zum Ausgleich im Herzen der Stadt, an der Hofkirche, sprechen durfte. Und der Bürgermeister in der Mitte dazwischen: So waren sie alle drei gleich gut weggekommen.

Von diesen Balanceakten der Großkopfeten hatte Clemens natürlich keine Ahnung, als er einem Freund zurief: »Komm rauf, hier in der Astgabel ist noch Platz!«

»Meinst du, heute kommt er tatsächlich?«

»Na klar, länger als zwei Tage halten sie so einen nicht im Kloster.«

»Was heißt denn so einen?«

»Der Pfälzer, na, das ist doch ein Erzfresser und -säufer vor dem Herrn. Da kann selbst ein Abt das Fürchten lernen.«

Die Tiroler waren offenbar recht gut informiert über ihren neuen Landesherrn. Was die Jungen sich schon auf der Straße zuriefen, das hörte sich nicht viel anders an als das, was in den vornehmen Kreisen gemunkelt wurde. Daß der neue Gubernator erst noch zwei Tage in der Abtei Wilthau am Berg Isel blieb, das war ihnen nur Ziererei, mit der er die Bedeutung seines Einzugs heben wollte. Und daß er sein Deputat von 60 000 Gulden jährlich schon seit Mitte April des Jahres

1705 vom Kaiser bezog, ohne etwas dafür zu tun, das nannten sie schlicht Beutelschneiderei. Es paßte zu der Gerissenheit, mit der der Pfälzer sich schon zweimal schwerreich verheiratet hatte. Man wußte Bescheid über den neuen kaiserlichen Statthalter, aber man hatte deswegen doch nichts gegen ihn. Im Gegenteil. Man hatte sich gerade ihn vom Kaiser erbeten. Die Landstände hatten ihn vorgeschlagen. Denn seit Tirol kein eigenes Herrscherhaus mehr hatte, stand es dauernd in der Gefahr, von den Bayern oder Franzosen überrannt und annektiert zu werden.

Der vierte Sohn des Herzogs Philipp Wilhelm von Pfalz-Neuburg schien ihnen der richtige Mann, sich gegen diesen Albtraum zu wehren. Der Pfalzgraf, bereits 46 Jahre alt, hatte ein bewegtes Leben hinter sich. Und ein äußerst erfolgreiches. Von seinem Vater der Versorgung wegen zum Geistlichen bestimmt, wurde Carl Philipp Domherr in Salzburg, Köln und Mainz sowie Ritter des Malteserordens. Doch dann hatte er das mit der Versorgung nicht mehr so wichtig genommen und sich zugetraut, seine Alterssicherung selbst in die Hand nehmen zu können. So verzichtete er auf seine kirchlichen Pfründe und bot sich dem Kaiser als Soldat an, und der machte seinen Verwandten schon bald darauf zum Inhaber eines Kürassierregiments. Der junge Pfalzgraf war auf dem Schlachtfeld ebenso heftig in der Attacke wie an der wohlgefüllten Tafel. In den Feldzügen gegen die Türken tat er sich so hervor, daß der Kaiser ihn schnell Karriere machen ließ.

Mit 34 Jahren hatte Carl Philipp schon die höchste Sprosse auf der Stufenleiter des Offiziers erreicht: Er wurde zum kaiserlichen Feldmarschall ernannt, womit er sich vom aktiven Militärdienst zurückzog. Nun lebte er schon seit Jahren auf seinen angeheirateten Gütern in Schlesien, ruhig und genußvoll, aber immer noch für große Taten gut – und notfalls auch kriegsverwendungsfähig. Genau der richtige Mann also für Innsbruck, die Kapitale Tirols und Vorderösterreichs.

Die Geduld der nach Tausenden zählenden Menge, die Stunde um Stunde auf den Einzug des Gubernators gewartet hatte, wurde endlich belohnt. Es bot sich ihnen ein Bild der Herrlichkeit ihres Landes, wie sie es sich großartiger nicht hätten ausdenken können. Da war nicht an Kosten gespart worden. Alles, was an hohen und niederen Standespersonen auftrat, zeigte sich in kostbaren Kleidern. Ebenso natürlich der gesamte hohe Adel und die Ritterschaft. Die Bürger- und Bauernschaft hatte sich zu vier starken Kompanien formiert, eine Kompanie zu Pferd und drei zu Fuß, alle in gleicher Montur und

Ausrüstung. Der Hofstaat des neuen Statthalters war ein schier endloser Zug von Wagen, Sänften und Berittenen. Sein Obristhofmarschall, der Graf von Globen, und sein Obristhofmeister, der Graf von Geist, fuhren jeder in einem sechsspännigen Wagen.

Der Pfalzgraf selbst saß in einer von sechs ausgesucht schönen neapolitanischen Pferden gezogenen Kutsche, die in Gold und Silber glänzte und von Lakaien und Schützen zu Fuß begleitet wurde. Zur Rechten des Prunkwagens ritt der Obriststallmeister Baron von Vöhlin, zur Linken der Armbrustschützen-Hauptmann Graf von Arzt. Die Gattin des Statthalters, die Pfalzgräfin Theresia Katharina, sowie die Prinzessin Elisabeth Auguste, die gerade vierzehnjährige Tochter aus erster Ehe des Pfalzgrafen, fuhren zusammen in einem ebenfalls sechsspännigen Gefährt, von Lakaien und Schützen zu Fuß begleitet sowie von dem Obristhofmeister der Gräfin, Graf Linati, hoch zu Roß. Gruppen von Edelknaben und Leibgardisten folgten den Wagen. Und die Innsbrucker bekamen Maulsperre vom vielen Ah und Oh, als sie all die prächtigen Karossen, Uniformen und Livreen sahen.

Der Zug bewegte sich durch die ganze Stadt bis in den großen Hof, den sogenannten Rennplatz. In der Hofkirche ließ man dann das Tedeum erschallen, dem draußen ein unbeschreibliches Getöse folgte: Die vier angetretenen Kompanien, vereint mit etlichen hundert Geschützen, die auf Feldern und Plätzen postiert waren, sandten eine dreifache Salve zum Himmel empor. Als Dank für den ihnen geschenkten neuen Landesherrn. Daß er nicht geschenkt war, sondern gerade nur geliehen, das sollten sie erst später erfahren.

Clemens, auf dem Baum gegenüber vom Goldenen Dachl, hatte schon recht mit seinem Ruf: »Kannst du vielleicht Goldstücke scheißen, Pfalzgraf, daß du dich so aufspielst?« Was aber im überschwenglichen Jubelgeschrei des Volkes untergegangen war. Zu seinem Glück, es wäre dem vorlauten Knirps sonst sicher schlecht ergangen.

Clemens aus Salurn lernt das Knopfmacherhandwerk

Eigentlich nicht erstaunlich, daß so einer nicht zu halten ist. Daß er unternehmungslustig und umtriebig ist, aufgeschlossen für alles Fremde. Clemens war – man kann es nicht anders sagen – auf der Grenze geboren und aufgewachsen. Und vielleicht gerade dadurch von dieser grenzenlosen Lebensgier.

Das kleine Salurn, auf halbem Wege zwischen Bozen und Trient im südlichsten Südtirol, bot nichts Besonderes, nichts außer der Salurner Klause, einem Engpaß, durch den sich das Flüßchen Etsch windet. Aber nicht nur für die Bergwasser war dieser Engpaß ein Hindernis, viel mehr noch für die Sprache. Und das war nun wirklich etwas Besonderes an der Ortschaft Salurn: Genau dort, in der Salurner Klause, stieg die Sprache praktisch um von deutscher Zunge auf italienische Zunge. Flußaufwärts, Richtung Brennerpaß, wurde deutsch gesprochen, flußabwärts, zur Adria hin, sprach man italienisch. Solche Grenzsituationen bringen nicht nur Schmuggler hervor.

Clemens hatte sich flußaufwärts bewegt wie der Lachs, von Stromschnelle zu Stromschnelle hinaufspringend. Ihn hatte nichts halten können zu Hause, in der Enge Salurns. Man lebt nicht einfach auf der Grenze, sie drängt einen ständig zur Entscheidung: dahin oder dorthin? Auch die auf einer Felsnadel thronende alte Haderburg, hoch über Salurn, war für Clemens nicht mehr als der Zeiger einer Sonnenuhr gewesen: Aufforderung und tägliche Mahnung, die Zeit zu nutzen.

Eines Tages hatte er seine Vaterstadt verlassen. Auf Nimmerwiedersehen. Kein Problem wegzukommen. Entlang der Etsch zogen seit Jahrhunderten die Händler hinauf und hinunter zwischen Deutschland und Italien. Auf diesem uralten Handelsweg wird soviel mitgeschleppt, am Wege Aufgelesenes, wie unterwegs verlorengeht. Das war für Clemens die Chance, in die große Stadt zu gelangen, in die Hauptstadt Tirols, von der immer die Rede war unter den Handelsreisenden: Innsbruck, auf der anderen Seite des Brennerpasses. In der ganz anderen Welt also.

Und daß so einer in der Stadt nicht untergeht, sondern sich durchzusetzen weiß, wen wundert das? Der schon so früh selbständige Junge fand in Innsbruck einen Meister, bei dem er ein ehrliches Handwerk lernen durfte. Das des Knopfmachers. Da tat sich für Clemens nicht nur mit der großen Stadt eine ganze neue Welt auf, sondern auch mit seiner Arbeit: So verschieden die Menschen, verstand er plötzlich, so unterschiedlich auch die Knöpfe. Keiner gleicht exakt dem anderen, und doch sind sie sich alle ähnlich. Zumindest in dem, wozu sie da sind, überlegte Clemens, sind sie alle gleich. Die Knöpfe sind zum Auf- und Zumachen da, wie die Menschen zum – na, wozu eigentlich? So kam er darauf, daß die Menschen wohl zu gar nichts außer zum Leben da sein müßten. Knopfmacherphilosophie! Und er nahm sich vor zu leben. Und wie! Aber zunächst waren die Knöpfe sein Leben, und die Schnüre, die Quasten, Portepees und Gürtel, die er anzufertigen hatte.

Der Junge lernte, Horn und Perlmutter, Knochen und Schildpatt zu unterscheiden, Elfenbein, Holz und Kokosnußschalen zu bearbeiten. Er kriegte Schwielen an die Hände vom Hantieren mit Stanzeisen und Pressen, Sägen und Scheren. Er mußte sich daran gewöhnen, sich die Finger zu verbrennen beim Gießen der Zinnknöpfe wie beim Messinggießen. Keine schlechte Vorbereitung für sein Leben. Und er bekam auch ein Gefühl für feine Stoffe, für Leinwand, Samt und Tuch, mit denen die vornehmen Knöpfe überzogen wurden. Es gab eine Zeit, da sah er die ganze Welt aus der Knopfperspektive. Aber darüber war er schnell hinaus. Das Leben durchs Knopfloch betrachtet, überlegte er, da bleibt zuviel außen vor. Bald schon gab ihm sein geschulter Blick für Knöpfe auch einen Blick für die Kleidung insgesamt. Und nach einigen Enttäuschungen, unvermeidlichen und sehr brauchbaren, weil er hinter vornehmer Kleidung einen vornehmen Menschen vermutet hatte, war er schließlich soweit, daß sein Blick für Knöpfe und Kleidung durch alle Aufmachung hindurchging. Er erkannte den Menschen selbst dahinter. Da verstand er endlich, warum sein Meister immer vom ehrlichen Handwerk sprach, obwohl er den Kunden doch stets mehr berechnete als gemacht worden war: Es macht mein Gegenüber – ungewollt – ehrlich!

So wurden die Knöpfe, Schnüre, Quasten und dergleichen für Clemens allmählich zu bloßen Drapierungen. Und zu raffinierten Tarnungen. Da verlor er das Vertrauen zu den Knöpfen. Sie erschienen ihm als Sinnbilder der Falschheit. Gerade die Goldglänzenden und die Silbernen. Und erst recht die Knöpfe, die überhaupt nichts zu halten hatten, nichts zu öffnen, nichts zu schließen: die blinden Knöpfe. Als Clemens den richtigen Blick, den entlarvenden Blick für die blinden Knöpfe bekommen hatte, da konnte er nichts mehr anfangen mit den Knöpfen. Aber da hatte er auch seine Gesellenstücke gerade fertig. Er hatte ausgelernt.

Carl Philipp bringt neuen Glanz in die Hofburg

Die Tiroler konnten mit dem neuen kaiserlichen Statthalter zufrieden sein. Er brachte wieder höfisches Leben in die Hauptstadt. Als erstes ging er tatkräftig daran, die alte Hofburg, in der er Wohnung genommen hatte, seinem aufwendigen Lebensstil und Stilempfinden anzupassen. Der verwinkelte Baukomplex mit seinem Sammelsurium von Gebäuden aus verschiedenen Epochen war nicht ganz das, was Carl Philipp sich unter einem prächtigen Fürstensitz vorstellte. Aber es ließ sich ja was daraus machen. Da mußte beispielsweise ein besonderes Kabinett angebaut werden, und zwar zur Aufbewahrung des kostbaren Porzellangeschirrs des Statthalters, das er noch gar nicht hatte, das er gerade erst zu sammeln beschloß. Der Mann ging mit der Zeit. Gerade erst hatte – im Jahre 1709 – der junge Alchimist Johann Friedrich Böttger am sächsischen Hof Furore gemacht, weil er bei der eifrigen Suche nach einem Verfahren zur Goldgewinnung zufällig auf das Verfahren zur Herstellung von weißem Porzellan gestoßen war. Da war dem Statthalter in Innsbruck schon klar, was in den nächsten Jahrzehnten à la mode sein würde: Tischgeschirr aus weißem Porzellan. Das würde dem aus Ostasien importierten bunten chinesischen Porzellan den Rang ablaufen. Und erst recht den Fayencen. Und er, Carl Philipp, würde es kaufen, wie teuer auch immer es ihn kommen würde. »Aus Fayencen kann jeder fressen«, entschied er. »Ich will aus weißem Porzellan prassen.« So drängte er darauf, daß schleunigst ein Porzellankabinett gebaut würde. Das war im Jahre 1710, im selben Jahr, in dem in Sachsen die Porzellanmanufaktur Meißen gegründet wurde. Ja, man wußte, was vorging in der Welt, hier am Innsbrucker Hof. Mochte der hohe Kranz der Berge die Stadt auch nach allen Seiten abschirmen, daß sie wie versteckt schien hinter den Stubaier Alpen.

Es blieb nicht bei dem einen Anbau. Allmählich entstand ein ganzer Neubau neben der alten Hofburg. Doch brauchte das Zeit. Und gerade die hatte Carl Philipp nicht. Er benötigte den prächtigen Rahmen sofort. So ließ er zunächst einmal den Riesensaal der alten Hofburg, den sogenannten Herkulessaal, wieder instandsetzen. Seinen Namen hatte dieser Hauptsaal der Burg von den Wandmalereien, die die Taten des Herkules vorführten. Der Saal war in den Jahren 1670 und 1689 durch Erdbeben stark beschädigt worden. Auch die Fresken hatten gelitten. Carl Philipp ließ gleich drei Maler mit ihrer Restaurierung beauftragen – und gab ihnen dafür eine äußerst enge Zeitvorgabe. Als sie anfangen wollten, den Zeitaufwand zu kalkulieren, sagte der Statthalter nur: »In sechs Wochen muß alles fertig sein. Dann will ich im Herkulessaal feiern.« Und so geschah es dann auch.

Der Statthalter war ein Mann mit gesundem Gespür für Wirkung. Und warum sollte er nicht großartig wirken, wo es doch Genuß brachte und im übrigen sogar praktisch gerechtfertigt war? Schließlich stand er an Kaisers Statt da. Und aller Glanz wäre ja nur eine Huldigung für den Kaiser. Auch so kann man sein Geltungsbedürfnis legitimieren. Kam doch tatsächlich immer wieder hoher und höchster Besuch nach Innsbruck, der es notwendig machte, die kaiserliche Macht und Herrlichkeit in strahlendstem Licht leuchten zu lassen. Kaum hatte der neue Statthalter sein Amt angetreten, da fand sich schon die spanische Königin Elisabetta als Besucherin ein. Ihr zu Ehren gab es in der Hofburg eine Theateraufführung mit Musik. Der Textdichter, den Carl Philipp sich dafür an seinen Hof geholt hatte, war der Italiener Johannes Dominikus Pallavicini. Die festliche Aufführung fand im Burghof statt.

Es hatte sich herumgesprochen, daß der Hof zu Innsbruck zu feiern wußte. So sagte sich für das Frühjahr des Jahres 1709 König Frederik IV. von Dänemark an. Er würde auf der Rückreise aus Italien in Innsbruck Station machen. Da war es selbstverständlich, daß Carl Philipp befahl: »Der König wird mit allerhand Lustbarkeiten unterhalten!« Dazu gehörten natürlich auch Theateraufführungen. Leider war das Komödienhaus, das zur Hofburg gehörte, in einem jämmerlichen Zustand. Doch der Statthalter ließ sich nicht durch widrige Umstände an der Durchführung dessen hindern, was er für richtig hielt. Das Theater war im Nu völlig erneuert. Die Rechnungen für 140 neuangefertigte Leuchter, für das Seil- und Strickwerk des Schnürbodens, für einen großen 16armigen Leuchter, für neue Kulissen und Dekorationen, den Bühnenvorhang sowie zwei Statuen und neue Fenster schreckten ihn nicht. Um solche Kleinigkeiten hatten sich seine Leute zu kümmern. Ihm war allein wichtig, daß alles vom Besten und Schönsten war.

Der kaiserliche Statthalter orientierte sich nicht nach dem, was sein Oberhofkämmerer ihm über die Finanzen sagte, er orientierte sich nur nach Versailles. Dort am Hofe des französischen Königs Ludwig XIV. wurde ihm vorgeführt, was zu einem modernen Herrscher und seinem Hofstaat gehört. Und wenn der Sonnenkönig Ludwig XIV. noch so viele Schüler fand unter den vielen deutschen Fürsten, daß er der Meisterschüler sein müßte, das war für Carl Philipp selbstverständlich. Und den Tirolern war es nur recht, daß sich aus Innsbruck ein kleines Versailles entwickelte. Hatten die

Abgeordneten des Tiroler Landtags den Kaiser doch gerade um diesen Statthalter gebeten, weil sie wußten, daß er es sich leisten könnte, einen viel größeren Aufwand zu treiben als das kaiserliche Deputat allein erlauben würde. Carl Philipp galt als schwerreich. Und er wußte diesem Ansehen zu entsprechen. Nicht einen einzigen Kapellmeister hielt er sich, sondern gleich zwei, Gottfried Finger und Jakob Greber. Das gab seiner Hofkapelle Auftrieb und Bedeutung, weil es für fruchtbaren Wettbewerb sorgte. Schließlich stand seine Hofmusik in Konkurrenz zu der kaiserlichen Hofkapelle, die er schon vorgefunden hatte.

Am 20. November des Jahres 1711 fand sich schon wieder höchst wichtiger Besuch in Innsbruck ein. Der Kaiser war gestorben, und als Nachfolger Josephs I. hatten die deutschen Kurfürsten einen Neffen des Statthalters gewählt. Der Einzug des designierten Kaisers Carl VI. in Innsbruck vollzog sich mit dem Pomp, den die Innsbrucker nun schon als selbstverständlich betrachteten. Carl VI. und seine hochnoblen Begleiter kamen zu einem zweiwöchigen Aufenthalt in die Stadt am Inn. Am dritten Tag ihres Besuchs waren sie Gäste der Gemahlin des Statthalters in ihrer Residenz, dem Neubau der Hofburg. Theresia Katharina, Carl Philipp und seine Tochter, die Prinzessin Elisabeth Auguste, gingen dem hohen Gast ein Stück Wegs entgegen und wurden sehr herzlich begrüßt. Carl VI. nahm den Arm der lieben Tante und führte sie in ihre Zimmer, wo er sich mehr als eine Stunde lang mit ihr und Carl Philipp unterhielt. Ein Familientreffen auf höchster Ebene. Die Tage vergingen an überladenen Tafeln und bei festlichen Bällen. An einem Abend machte Carl VI. bei einer Visite im Neubau der Hofburg sogar selbst die Musik, und seine Tante sang dazu. Der liebe Verwandte erlaubte es sich auch, unangemeldet als Gast aufzutreten, so wohl fühlte er sich in Innsbruck. Am 1. Dezember überraschte er Carl Philipp und seine Familie beim Souper, setzte sich zu ihnen und geriet im Laufe des Abends so in Laune, daß er mit der Prinzessin zu tanzen anfing und vor fünf Uhr am nächsten Morgen kein Ende finden konnte.

»Was ist nur los mit Seiner Majestät?« fragten sich seine Bediensteten. Und sie stellten kopfschüttelnd fest: »So aufgeräumt haben wir Seine Majestät ja noch nie erlebt.«

Für Carl VI. war es die Feier eines Kaisertums ohne all die Last, die es mit sich bringt. Gewählt, aber noch nicht gekrönt, gab er sich ganz als Mensch. Am Hofe Carl Philipps, dieses Genießers und Lebenskünstlers, konnte er das letzte Mal so richtig Mensch sein. Am frühen Morgen des 4. Dezember wohnte der designierte Kaiser einer Meßfeier bei. Dann, um 7 Uhr, fand er sich ein letztes Mal bei seinen Verwandten ein, im Neubau, wohin er auch seinen Wagen mit dem ganzen Gefolge befohlen hatte. Hier nahm er bei einer heißen Schokolade zärtlichen Abschied von Carl Philipp und seiner Familie und fuhr dann unter dem Donner der Kanonen, die ihm zu Ehren Salut schossen, nach Augsburg ab, um sich von dort nach Frankfurt zu begeben: zur Krönung.

Clemens in der Clique »Die böse Sieben«

Als Clemens, der Knopfmachergeselle, seinen Meister verließ, war der so froh über die Trennung wie seine Frau. Der Meister hatte zuletzt immer mehr Schwierigkeiten mit dem Jungen gehabt, dessen Widerborstigkeit in dem Maße wuchs, wie sein Körper einfach nicht mehr weiterwollte im Wachstum. Der Name Clemens, den Vater und Mutter Perkeo ihrem Jungen gegeben hatten, paßte nicht mehr zu ihm; war er doch inzwischen alles andere als mild und gütig in seinem Auftreten. Dazu kam, daß die Frau Meisterin in immer größere Ängste geraten war, weil der Knirps einen immer größeren Appetit entwickelt hatte, sowohl aufs Essen wie auf den Wein dazu. Wenn auch ihre mütterlichen Gefühle geweckt wurden von dem Kleinen – sie konnte einfach nicht dagegen an –, so machte ihr doch immer heftigere Sorgen, wie ihr Haushaltsgeld dahinschmolz.

»Clemens, Clemens, du wirst uns mit deiner Esserei noch an den Bettelstab bringen«, mahnte sie zur Mäßigung. Aber der Junge belehrte sie ungerührt: »Wer Wein trinkt, muß essen, wenn er nicht unter den Tisch rutschen will.« »Aber dann laß doch den Wein«, war ihr guter Rat.

»Ja, soll ich das Essen trocken runterwürgen?«

Bei dieser Logik konnte die gutherzige Frau Meisterin nicht mithalten. So beklagte sie sich alle paar Tage wieder bei ihrem Mann über den Unersättlichen und seine unehrerbietigen Reden. »Du Furz, du hättest alle Ursache, dich ein bißchen mehr zurückzuhalten«, wetterte der Meister von oben herab los. Und kriegte darauf zu hören: »Im Gegenteil, Meister, ein Furz muß laut sein oder kräftig stinken, sonst bemerkt ihn doch keiner.«

Kaum hatte Clemens das Haus des Knopfmachermeisters verlassen, da bekam er zu spüren, wie hart sich die Freiheit anfühlen kann, die er so herbeigesehnt hatte. Natürlich begeisterte ihn das ungebundene Leben in der großen Stadt. Nur, daß man alle paar Augenblicke was zu essen und zu trinken braucht, das war doch sehr lästig. Und einen Schlafplatz braucht man noch dazu. Eine fatale Abhängigkeit, fand Clemens. Er schlug sich mit Gelegenheitsarbeiten durch, half mal da und packte mal dort mit an. Er erwies sich als geschickt und vielseitig brauchbar. Nur wenn er anfing zu essen und zu trinken, rissen die Leute die Augen riesig weit auf vor Angst. So mußte er sich immer wieder einen neuen Auftraggeber suchen. Doch braucht der Mensch einen festen Halt, sagte Clemens sich. Und so suchte er sich Freunde. Und er fand sie auch. Aber was für Freunde. Herumtreiber wie er, das waren sie. Taugenichtse, wie die Leute sagten. Lebenskünstler, wie sie selbst meinten. Clemens begeisterte sich für ihre Art, nichts und niemanden ernst zu nehmen. Und er imponierte ihnen mit seiner Zunge, die nicht nur beim Essen und Trinken Großartiges leistete.

Die Clique nannte sich »Die böse Sieben«. Dabei waren sie nicht eigentlich bösartig, nur übermütig und stets zu Streichen aufgelegt. Die den Kleinen zuerst gehänselt hatten, die hatten sich schnell geschlagen geben müssen von seinem erstaunlich vielseitigen Mundwerk. Wobei das Spucken und Beißen noch das am wenigsten Gefürchtete war. Im allgemeinen vermied es Clemens, mit irgendwem ins Handgemenge zu kommen. Wenn er auch sehr effektvoll mit seinen extraharten Schuhen gegen Schienbeine zu treten wußte. Den Gegner durch eine flotte Bemerkung zum Lachen zu bringen, das war ihm ein viel genußvollerer Sieg. Oder auch, ihn vor den anderen der Lächerlichkeit preiszugeben und dann blitzschnell zu entwischen. Das eine jedenfalls hatte Clemens sehr schnell erreicht. In seiner Clique benutzte keiner mehr das Wort Zwerg. Und auch hämische Bemerkungen wie, die Mädchen nähmen ihn ins Handtäschchen, trieb er seinen Freunden und Saufkumpanen schnell aus. »Die böse Sieben« war für Clemens eine neue Heimat geworden. Er war nun endlich wer – und merkte nicht, wie es mit ihm bergab ging.

Der kaiserliche Statthalter wird einsam

Kaum hatte der designierte Kaiser Carl VI. seine lieben Verwandten und Innsbruck verlassen, da schlug in der Hofburg die Feierfreude in tiefste Besorgnis um. Carl Philipps Frau Theresia Katharina erkrankte wie ihre gerade zweijährige Tochter an den Blattern, die plötzlich epidemisch auftraten. Und zu allem Unglück steckte sich auch die Prinzessin Elisabeth Auguste noch an. Die Ärzte gaben sich die größte Mühe, aber sie hatten kein Heilmittel gegen diese Krankheit. Carl Philipp schlich durch die Räume, die fürsorglich abgedunkelt waren, und versuchte Trost zu spenden, den er selbst dringend gebraucht hätte.

»Es sieht schlimm aus«, hörte er nur von seinen Ärzten. Und selbst die renommiertesten Kapazitäten konnten ihm nichts anderes sagen als: »Es steht auf Leben und Tod.« Der Statthalter schloß sich in seine Gemächer ein und hielt Selbstgespräche. Ein Verhalten, das man an dem geselligen und lebenslustigen Mann noch nicht kennengelernt hatte. »Es steht nicht zum besten um unseren allergnädigsten Herrn«, tuschelte man am Hof. »Er wird uns doch wohl nicht schwermütig werden?« Eine alte Domestikenangst, denn unter einem schwermütigen Herrn hat man erfahrungsgemäß noch mehr zu leiden als unter einem gesunden.

Dabei ging es gar nicht um Carl Philipp, sondern um seine Frau und seine beiden Töchter. Die kämpften tage- und nächtelang mit ihrer Krankheit, und kaum noch jemand wagte sich zu ihnen außer dem Pfalzgrafen und den Ärzten. Dann, am 6. Januar des Jahres 1712, starb die Herrin der Hofburg. Nur 27 Jahre alt war sie geworden. Und auf die Trauer des Gatten wurde nur wenige Tage später noch die Trauer des Vaters um seine kleine Tochter gehäuft. Lediglich die 18jährige Prinzessin Elisabeth Auguste überstand schließlich die Krankheit. Sie blieb dem Statthalter als einziges von den sechs Kindern, die ihm zwei Ehen gebracht hatten.

Carl Philipp ging ruhelos in seinen Räumen auf und ab. Er wollte keinen Menschen sehen und hören und ließ sich selbst kaum noch sehen. »Ich bin nun fünfzig Jahre alt«, resümierte er. »Offenbar habe ich den Höhepunkt meines Lebens überschritten. Was könnte mir denn noch Positives widerfahren? Domherr und Ritter des Malteserordens war ich. Vorbei. Kaiserlicher Feldmarschall war ich. Ebenfalls vorbei. Wenn die Leute jetzt von den Türkenkriegen sprechen, dann ist nicht mehr von mir die Rede, sondern vom Prinzen Eugen. Sogar einer der drei Bewerber um den Thron des Königs von Polen war ich. Vorbei, aber nicht vergessen. Kurfürst August von Sachsen hat mir die Krone weggeschnappt. Er hatte die größeren Truhen voller Bestechungsgelder. Zweimal habe ich eine schöne junge Prinzessin als meine Braut zum Altar geführt. Vorbei, vorbei. Nur eine einzige Tochter ist mir geblieben. Nichts sonst. Und die Hoffnung auf einen Sohn ist nun endgültig begraben.«

Was nützten dem vereinsamten Statthalter die schönen Worte des Trostes, die der Jesuitenpater Matthäus Pecher ihm sagte? Der sprach von der glücklichen Landung an dem Gestade der Ewigen Ruhe nach frühzeitig überschifftem Lebensfluß. Schön, schön, sagte er sich. Aber der Pater wird als mein Hofprediger ja dafür bezahlt, daß er schöne Worte für das Schreckliche findet. Verbittert war er, der zweifache Witwer. Deshalb redeten für ihn alle rundum, sein ganzer großer Hofstaat, so hohl daher, wie er es nie zuvor empfunden hatte. Natürlich hatte er immer gewußt, daß sie sagen, was sie nicht meinen. Das hatte ihn früher nicht gestört. Dafür waren sie eben Höflinge. Wenn man die Macht hat, dann genießt man es, wenn die Puppen tanzen wie Menschen. Aber jetzt, jetzt hätte er einen richtigen Menschen gebraucht, einen der von Mensch zu Mensch mit ihm spricht, nicht als seine Kreatur, die nur Bücklinge macht und ihm nach dem Mund zu reden bemüht ist, die üblichen Schmeicheleien herunterleiert und nach einem winzigen Gunsterweis giert.

Für Carl Philipp gab es nicht einmal die Schonung, daß er es nicht zu hören bekäme, was seine Hofschranzen wirklich dachten und sagten. Er bekam sie mit, die Schadenfreude derer, die ihm seine schöne junge Frau nicht gegönnt hatten. Und er hörte, daß man ihm heimlich gratulierte: »Glückwunsch, allertüchtigster Herr, jetzt kannst du ein drittes Mal heiraten und dich noch mehr bereichern. Wem gelingt es schon, so schnell eine reiche Frau nach der anderen zu beerben?« In den vornehmen Salons Innsbrucks übertrumpfte man sich gegenseitig in Beileidsbekundungen. Aber wenn man dann genug gezecht hatte, spät in der Nacht, dann wollte man sich schier kaputtlachen über das neueste Scherzwort, das die Runde machte: »Neues Spiel, neues Geld!« Und wer sie noch nicht kannte, weil er damals noch zu jung dafür war, der bekam die Geschichte erzählt, wie der Gubernator seine erste Frau ergattert hatte:

»Es war im Jahre 1689, also in dem Jahr, da der französische König das erste Mal die Pfalz verwüstete, Heidelberg in Brand steckte und das Stammhaus der Pfälzer Kurfürsten, das Heidelberger Schloß, zerstörte. Da war der Name unseres heutigen Statthalters in aller Munde. Aber nicht etwa wegen großer Kriegstaten des Pfalzgrafen, sondern wegen des Handstreichs, mit dem er seine erste Frau genommen hat. Die zwanzigjährige Prinzessin Luise Charlotte von Radziwill war so besonders schön, wie sie reich war. Sie war die Witwe eines Sohnes des Kurfürsten von Brandenburg und drauf und dran, Jakob Sobieski, den Sohn des Polenkönigs, zu heiraten. Zu den bevorstehenden Hochzeitsfeierlichkeiten kam auch der Pfalzgraf Carl Philipp nach Berlin. Er sah die junge Witwe und Braut und verliebte sich sofort in sie. Und ihr ging es genauso mit ihm. Sie ließen sich noch am selben Tag heimlich im Haus des kaiserlichen Gesandten trauen. Und als der Kurfürst von Brandenburg davon erfuhr, hat er die Frischvermählten des Landes verwiesen. Da hatten sie gleich doppelten Anlaß zu einer Hochzeitsreise.«

Das war die Version der Geschichte für die Nichteingeweihten. Einige wenige Leute vom höheren Adel und mit besonderen Verbindungen wußten besser Bescheid. Sie hatten erfahren, daß der Kaiser sich mit dem Kurfürsten von Brandenburg und dessen Schwiegertochter darauf verständigt hatte, deren Ländereien dürften auf keinen Fall dem Polenkönig in die Hände kommen. Weil der sonst zu stark würde und sich eine richtige Dynastie Sobieski herausbilden könnte. Im Interesse Brandenburgs und des Reichs müßte unbedingt verhindert werden, daß sich in Polen stabile politische Verhältnisse entwickelten. Darauf hatte man sich schnell geeinigt. Der Kurfürst von Brandenburg aber hatte zusätzlich verlangt, daß er als von nichts wissend dastehen müsse. Deswegen der scheinbar erzürnte Rausschmiß des Paares nach der heimlichen Trauung.

Carl Philipp hatte selbstverständlich auch in den vornehmen Zirkeln Innsbrucks seine Spitzel, genau wie in den Kammern und Kabinetten seines Hofes. Und diese Spitzel berichteten getreulich und schonungslos, was sie gehört hatten. Doch kümmerten den Statthalter solche Berichte jetzt nicht mehr. Wer groß ist, hat einen großen Schatten, sagte er sich, wenn er allein war. Er stürzte sich in seine Arbeit, weil sie ihm die einzige Tröstung zu sein schien. Seine Stellung als Statthalter des Kaisers verlangte ja nicht nur Repräsentation. Er mußte sich um die Verwaltung Tirols und Vorderösterreichs kümmern und darauf achten, daß die Grenzbefestigungen gegen Frankreich ständig in Ordnung gehalten wurden. Und die immer wieder durchziehenden kaiserlichen und verbündeten Truppen mußten mit Lebensmitteln und Zugpferden versorgt werden. Carl Philipp hielt ein wachsames Auge auf seine Amtsträger in Stadt und Land. Dabei fiel immer deutlicher auf, daß er den Gesichtspunkt der Rücksichtnahme auf das Volk betonte. Er hatte ja keine Chance, den Starken zu spielen, so suchte er die Chance, als der Gütige in die Geschichte einzugehen. Dabei vermied er nicht einmal Auseinandersetzungen mit der kaiserlichen Generalität, wenn er den angeblichen Erfordernissen, mit denen sie ihm kamen, nur teilweise nachgab. Man wunderte sich über dieses eigenartige Verhalten des Statthalters. Und es blieb nicht beim Sich-Wundern. Gerade auch der vielumschwärmte Held der Türkenkriege, Prinz Eugen von Savoyen, hatte gelegentlich allen Grund, sich über die mangelhafte Kooperationsbereitschaft des kaiserlichen Statthalters zu beklagen. Carl Philipp rührte das alles nicht. Er betonte die Rücksichtnahme des Landesvaters auf seine lieben Landeskinder. Und er sorgte dafür, daß das auch bekannt wurde.

Clemens trinkt einen vom Hofe unter den Tisch

Sein Stammlokal war das nicht. Dazu fehlte ihm meist das Geld. Nur gerade, wenn er sich irgendwo nützlich gemacht oder eine Wette gewonnen hatte, konnte Clemens es sich leisten, in den Goldenen Adler zu gehen. Nahe bei der Hofburg gelegen, also im vornehmsten Teil Innsbrucks, war das ein Gasthof, in dem die feine Welt verkehrte, in dem man aber auch einem einfachen Mann seinen Wein kredenzte, wenn der vorher zeigte, daß er bezahlen konnte. Brauchten die vornehmen Leute doch das einfache Volk, das sie mit offenen Mündern anstaunte und von dessen derber Kleidung und plumpen Manieren sie so vorteilhaft abstachen. Im allgemeinen saßen sie an getrennten Tischen, die Vertreter dieser beiden Welten, die einander so fremd waren und doch so aufeinander angewiesen. Aber wenn es in der einen Welt allzu hoch herging, dann konnte es passieren, daß sich einer aus der anderen Welt dazu provozieren ließ, sich ins Gespräch, in den Streit oder die Feierei einzumischen.

So geschah es eines Abends, als »Die böse Sieben« im Goldenen Adler becherte und jeder von ihnen noch größer als der andere sein wollte. Wobei natürlich Clemens, der Zwerg, nicht zurückstehen konnte. Er führte am allerlautesten das Wort. »Ob sich die Sonne um die Erde dreht oder die Erde um die Sonne, was kümmert mich das«, lärmte er. »Eigentlich dreht sich doch alles um mich!«

»Wenn sich schon alles um Ihn dreht, Kleiner, dann sollte Er den Weinbecher stehen lassen und um ein Glas Milch bitten«, rief ihm ein elegant gekleideter Herr vom Nebentisch zu.

»Oho, wer was gegen den Wein sagt, der kriegt es mit mir zu tun«, bekam er zur Antwort.

»Das ist wahrhaftig eine furchterregende Drohung, mon petit. Er ist also der Verteidiger des Weins?«

»Weniger sein Verteidiger als sein Vertilger, Gutester.«

»Donnerwetter. Und was ist, wenn Er einen Krug Wein vertilgt hat?«

»Lassen wir es doch darauf ankommen, wer von uns beiden mehr verträgt«, forderte Clemens den Fremden heraus. Und der nahm die Forderung an: »Voilà, trinken wir um die Wette. Und – um was soll es dabei gehen?«

»Natürlich um die Rechnung. Wer nicht mehr weitertrinken kann, der zahlt alles.«

»Bon – aber hat Er denn soviel Geld, mein Kleiner?«

»Ich brauche heute kein Geld. Es geht um Euer Geld«, kam es selbstbewußt zurück.

Und der vornehme Gast zeigte ihm lachend seinen prallgefüllten Geldbeutel. »Da sind keine Kieselsteine drin. Davon kann Er ausgehen«, meinte er mit wichtigtuerischer Miene.

»Aber meine Freunde hier, die wollen nicht nur zusehen müssen. Die haben auch Durst«, setzte Clemens nach.

»Was Seine Freunde trinken, das geht auf meine Rechnung, mein Kleiner.«

»Schön. Und wohin sollen wir Euch nachher bringen, wenn Ihr nicht mehr gehen könnt?«

»Oho, jetzt will Er mir Angst machen. Na gut, dann bringt Ihr mich in die Hofburg. Da wohne ich. – Und wohin soll ich Ihn tragen, wenn Er nicht mehr gehen kann?«

»Wer das schafft, der kann mich ruhig in die Gosse werfen. Da wohne ich. – Und nun her mit dem Wein!« beendete Clemens das Vorgeplänkel.

Es wurde ein langer Abend im Goldenen Adler. Der Wirt hatte viel zu tun, weil nicht nur die beiden Duellanten großen Durst zeigten, sondern auch die Gruppe der Sekundanten, »Die böse Sieben«. Der vornehme Fremde hatte den Wirt angewiesen, nur vom besten Wein einzuschenken und immer gut voll. Und der gehorchte gern, denn er kannte den trinkfesten Zwerg und war sich deshalb der Börse von dessen Gegner völlig sicher. Tatsächlich sackte der Hofmann gegen Morgen immer mehr in sich zusammen. Und als er schließlich unter den Tisch rutschte und den nächsten Becher Wein verweigerte, da mußte er erstmals zu dem Zwerg aufsehen. Und der lachte wie ein kleiner Teufel und verlangte noch mehr Wein.

»Er ist mir über, kleiner Knopfmacher«, lallte der Fremde. Was in der Situation auch mehr als deutlich war. »Bringt mich heim«, bat der Mann unterm Tisch. Und »Die böse Sieben« holte ihn unter dem Tisch hervor. Doch dann trat erst noch der Wirt in Aktion. Der stellte schnell fest, daß der dicke Geldbeutel des vornehmen Gastes nicht reichte, um die ganze Zeche zu bezahlen. So gab er dem Zwerg über den offenen Rest eine Rechnung.

Clemens' Kameraden schulterten den Betrunkenen, und gemeinsam zogen sie hinüber zur Hofburg. Gerade als sie ans Tor kamen, da wurde es von innen aufgerissen, und der kaiserliche Statthalter persönlich kam herausgeritten. Im Jagdkostüm, für die Frühpirsch gerüstet, mit seinen Begleitern und seinen Hunden. Carl Philipp sah, wen die Burschen da anschleppten, und hielt bei ihnen sein Pferd an. Unwirsch fragte er, was passiert sei. Und bekam in Kurzfassung berichtet, was sich in der langen Nacht zugetragen hatte. Was er kaum glauben konnte. Und als der Zwerg ihm dann auch noch die Rechnung über den beim Wirt offenstehenden Restbetrag präsentierte, wurde ihm die Geschichte zu toll. »Was, Knirps«, fuhr er Clemens an, »Er will den Baron unter den Tisch getrunken haben? Das wäre ja gelacht. Der Mann ist einer der begnadetsten Säufer an meinem Hofe. Und für Ihn, Kleiner, genügen zwei Flaschen Wein, und Er ist im Himmel!«

«Lassen wir es doch darauf ankommen, Gubernator«, erwiderte der Zwerg ungerührt. Was dem Statthalter so imponierte, daß er leutselig sagte: »Gut denn, Er soll morgen früh um neun zu mir kommen und zeigen, wie standfest Er ist.«

Clemens fragte zur Sicherheit noch: »Standfest im Trinken? Ich soll zeigen, wieviel Wein ich vertilgen kann?«

»Genau das.«

»Mit Euch um die Wette, Gubernator?«

»Na klar, und nun scher dich endlich aus dem Weg«, schob ihn einer der Jäger beiseite. Und schon stürmte der Statthalter mit seiner Jagdgesellschaft und der ungeduldigen Hundemeute davon.

Das Duell Statthalter gegen Knopfmacher

Beim Glockenschlag neun stand Clemens am nächsten Morgen vor dem großen Tor der Hofburg. Er zog die Klingel, und der Wachhabende kam, um ihn nach seinem Begehr zu fragen. Sehr deutlich von oben herab. Aber daran war Clemens längst gewöhnt. Er wußte, er konnte jeden eines Besseren belehren, der ihn als ein Nichts abtat, notfalls mit seinen kleinen extraharten Schuhen.

»Zum Statthalter des Kaisers. Er erwartet mich«, kommandierte er. Und erntete schon den ersten Lacherfolg. Clemens verkniff es sich, den Mann seinen schnellen Tritt gegen das Schienbein kennenlernen zu lassen. Sich nur nicht gleich am Eingang alles verderben. Wer weiß, was diese andere Welt einem noch an Überraschungen bieten kann. Erst einmal den hohen Herrn besiegen, dann werden seine Lakaien von selbst ganz klein.

Drei von diesen Lakaien begleiteten ihn durch immer wieder andere Gänge. Und als Clemens schon den Verdacht hatte, genasführt zu werden, öffnete sich endlich ein Saal vor ihm, den eine lange, weißgedeckte Tafel beherrschte. Nur zwei Stühle standen an dem Tisch, der länger als jede Werkbank war, an jedem Ende einer. Stühle mit hohen Lehnen, aber für ihn viel zu niedrigem Sitz, wie Clemens gleich sah. Die Lakaien führten ihn zu dem einen der beiden Stühle, hießen ihn hinter dem Stuhl stehenbleiben und verschwanden. Hinter dem schweren, mit Schnitzwerk verzierten Eichenmöbel war der Zwerg kaum noch zu sehen. Trotzdem war es unberechtigt, ja eine Unverschämtheit, was er dann zu hören bekam, als endlich der kaiserliche Statthalter mit seinem Gefolge einzog. Einer, der offenbar als Zeremonienmeister fungierte, fuhr Clemens an: »Will Er wohl gefälligst aufstehen, wenn seine Durchlaucht hereinkommen!« Ein fröhliches Gelächter brach über ihn herein. Auch der Statthalter sah sehr vergnügt drein. Man konnte ihm ansehen, daß er sich kaum noch ernst halten konnte, so belustigte ihn die Situation.

»Ich stehe«, sagte Clemens mit fester Stimme, »Ich stehe immer so. Und Ihr könnt mir glauben, ich stehe auf meinen kurzen Beinen sicherer als Ihr auf Euren langen Höflingsstelzen.«

Der Zeremonienmeister holte Luft, um den vorlauten Kleinen unter einer Schimpftirade zu begraben. Aber ein Wink des Statthalters machte ihn stumm. »Der Kurze ist eines meiner Landeskinder«, sagte Carl Philipp, »und er ist mein Gast – und jetzt mein Duellgegner. Ihm ist also entsprechende Achtung entgegenzubringen!« Damit setzte er sich auf den einen Stuhl und gab Clemens durch eine freundliche Handbewegung zu verstehen, er solle es ihm gleichtun. Doch als er sah, daß der Zwerg fast verschwand hinter dem hohen Tisch, winkte er den Zeremonienmeister heran, und der ließ schleunigst dicke Lederkissen bringen, die man Clemens unterschob.

»Gleiche Ausgangsposition«, sagte der Statthalter. »Die Duellanten sind bereit. Die Edelknaben und alle anderen Hofleute halten sich im Hintergrund. Der Oberstschenk sorgt für Speis und Trank. Der Zeremonienmeister hat die Oberaufsicht und stellt Sieger und Verlierer fest. Es wird solange pokuliert bis ...«

»Einspruch, Gubernator, der Zeremonienmeister hat sich mit seinem Spott über meine Größe als Schiedsrichter bereits disqualifiziert. Zu dem Mann kann ich kein Vertrauen mehr haben. Wollt also bitte so freundlich sein, einen anderen Mann mit dem Amt des Unparteiischen zu betrauen, sonst bleibt meine Kehle gleich trocken.« Und der Statthalter, den der Ernst amüsierte, mit dem der Zwerg sich in den ungleichen Kampf begab, rief den Oberstjägermeister heran und beauftragte ihn mit dem Amt des Schiedsrichters: »Waltet Eures Amtes! Wir wollen nun endlich anfangen. Ich für meinen Teil, ich habe Hunger und Durst für drei.«

»Und ich für vier«, rief Clemens. »Und ich hoffe, Küche und Keller sind für diesen Ansturm von sieben hungrigen Männern gerüstet.« Ein johlendes Gelächter belohnte ihn für diese Keckheit.

»Die Regeln sind bekannt«, sagte der Oberstjägermeister in feierlichem Ernst. »Getrunken wird nur Wein, nur vom besten und nur aus Flaschen. Wer seine letzte Flasche nicht leermacht, hat verloren. Die geleerten Flaschen bleiben für die Schlußzählung auf dem Tisch stehen, jeweils vor dem Platz des Kombattanten. Zwischendurch darf jeder essen, soviel er mag. Wein, der beim Einschenken oder Trinken verschüttet wurde, wird von mir geschätzt und vom Oberstschenk sofort ersetzt. Zum Privet darf jeder, so oft er muß. Aber wer hinaus will zum Privet, hat vorher den Mund aufzumachen, damit ich feststellen kann, ob er den letzten Schluck hinuntergekriegt hat.«

Der Tag fiel aus für die Regierungsgeschäfte des Statthalters. Denn das Trinken und Essen zog sich bis in den Abend hinein. Was den Statthalter sehr wunderte und dazu brachte, daß er seinen Spruch mit den zwei Flaschen Wein, die seinen Gegner schon in den Himmel brächten, mit dem Ausdruck höchsten Bedauerns zurücknahm. Clemens vergab ihm großzügig. Man verstand sich schon besser. Noch immer war nicht abzusehen, wie das Duell wohl ausgehen werde. Denn beide Kombattanten waren unermüdlich tätig. Der Wein hatte längst die lästige Distanz überbrückt, den langen Tisch immer kürzer werden lassen. Man kam sich näher. Und sicher waren es nicht nur die Flaschenbatterien, die sich vor jedem Platz auf der Tafel ansammelten und so die Distanz verringerten. Die Kontrahenten unterhielten sich nun schon in einer so unförmlichen Art, daß man hätte glauben können, sie seien Jugendfreunde. Die Zuschauer wunderten sich immer mehr, nicht nur über die Trinkfestigkeit des Zwerges, sondern vor allem über die Leutseligkeit ihres Herrn. Es war offensichtlich, daß er mehr als nur Achtung vor einem starken Gegner zeigte, den er unterschätzt hatte. Das war auch schon mehr als nur Aufgeschlossenheit, das ließ schon eine Art von Zuneigung zu dem Zwerg sichtbar werden, die niemand für möglich gehalten hätte. Ganz offensichtlich gefiel es dem Statthalter, mit einem Menschen zu reden, der die ganze Litanei höfischer Floskeln ignorierte, wohl weil er sie einfach nicht beherrschte, und der einfach sagte, was er meinte. Ohne jede Rücksicht auf eventuelle Empfindlichkeiten seines Gegenübers und auch ohne Rücksicht darauf, ob ihn ein Wort in Gunst oder Ungnade bringen könnte. Dieser hergelaufene Knopfmacher, er war nicht nur von Gestalt und Kleidung eine Kuriosität. Was er sagte, das war so, wie man immer befürchtet hatte, daß das Volk denken und reden könnte. Da war nichts von Untertänigkeit zu spüren, allerdings auch nichts von Haß oder Verachtung. Nein, der Zwerg schien seinem Gegenüber durchaus Achtung entgegenzubringen, aber gerade nur das und gerade nur so viel wie sich selbst. »Ja, das ist es«, stellten die Hofschranzen, die steif in ihren Sesseln an den Wänden des Saales saßen, flüsternd fest: »Der Zwerg spricht mit dem kaiserlichen Statthalter wie mit seinesgleichen – und unser Herr duldet das nicht nur, nein, er genießt es offenbar auch.«

Als die Nacht anbrach, da konnten die Höflinge sich über das sonderbare Verhalten ihres Herrn damit hinwegtrösten, daß der Wein ihm doch allmählich zusetze. Carl Philipp hatte zwischendurch dem Zeremonienmeister eine Anweisung gegeben, ihm etwas ins Ohr geflüstert, was Clemens aber nicht störte. Er hielt seinen Gegner nicht für hinterhältig. Da war er inzwischen ganz sicher. Der Statthalter dagegen wurde immer unsicherer in seinen Bewegungen und im Reden. Wenn er hinaus mußte und vor dem Oberstjägermeister den Mund aufriß, dann verzerrte sich sein vorher noch so freundliches Gesicht zu einer schrecklichen Grimasse. Er hatte einen roten Kopf, und er wankte. Das hatten seine Leute an ihm noch nicht erlebt. Dabei wurde der Zwerg immer munterer und schneller im Trinken. Es war, als ob der Wein ohne jede Wirkung durch ihn durchlief.

Der Statthalter erzählte von den Türkenkriegen, von wilden Reiterattacken, bei denen er als Befehlshaber vorneweg geritten war, eine Hand erhoben, damit seine Leute ihn sehen konnten im Kampfgetümmel und ihm folgen mußten, ob sie wollten oder nicht. Clemens fiel auf, daß der Statthalter immer öfter französische Begriffe gebrauchte, je betrunkener er wurde. Als ob er das Schwinden seiner überlegenen Haltung damit ausgleichen wollte. Beim Französisch konnte Clemens nicht mithalten. Aber er wollte seinem Gegner nicht nachstehen in Vornehmheit. So bot er ihm immer öfter italienische Sprachbrocken, die er, das Kind der Grenze, in Salurn gelernt hatte. Auch er hatte ja seine Vergangenheit, von der er erzählen konnte. Und wenn sie auch auf deutsch-französisch-italienisch immer mehr aneinander vorbeiredeten, und wenn der Statthalter auch mittlerweile völlig betrunken war, er hörte seinem Gegenüber doch immer noch aufmerksam zu.

Gegen Mitternacht war der Kampf dann endlich entschieden. Der Oberstjägermeister stellte fest: »Seine Durchlaucht haben aufgehört zu trinken und den nächsten Schluck aus der Flasche verweigert. Seine Durchlaucht haben bis auf einen geringen Rest achtzehn Flaschen Wein getrunken. Sein Gegner Clemens, der Knopfmacher, hat neunzehn Flaschen geleert. Damit steht der Sieger des Wetttrinkens fest. Der Knopfmacher ist der Sieger.«

»Ja«, lallte Carl Philipp, »der Knopfmacher ist der größere von uns beiden.«

»Perche no – warum auch nicht?« sagte der auf italienisch. Und um nur ja keinen Zweifel an seinem Sieg aufkommen zu lassen, sprang er von seinem Stuhl hinab, lief um den Tisch herum, nahm die nicht ganz geleerte achtzehnte Flasche des Statthalters und setzte sie an den Mund, um auch noch die letzten Tropfen zu schlürfen. Und da war keiner mehr unter den Höflingen, der es gewagt hätte, eine unfreundliche Bemerkung über den Zwerg zu machen. Da war nur noch sprachloses Staunen über den, der als erster den Statthalter im Trinken besiegt hatte. Sie sollten sich noch wundern, was dieser Zwerg außer Trinken alles konnte.

Aus dem Knopfmacher wird der Lustige Rat

Als Clemens am späten Vormittag die Augen aufschlug, brauchte er doch einen Moment, ehe er verstand, wo er war. Das ist nicht das alte Sofa in der Flurecke bei meinem Freund, dachte er, wo ich schlafe, seit ich das Haus des Knopfmachermeisters verlassen habe. Ich liege in einem richtigen Bett, unter weißem Bettzeug. In einem Bett, das nicht nur viel zu groß und zu fein ist für einen wie mich, sondern auch in einer richtigen Schlafkammer steht. Clemens sah getäfelte Wände um sich herum und eine Stuckdecke über sich; auf dem Nachttisch neben dem Bett sah er einen schönen Armleuchter stehen. Daneben eine Glocke. Und schon wollte er die Hand danach ausstrecken, um zu läuten, da sagte er sich, es wäre wohl besser, sich schnell wieder ins Gedächtnis zu holen, was gestern war. Daß er den ganzen vergangenen Tag und die halbe Nacht dazu mit dem kaiserlichen Statthalter um die Wette getrunken hatte. Daß er – selbstverständlich – gewonnen hatte. Natürlich habe ich gewonnen. Doch so schön der Gedanke war, er konnte nicht bei ihm verweilen. Ihm fiel ein, daß der Statthalter irgendwann zwischendurch eine Anweisung gegeben hatte, die er nicht mithören sollte. Da muß er also gesagt haben, daß ich sein Gast sein solle.

Aber jetzt die Glocke. Hunger und Durst, der schreckliche Nachdurst, trieben ihn in die Kleider und zum Läuten. Für Clemens sollte dieser Morgen der Anfang eines ganz neuen Lebens sein. Noch ahnte er nichts davon, noch wunderte er sich nur über alles. Auch über die Zuvorkommenheit der beiden Lakaien, die ihn zum Frühstück führten, und der ihm begegnenden Höflinge, die ihm einen wunderschönen guten Morgen wünschten. Und über die tief knicksende Magd, die sich ihm als seine persönliche Bedienung vorstellte: »Ich heiße Maria«, sagte sie, »und stehe zu Eurer Verfügung, werter Herr.«

Nach dem Frühstück, als Clemens schon überlegte, wo er jetzt seine Kumpane von der Gruppe »Die böse Sieben« finden könnte – schließlich hätte er ihnen sehr viel zu erzählen –, führten ihn die beiden livrierten Lakaien wieder durch einen Flur nach dem anderen und endlich in eine Wohnstube, die zu seiner größten Überraschung Tisch und Stuhl mit gekürzten Beinen hatte. Und sogar der Schrank stand ohne Unterteil da, wie für ihn gemacht. »Das ist Eure Wohnung«, sagte einer der beiden. Und der andere ergänzte: »Die Schlafkammer gleich nebenan ist Euch ja schon bekannt.« Damit zogen sich seine Begleiter zurück, nur die mollige Magd blieb abwartend an der Tür stehen. Und sie bekam denn auch gleich den ersten diffizilen Auftrag von ihrem neuen Herrn: »Bring mich zum Gubernator!«

»Oh, mein Gott, das geht nicht. Zu seiner Durchlaucht kommt nur, wen er zu sich befehlen.«

»Dann bring mir einen der Hofschranzen her!«

»Oh, mein Gott, das geht ja auch nicht. Die Herren kann man nicht holen. Zu den Herren kann man nur gehen. Und dann muß man warten, bis sie einen empfangen.«

Clemens war nun doch etwas irritiert. So kompliziert hatte er sich das Innere der Hofburg nicht vorgestellt. So bat er die Magd: »Geh zum Oberstjägermeister, der kennt mich, und sage ihm, ich möchte ihn sprechen!« An wen sonst, wenn nicht an den Schiedsrichter der vergangenen Nacht, sollte er sich hier halten? Doch kam die Magd schon bald zurück mit der Auskunft: »Der Herr Oberstjägermeister bedauert, er ist nicht zuständig. Die Tür des Herrn Grafen Linati steht Euch jedoch offen, sagt er.«

»Und wer ist das?«

»Der Herr Graf war der Obristhofmeister der Frau Statthalterin selig.«

»Macht nichts, wenn seine Tür für mich offensteht, dann führ mich zu ihm hin!«

Graf Linati begrüßte den Zwerg, der zunächst hinter der Magd kaum zu sehen war, mit vollendeter Höflichkeit. Clemens, der nicht wußte, ob das ehrlich gemeint oder nackter Hohn war, ließ es zunächst mit einem schlichten »Grüß Gott« genug sein. Der Graf stieß sich nicht daran. Er blieb ungerührt förmlich, als er Clemens bekanntgab, am frühen Nachmittag werde der Hofschneider bei ihm erscheinen und ihm ein neues Gewand, das er angefertigt habe, bringen.

»Ich habe keine neuen Kleider bei ihm bestellt.«

»Eine Anordnung des Hofes, die heute morgen erfolgt ist. Fertigstellungstermin heute nachmittag.«

»Und ganz ohne Anprobe?«

»Aufgrund von detaillierter Beschreibung.«

»Und wer hat die geben können?«

»Es waren genügend Herren mit guten Augen zugegen bei dem gestrigen Wetttrinken mit seiner Durchlaucht, zu dessen Ausgang ich Euch meine herzliche Gratulation sagen möchte, verbunden mit dem Ausdruck größter Hochachtung für diese Leistung.«

»Na schön. Danke. Also – soll der Schneider mir die Sachen ruhig bringen. Die Rechnung aber nicht.«

»Die Rechnung geht an den Obersthofmarschall, Graf Globen.«

»Angenehm. Dann kann ich jetzt gehen?«

»Ja, selbstverständlich. Nur, am späteren Nachmittag werdet Ihr zu einer Audienz bei seiner Durchlaucht, dem Statthalter, abgeholt.«

»Aber ich habe um keine Audienz gebeten.«

»Sie wurde Euch gewährt. Ihr solltet Euch also bereithalten – in den neuen Kleidern, wohlgemerkt.«

Als Clemens wieder auf seinem Zimmer war – nun dachte er tatsächlich schon: mein Zimmer –, da ärgerte ihn, daß er so gehorsam war. Das müssen die langen Gänge sein und die Lakaien und all das förmliche Getue. Man wird richtig kleinlaut, ob man will oder nicht. Und er entschied sich ganz bewußt dafür: Ich will nicht. Nicht kleinlaut sein vor diesen Hofschranzen. Und auch nicht vor dem Gubernator. Immerhin habe ich ihn besiegt.

Gegenüber gar keinem Menschen auch nur ein bißchen kleinlaut! – Maria war dann die erste, an der er seine neue Herrenhaltung ausprobieren konnte. Sie reagierte mit völliger Unterwürfigkeit. Was ihm aber keinen Spaß machte. Im Gegenteil. Es ärgerte ihn, daß sie überhaupt kein Selbstbewußtsein hatte. Als ob sie sich selbst gar nicht als Mensch betrachtete, als ob nur die Hofschranzen Menschen wären. Da machte es doch ganz anders Spaß, den Hofschneider unsicher werden zu lassen. Weil da eine Naht nicht richtig saß und dort der Stich zu grob war. Er kannte ja die schwachen Seiten der Handwerksmeister. Dem Schneider standen die Schweißtropfen auf der Stirn, als er auf den Knien um den Zwerg herumrutschte, um da etwas wegzuzupfen und dort etwas nachzubessern. Vor allem die Knöpfe saßen nicht am richtigen Fleck. Da schien dem kritischen Zwerg einer zu groß, da einer zu klein ausgefallen zu sein. Der Hofschneidermeister hatte es wahrhaftig nicht leicht mit seinem neuen Kunden, der die Art der feinen Herren ausprobierte. Was Clemens an seinem neuen Gewand in Wahrheit störte, das waren jedoch nicht diese Kleinigkeiten, die er sofort beheben ließ. Das war vielmehr, daß es so abstoßend bunt war. In den schrecklichen Farben gelb und grün und rot. »Und was sollen die Schellen hier am Gürtel?«

»Ausdrückliche Anweisung seiner Durchlaucht des kaiserlichen Statthalters«, keuchte der Hofschneider nur achselzuckend. Und Clemens sah ein, daß er sich weitere Worte sparen könnte – aufsparen für den Auftraggeber.

Es war schon fast Abend, als Clemens endlich zum Statthalter gerufen wurde. Ein Page kam mit zwei Lakaien und bat ihn in ehrerbietiger Weise, ihm zu folgen. »Die Magd mögt Ihr hierlassen, Herr. Wir werden Euch wieder hierhin zurückbegleiten.« Wieder diese beinahe endlosen Wege, wieder diese Flure, Winkelgänge und Zimmerfluchten. Alle voller Menschen, die anscheinend Wichtiges zu erledigen hatten. Die Schellen an Clemens' Gürtel bimmelten hell, doch wurden sie übertönt von dem Widerhall seiner Schritte. Er trat in seinen kleinen extraharten Schuhen so fest auf, wie er nur konnte, bis er endlich vor dem Statthalter stand, der ihn jovial begrüßte und ihn einlud, mit ihm am Kamin Platz zu nehmen. Na, wenn ich das meinen Freunden erzähle, dachte Clemens.

Doch dann war er ganz Ohr. »Er hat mir gefallen«, sagte der Statthalter. »Und das nicht nur, weil Er mich bezwungen hat. Er hat sich Gedanken gemacht über die Menschen, hat gescheite Ansichten und weiß sie gewitzt in Worte zu fassen. Damit ist Er den meisten Menschen überlegen, kleiner Knopfmacher. Und deshalb finde ich, Er ist lange genug Knopfmacher gewesen. Laß Er andere die Knöpfe machen. Er soll mein Hofmann sein. Immer in meiner nächsten Nähe, mein Gesprächspartner in Mußestunden und meine Ablenkung von Sorgen und Ärger oder gar Leid. Und immer gut aufgelegt sein soll Er, mein Begleiter. Er wohnt in meinem Schloß. Es soll Ihm an nichts fehlen. Dabei bezahlt Er nichts, sondern wird bezahlt für das Amt, das Er ausübt. Sein offizieller Titel ist Lustiger Rat. Diese Perücke hier drüben, die nehme Er und setze Er sich auf, sie ist sein Standeszeichen, genau wie dieser Stock, sein Zepter. Sein besonderes Vorrecht ist, daß Er jeden am Hof mit Du ansprechen und ihn seinen Freund nennen darf. Sag Er, Kurzer, will Er das Amt annehmen?«

Vorsicht, sagte sich Clemens. Wer mir was Gutes zu tun vorgibt, hat immer für sich selbst noch etwas Besseres im Sinn. »Wenn von einem Vorrecht die Rede ist, Gubernator, wie ist es dann mit dem Essen und Trinken?«

»Sein Platz ist stets an meiner Tafel, wo Er essen und trinken kann, soviel Er mag. Wenn ich auch seit gestern nacht weiß, was mich das kosten wird. – Also, was sagt Er dazu?«

»Da fragst du noch, Gubernator? Für einen vollen Magen und eine gut durchfeuchtete Kehle werde ich jedermanns Freund, selbst deiner.«

Der Statthalter sah, wie die Höflinge, die schweigend dabeistanden, zusammenzuckten, und schlug sich vor Vergnügen auf die Schenkel. Lachend sagte er: »Hat Er jetzt noch eine Frage, Lustiger Rat, oder können wir uns wichtigeren Dingen widmen, nämlich zu Tisch gehen?«

»Nur noch eins, Gubernator, möchte ich gern wissen: Wozu diese Schellen an meinem Gürtel? Und muß mein Gewand so bunt sein, in diesen scheußlichen Farben, und dazu die Perücke feuerrot?«

»Alles nur zu Seiner Sicherheit«, lachte der Statthalter, stand auf und schob den Zwerg zur Tür. »Alles nur, Lustiger Rat, damit Ihn nicht einer aus Versehen platttritt.«

Aus dem Statthalter wird der Kurfürst

Der 18. Juni des Jahres 1716 war der Schicksalstag für den Pfalzgrafen und kaiserlichen Statthalter Carl Philipp. An diesem Tag starb hoch oben im Norden, in Düsseldorf, sein nur drei Jahre älterer Bruder Johann Wilhelm, von den Düsseldorfern liebevoll Jan Wellem genannt. Kurfürst bei Rhein und von der Pfalz, Herzog von Jülich und Berg, so hatte er geheißen. Und diese Würde wie Bürde müßte nun auf andere Schultern übergehen. So war es nicht der Verlust eines nahen Verwandten, der Carl Philipp erschütterte. Dafür war er viel zu sehr Machtpolitiker. Nein, es war die plötzliche Verwandlung des Pfalzgrafen und kaiserlichen Statthalters in einen der damals neun

Kurfürsten des Heiligen Römischen Reiches Deutscher Nation, was dieses Ereignis auszeichnete. Die höchste Ehre nächst dem Königtum, die einem überhaupt zufallen konnte. Einer der Kurfürsten zu sein, das hieß den deutschen König wählen zu dürfen – und gelegentlich eines der höchsten Ämter am Hof des Königs oder Kaisers ausüben zu können, nämlich das des Erzschatzmeisters.

Sein Bruder Johann Wilhelm hatte in Düsseldorf residieren müssen, weil der Stammsitz der Kurfürsten bei Rhein, das Heidelberger Schloß, in den Jahren 1689 und 1693 von den Franzosen völlig zerstört worden war. Die Ländereien, die ihm gehörten, waren kein einheitliches Land, sondern ein zerrissener Besitz, der sich als bunter Flickenteppich auf der Landkarte von der Donau und dem Neckar den Rhein hinab bis über Düsseldorf hinaus erstreckte. Seit rund zwanzig Jahren hatte er sich – meist aus der Ferne – um den Wiederaufbau des Heidelberger Schlosses und der kurpfälzischen Städte gekümmert. Wenigstens die Wohntrakte und Paläste des Stammschlosses sollten wieder beziehbar werden. Er hatte inzwischen alles unter Dach und Fach gebracht, nur die von den Franzosen gesprengten Türme hatte er so zerborsten stehengelassen, genau wie die zerstörte Bibliothek und die Ruine des Englischen Baus. Die Bücher und anderen Kunstschätze waren ohnehin geraubt. Und die Türme mit ihren bis zu sieben Meter dicken Mauern hätten zuviel Arbeitsaufwand gebracht, unnötigen Aufwand. Mittlerweile war die Waffentechnik so entwickelt, daß man sich auch in den stärksten Wehrtürmen nicht mehr sicher fühlen konnte. Die Zeit war über die massiven Trutzmauern hinweggegangen. Jetzt waren gewaltiger Pomp und raffinierte Diplomatie sowie Heiratspolitik gefragt, keine Kanonen und Kasematten.

Kurfürst Johann Wilhelm war es gar nicht so unlieb gewesen, daß die Wiederaufbauarbeiten in Heidelberg so lange dauerten. Zwar drängte seine Frau darauf, endlich in die Pfalz umzuziehen; sie kam aus Italien und brauchte mehr Sonne und engeren Kontakt zu ihren Verwandten, der Familie Medici. Doch Johann Wilhelm genoß die Begeisterung, die ihm seine Düsseldorfer Landeskinder entgegenbrachten. Das war seine Sonne. Und das war seine Familie. Die Rheinländer waren ein fröhliches und leichtlebiges Völkchen, immer bereit, ihrem Kurfürsten zuzujubeln. Was will man noch mehr? Da machte es Spaß, Theateraufführungen und große Jagden zu veranstalten, Hoffeste und Umzüge. Wer wußte, ob die Leute am

Neckar, diese armen Weinbauern und das aus aller Welt in den letzten Jahren dort zusammengelaufene Volk, ihn so herzlich aufnehmen würden. »Es ist das Ambiente, das zählt«, hatte er seiner italienischen Frau mehr als einmal die Vorzüge Düsseldorfs schmackhaft zu machen versucht. Doch die hatte jedesmal kühl gekontert: »Nein, es ist il sole, was zählt, und la famiglia.«

Nun hatte sich die Frage, ob nach Heidelberg oder nicht, erledigt. Und noch eine andere Frage konnte vergessen werden. Es war das Problem, das zwischen den Brüdern Johann Wilhelm und Carl Philipp mehr als einmal diskutiert worden war. Der ältere hatte seinem jüngeren Bruder dringend empfohlen, ein drittes Mal zu heiraten, um den Erhalt der Kurfürstenwürde in der Familie zu sichern. Daß Carl Philipp doppelter Witwer war und nur eine Tochter hatte, könnte eines Tages das Ende für ihre Linie bedeuten, weil nur die männliche Erbfolge galt. Dieses Drängen hatte schon Hoffnungen in Carl Philipp geweckt, die er sich kaum einzugestehen wagte. Er als Kurfürst? Tatsächlich war sein Bruder Johann Wilhelm kinderlos. Und die beiden anderen Brüder, beide Bischöfe, waren offiziell ebenfalls kinderlos. Von daher drohte ihm keine Gefahr. Doch auf die Kinderlosigkeit des kunstsinnigen und lebenslustigen Johann Wilhelm hatte er sich nie zu verlassen gewagt. Wenn sein Bruder nun plötzlich doch noch Vater eines Sohnes würde – oder Witwer und neuer Hochzeiter, Erzeuger neuen Nachwuchses? Nichts war unmöglich. Dann wäre für ihn, Carl Philipp, der heimliche Traum von der Kurfürstenkrone ausgeträumt – und der Erhalt seiner Linie seine Privatangelegenheit. Warum also dafür, für solch eine geringe Chance, noch eine dritte Ehe eingehen? Noch einmal dieser verzwickte diplomatische Kunstgriff, noch einmal all die politischen Berechnungen bei der Auswahl der Braut, noch einmal das ganze Liebesgetue bei einer Hochzeit, die nichts als eine besonders große wirtschaftliche Transaktion ist – und nur, wenn man Glück hat, nachher zu einem angenehmen Verhältnis werden kann. Der jüngere war dem Rat des älteren Bruders nicht gefolgt. Und der ältere hatte die heimlichen Befürchtungen des jüngeren Bruders nicht Wirklichkeit werden lassen. Carl Philipp war nun, was er nie hatte glauben wollen: Kurfürst. Er ordnete eine allgemeine Trauer an. Wer sich so freut, braucht schon viele Helfer beim Trauerzeigen. In der Jesuitenkirche zu Innsbruck wurden dreitägige Trauerexequien abgehalten, in einer wahrhaft königlichen Prachtentfaltung. Zu Ehren seines Bruders, wie es offiziell hieß. Aber auch auf diese Weise kann man seinen Zeitgenossen klarmachen, wie bedeutend man selbst ist. Carl Philipp war nun fast 55 Jahre alt und verstand plötzlich, daß sein eigentliches Leben jetzt erst beginnen sollte, als Kurfürst bei Rhein und Erzschatzmeister des Kaisers. Prompt gingen Dekrete hinaus, die für Ordnung und Sparsamkeit am Düsseldorfer Hof sorgen sollten. Überflüssige Beamtenstellen wurden kassiert, die Garde du Corps wurde von 160 Mann auf 80 reduziert. Damit erweckte der neue Kurfürst bei seinem Volk große Hoffnungen. Es sollte sich noch wundern.

Zeit ist Geld

Carl Philipp hatte es zur großen Überraschung seiner Hofleute nicht eilig mit seiner Abreise aus Innsbruck. Noch beinahe ein volles Jahr blieb er dort als kaiserlicher Statthalter. Es gab ja auch so viel zu regeln, sowohl hier zum Abschluß zu bringen, als dort in Gang zu setzen. Zu den Abschlußarbeiten gehörte die Bemühung um den Neubau der Kirche Sankt Jakob. Dieser prächtige Dom mit Doppelturmfront war gerade erst in der Planung. Mit ihm wollte Carl Philipp sich in Innsbruck ein Denkmal setzen. Tatsächlich hat er dann nicht nur die Grundsteinlegung, sondern auch höchstpersönlich noch die Hauptarbeit geleistet: Er hat die Finanzierung gesichert. Auf sein Fürwort hin erhob der Kaiser eine Sondersteuer für Tirol von einem Gulden auf jeden Zentner Tabak und einen Sonderzoll auf alle durch Tirol transportierten Waren. Beides für den Innsbrucker Dombau bestimmt. Ein übriges tat Carl Philipp dann noch, indem er den Reinertrag seiner Lieblingsgründung der Domkirche zukommen ließ. Und dieses Lieblingskind – wie konnte es anders sein – war eine Brauerei, die Bräustatt im Löwenhaus, wie sie genannt wurde. Der Statthalter hatte sie bereits im Jahre 1714 errichten lassen, und zwar im großen Fasanengarten, nahe am Inn. Damit hatte er sich als moderner Landesherr erwiesen. Bier war neuerdings beliebt. Selbst in ausgesprochenen Weingegenden mußte man das Bier als Volksgetränk der Zukunft ansehen. Abwechslung macht in allen Volksschichten Spaß. Reich und Arm sprachen dem Bier so kräftig zu, daß die Brauerei eine gute Nebeneinnahme für den Statthalter wurde. Zum Abschied trennte er sich großzügig von ihr – und ließ die Einnahmen aus dem schönen Durst seiner ewigen Seligkeit und seinem unsterblichen Nachruhm zugute kommen.

Aus seiner persönlichen Schatulle hatte er der Kirche schon etwas Besonderes geschenkt: Er stiftete für das berühmte wundertätige Madonnenbild der alten Sankt-Jakobs-Kirche, ein Werk des deutschen Malers Lucas Cranach des Älteren, eine neue silberne Umrahmung und weiteren Silber- und Goldschmuck für den Hochaltar.

Es gab viel zu tun für den kaiserlichen Statthalter, der nun Kurfürst war. Da stand der Besuch des Kurfürsten Max Emanuel von Bayern in Innsbruck an. Erstmalig von Kurfürst zu Kurfürst könnte man dabei plaudern. Und politisieren, denn Kurpfalz und Kurbayern, beides Wittelsbacherlinien, standen in alter, unfriedlicher Konkurrenz. Jetzt endlich könnte Carl Philipp sich als ebenbürtig erweisen, wenn nicht gar als größer. Dem sollte unter anderem die Oper »Radamisto« dienen, die er dem bayrischen Verwandten zu Ehren aufführen ließ, kaum daß die Trauerwochen für seinen verstorbenen Bruder vorüber waren. Für diese mit besonderem Glanz in Szene gesetzte Oper hatte Carl Philipp eigens einen Mann aus Bologna kommen lassen, den er dann – wie es seine Art war bei Leuten, die ihm vielversprechend schienen – nie mehr losließ. Der Mann hieß Alessandro Galli da Bibiena und war Bühnenbildner, oder wie man es anspruchsvoller auszudrücken pflegte, Theaterarchitekt. Er sollte sich noch einen großen Namen machen in kurfürstlichen Diensten.

Aber es waren nicht nur seine vielen Unternehmungen, was den Kurfürsten in Innsbruck festhielt. Einige seiner Höflinge wußten es besser. Es war vor allem das Gehalt, das er vom Kaiser bezog, was ihn nicht so schnell ans Abschiednehmen denken ließ. 60 000 Gulden im Jahr, das war eine Summe, die man nicht ohne weiteres aufgibt. Ein Gulden war viel Geld, wie ja schon der eine Gulden Sondersteuer auf den Zentner Tabak zeigt, der bereits als drückend empfunden wurde. Kein Wunder, daß Carl Philipp noch auf seinem Posten blieb. Er genoß die Zeit als Doppelverdiener, denn gleichzeitig kamen ihm ja aus seinem Kurfürstenamt Einkünfte zu. Die doppelten Einnahmen brauchte er dringend. Denn mit dem Erbfall war er nicht nur Kurfürst geworden, sondern auch Schuldner. Die Wiederaufbauleistungen in der Pfalz, die sein Bruder erbracht hatte, hatten einen riesigen Schuldenberg anwachsen lassen. Die Gläubiger waren Carl Philipp schon nach Innsbruck entgegengekommen. Aber mehr Entgegenkommen gab es auch nicht. Sie hielten den kaiserlichen Statthalter bewacht, damit er nicht abreisen könnte, ehe wenigstens ein Gutteil der Schulden bezahlt wäre. Sie fanden es gut, daß Carl Philipp als

Doppelverdiener seine Vermögensverhältnisse in Ordnung zu bringen versuchte. Sollte er nur möglichst lange in Innsbruck bleiben.

So mußte die Interimsadministration, die der Kurfürst in Düsseldorf für sich regieren ließ, immer wieder vertröstet werden: Der Kurfürst kann wegen anderweitiger Verpflichtungen seinen Hof noch nicht in seine Erblande verlegen. Sein Obristhofmarschall Graf von Globen war in diese Ersatzregierung entsandt worden. Als Statthalter des Statthalters sozusagen. Und als schließlich Ende des Jahres 1716 die kurfürstlichen Gemeinden ihrem neuen Landesherrn die offizielle und feierliche Huldigung darbringen wollten, da mußten sie sich zu ihrer größten Enttäuschung damit begnügen, ihre Huldigung vor kurfürstlichen Kommissaren zu zelebrieren. »Quelle blamage«, schimpften da die Honoratioren, die sich einen ersten Gunsterweis erhofft hatten. Und schon hatte man was gegen den neuen Landesherrn.

Es war in dieser von den hartnäckigen Gläubigern beherrschten Schlußphase der Statthalterschaft, als der Lustige Rat Clemens seinem Herrn beim traulichen Schein des Kaminfeuers sagte: »Lieber klein und arm als groß – und arm. Es fällt wenigstens nicht so auf.«

»Er meint, ich stehe in ungünstigem Licht da?« fragte Carl Philipp. »Das wäre allerdings fatal. Aber was kann ich anderes tun als warten, bis die Schulden abgetragen sind?«

»Du könntest mich fragen, Kurfürst, ob ich dich bei deinen Gläubigern auszulösen bereit bin. Ich hätte dich ja als Pfand in der Hand, weil du immer in meiner Nähe bist.«

»Fragen könnte ich Ihn ja. Aber Er hat doch kein Geld«, meinte der Kurfürst und legte in alter Denkermanier das Kinn in die Hand.

»Das mit dem Fragen ist gar nicht so falsch, Lustiger Rat«, prostete er Clemens dann plötzlich zu. Er hatte verstanden. Sofort schickte er nach seinem Sekretär. »Der Hallberg soll herkommen!«

Jakob Tillmann Freiherr von Hallberg hatte, wie jeder am Hofe wußte, schwerreiche Verwandte. Zudem hatte er als Sekretär eine Vertrauensstellung am Hofe Carl Philipps, die er sicherlich zu behalten und möglichst noch auszubauen bestrebt war. So wandte sich Carl Philipp an ihn und dieser anschließend all seinen Familiensinn auf. Und er brachte tatsächlich eine große Geldsumme zusammen, mit der der Kurfürst ausgelöst, die Gläubiger beruhigt werden konnten. Nun stand dem Aufbruch nach Heidelberg nichts mehr im Wege. Am 25. April des Jahres 1717 verheiratete Carl Philipp noch eilig seine einzige Tochter, die Pfalzgräfin Elisabeth Auguste, mit dem Erbprinzen Joseph Carl Emanuel von Sulzbach. Damit begann die Haushaltsauflösung in Innsbruck, Die Braut ging gleich noch einen Schritt weiter und stiftete ihr schönes weißes Hochzeitskleid, das mit goldener Spitze verziert war, der wundertätigen Madonna, »die mich anno 1712 von der höchstgefährlichen Blatternkrankheit wunderbar errettet hat«, wie sie unter Tränen flüsterte.

Innsbruck, ich muß dich lassen

Der Seufzer des fahrenden Gesellen, der die schöne Stadt am Inn verlassen muß, drückt genau das Gefühl aus, das den Kurfürsten Carl Philipp ergriff, als es schließlich Ernst wurde mit der Abreise. Ein wichtiger Lebensabschnitt sollte zu Ende gehen: zehn Jahre Statthalterschaft. Der Mann, der Tirol und Vorderösterreich regiert hatte, der hatte dort auch Wurzeln geschlagen, wie er beim Aufbruch zu spüren bekam. Hier hatte er im Namen des Kaisers eine Pracht entfaltet, die das Volk begeisterte, was wiederum ihn nicht unbeeindruckt gelassen hatte. Er war ein Genußmensch, und zum Genießen gehören nicht zuletzt die Leute, die es bestaunen. Die hatte er in Innsbruck gefunden. Brave Untertanen, die ihre Pflicht taten, ihre Steuern zahlten und sich des Glanzes freuten, den ihr Herr sich dadurch leisten konnte.

Carl Philipp hatte dem Kaiser in Wien mitgeteilt, daß die Regierung seiner Kurlande nun doch seine Abreise notwendig mache. Daraufhin hatte der Kaiser eine Verfügung erlassen, nach der dem abreisenden Statthalter an jeder Station, die er unterwegs machte, alles geboten werde, was er und sein Hofstaat benötigten, vor allem Wildbret und Geflügel sowie Wein in ansehnlichen Mengen. Mit dieser Verfügung gab der Kaiser seinem Statthalter zugleich ein besonders gutes Zeugnis. Er betonte die große Sorgfalt, Vernunft und Vorsicht, mit der Carl Philipp zehn Jahre lang die Statthalterschaft ausgeübt habe. Deshalb müsse das Land Tirol bei seinem Abschied Dank und Ehrenbezeugungen bekunden. Im einzelnen verfügte der Kaiser, daß der Statthalter und seine Tochter sowie sein Schwiegersohn überall mit den notwendigen Pferden und Fuhrwerken zu versehen seien und »bei jeder Einkehr nach Gebühr traktiert und in allem völlig freigehalten werden« sollten.

Der so auch von allerhöchster Hand vorbereitete Umzug würde also kein Abenteuer werden. Darauf konnte sich Carl Philipp verlassen. Immerhin war es ein Mammutunternehmen, was er da starten wollte. Er hatte eine üppige Hofhaltung betrieben, vor allem auch, was die Menge der Menschen betraf, die zum Hof gehörten. Und selbst wenn er jetzt einen Teil der Hilfskräfte in Innsbruck zurückließ – so auch Clemens' Magd Maria –, so würde die Reisegesellschaft doch mehr als hundert Menschen umfassen. Und das war ja nur der Kern der Umzugsgesellschaft. Andere würden nach Abwicklung der Haushaltsauflösung nachkommen. Wieder andere wurden als Quartiermacher vorausgeschickt. Neben dieser kleinen Völkerwanderung gab es übrigens noch eine Reisewelle, die von Düsseldorf ausging. Mit kurfürstlichem Erlaß vom 1. Mai 1717 hatte Carl Philipp die in Düsseldorf arbeitende Interimsadministration aufgehoben und den Ministern und ihren Mitarbeitern befohlen, bis zum 20. Mai nach Neuburg an der Donau überzusiedeln, wo Carl Philipp geboren worden war und seine Kindheit verbracht hatte.

Kaum vorstellbar, was alles an Vorbereitungen dazu gehörte, einen ganzen Hofstaat umziehen zu lassen, mit all seinen vielen Funktionsträgern, vom Koch bis zum Beichtvater, von den Edelknaben bis zu den Schauspielern – und den Mätressen. Als endlich alles reisefertig war, alles Gepäck auf schwere Wagen verladen, da gab es zum Abschied noch ein klein wenig Gepäck dazu: Dechant Tausch von der Sankt-Jakobs-Kirche überreichte dem scheidenden Kurfürsten als Dank für seine großzügige Förderung des Dombaus eine Kopie des wundertätigen Madonnenbildes von Lucas Cranach, die er hatte malen lassen. Und Carl Philipp überhörte die Bemerkung seines Lustigen Rats, es sei nicht sicher, daß die Kopie genauso wundertätig sei wie das Original. Der Kurfürst, gläubiger Katholik, war von diesem Geschenk so gerührt, daß er das Gemälde unter Tränen küßte. Und vor dem Einsteigen in seine Kutsche fiel er dem Dechanten weinend um den Hals und schluchzte: »Meine lieben Kinder, lasset mich alle in Euren Herzen sein, wie Ihr in meinem!« Clemens, der in der Kutsche des Kurfürsten mitfuhr, konnte auch dazu nicht schweigen: »Ein Herrscher weint nicht selbst«, sagte er trocken, »ein Herrscher läßt weinen.« Das ließ die kurfürstlichen Tränen sofort versiegen. »Ja, mit Ihm, Lustiger Rat«, lachte Carl Philipp, »wird's eine lustige Tour werden, da bin ich ganz sicher.«

Eine Art Stadtrundfahrt in Neuburg

Der 23. Mai des Jahres 1717 war ein großer Tag für das kleine Städtchen Neuburg an der Donau. Es wurde Residenzstadt, diesmal nicht nur pfalzgräfliche, sondern sogar kurfürstliche Residenz. Ein großer Tag auch für den Kurfürsten Carl Philipp selbst. Zog er doch in die Stadt seiner Kindheit ein, einer unbeschwert fröhlichen Kindheit, zusammen mit seinen drei älteren Brüdern – und ohne jeden Gedanken daran, daß er jemals Kurfürst werden würde. Als vierter Junge!

Zu lediglich vier Übernachtungen hatte der große Treck unterwegs Halt machen müssen, um die Strecke von gut 250 Kilometern zurückzulegen. Eine enorme Reisegeschwindigkeit, die nur der gewissenhaften Vorbereitung zu verdanken war. So war die Reise denn problemlos verlaufen. Und nun bog die Kutsche, in der Carl Philipp und sein Lustiger Rat Clemens saßen, aus der Unterstadt in die Straße ein, die zum Oberen Tor führte. Diese wuchtige ockerfarbene Barriere, das Obere Tor, war Carl Philipp auch nach fast einem halben Jahrhundert noch so vertraut, als wäre er erst gestern aus Neuburg fortgezogen. Als Kinder hatten sie die mächtigen Mauern mit den wenigen kleinen Fensteröffnungen bewundert. Und sie hatten sich gefragt, warum über der Durchfahrt ein anderes Stadttor auf das Stadttor gemalt war, auch mit zwei Türmen, nur daß die keine Spitzdächer trugen, sondern zinnenbewehrt waren. Und über der Durchfahrt des gemalten Stadttors lag ein riesiger Löwe.

Als sie jetzt an das Tor kamen, ließ Carl Philipp den Wagen anhalten.

»Schau Er einmal nach dem Wappenbild über der Einfahrt«, sagte er zu Clemens. »Die beiden nackten Knaben, die darauf vor dem Tor auf ihren Steckenpferden reiten und den Löwen necken, das sind zwei meiner Vorfahren, die Pfalzgrafenkinder Ottheinrich und Philipp.«

»So arm waren die Pfalzgrafen, daß sie ihren Kindern nicht mal ein Hemdchen anziehen konnten?«

»Das haben wir als Kinder auch gefragt. Aber was unser Vater uns als Erklärung dafür gab, das konnten wir damals noch nicht verstehen.«

»Was denn?«

»Unser Vater hat gesagt: Wenn wir Pfalzgrafen unsere Steckenpferde reiten, dann darf uns nichts hinderlich sein, nicht einmal, was uns am nächsten ist, nicht Hemd und nicht Hose.«

»Was du inzwischen ja gut verstanden hast, Kurfürst.«

Carl Philipp lachte gutmütig über die Frechheit. Natürlich wußte jeder am Hofe von seiner Geschäftstüchtigkeit ebenso wie von seinen Mätressen. Warum auch nicht, das erhöhte nur seine Bedeutung. Der Kurfürst war in bester Laune, denn sein Einzug in die Stadt seiner Väter glich einem Triumphzug. Die Menschen jubelten ihm zu wie närrisch. Sie hatten die Stadt prächtig geschmückt. Blumenmädchen streuten Blüten vor seinen Wagen. Musikanten, die ihn schon am Oberen Tor mit fröhlichen Weisen empfangen hatten, zogen hinter seiner Kutsche her. Immer wieder mußte der Kurfürst sich aus dem Fenster lehnen und seinen Untertanen zuwinken. Und Clemens tat es ihm nach, auf der anderen Seite des Wagens, und amüsierte sich über die verdutzten Gesichter der Leute, die sich ihren Kurfürsten so nicht vorgestellt hatten.

Die Wagenkolonne zog an der Pfarrkirche St. Peter vorüber, die Carl Philipp seinem Begleiter mit den Worten vorstellte: »Schon seit eintausend Jahren steht hier eine Pfarrkirche.« Als ob es schon wieder um eine alte Bekannte aus seiner Kindheit ginge. Im Lärm der Musik, der jubelnden Menge, der wild hämmernden Glocken und der Pferdehufe auf dem Pflaster war zwar kaum noch eine Verständigung möglich, doch der Heimkehrer war nicht zu stoppen: »Das neue Haus rechterhand habe ich selbst noch nicht gesehen. Ich weiß nur, daß einer meiner Hofräte es sich gebaut hat. – Hier links das prächtige Haus mit dem zierlichen Doppelerker gehört dem Freiherrn von Weveld, der es kürzlich erst ganz umgebaut hat.« Dann kamen sie an der Stadtapotheke vorbei. »Wichtig, Lustiger Rat, falls wir uns heute abend wieder überfressen sollten«, kommentierte der Kurfürst aufgeräumt. Und Clemens antwortete: »Ja, ich hoffe, die haben hier auch noch was anderes zu bieten als nur Blumen und Lärm.«

Schon öffnete sich vor ihnen ein von Linden umrahmter Platz mit einem Brunnen und mit einer reichverzierten Kirchenfassade. »Die Hofkirche, Unserer Lieben Frau geweiht. Die sieht ganz so aus, als wäre sie der Hofkirche unseres Stammsitzes, der Heiliggeistkirche in Heidelberg, nachgebaut worden. Die wird Er ja noch kennenlernen.« Damit rasselte die Kutsche auch schon an der Kirche vorbei und auf das Schloß zu: »Die Residenz der Pfalzgrafen.« Und als sie in den Innenhof des Schlosses einbog, konnte selbst der chronisch skeptische Clemens einen Ausruf der Verwunderung nicht unterdrücken. Zu groß war seine Überraschung, in diesem kleinen Städtchen ein so großzügig angelegtes Schloß zu finden, mit herrschaftlichen Giebelfassaden und doppelgeschossigen Arkadenreihen. »Von Pfalzgraf Ottheinrich erbaut«, kommentierte Carl Philipp. Da war die kleine Stadtrundfahrt auch schon zu Ende. »Nun bin ich daheim«, strahlte der Kurfürst und verschwand in seinem Palast. Und ich, ich weiß nicht, ob ich jemals in meinem Leben noch einmal nach Hause kommen werde, nach Innsbruck, dachte Clemens. Hofnarr zu sein, das war nicht das, was er sich erträumt hatte. Aber daß er als Hofnarr auf viel angenehmere Weise gereist war als fast alle anderen, das mußte er sich doch zugeben. Ja, sehr bequem gefahren worden. Dabei hatte ich noch darauf bestanden, meine extraharten Schuhe anbehalten zu dürfen. Statt dieser ulkigen Schnabelschuhe mit Schellen dran, die zu meinem Kostüm passend angefertigt worden waren. Er wußte, wozu er diese harten Schuhe trug. Mit mir werden sie nicht machen können, was sie wollen, sagte er sich.

Herrschen und gehorchen

Es war noch am Abend des Ankunftstages, als Kurfürst Carl Philipp in der Schloßkapelle kniete, um dem Herrn für die glückliche Heimkehr zu danken. Neben ihm kniete der Jesuitenpater Nikolaus Staudacher, sein Beichtvater. Der Pater wirkte nicht allzu andächtig, wie er den Kopf hin und her gehen ließ, die Augen aufriß und erschrocken zukniff, die Stirn runzelte und sich immer wieder mit der Rechten über die Augen strich und sich schnell bekreuzigte. Schließlich wandte sich der Kurfürst ihm zu und sah ihn fragend an. »Verzeiht, Durchlauchtigst, aber mir graust an diesem Ort«, flüsterte der Pater ihm zu. »Ich möchte mich in meine Kammer zum Gebet zurückziehen, wenn Ihr mich gütigst entschuldigt.«

»Habe ich recht verstanden, Pater? Es graust Ihn hier in der Kapelle?«

»Ja, Durchlauchtigst. Das ist kein Ort für mich.« »Das Haus Gottes ist kein Ort für Ihn, Pater? Vielleicht sollte mein Beichtvater mir beichten, was Ihn Seinem Gott entfremdet hat.«

»O nein, nicht meinem Gott bin ich entfremdet, wahrhaftig nicht, Durchlauchtigst. Aber dies hier ist nicht das Haus meines Gottes.«

»Sieht Er nicht da vorne das ewige Licht, das Ihm anzeigt, Gott ist anwesend im Tabernakel? Wie kann Er solche Reden führen? Was ist Ihm?«

»Ich sehe es, Durchlauchtigst, ich sehe das ewige Licht. Aber ich sehe mehr als nur das. Die Fresken an der Decke dort, die sind es, die mich aus dieser Kapelle vertreiben. Und ich bin sicher, Gott selbst hat sich auch schon von diesem Ort zurückgezogen, wenn auch das ewige Licht noch brennt.«

»Aber was ist denn mit den Bildern, Pater?«

»Seht doch nur dort im Zentrum die Himmelfahrt Christi.«

»Ja, die sehe ich.«

»Dieses fromme Bild wird flankiert von Darstellungen, auf die ich nur ungern noch einmal einen Blick werfe, nämlich von den Sakramenten Taufe und Abendmahl.«

»Aber glaubt Er plötzlich nicht mehr an Taufe und Abendmahl?«

Der Tonfall des Kurfürsten wurde nun doch ernstlich besorgt. Vielleicht war ja nur die lange Reise zu anstrengend gewesen für den Pater. Oder hatte er eventuell dem Begrüßungsschluck, der ihnen gereicht wurde, zu sehr zugesprochen? Er wandte sich etwas mehr dem Pater zu und schnupperte, ob er nach Bier rieche oder nach Wein oder Likör.

»Ja, sehr wohl, Durchlauchtigst, das ist es, ich glaube auch, ich rieche ihn schon, den Satan. Es ist der, der sich in der Mönchskutte versteckt hat. Der Luther ist es, der vermaledeite Hurensohn, der hier dem Maler die Hand geführt hat.«

»Aber was regt Er sich so auf, Pater? Feiern wir nicht auch Taufe und Eucharistie?«

»Es ist die Siebenzahl der heiligen Sakramente, an die wir glauben, Durchlauchtigst. Wenigstens alle, die rechtgläubig sind. Denn wer nur diese beiden heiligen Sakramente akzeptiert, und das noch in anderen Formen der Darreichung, der ist des Satans. Und deshalb ist diese Kapelle des Satans.« Sprach's und eilte mit allen Zeichen der Panik hinaus.

»Ihr Kleinigkeitskrämer«, sagte Carl Philipp, was der Pater aber schon nicht mehr hören konnte. »Evangelisch oder katholisch, als ob das eine Frage der Anzahl von Sakramenten wäre, die man akzeptiert. Eure Sorgen möchte ich haben – wenn ihr dafür meine übernehmt.«

Schon am nächsten Tag waren Handwerker dabei, das Innere der Schloßkapelle mit vielen großen Kirchenfahnen auszuschmücken. Vor allem die Decke wurde damit drapiert, bis sie ganz zugehängt war.

Überall nun fromme Symbolik, das Auge Gottes im Dreieck oder das Lamm Gottes mit einem Fähnchen, riesige Kreuzesbalken, das Herz Jesu im Strahlenkranz und der gute Hirte mit einem Lämmchen auf der Schulter. Pater Staudacher, der nur widerstrebend noch einmal den Fuß in die Kapelle gesetzt hatte, war zufrieden. Seine Augen strahlten, er schüttelte die Arme und atmete tief durch, als hätte er gerade einen großen Kampf bestanden. Wie hatte er es ihm gegeben, dem entsprungenen Wittenberger Mönchlein.

»So ist die Kapelle nun zu unserem Einzug geschmückt«, sagte der Kurfürst. »Und so gefällt es auch Ihm besser, denke ich.« Der Kurfürst lächelte überlegen. Der Pater darauf, ernst und eifrig: »Zum Lachen war es wahrhaftig nicht, Durchlauchtigst. Doch bin ich froh zu sehen, daß Ihr Euch sofort um Ordnung bemüht habt. Ihr konntet ja nichts dazu, daß die Kapelle so aussah, da Ihr so lange fortgewesen seid. Sicher wäre es noch besser und auch richtiger gewesen, die ketzerischen Bilder von den Wänden abzukratzen.« Und wie er sah, daß der Kurfürst erschrak, setzte er in verbindlichem Ton hinzu: »Aber man kann ja sagen, daß die gründliche Beseitigung länger gedauert hätte und damit diese ketzerischen Bilder noch länger frommen Blicken zugemutet worden wären als bei dieser zwar nicht so gründlichen, dafür aber prompten Beseitigung.«

Deutlich war zu sehen, daß diese Absolution den Kurfürsten von einer schweren Sorge befreite. Er wollte sich schnell davonmachen, als ihn sein Beichtvater mit einem »Da ist aber noch etwas« festhielt. »Müssen wir das jetzt besprechen?« fragte der Kurfürst und tat eilig. »Es hätte schon viel früher besprochen werden müssen«, blieb der Pater hartnäckig. »Es geht um Euren Hofnarren, Durchlaucht. Ihr habt ihn mehr an Eurer Seite als Euren Beichtvater. Versteht mich recht, es geht mir nicht um mich. Es geht mir allein darum, daß man Eure Herrschaft entsprechend beurteilen könnte, sie also zuwenig ernst finden könnte und zuwenig fromm. Weniger jedenfalls als sie eigentlich ist, wie ich weiß«, setzte er schnell hinzu, als er sah, wie seinem Herrn die Schläfenader schwoll vor Zorn.

»In Sachen des Glaubens ist Er mir stets ein wertvoller Führer, Pater«, sagte der Kurfürst mit betontem Ernst. »Aber was die Art meiner Hofhaltung und Regierung betrifft, so kann mir niemand raten, weil niemand außer mir weiß, was nottut und was nicht. Er sei denn ein mächtigerer Fürst als ich, einer wie der Sonnenkönig. Doch der lebt nicht mehr. Ich aber, ich lebe.« Damit verließ er die Schloßkapelle in einer Haltung, die deutlich machte, daß er nicht mehr ansprechbar war.

Carl Philipp überraschte seine Vertrauten plötzlich mit einem ganz neuen Auftreten, mit einem offiziellen. Im großen Audienzsaal des Schlosses Neuburg erlebte Clemens seinen Herrn erstmalig als regierenden Kurfürsten. Hatte er doch in Innsbruck noch nicht mit den Insignien seiner Macht auftreten wollen. Dort hatte er lediglich die Kunstfertigkeit der Schneider ausgenutzt, sich den weitwallenden roten Mantel mit dem reichen Hermelinbesatz anfertigen zu lassen. Auch die Kurfürstenkrone, den sogenannten Kurhut, brachte er schon von Innsbruck mit. Als Clemens ihn nun bei einem Empfang so dastehen sah, in herrscherlicher Haltung, das Gesicht schmal von der gewaltigen Lockenpracht der lang herabhängenden Allongeperücke, da verstand er, wieso ein Hündchen stolz sein kann auf seinen Herrn. Weil der so riesengroß ist, so viel größer als jeder andere Hund.

Und es war nicht der blinkende Brustharnisch mit den kunstvollen Ätzungen, den der Kurfürst unter seiner Prachtrobe trug, was Perkeo so imponierte. Wußte er doch, daß die Zeit der Ritterrüstungen schon zweihundert Jahre passé war.

Trotz der stolzernsthaften Miene zeigt Carl Philipps Gesicht immer noch das Gutmütige, das jeder an ihm schätzt, fand Clemens. Das Grübchen im Kinn, die vollen, weichen, etwas hängenden Wangen, glattgeschoren wie ein Kleinkinderpopo. Ein gemütlicher Genießermund, konstatierte Clemens. Aber eine große Nase, eine Charakternase, wie ich sie habe. Allerdings etwas stark ausgebohrt, mit zwei Extrahutzeln auf den Nasenflügeln, die exakt den dicken Fingern des Kurfürsten entsprechen. Das ist jedermanns Pech: die klammheimliche Fingerfertigkeit bleibt auf die Dauer nicht verborgen; Nase für Nase beste Handarbeit. – Der Blick des Kurfürsten unter den waagrechten Augenbrauen ist weder forschend noch durchdringend, eher etwas scheu, analysierte Clemens. Als trauten seine Augen der neuen Herrlichkeit noch nicht über den Weg.

Vergnügen an der Donau

Die weitverstreuten Erblande des Kurfürsten, bis hinauf nach Düsseldorf, Kleve und Jülich reichend, von dieser südlichsten Ecke aus zu regieren, erwies sich bald als recht schwierig. Die Wege waren zu lang, Nachrichten kamen zu spät. Da neigte mancher Amtschef dazu, auf eigene Faust tätig zu werden, statt erst einen Boten zum Kurfürsten an die Donau zu schicken. Trotzdem, die Verwaltung des großen Fürstentums funktionierte recht gut. Und Carl Philipp blieb neben den ernsten Regierungsgeschäften auch noch Zeit genug für das Vergnügen. Er mußte ja auch seine Musikanten, Komponisten und Textdichter, seine Schauspieler und Theaterarchitekten beschäftigen. Schon wenige Wochen nach der Ankunft in Neuburg begannen die Proben für eine dreiaktige Schäferoper. Nichts Schöneres gab es für die Hofgesellschaft, als bei einem solchen Spiel im Freien mitzuwirken, sich als Schäfer und Hirtenmädchen zu verkleiden, als Pan mit der Flöte oder als Liebesgott und Fruchtbarkeitsgöttin. So wohltuend war der Kontrast zu dem ganzen alltäglichen Aufwand an Perücken und Spitzen, an Reifröcken, engen Westen und Schnürleibchen. Sich in Gottes freier Natur bewegen zu dürfen wie das kleine Volk, das war ein Stück vom Paradies. Zumal die harte Arbeit und die Not der kleinen Leute ausgespart blieben. Dabei sogar noch kunstvolles Musikspiel zu hören und stets zu wissen, daß man gleich nachher wieder in die gepflegte Atmosphäre des Salons zurückkehren kann, das war echter Genuß.

Man konnte ja nicht täglich auf die Jagd gehen. Obwohl das Jagen natürlich für alle, die sich als richtige Männer fühlten, die optimale Beschäftigung war. Die Jagd, sie konnte einem schon zum Lebensinhalt werden, bei den vielen Vorzügen, die sie bot: Man konnte vorübergehend aus der strengen Etikette des Hofes entfliehen, man konnte sich einmal richtig austoben, brauchte nicht mehr allen Ärger hinunterzuschlucken, bei allem üblen Ränkespiel die Faust in der Tasche zu machen, nein, man konnte draufhalten, abschießen, zustechen. Und man konnte der bessere Schütze sein, der Erfolgreichere. Ganz abgesehen davon, daß das Jagen einen ritterlich erscheinen ließ, ja, fast schon als einen Helden. Und mit dem Heldenhaften paarte sich zufälligerweise auch noch das Praktische. Half man doch mit seinem Jagdvergnügen, den ständig nötigen Nachschub an Wildbret für die Tafel des Hofes herbeizuschaffen. Und man verschaffte mit der Jagerei den Hunden und Pferden den nötigen Auslauf – und den Untertanen etwas zu bestaunen. Gar nicht zu sprechen von der Wohltat, die das für die Bauern darstellte, die froh sein mußten, wenn möglichst viel abgeschossen wurde von dem Wild, das ihnen die Äcker verwüstete und die Frucht abweidete. Selbst die Flinte zu nehmen und die Rehe und Wildschweine abzuschießen, die Hasen und Fasanen und Wildenten, das war den Leuten natürlich nicht erlaubt, so gern sie es getan hätten und so dringend der Kochtopf daheim auch danach verlangte. Alles nur Sache des Landesherrn und des Adels. Auf Wilderei standen schwere Strafen.

Es war der Abend nach einer großen Jagdveranstaltung. Carl Philipp hatte eine Menge nobler Gäste geladen. In den Donauauen war kein Tier mehr sicher gewesen. Das Hundegebell, das Knallen der Büchsen, die Signale der Jagdhörner: Es war ein großer Tag und beinahe eine richtige Jagd, nicht eine dieser üblichen Tiertötungen, kein bloßes Abschießen von gefangenem Wild, das vor die Büchsen getrieben wird, wie bei der sogenannten maskierten Jagd. Natürlich war das Wild in einem günstigen Gelände zusammengetrieben worden, um die Sache nicht gleich schweißtreibend werden zu lassen. Aber einzelne Tiere hatten immerhin noch eine Chance gehabt, den Jägern durch die Lappen zu gehen. Einzelne. – Die Strecke, die nachher verblasen wurde, war entsprechend imponierend. Den Abschluß der Jagd sollte ein Essen im Jagdschloß Grünau bilden. Dorthin hatte der Kurfürst auch seinen Lustigen Rat bestellt. »Von der Jagd selbst hält Er sich besser fern«, hatte er gesagt. »Er könnte allzuleicht mit einem Frischling verwechselt werden. Und dann würde Er uns sehr fehlen an der Tafel. Denn es soll ja ein lustiger Abend werden.« Wobei ihn Clemens korrigiert hatte: »Wenn ich auch an der Tafel fehlen würde, so wäre ich dafür ja auf der Tafel präsent. Das würde noch viel lustiger, weil Ihr dann erleben könntet, wie schwer verdaulich ich bin.«

Clemens war es nur recht, daß er nicht mit durch Wald und Feld preschen mußte. Zwar war er ein leidlich guter Reiter. Aber mit einer schweren Jagdflinte im Arm und diversen Blankwaffen am Gürtel – so stellte Clemens sich die Jagd vor – wäre er sich doch zu albern vorgekommen. So ließ er sich am Abend zusammen mit den Damen nach Grünau fahren. Was ihm nicht unangenehm war, fühlte er sich doch unter Damen so wohl wie nirgends sonst, weil sie so besonders freundlich, ja liebevoll mit ihm umgingen. Da verlor er all seine Rauheit, da war er nicht mehr der Taugenichts aus der Clique »Die böse Sieben«. Der Umgang mit den Damen des Hofes hatte ihn ganz schnell zum – nein, nicht zum Salonlöwen, eher zum Salonfuchs gemacht. Er wußte Schmeicheleien zu schätzen und auf eine verführerische Art zurückzugeben.

Fahrt durch die lichten Auwälder: Palmweiden, einzelne Birken, dazwischen Wiesen voller Maulwurfshügel. Dann das Schloß Grünau. Als die Kutsche zum Seiteneingang hin abbog von der schnurgeraden Allee, die direkt auf das Jagdschloß Grünau zu führte, meinte eine der Damen: »Zwar gibt es größere Schlösser, aber wohl kaum eine größere Liebe als die, aus der Grünau erwachsen ist. Ihr müßt nämlich wissen, Cavaliere Clemens, daß der Pfalzgraf Ottheinrich dieses Haus vor zweihundert Jahren seiner Gattin Susanna zuliebe erbauen ließ.« Doch noch ehe der Angesprochene etwas dazu sagen konnte, meinte eine der älteren Damen: »Kein Wunder, daß er sie so liebte. Die Susanna wußte, wie's gemacht wird, sie war eine Witwe.«

»Alles gut und schön«, meinte Clemens, »aber spielte da vielleicht eine Rolle mit, daß der Pfalzgraf auf seinem Schloß Neuburg keine Ruhe fand, weil die Handwerker dort nicht fertig wurden mit ihrem Hämmern und Meißeln?«

»Ach, Er ist viel zu sachlich, um das richtig zu sehen«, meinte die junge Dame, die ihn angesprochen hatte. »Zu schade, Er würde mir wohl nie solch ein hübsches Schlößchen bauen, wenn ich seine Gattin wäre.«

»Der Gedanke ist zu schön, Comtesse Dorothee. Ich werde ihn in meinen Träumen weiterverfolgen. Da kann ich auch bauen, wie ich möchte. – Aber solch ein Schloß, nein, das würde ich nicht errichten lassen. Es müßte viel, viel kleiner sein. Damit ich darin um so größer wäre – und damit du, Comtesse, dich bücken müßtest und ich leichter an deine lockenden Lippen käme.«

Das brachte Stimmung in die Kutsche, und alle vier, die drei festlich geputzten Damen genau wie Clemens, bedauerten, daß man schon angekommen war. Beim Aussteigen richtete die Comtesse es so ein, daß sie sich auf den Lustigen Rat stützen mußte und ihm einen schnellen Kuß auf die Stirn drücken konnte. »Ein großer Charmeur ist Er«, flüsterte sie ihm dabei zu und drohte ihm lächelnd mit erhobenem Zeigefinger. »Perche no?« tat Clemens das Kompliment ab, das ihn so in Hitze brachte, daß er an diesem Abend glatt drei Flaschen Wein mehr zu sich nehmen müßte.

Auf die Dauer sicher nicht der richtige Platz, um von hier aus meine Erblande zu regieren, überlegte Kurfürst Carl Philipp. Und handelte entsprechend. So ließ die extreme Randlage Neuburgs die Residenzherrlichkeit für das kleine Donaustädtchen schnell zu Ende gehen. Die Hoffeldtrompeter und Heerpauker, die noch am Düsseldorfer Hof seines verstorbenen Bruders Johann Wilhelm auf ihre weitere Verwendung warteten, bekamen den Marschbefehl. Sie sollten sämtlich und sofort mit ihren Familien nach Heidelberg abreisen. Pro Familie gewährte der Landesherr ihnen dafür eine Umzugsbeihilfe von 30 Gulden. Gleichzeitig gab Carl Philipp Befehl, die Abreise von Neuburg vorzubereiten. 600 Pferde ließ er herbeischaffen für den Transport. 20 schwere Wagen wurden mit dem Gepäck des Hofes beladen. Und nach nur eineinviertel Jahren in Neuburg verließ der Kurfürst im August des Jahres 1718 mit seinem gesamten Hofstaat seine Geburtsstadt und zog der Rheinpfalz entgegen. Den Neuburgern aber war, als wäre ein schöner Traum zu Ende, als sie ihren Landesherrn scheiden sahen und mit ihm alles, was Leben und Geld in ihr Städtchen gebracht hatte.

Unmittelbar vor dem Aufbruch der kurfürstlichen Kolonne gab es einen Disput zwischen Carl Philipp und dem Jesuitenpater Nikolaus Staudacher. »Ich gehe davon aus«, sagte der Pater und hatte dabei schon die Hand am Schlag der kurfürstlichen Kutsche, »daß Durchlauchtigst es für angemessen halten, daß niemand anders als der Vertreter des Allerhöchsten Ihm während der Reise Gesellschaft leistet.«

»Moment, Pater«, hielt der Kurfürst ihn an der Kutte fest. »Zwar sehe ich es wie Er, daß niemand aus meiner Begleitung höher steht als der Vertreter des himmlischen Herrn. Doch ist es gerade das, was es mir unmöglich macht, mit Ihm die Kutsche zu teilen.«

»Ach«, kam es da nur, weil der Pater gegen dieses Kompliment nicht gut etwas sagen konnte.

»Bei meiner tiefempfundenen Verehrung für Gott, bei meiner hohen Achtung vor der Kirche wie vor ihren Vertretern muß ich alles vermeiden«, fuhr der Kurfürst fort, »was zu einer Profanierung des Erhabenen führen könnte. Seine Anwesenheit, Pater, soll mir immer etwas Besonderes bleiben, das Wort meines Beichtvaters stets ein Ereignis.« Sprach's und drängte sich an dem Pater vorbei in seine

Kutsche, schloß die Tür und gab den Befehl zur Abfahrt. Im selben Augenblick huschte Clemens von der anderen Seite in die Kutsche und setzte sich seinem Herrn gegenüber.

Als sie die Stadt Neuburg hinter sich gelassen hatten, Schluß mit dem würdevollen Winken rechts und links aus den Fenstern der Kutsche, sagte der Kurfürst: »Nun hat Er einen Feind, Lustiger Rat, und das wird nicht lustig werden für Ihn.«

»Für einen Menschen wie mich ist jeder normale Mensch ein Feind.«

»Aber der Pater ist kein normaler Mensch.«

»Um so besser, dann haben wir was Gemeinsames.«

»Sei Er auf der Hut, Lustiger Rat!«

»Ach was! Was habe ich mit dem Pfaffen zu tun? Ich brauche keinen Kontaktmann zum Himmel, weil ich sowieso in die Hölle komme. Ich pfeife auf die Pfaffen.«

»Ja, Er hat es gut. Er ist zu beneiden.«

»Solange es dem Pater nicht gelingt, dir, Durchlaucht, den Sinn zu verdrehen, kann mir nichts passieren. Und das wird ihm nicht gelingen.«

»Sei Er auf der Hut, Lustiger Rat!«

Da wurde die Reise zunächst einmal eine stummnachdenkliche Schaukelei durch herrlichste Landschaften, die ihnen beiden nichts sagten. Dem Kurfürst fiel der Abschied von der Stadt seiner Kindheit doch wohl schwerer, als er selbst geglaubt hatte. Und Clemens irritierte, daß sein allgewaltiger Fürst ganz offensichtlich Angst vor dem Pater hatte – und sogar ihm Angst machen wollte. Er trat gegen den Sitz gegenüber, um sich zu vergewissern, daß seine Schuhe immer noch extrahart waren, daß sein Tritt blitzschnell und hammerfest kam. Carl Philipp verstand – und lächelte.

Es war an einem der nächsten Tage – die Hitze war nicht mehr so drückend, eine leichte Brise wehte jetzt durch die offenen Fenster der Kutsche –, als Carl Philipp begann, seinen Hofnarren über das Ziel aufzuklären, das sie zunächst ansteuern würden: Schwetzingen. »Das Schwetzinger Schloß ist traditionell der Sommersitz der Kurfürsten bei Rhein. Für vier bis fünf Monate pflegt der gesamte Hofstaat das Heidelberger Schloß zu verlassen und in die Rheinebene zu ziehen. Es ist dort nicht so schwül wie im engen Neckartal. Durch die Rheinebene ziehen frische Winde, und das Schloß Schwetzingen liegt inmitten ausgedehnter Wälder, die zur Jagd einladen.«

»Schön, aber – gibt es da sonst noch was außer der Jagd?«

»Ich habe die Gegend lange nicht mehr gesehen. Und ich befürchte, daß sie außer reichlich frischer Luft kaum anderen Reichtum bietet. Die gesamte Rheinpfalz ist in den letzten hundert Jahren zweimal völlig zerstört worden, zuerst im Dreißigjährigen Krieg, dann im Orléansschen Krieg. Zwei meiner Vorgänger haben sich zwar nach Kräften um den Wiederaufbau bemüht. Doch wir müssen sehen, was dabei herausgekommen ist.«

»Deine beiden Vorgänger hatten also wenigstens eine richtige Aufgabe, Kurfürst.«

»Wenn Er das so sehen will – ja. Ich sehe das allerdings anders. Ich meine, den beiden ist viel entgangen durch ihre Aufbaubemühungen. Sicher, es waren schlimme Zeiten damals. Beispielsweise nach dem Dreißigjährigen Krieg. Wohl kein deutscher Landstrich war so stark verwüstet worden wie die Kurpfalz, gerade um Heidelberg, Mannheim und Schwetzingen herum. Die Weinberge waren verwildert, als Kurfürst Carl Ludwig sich an die Aufräumarbeiten machte, damals im Jahre 1649. Nichts mehr wuchs auf den Feldern. Überall nur Unkraut und Dornen und zerstörte Häuser. In manchen Ortschaften lebte nicht ein einziger Einwohner mehr. Dafür waren die Wälder und Landstraßen voll von Räubern und Wegelagerern. Es gab kaum noch Handel und deshalb auch keine Akzise einzunehmen, keine Zinsen zu bekommen, kein Zehnt zu kassieren. Da hat Carl Ludwig allerdings eine kluge Entscheidung getroffen. Er hat seine geflohenen Landeskinder aufgefordert zurückzukehren. Und er hat Fremde eingeladen, sich in der Kurpfalz niederzulassen, tüchtige Fremde: Hugenotten, Wallonen und Schweizer, Glaubensflüchtlinge alle. Die hatten Mut und Ehrgeiz und deshalb auch bald Erfolg. Die bauten statt Getreide Lohnenderes an: Hanf und Flachs und vor allem Tabak. Das Aussehen der Pfalz änderte sich. Neben den traditionellen Handelsgütern Holz und Wein standen jetzt auch Mais und sogar Kartoffeln. Die Dreifelderwirtschaft wurde aufgegeben, weil sie zuwenig Ertrag brachte. Statt der Brache wurde nun Klee angebaut. So ging es schneller aufwärts mit der Wirtschaft des Landes. Die Textilherstellung kam in Schwung und auch die Bierbrauerei – immer ein gutes Geschäft, denn die Leute trinken ihr Bier, egal ob es ihnen schlecht geht oder gut. Es entstanden Sägewerke, Papiermühlen und Glashütten. In der Rheinebene begann man mit der Seidenraupenzucht und im Rhein mit der Goldwäscherei.«

»Und überall hat der Kurfürst selbst Hand angelegt? – Er muß viele Hände gehabt haben. Das habt Ihr Herren doch sonst nur beim Einnehmen.«

»Ja, Carl Ludwig hat sich persönlich um alles gekümmert.«

»Aber das war doch großartig«, meinte Clemens, ehrlich begeistert von dieser Tüchtigkeit.

»Nein, das war nicht großartig, das war nach Krämerart gehandelt.«

»Wie hätte er anders handeln sollen?«

»Carl Ludwig hätte besser daran getan, reich zu heiraten, und das möglichst gleich mehrmals hintereinander. Statt dessen hat er sich bloß mit seiner Frau, einer hessischen Grafentochter, überworfen und dann ein romantisches Liebesverhältnis mit einer ihrer Hofdamen angefangen. Mit in Latein geschriebenen Liebesbriefen hat er sie traktiert, und schließlich machte er dieses schöne Fräulein – Luise von Degenfeld hieß sie – zu seiner Frau. Zur linken Hand, wohlgemerkt, weil sie als standesgemäße Gattin nicht in Frage kam. Aus dieser morganatischen Ehe, die ihm kein Geld eingebracht hat, entsprangen dann auch noch dreizehn Kinder, die er versorgen mußte. Erst beim vierzehnten, bei der Geburt, starb die Frau. Was hatte er nun gehabt von seiner Liebesehe?«

»Aber gibt es denn was Schöneres als so eine Liebesehe?«

»Er hält natürlich mit den Narren, der Narr. Dabei ist die Ehe viel zu wichtig, um daraus eine Sache der Liebe zu machen. Nun ja. Als es dann wieder aufwärts ging in seinem Land, da hat Carl Ludwig es versäumt, richtig den Rahm abzuschöpfen. Statt kräftig zuzulangen, hat er nur sehr geringe Steuern erhoben. Er hat sein Hofpersonal klein gehalten und jeden Aufwand vermieden, der Geld kostete – und hat so das Ansehen seines Landes und des Kurfürstenamtes geschmälert und sich selbst um den Genuß seiner wirtschaftlichen Erfolge gebracht. Immerhin, das Schwetzinger Schloß hat Carl Ludwig wieder aufgebaut, wenn auch nur als Liebesnest für seine Luise.«

»Und als Sommersitz für dich, Kurfürst, und für mich, sonst brauchten wir jetzt nicht dorthin zu fahren.«

»Irrtum. Das Schloß, das Carl Ludwig wiederaufgebaut hat, ist auch wieder zerstört worden. Und dafür hat Carl Ludwig selbst noch den Grund gelegt.«

»Das verstehe, wer will.«

»Das war so«, erklärte der Kurfürst geduldig weiter. »Mein tüchtiger Vorgänger Carl Ludwig wollte besonders geschickt sein. Deshalb hat er seine Tochter aus erster Ehe, die Liselotte, dem Bruder des französischen Königs, dem Herzog von Orléans, zur Frau gegeben. So wollte er den Kontakt zu Frankreich verbessern. Nun, Liselotte lebt heute noch am Pariser Hof. Aber als ihr Bruder starb, da beanspruchte der französische König Ludwig XIV. die Pfalz als Erbe. Für sie und in ihrem Namen und gegen Vertrag und ihren ausdrücklichen Willen. Und als man ihm das angebliche Erbe nicht freiwillig geben wollte, schickte er seine Truppen über den Rhein. Die verwüsteten systematisch alles: die Städte, Schlösser und Burgen in der Pfalz, auch alle Felder und Weinberge. Das Heidelberger Schloß fiel der Zerstörungswut ebenso zum Opfer wie das Schwetzinger Schloß. Die Pfalz sollte nach dem Willen des französischen Königs künftig als ein breiter Streifen von unbewohnbar gemachtem Ödland vor der französischen Ostgrenze liegen, als Schutzgürtel und als Aufmarschgebiet für die eigenen Truppen. Und der Sonnenkönig hatte die Macht, seinen Willen in die Wirklichkeit umzusetzen. Seine Anweisung: ›Brûlé le Palatina!‹ hat die Pfalz tatsächlich beinahe völlig ausgelöscht. Und das war erst vor knapp dreißig Jahren!«

»Du machst mir Angst, Kurfürst«, beschwerte sich Clemens. »Habe ich meine Sachen gepackt und mich mit dir auf die Reise gemacht, um zukünftig in Ruinen zu hausen?«

»Keine Angst. Daß wir gut untergebracht sein werden, dafür hat noch mein Bruder Johann Wilhelm gesorgt. Schon von Düsseldorf aus hat er sich um die Schlösser in Schwetzingen und Heidelberg bemüht. Das ist es ja, womit er seine Schatztruhen und sein Leben ruiniert hat. Er war so konsequent. Gleich nach dem Friedensschluß zu Ryswick im Jahre 1697 ist Johann Wilhelm von Düsseldorf, wo er geboren war und sich am wohlsten und sicherten fühlte, in seine südlichen Ländereien gezogen, um den Wiederaufbau persönlich zu überwachen. Er residierte mit seiner italienischen Frau in einem pfalzgräflichen Schloß in Weinheim, nördlich von Heidelberg. Dieses alte Städtchen Weinheim war im Orléansschen Krieg weniger stark zerstört worden. Deshalb brachte er dort im Schloß auch die kurfürstliche Münze und Druckerei unter. Und einige wenige Heidelberger Professoren hielten dort sogar die Heidelberger Universität am Leben. Notmaßnahmen natürlich, alles nur für kurze

Zeit gedacht. Denn gleichzeitig gingen die Aufbauarbeiten in Schwetzingen und Heidelberg gut voran. Mein Bruder selig hat dafür Schulden über Schulden gemacht. Er hat sich nur noch um den Wiederaufbau gekümmert, statt einen legitimen Sohn und Erben zu zeugen.«

»Und hat dir damit die Kurfürstenkrone vermacht, die dich nicht sehr drückt.«

»Und die Schulden dazu«, ergänzte der Kurfürst. »Aber die drücken mich genausowenig wie der Kurhut. Die Schulden werden meine braven Pfälzer bald abgearbeitet haben. Ein fleißiges Völkchen, wenn man es nur richtig rannimmt. – Aber nun ist Er dran mit Erzählen. Und daß es nur ja etwas Lustiges wird!«

Im Sommerschloß Schwetzingen

Am 28. August dieses Jahres 1718 trat der neue Kurfürst das erste Mal in seinen rheinpfälzischen Erblanden auf, wie er mit großem Gefolge in das Schwetzinger Schloß einzog. Auf dem Schloßplatz hatte ihn eine Abordnung des Mannheimer Stadtrats feierlich begrüßt. Was Carl Philipp mit hoheitlich lässiger Gebärde geschehen ließ, was ihn aber doch sehr freute, wie Clemens an dem plötzlich so ganz anderen Augenausdruck feststellen konnte. Es war deutlich: Mit dieser Aufmerksamkeit hatten die Mannheimer viel Sympathie bei ihrem neuen Herrn gewonnen. Das sollte sich noch auszahlen.

Doch erst einmal brachte der nächste Tag die erste Jagd. Es ging in den Käfertaler Wald. Und nach dem Jagdvergnügen kam ein großes Essen im freiherrlich von Hundheimschen Schloß zu Ilvesheim. Der Alltag des Schwetzinger Sommeraufenthalts hatte damit begonnen. Ein recht bescheidener Rahmen im Vergleich zur Hofburg in Innsbruck und dem Schloß Neuburg, fand Clemens. Und verstand nicht recht, was den Kurfürsten hierher gezogen hatte. Was war an diesem Schloß Schwetzingen besser als an Neuburg? Für den Hofnarren ist ja nur die Kommunikation in der unmittelbaren Umgebung des Herrschers, also innerhalb des Schlosses wichtig, niemals die landesweite. Und diese interne Kommunikation funktionierte schon in Innsbruck und Neuburg so gut wie jetzt in Schwetzingen. Das hieß: Clemens bekam alles mit, was getuschelt und gemunkelt wurde. Er galt als der Harmlose – und entwickelte sich so zur Spinne im Netz. Kein Wunder, daß der Kurfürst jede Gelegenheit wahrnahm, mit ihm allein zu sein, um zu erfahren, was um ihn herum vorging, gesagt und gedacht wurde. Was Clemens erst allmählich aufging und dann sehr stolz machte. Hatte er doch keine Ahnung davon, daß der Kurfürst an seinem Hof wie in all seinen verstreuten Städten und Ortschaften seine Horcher hatte, die ihm regelmäßig über alles berichteten, was sie mitbekommen hatten. Clemens stand nun als Sonderberichterstatter neben dem wohlorganisierten Nachrichtendienst und fühlte sich schon allwissend. Nur weil er gehört hatte, der Kurfürst sei nach Schwetzingen gekommen, weil er hier eine so großartige Geliebte zu finden hoffe, wie die Luise von Degenfeld seines Vorgängers Carl Ludwig, die hier in Schwetzingen noch in guter Erinnerung war. Als Clemens das seinem Herrn berichtete, lachte der ihn aus. Aber der Graf von Thurn und Taxis, der Kommandeur der Leibgarde zu Pferde, der dabei war, meinte mit sonderbarem Lächeln: »Auch Sonne und Erde drehen sich umeinander, und das, obwohl die Sonne doch so viel glanzvoller ist als die Erde.« Womit Clemens nichts anfangen konnte. Noch nicht.

»Lassen wir ihn damit in Ruhe«, sagte Carl Philipp. »Aber hat Er sonst noch was zu berichten, Lustiger Rat?«

»Ja, es sei nicht gesund, hier zu leben, hörte ich, denn dieses Schloß stehe mit den Füßen im Wasser«, machte Clemens aus seiner Abneigung gegenüber dem Schloß Schwetzingen keinen Hehl. Er hoffte, damit den Aufbruch nach Heidelberg beschleunigen zu können.

»Das ist nun mal so bei einer ehemaligen Wasserburg«, versuchte Carl Philipp ihn zu beruhigen. »Die Burg war in die Erde hineingegraben, als Tiefburg, mit einem Wassergraben rundherum. So baute man eben in früheren Jahrhunderten, wenn man sich in der Ebene niederlassen mußte. Aber wir leben ja im ersten Obergeschoß, da holen wir uns schon keine nassen Füße. – Und so lang sind seine Beine ja auch nicht, daß sie bis zu den Fundamenten hinabhängen würden.«

Allgemeines Gelächter, das den heimlichen Nachrichtendienstler veranlaßte, seine weiteren Erkenntnisse doch lieber für sich zu behalten. So zum Beispiel die tolle Geschichte, die ihm der Freiherr von Sickingen erzählt hatte: »Die lateinisch abgefaßten Liebesbriefe, mit denen Kurfürst Carl Ludwig das schöne Fräulein Luise von Degenfeld in Liebesglut gebracht hat, die hat er nicht selbst geschrieben. Dazu hatte der vielbeschäftigte Mann überhaupt keine

Zeit. Er hat die Briefe einfach dem Liebesroman ›Euryalus und Lucretia‹ entnommen, den im 15. Jahrhundert der Italiener Aeneas Silvius Piccolomini auf Latein geschrieben hatte; das war übrigens der spätere Papst Pius II. Doch hat das bis jetzt noch niemand gemerkt. Die Leute lesen eben zu wenig. Während der damalige Kurfürst noch ein Leser war. Das gab Überlegenheit.«

Clemens war ein Lebenskünstler. So zügelte er seine Ungeduld, nach Heidelberg auf das berühmte Stammschloß der Kurfürsten bei Rhein zu kommen, und bemühte sich um eine positive Einstellung zu dem kleinen Schwetzinger Schloß. Alles nur eine Frage der Betrachtungsweise, fand er. Wenn man es richtig ansieht, ist das ja auch ein imponierender und schöner Bau. Schon wenn man auf der breiten Allee auf das Schloß zukommt, meint man, durch einen endlosen Korridor zu gehen, der sich vor dem Schloß zu einem Vorsaal öffnet, dem Schloßplatz. Alles recht vielversprechend. Schwere Steine als Baumaterial, gewaltige Buckelquader, ein recht massiger Bau, fast immer noch eine alte Burg. Dann steht man auf einmal vor dem prächtigen Tor mit seinen Wappensäulen und geht hinein in den Ehrenhof, aus den beiden Wachhäuschen kritisch beäugt. Und in diesem Ehrenhof grünt und blüht es einem entgegen, daß es eine Lust ist. Ein paar Schritte weiter, und man ist schon wieder draußen, unter dem ganzen Schloß hindurchgegangen. Das war's dann auch schon. Das eigentliche Schloß liegt dann rechts und links hinter einem, die Anbauten nur zweigeschossig, der Haupttrakt aber in viergeschossiger Majestät. Das anmutige Lehmbraun, weiß abgesetzt, die schwarzen Schieferdächer, Clemens sah ein, daß er – genaugenommen – doch ein schönes Schloß bewohnte. Er brauchte nur noch kurz die Erinnerung an die düstere Behausung und Werkstatt seines Innsbrucker Knopfmachermeisters hervorzukramen – und war schon überzeugt: Schwetzingen ist wunderschön.

Es war Alessandro Galli da Bibiena, der Theaterarchitekt aus Bologna, der Clemens auf etwas Eigenartiges aufmerksam machte: »Sieht er dort jenseits des Schlosses den Berg? Das ist der Königsstuhl über Heidelberg. Und am Hang dieses Berges, nicht ganz in halber Höhe, da steht das Heidelberger Schloß, das Er von hier aus nicht sehen kann. Bei Vermessungsarbeiten hat man kürzlich festgestellt, daß man die Linie vom Königsstuhl zum Schwetzinger Schloß nur fortzusetzen braucht, um exakt auf den Kalmit zu treffen, den höchsten Berg der Haardt an der Westgrenze der Kurpfalz. So liegt also dieses Schloß hier genau auf der Mittelachse kurpfälzischer Macht, und der Kurfürst sitzt hier wie im Mittelpunkt der Welt. Seiner Welt, wohlgemerkt. Deshalb – wenn es nach mir ginge –, dann würde dieses Schloß hier zu einer großen Palastanlage ausgebaut, zu einem Prunkschloß, das sich mit dem des Sonnenkönigs in Versailles messen könnte.«

Clemens bestaunte den Überblick, den der Theatermann zeigte. Und er fand seinen Plan grandios. Aber auch dieses Wissen wollte er lieber nicht an den Kurfürsten weitergeben, um ihm nicht einen Floh ins Ohr zu setzen, der ihn selbst, Clemens, dann ein Leben lang hier in der Rheinebene festhalten würde. Das wäre wie in der Verbannung, grauste es ihm bei dem Gedanken. Denn – Prunkschloß hin und Prunkschloß her – viel zu flach würde diese Gegend für ihn immer bleiben. Er war halt ein Kind der Berge. So schaute er nur noch öfter zu dem gar nicht so fernen Königsstuhl hinüber, wo das Heidelberger Schloß auf ihn wartete.

Debüt des Hofnarren im Heidelberger Schloß

Es war ein grauer Novembermorgen, an dem Clemens das erste Mal einen Blick auf Heidelberg werfen konnte. Er war ans Fenster getreten, voller Neugier, und glaubte dann, noch zu träumen. Sitze ich auf einer Wolke? Fahre ich durch die himmlischen Gefilde? Da lag tief unter ihm ein Städtchen, dessen Dächer sich eng aneinanderkuschelten wie schutzsuchend. Schwarzgraue Schieferdächer, kleine und noch kleinere, mal dahin, mal dorthin geschrägt, ein wirres Gedränge und Geschubse. Und nichts von denen zu sehen, die sich darunter verbargen. Mitten in dem Dächergedränge eine große Kirche. Und weitere Türme und Türmchen rundum. Gerade gegenüber sah Clemens grüne Hänge, mit hellen Flächen, wie verschorft. Offenbar Weinfelder, die den Wald zurückgedrängt haben, überlegte er. Wie hoch die Hänge ansteigen, was für stolze Berge dort stehen, das war nicht zu erkennen, weil sie in tiefhängenden Wolken verborgen waren, in düsteren Wolkenmassen, die dem ganzen Tal wie eine Riesenmütze übergezogen waren. Das sonderbarste Bild aber bot der Fluß, der durch das Tal floß und von einer gedeckten Brücke überspannt wurde. Über dem Wasser wurde wie von Geisterhand ein breiter weißer Teppich ausgerollt. Ein gewaltig dickflauschiges Weiß ohne Anfang und Ende. Von irgendwo im Osten kam es heran und legte sich auf den Fluß, als sollte der vor dem anbrechenden Tag verhüllt bleiben. Nützt nichts, dachte Clemens, ich weiß doch: Das ist der Neckar. Ein Geisterfluß, halb mit grünbraunen Fluten sich in seinem Bett dahinwälzend, halb sich daraus erhebend und sich selbst eine weiße Bettdecke machend, unendlich lang, die sich rollt und zieht und schiebt: nach Westen hin, flußabwärts. Clemens rieb sich die Augen. Vielleicht doch noch zu früh, um sich über seine neue Umgebung Gedanken zu machen. Ja, vielleicht. Zumal der Abend sehr lang und sehr lustig war. Aber jetzt wieder ins Bett gehen, versuchen weiterzuschlafen, nein, das kann ich auch nicht. Zu lange habe ich mich auf dieses Heidelberg gefreut, um es jetzt verschlafen begrüßen zu dürfen. Er öffnete das Fenster und ließ die kühle Novemberluft herein, die ihm wie mit vielen Händen um den bettheißen Kopf griff, ihn wachrüttelte, munter machte. Daß ich so hoch über der Stadt wohnen würde, hätte ich nicht gedacht. Obwohl es mir ja wohl zusteht. Und gestern nacht, als ich die Wendeltreppe hinaufgeklettert bin, dachte ich, sie führte mich geradewegs in den Himmel, so viele Stufen hatte sie. Der Wein sackte mir bei jedem Tritt noch tiefer in die Beine. Diese Wege rauf und runter, die langen Gänge, die von einem Gebäude in das nächste führen, es wird nicht leicht sein, sich hier zu orientieren. Wie weiß man überhaupt, ob man in dem Palast ist, den sie Gläserner Saalbau nennen, oder in dem sogenannten Friedrichsbau. »Er wohnt im Friedrichsbau«, hatte mir ein Lakai gesagt, der sich schon auskannte. »Ich führe Ihn aus dem Gläsernen Saalbau hinüber in den Friedrichsbau, Lustiger Rat, sobald Er genug hat«, hatte er gesagt. »Sein Zimmer ist im dritten Obergeschoß, das letzte Zimmer in der Nordwestecke. Das kann Er sich leicht merken.« Wie sollte ich wissen, wo Norden und Westen sind, nachdem er mich um so viele Ecken geführt hatte.

Sie waren erst nach Einbruch der Dunkelheit in Heidelberg eingetroffen. Weil nicht viel Wegstrecke vor ihnen lag, hatten sie sich Zeit gelassen mit dem Aufbruch und mit dem Abschied von den Schwetzingern. Und dann, nach kurzer Fahrt, das, was sie als Heidelberger Schloß bezeichneten. Ein Schloß? Ein dunkler Haufen von Gemäuer vor dem fast ebenso dunklen Himmel, das war alles, was er gesehen hatte. Und nur die Lichter hinter den Fenstern hatten ihn sicher sein lassen, daß die Fahrt nicht in die Steinbrüche ging. Nicht zu lebenslanger Zwangsarbeit verurteilt, mit schweren Ketten an den Füßen. Nein, nur mit einem feinen Kettchen an den Kurfürsten geschmiedet, mit einem aus purem Gold natürlich. Luxus, Überfluß, Wohlleben garantiert. Wenigstens so lange, wie der Kurfürst Gefallen daran findet, mich um sich zu haben, überlegte er. Solange ich ihm frech genug und nicht zu frech bin, gewitzt genug und doch nicht zu gewitzt, vor allem aber ihm im Trinken über. Wenn auch nicht unbedingt im Essen. Er hat einfach mehr Platz hinterm Hemd als ich.

Damit war Clemens bei der Erinnerung an den vergangenen Abend angelangt. Bei seinem ersten Abend auf dem Heidelberger Schloß. Carl Philipp hatte zu einem Begrüßungsessen eingeladen. Was immer Rang und Namen hatte in Heidelberg und Umgebung, das hatte sich im Gläsernen Saalbau eingefunden, der den größten Saal des ganzen Schlosses bot. Daß der Bau alles andere als gläsern war mit seinen schweren, dreifach übereinander gestapelten Arkaden, das hatte Clemens schon bei der Ankunft im Burghof gesehen. Nachher, im großen Festsaal, wurde ihm dann erklärt, woher die sonderbare Bezeichnung Gläserner Saalbau kam: weil der Saal mit Spiegelwänden vergrößert war, was einen phantastischen Eindruck ergab. Die Tische und Stühle und Menschen alle, das wollte überhaupt kein Ende nehmen. Und all die Fackeln, deren Licht sich vielfach spiegelte, das war ein Festsaal, wie Clemens noch keinen gesehen hatte. Doch hatte er nicht viel Muße gehabt, sich umzusehen. Zu viele Menschen verstellten ihm den Weg und begrüßten ihn ehrerbietig. Auch Honoratioren der Kirche, der Stadt und der Universität waren gekommen. In bunter Reihe mit den Höflingen und den prächtig aufgeputzten Damen des Hofes nahmen sie an den langen Tischen Platz.

»Das wird sein Debüt sein als Lustiger Rat in Heidelberg«, hatte der Kurfürst ihm zugeflüstert, als Clemens an seiner Seite auf den hohen Stuhl kletterte. An der Linken des Kurfürsten. Zur Rechten machte es sich ein gewichtiger Bischof bequem, den Clemens noch nicht kannte. Was der Kurfürst mit seiner Bemerkung meinte, war ihm klar. Er verlangte immer wieder neu die Glanzleistung für seine glänzenden Feste: Der Zwerg, der als Kleinster alle Großen aussticht. Was Clemens nicht wußte, das war, daß der Kurfürst heimlich eine Art Komplott gegen ihn geschmiedet hatte. War es doch üblich, daß man beim Essen die abgenagten Knochen einfach hinter seinen Stuhl auf den Boden warf. So war immer Platz genug auf der Tafel für den Nachschub. Carl Philipp hatte nun einigen Nachbarn rechts und links neben sich gesagt, sie sollten alle ihre Knochen heimlich hinter den Stuhl des Hofnarren werfen. So geschah es denn auch. Und im Eifer der hemmungslosen Völlerei fiel dieser Streich auch nicht auf. Clemens schaute nicht hinter sich, wenn er was zu essen vor sich hatte. Als nun endlich der Augenblick gekommen war, da niemand mehr Zugriff bei den immer weiter hereingeschleppten Speisen, man nur noch ächzen und seufzen konnte, möglichst weit zurückgelehnt, mit geöffneten Knöpfen über dem Bauch, da ergriff der Kurfürst das Wort, indem er der versammelten Festgesellschaft seinen Hofnarren vorstellte: »Er ist zwar der Kleinste unter uns. Doch gebe sich keiner einer Täuschung hin. Denn in Wahrheit ist der Lustige Rat der Größte von uns allen. Und das hat er heute abend wieder bewiesen. Man braucht nur hinter seinen Stuhl zu schauen, dann sieht man, der Lustige Rat ist der größte Fresser bei Hofe.« Da verdrehten sie ihre Köpfe, um hinter Clemens' Stuhl zu sehen, und sprangen auf und drängten sich heran. Und es erhob sich ein wildjubelndes Gelächter. Lag doch tatsächlich ein gewaltiger Knochenhaufen hinter dem Stuhl des Zwerges. Da schüttelten sie ihre feisten Hängebacken, und die prallen Bäuche wackelten geradezu furchterregend, wie man sich schier kaputtlachen wollte vor Vergnügen. Und Clemens saß da, sah vor sich hin, als wäre er sehr betroffen von dieser Entdeckung, und sagte kein einziges Wort.

Er wartete, bis das Lachen verebbte. Dann stand er auf, verbeugte sich gegen seinen Herrn und rief zu der ganzen wilden Festgesellschaft hin gewandt in den Saal: »Zuviel der Ehre für mich, werte Damen und Herren. Ihr feiert den falschen Helden. Seht doch einmal hinter die Stühle unseres Herrn und seiner Ehrengäste. Dann erkennt ihr: Unsere Vornehmsten sind die größten Fresser im Land, denn sie müssen sogar noch die Knochen mitessen, um satt zu werden.« Da herrschte für einen kurzen Augenblick völlige Ruhe im Saal. Alles sah zum Kurfürsten hin. Aber als der seinen Stuhl zurückschob, sich den Bauch hielt und prustend loslachte, da bemächtigte sich der ganzen Gesellschaft eine brüllende Lustigkeit, derart wild und lang anhaltend, in immer neuen Wellen sich überschlagend, daß es plötzlich anfing zu stinken im Saal. Da saßen festlich gekleidete Damen verkrümmt auf ihren Stühlen und hielten sich den Finger zwischen die Beine wie kleine Mädchen am Strand. Und würdige Herren drängten mit hochroten Gesichtern und breitbeinigem Watschelgang hinaus. Wein und Bier lief auf den Tischen aus umgestoßenen Gläsern und Bechern zusammen, und unter manchen Tischen standen schon kleine Pfützen.

Das war führwahr ein großes Fest, resümierte Clemens. Ich habe Komplimente eingesammelt wie der Pfaffe Hosenknöpfe im Klingelbeutel. – Vielleicht auch nicht wie Hosenknöpfe, mußte er sich dann doch zugeben. Ich kann ja ruhig ehrlich sein, ich bin ja allein: Es hat mir auch Spaß gemacht, ja.

Wenn ein Zwerg wächst

So falsch war sein erster Eindruck gar nicht, diese Vorstellung, auf einen riesigen Steinbruch zuzufahren, am Abend des Ankunftstages. Jetzt, da Clemens daranging, seine neue Umgebung zu erkunden, sah er tatsächlich an vielen Stellen des Burgkomplexes nur wildes Geröll. Der Geschützturm, den sie Krautturm nannten, weil einst in seinem Untergeschoß das Schießpulver, das Kraut, gelagert war, der stand aufgeschnitten da. Das gewaltig dicke Gemäuer war in einer großen Schale abgesprengt und in den Burggraben abgerutscht. Und nun zeigte sich das Innere des Turmes wie auf einem vom Architekten gezeichneten Aufriß. Die drei Plattformen übereinander, von mächtigen Gewölben getragen, die auf einem klobigen Mittelpfeiler ruhten. Die Schießscharten zeigten noch, wo die Kanonen gestanden hatten. Und daß die dem Feind zugewandte Mauer viel dicker war als die nach innen gewandte. Alles gut überlegt und perfekt gemacht – und doch umsonst. Denn was so selbstverständlich schien, nämlich daß der Feind den Turm von draußen jenseits des Grabens beschießen würde, das hatte sich als Trugbild erwiesen. Als sich Stadt und Burg den weit überlegenen Franzosen ergeben hatten, weil der Kommandeur nur seine Haut zu retten bemüht war, da knackten die französischen Mineure den Krautturm von innen. Indem sie die Lunte an das eingelagerte Pulver legten. Genauso machten sie die eigentlich unzerstörbare Mächtigkeit des Dicken Turms an der Nordwestecke, gleich über der Stadt, zuschanden. Sie füllten ihn einfach mit Pulver und ließen ihn mit einem einzigen Funken auseinanderbersten. Ein Steinbruch tatsächlich jetzt nur noch, stellte Clemens entsetzt fest. Und das Rondell an der hohen Mauer nach Westen sah nicht anders aus.

Ehemals imposante Befestigungsanlagen, die jetzt wie aufgebrochene Stücke Großwild an den Felsen hängen, völlig ausgewaidet, längst ausgeblutet, dachte Clemens. Und er schüttelte sich bei dieser Vorstellung, weil sie ihn genauso peinlich berührte wie der Anblick geschlachteter Tiere. Ihr Fleisch essen, ja, mit Begeisterung, selbstverständlich. Aber sie nicht sehen müssen, wie sie dahängen zum Ausbluten, wie die Innereien herausgerissen unter ihnen liegen. Schrecklich: Offene Körper mit diesen im Nichts endenden Sehnen und Röhren, herausstehenden Knochen. Wie diese ins Nichts führenden Gänge, zu nichts mehr tauglichen Schießscharten und die mächtigen Kragsteine, die keine Gewölbe mehr zu tragen haben.

Clemens erlebte bei dieser ersten Schloßbesichtigung einen der seltenen Momente, in denen er ganz mit sich selbst einig war. Zufrieden mit seiner Figur, die er plötzlich nicht mehr mißgestaltet nennen mochte. Nicht mehr als Kretin fühlte er sich, als unschuldiges Opfer des Zufalls. Nein, er erkannte seine Überlegenheit. »Nicht als Jäger muß ich leben und nicht als Krieger. Für beides zu schade. Weil ich kein Vergnügen finde am Schießen, Abstechen, Aufbrechen und Sprengen. Ich bin nicht zum Zerstören da. Ich nicht. – Aber wozu dann? Bin ich überhaupt zu irgendwas da? –Ja, für mich bin ich da, nur für mich. Und das ist auch genug. Etwas Wichtigeres gibt es nicht.« Der Lustige Rat, der so ernsthaft war, straffte sich, daß er gut zwei Zentimeter größer wurde. Was nicht viel war, zugegeben, aber bei einem Mann von ein Meter zehn waren das immerhin zwei Prozent Wachstum. Und das nur durch einen einzigen guten Gedanken. Zwei Prozent, das sollte ihm erst mal einer von diesen Normallangen nachmachen.

In dieser gehobenen Stimmung stöberte ihn die Comtesse Dorothee auf, die ihm in bester Erinnerung war, weil sie ihm beim Aussteigen aus der Kutsche einen zärtlichen Kuß auf die Stirn gegeben hatte. Das war vor Schloß Grünau an der Donau. »Da ist Er ja, steht herum und träumt in die Gegend, und dabei hat Durchlauchtigst nach Ihm rufen lassen«, begrüßte sie ihn.

»Je länger er auf mich wartet, um so größer die Freude, wenn er mich dann sieht.«

»Oh, Er ist wohl gar nicht von sich eingenommen, Cavaliere Clemens.«

»Ach, das ist es nicht, Comtesschen. Es geht um mein Knie. Hier, das linke, mein bestes.« Und machte eine so bekümmerte Miene dazu, daß die Comtesse voller Mitgefühl vor ihm in die Hocke ging, um das Knie zu inspizieren. Wozu ihr dann keine Zeit mehr blieb. Denn Clemens griff mit beiden Händen um das Lockenköpfchen und küßte die Kleine, die sich nicht wehren konnte, herzhaft auf den Mund. »So küßt man richtig und nicht auf die Stirn, meine Liebe«, belehrte er sie dann, als sie sich endlich losreißen konnte.

»Oh, ich danke für die Aufklärung. Aber soweit wußte ich schon Bescheid.«

»Und was weißt du noch nicht, Comtesschen?«

»Was ich noch nicht weiß? Na, zum Beispiel, wieso sein linkes Knie das bessere ist, Lustiger Rat.«

»Ganz einfach. Es ist näher am Herzen.«

Was die Comtesse so nett gesagt fand, daß sie dem kleinen Frechling am liebsten schon wieder einen Kuß auf die Stirn gegeben hätte. Doch dann sagte Clemens: »Aber da ist noch was anderes, das ist noch besser, weil es noch ein Stückchen näher an meinem Herzen ist als das linke Knie.« Und sie sah, wie es sich in seiner Hose aufbäumte zwischen dem aufspringenden Rock. Riesig, wie bei den beiden Ritterstatuen, die am Torturm über der Einfahrt Wache hielten – und wie in den derben Späßen, die sie von Hofdamen gehört hatte, die sich über den Lustigen Rat amüsierten. Das war ihr zuviel, und da war sie auch schon weg, die kleine Comtesse. Und Clemens hatte das Nachsehen. Dabei war er doch nur schon wieder ein Stück gewachsen.

Ungeheuer schwierig, das Leben der Normalmenschen, dachte er. Immer nur wollen und möchten, mögen und gern gehabt haben würden – und doch nicht dürfen, nicht sollen. Ja und nein in jedem Augenblick so vereint, daß es sie fast auseinanderreißt. Und er verstand plötzlich, daß er als Zwerg wohl aus solchem Sich-Auseinanderreißen entstanden sein müßte. Ich bin nur die eine Hälfte – und deshalb glücklicher dran als alle anderen. Ich bin nur das Wollen und Mögen und Möchten und Gernhaben. Und ich darf. Was gibt es wohl Schöneres!

Noch fester als sonst setzte Clemens jetzt die Schritte, als er zum Kurfürsten ging. Aber diesmal schlugen seine kleinen extraharten

Schuhe nicht aus Trotz so heftig aufs Pflaster, sondern aus Stolz und Freude. Was da über den Burghof stolzierte, das war die glückliche Hälfte eines großen Mannes.

Das Große Faß

Das also war es, weshalb der Kurfürst ihn suchen ließ. Er wollte ihm sein Riesenspielzeug zeigen, seinen ganzen Stolz: das Große Faß. Ein Weinfaß, das ein eigenes Gebäude hat, den Faßbau. Nicht jeder hatte Zugang zu diesen düsteren Gewölben, die einem den kühlen Atem des Weins entgegenschlagen ließen. Graf von Globen war mit dabei, als Carl Philipp die Tür zum Faßbau öffnen ließ. Und Clemens wunderte sich, weil er den Grafen als einen so nüchternen Mann kannte, der überall besser hinpaßte als in den Faßkeller.

»Obristhofmarschall, das hier ist Euer Revier«, sagte der Kurfürst. Und der Graf konnte nur stotternd abwehren: »Um Gottes willen, Durchlauchtigst, mich machen schon die Ausdünstungen des Weins betrunken. Hier könnte ich Euch zu nichts mehr dienlich sein.«

»Keine Angst, Er soll ja nicht hier im Keller sitzen. Aber am Besitz soll Er sich freuen. An meinem Besitz.«

Währenddessen war Clemens bereits um das riesige Holzfaß herumgeschlichen, stumm vor Ehrfurcht vor diesem zwei Stockwerke hohen Giganten. Hatte er doch nie etwas Derartiges gesehen. Er trat einmal mit dem Schuh dagegen und stellte befriedigt fest, daß es nicht hohl klang.

»Hier sammelt Er die Steuern, die meine braven Pfälzer abführen«, hörte er Carl Philipp erklären. Und der Graf antwortete: »Verstehe, Durchlauchtigst, die Weinbauern bringen uns den Zehnten aufs Schloß, und wir schütten dann hier alles zusammen.«

Clemens krampfte sich der Magen zusammen, als er das hörte. Doch zum Glück korrigierte der Kurfürst seinen Finanzchef sofort: »Hier hinein kommt natürlich nur der einfache Landwein. Und nur der weiße. Für den Rotwein, von dem in unserer Gegend weniger wächst, und für die besseren Weißweine liegen dort andere Gebinde. Und der beste Wein wird in kleinen Fäßchen abgeliefert, die gleich beiseite gelegt werden.«

»Für die kurfürstliche Tafel, nehme ich an«, rief Clemens von dem Umgang um das Faß hinunter.

»Nicht für die ganze Tafel, sondern für die Mitte, da, wo ich sitze«, rief der Kurfürst zurück.

»Und wo ich sitze«, ergänzte Clemens.

»Richtig.«

»Dann bin ich mit der Regelung einverstanden.« Und Carl Philipp lachte: »Wenn wir also das Einverständnis des Lustigen Rats haben, ist diese Frage der Aufteilung des Weins erledigt. Nur – daß wir von dem besseren Wein, von dem weißen, einen Teil abgeben für den Bedarf des Bischofs an Meßwein, damit ist Er hoffentlich auch einverstanden, Lustiger Rat.«

»Weniger gern, aber ich weiche der Gewalt.« »Was in diesem Fall klüger ist, als Er glaubt«, zog der Kurfürst einen deutlichen Schlußstrich, wobei er seinem Hofnarren einen Blick zuwarf, der so vielsagend war, daß er Clemens gar nichts sagte. Nur, daß er nichts weiter zum Meßwein zu sagen habe, das hatte er verstanden. Und er tat seinem Herrn den Gefallen – ausnahmsweise – und schwieg. In der gehobenen Stimmung, in der er gerade war, machte es ihm nichts aus, sich zu einer kleinen Freundlichkeit herabzulassen.

Wozu der viele Wein, das war ohnehin keine Frage. Weil das Wasser vielerorts nicht genießbar war, durch Fäkalien von Mensch und Tier verseucht, war der Wein neben der Milch und dem Bier das alltägliche Volksgetränk.

Während der Kurfürst mit seinem Obristhofmarschall darüber sprach, wie der Inhalt des Großen Fasses verteilt werden solle – für den täglichen Bedarf des Hofes und als Teil des Gehalts der niederen Beamten wie Lehrer und Pfarrer –, wandte Clemens sich von dem für ihn wenig reizvollen Mischwein ab und den feineren Sorten zu, die in kleineren Fässern und in Flaschen abgefüllt dalagen und ihm das Herz auf die Zunge steigen ließen. Da las er Namen, die ihm wohlvertraut waren: Riesling, Traminer, Burgunder und Muskateller. Aber da gab es auch Bezeichnungen, die ihm noch fremd waren. Harthengst hieß ein Wein, was er für vielversprechend hielt. Ein anderer hieß Räuschling. Nicht minder klar als Versprechen. Clemens las auf den Fäßchen Namen wie Druscht, Hynsch und Gänsfüßer und sagte sich: Hier hast du noch viel zu tun.

»Was meint Er dazu?« fragte der Kurfürst. Und Clemens kam gleich mit einem Vorschlag: »Den Gänsfüßer sollten wir probieren. Ich möchte wissen, ob man tatsächlich nachher wie auf Gänsefüßen daherwatschelt.«

»Alles nur eine Frage der Menge, die man konsumiert«, lachte der Kurfürst. »Aber bei Ihm wirkt der Gänsfüßer ganz sicher nicht so. Er geht ja stets wie eine Mastgans.«

»Sagte der Fuchs und leckte sich die Lippen«, setzte Clemens den Satz fort. »Aber um diese Gans schlucken zu können, muß er seine Kehle mit sehr viel Wein spülen. Und dann ist er schon betrunken, noch ehe die Gans gerupft ist.«

Der Kurfürst zog es bei diesem wenig freundlichen Hinweis auf das Innsbrucker Duell vor, seinem Hofnarren sachlich zu kommen: »Einer meiner Vorgänger, Johann Casimir, hat eine besondere Verordnung zum Schutz und zur Erhaltung der Rebsorte Gänsfüßer erlassen.«

»Weil er den Watschelgang so liebte?«

»Wohl kaum. Der Mann war sehr beweglich. Er war ein großer Jäger vor dem Herrn. Nein, er sorgte sich um die Erhaltung des Gänsfüßer, weil er die ideale Hausrebe ist. So dicht an die Wand gepflanzt, daß die Wurzeln unter den Fußboden gehen, hält der Gänsfüßer das Faß naß und die Mauern trocken.«

Wozu Clemens nichts zu sagen wußte. Das Thema Hausmauern war ihm zu trocken. Den Wein zu solchen Frondiensten zu verurteilen, das paßte nicht in sein Weltbild. Er stieg die 39 Stufen hinauf zu der Plattform, die auf dem Großen Faß auflag, und inspizierte die schwere Faustpumpe und die hölzerne Röhre, die in die gewölbte Decke des Faßkellers führte, und fragte: »Und wohin läuft der Wein, der hier hochgepumpt wird?«

»Direkt zu der Anrichte hinter dem Königssaal. So können bei festlichen Banketten mühelos einige hundert Gäste feucht gehalten werden.«

»Wenn das Faß voll ist.«

»Es ist voll. Dafür ist gesorgt worden, ehe wir hier eintrafen.«

»Und deine Leute werden dafür sorgen, daß es nicht lange voll bleibt.«

Der Obristhofmarschall hatte gebeten, sich entfernen zu dürfen. Er vertrage den Weindunst nicht. Und der Kurfürst hatte seine Bitte achselzuckend akzeptiert. Nun stand er mit seinem Hofnarren auf dem Großen Faß wie auf dem Feldherrnhügel. Zwei Männer, die sich auch vor dem größten Weinfaß, das je gefüllt wurde, nicht fürchteten.

»Daß es immer wieder gefüllt wird, ist nicht das Problem«, sagte Carl Philipp, auf einmal nachdenklich geworden. »Nicht von ungefähr wird die Pfalz als des Heiligen Römischen Reiches Deutscher Nation Weinkeller bezeichnet. Das Problem ist, womit das Faß gefüllt wird. Meine Weinbauern dürfen neunzig Prozent von ihrem Ertrag behalten. So geben sie sich alle Mühe, möglichst viel Wein zu bekommen. Da müssen Rhein und Neckar schon mal ein bißchen nachhelfen. Oder auch die Regentonne.«

Clemens schüttelte sich bei der Vorstellung, Regentonnenwein trinken zu müssen.

»Das Steuersystem mit dem Zehnten ist nicht ideal«, setzte der Kurfürst seine Überlegungen fort. »Es führt dazu, daß zuviel minderwertiger Wein erzeugt wird. Ich brauche aber mehr höchstwertigen. Ich muß mir deshalb zusammen mit Globen ein besseres Steuersystem ausdenken. Aber dazu ist wohl zuerst erforderlich, dem Grafen ein bißchen Weinverstand beizubringen.«

»Da wäre es wohl eher erfolgversprechend, mich zum Obristhofmarschall zu machen«, meinte Clemens, unbeeindruckt von dem Ernst der kurfürstlichen Überlegungen.

»Und den Grafen dann zum Hofnarren?«

»Nein, dazu taugt er noch weniger,«

»Aber Er, Er taugt zu allem, was?«

»Ein Taugenichts taugt zu allem, das ist nur eine Frage der Sehweise«, orakelte Clemens.

»Ja, recht hat Er, daß Er sich alles zutraut. Nur, hier das Große Faß alleine leerzutrinken, traut Er sich das auch zu, Lustiger Rat?«

»Perche no?« kam es ohne Zögern. »Nur«, setzte Clemens dann schnell hinzu, »ich überlasse dir als dem Größeren gern das Große Faß und begnüge mich mit den kleinen Fässern.«

Der Lustige Rat findet seinen Meister

Wenn Clemens nicht gerade mit den Damen des Hofes beschäftigt war, und das war er oft, und nicht dem Kurfürsten Gesellschaft leisten mußte, hielt er sich am liebsten an den Freiherrn von Sickingen. Dieser äußerst gelehrte Mann hatte trotz seiner gepuderten Perücke, die ihn zu einem normalen Höfling machte, für Clemens eine starke Anziehungskraft. Weil er so klug ist? fragte Clemens sich manchmal. Oder weil er so ernsthaft ist? Ja, er ist eigentlich wohl der einzige ernstzunehmende Mensch hier am Hof. Als Obristkämmerer stand er noch über dem Obristhofmarschall von Globen. Nach der Hofrangordnung gab es überhaupt keine Funktion, die höher wäre als die des Obristkämmerers, hatte ihm der Kurfürst selbst erklärt: »Der Obristkämmerer ist der Verwalter des gesamten Vermögens meiner Kurlande.«

»Dann hat er es also in der Hand, dich arm zu machen, Kurfürst«, hatte Clemens ihn foppen wollen. Doch der Kurfürst hatte sehr ernsthaft geantwortet: »Irrtum. Denn ich habe ihn in der Hand. Und mich hat nur Gott in der Hand, niemand sonst.«

Über dieses Gespräch hatte Clemens natürlich nicht mit dem Freiherrn von Sickingen gesprochen. Irgend etwas war ihm peinlich an dieser Machtverteilung. Was wohl daran lag, daß er von keinem Menschen mehr hielt als von dem Obristkämmerer. Und das hing sicher damit zusammen – obwohl Clemens sich das niemals zugab –, daß der Freiherr nie eine abfällige Bemerkung über seine kümmerliche Gestalt gemacht hatte. Und auch nie machen würde, da war Clemens ganz sicher. Und deshalb fand er auch nichts dabei, daß er den Obristkämmerer nicht zu duzen wagte, obwohl seine besondere Stellung am Hof ihm doch das Recht gab, jeden, sogar den Kurfürsten selbst, mit dem vertraulichen Du anzureden.

Der Obristkämmerer saß mit seinen Leuten im Ruprechtsbau, gleich linkerhand hinter dem Torturm, wenn man das Schloß betrat. Ein sehr schlichtes Gebäude, verglichen mit den figurengeschmückten Palästen der Kurfürsten Ottheinrich und Friedrich. Was Clemens so gar nicht zu dem obersten Beamten des Hofes zu passen schien. Aber der Freiherr hatte ihn korrigiert: »Ich sitze hier sogar unstandesgemäß vornehm. Denn dieses älteste Gebäude des Schlosses ist ein Königshaus. Dieser Bau – und nur er – stammt noch von dem einzigen pfälzischen Kurfürsten, der jemals deutscher König wurde, von Ruprecht III., der sich dieses Haus vor dreihundert Jahren gebaut hat.«

Und der Freiherr wies ihn auf die Schlußsteine in den vier Kreuzgewölben des Saales hin, die Wappenschilde der Familie Ruprechts zeigten. »Dieser Saal hier mit der grazilen rotbraunen Säule in der Mitte ist der Festsaal des Königs gewesen. Deshalb auch die recht großen Fenster. Übrigens sah der Bau auch von außen nicht immer so schlicht aus, wie Er ihn heute sieht, Lustiger Rat. Er muß sich ihn fein verputzt und mit bunter Bemalung versehen vorstellen, wenn Er sich in die Zeit des Königs Ruprecht zurückversetzen will.«

Clemens bemühte sich vergebens, sich in einen Königspalast hineinzuversetzen. Es war und blieb für ihn doch alles rundum viel zu klein, zu eng, zu schlicht. Doch wollte er den Freiherrn nicht beleidigen, der offenbar viel von diesem ehemaligen König und von seinem jetzigen Amtssitz hielt. Deshalb meinte er nur so leichthin. »Na, viel ist es ja nicht, was von der königlichen Pracht übriggeblieben ist, aber immerhin.«

»Soviel mehr war es wohl auch nicht«, blieb der Freiherr geduldig beim Erklären. »Die Königswürde kam so überraschend auf den Kurfürsten Ruprecht zu, daß er sich zunächst mit seinem Hofstaat unten in der Stadt einlogieren und den Auftrag zum Ausbau seiner Wehrburg geben mußte. Daß er so überrascht war, das hing mit der besonderen Raffinesse zusammen, mit der die deutschen Kurfürsten vorgingen, wenn sie einen neuen König wählen mußten: Sie einigten sich mit Vorliebe auf den Schwächsten, den mit den geringsten Geldmitteln, mit der unbedeutendsten Hausmacht. So konnten sie sichergehen, daß der König jedem einzelnen von ihnen am wenigsten im Weg stehen und dreinreden könnte, weil sie ja doch ihre eigene Machtpolitik ungestört weiterbetreiben wollten. Nun ja, das ist halt Politik. Aber dieser Ausbau der kleinen Wehrburg des pfälzischen Kurfürsten, der nun erforderlich wurde, der hielt sich dann auch sehr im Rahmen. Bis auf den Wappenschmuck an der Fassade und das schöne Engelsrelief über dem Eingang. Damals hatte ein Herrscher ja auch noch nicht das staunenerregende Bedürfnis nach Repräsentation, das die heutigen Herrscher auszeichnet.«

Clemens hatte ein feines Gehör für das sprachliche Geschick, mit dem der Freiherr Kritik und Hochachtung miteinander zu verbinden wußte, alles im leichten Plauderton. Und Clemens scheute sich nicht, darauf hinzuweisen, daß er wohl verstanden hatte. »Wie Er das sagt, Obristkämmerer», unterbrach er, »das wäre eines Lustigen Rats würdig. Ich hoffe, noch viel von Ihm lernen zu dürfen.« Worauf der Freiherr von Sickingen nicht einging. Er lächelte nur fein und bat Clemens in den Nebenraum, wo er eine große Rolle öffnete und seinem Gast die bis in alle Einzelheiten gehende Zeichnung eines riesigen Palastes zeigte. Gewaltige Baumassen, vier Stockwerke hoch, umschlossen einen großen Aufmarschplatz. Und zwischen den einzelnen Trakten des Schlosses waren noch zehn weitere Innenhöfe zu erkennen. Die Stirnseite des Schloßkomplexes lag fast unmittelbar an einem Fluß. Und an der Rückseite gingen die Palastanlagen in ein weiträumiges Parkgebiet über, das in der Ferne durch weitere Nebengebäude des Schlosses begrenzt wurde.

»So etwas gibt es doch nicht«, staunte Clemens. Und der Freiherr nickte und meinte: »Nein, das gibt es nicht. – Aber beinahe hätte es das gegeben. Das dringende Bedürfnis danach war vorhanden. Der Entwurf war gefertigt und der Wille, ihn in die Tat umzusetzen, war stark.« Und er erzählte Clemens von dem grandiosen Plan des Kurfürsten Johann Wilhelm, »des Bruders und Vorgängers unseres allergnädigsten Herrn«, wie er sagte, das großartigste Schloß, das die Welt je gesehen hat, hier in Heidelberg an das Neckarufer zu bauen. »Gleich westlich der Stadt in der freien Ebene, wo Platz genug wäre für ein Schloß, neben dem das Schloß von Versailles ein Kinderspielzeug wäre. Treppenhäuser von nie gesehenen Dimensionen waren dafür vorgesehen. Allein zu deren Ausschmückung waren 158 Statuen geplant. Im übrigen sollte dieser Palast nicht nur den kurfürstlichen Hofstaat und die gesamte Verwaltung seiner Kurlande aufnehmen, sondern auch die herrliche Sammlung an wertvollen Bildern, die Kurfürst Johann Wilhelm zusammengetragen hat, die berühmte Düsseldorfer Gemäldegalerie.«

»Und warum ist dieses Schloß nicht gebaut worden?« konnte Clemens nur dumm fragen, vom Anblick der Zeichnung schon überwältigt.

»Die Widerstände waren zu groß. Und Kurfürst Johann Wilhelm hatte sich ums Kriegsführen zu kümmern. Auch waren die Heidelberger ganz und gar nicht begeistert von diesem Plan, das Schloß der Schlösser zu bauen. Sie hatten Angst vor erhöhten Steuern und vor gewaltigen Arbeitsbelastungen. Nicht ganz zu Unrecht, denn das Geld für einen solchen Prunkbau war nicht vorhanden. Und nicht nur am Geld fehlte es. Auch an Mut und Unternehmungsgeist. Die Pfälzer hatten sich noch nicht von den Zerstörungen im Orléansschen Krieg erholt. Sie wollten ihre eigenen Häuser wieder aufbauen statt eines neuen Palastes. Und sie wollten ihre Felder und Weinberge wieder bestellen, statt für den Kurfürsten im Frondienst Steine und Bauholz zu transportieren. Und es waren ja auch nicht mehr die alten Heidelberger Familien, die sich jetzt lautstark gegen den Plan ihres Fürsten aussprachen, sich gegen den fürstlichen Willen stemmten. Nein, viele Alteingesessene waren geflohen, als die Franzosen anrückten. Und gerade die reichsten und besten, weil nur sie die Geldmittel hatten, anderswo einen Neuanfang zu versuchen. Die guten alten Heidelberger wohnen nun in Magdeburg, in Berlin, in Halle, Hanau, Frankfurt, Erfurt und Düsseldorf. Denn längst nicht alle folgten seinem Ruf, als Kurfürst Johann Wilhelm sie aufforderte, in die Heimat zurückzukehren. In der alten Heimat saß ja nun ein sonderbares Völkergemisch, das sich von dem Vakuum hatte anziehen lassen. Vor allem waren Scharen von Schweizern und Italienern eingewandert, die sich nun teilweise schon etabliert hatten und manchmal bereits in wichtige Ämter aufgestiegen waren. Diese neue Heidelberger Bevölkerung hatte keine besondere Sympathie für den Kurfürsten Johann Wilhelm, der nur immer kurzzeitig zu Besuch von Düsseldorf herüberkam. Und sie waren schon gar nicht bereit, für die ambitionierten Schloßbaupläne dieses ihnen fremden Fürsten Opfer zu bringen. Es ist ja nun einmal so: Die Leute denken an ihre kleinen Alltagssorgen, und es reizt sie nicht der Gedanke, daß alle Welt sie bewundern wird, in allen späteren Zeiten auch, wegen des einen großen Werkes, das sie vollbracht haben.«

»Da kann ich die Leute gut verstehen«, entgegnete Clemens.

»So?«

»Na, wenn ich mir das Schloß ansehe, in dem ich jetzt lebe, dann denke ich ja auch nicht an die vielen tausend Menschen, die sich dafür geschunden haben.«

»Das stimmt«, meinte der Freiherr, »die Rede ist allerdings nur immer von Ruprecht, Ludwig, Ottheinrich und Friedrich. Wobei aber zu bedenken ist, daß viele von den Leuten, die hier Stein auf Stein gesetzt haben, selbst auch Ruprecht, Ludwig, Otto, Heinrich oder Friedrich geheißen haben.«

»In Euch, Freiherr, habe ich als Lustiger Rat wahrhaft meinen Meister gefunden«, lachte Clemens.

Das Clementel und das Comtesschen

Das mit den Vornamen, die zu Kurfürsten genauso gehören können wie zu ihren Untertanen, ließ Clemens nicht mehr los. Schlagartig war ihm klar geworden, wieviel wichtiger ein Familienname ist als ein Vorname. Clemens, ja, den gab es millionenfach. Aber Perkeo, so hießen viel weniger Menschen. Und hier im hohen Norden schon gar keiner außer ihm. Wer trägt hier schon diesen italienischen Namen? Obwohl ja einige italienische Familien eingewandert sind in den letzten zwei Jahrzehnten, zum Beispiel die Brentanos. Gibt es etwas Wichtigeres für einen Menschen als seinen Familiennamen, fragte er sich. Plötzlich konzentrierte sich sein ganzes Ichgefühl auf den Namen Perkeo, ausgerechnet auf einen Namen, den er so selten gehört hatte in seinem bisherigen Leben. Wer hatte ihn denn mit Perkeo angeredet? Als er ein kleiner Junge war, hieß er selbstverständlich nur Clemens statt Clemens Perkeo. Als Lehrling und Geselle in Innsbruck hatte er ebenfalls nur Clemens geheißen. Und der Name war einfach auf den Lustigen Rat übergegangen: Cavaliere Clemens. Dabei war er doch nun wer, wie er sich immer wieder genüßlich bewußt machte. Der Lustige Rat, das war eine wichtige Funktion am Hof, immer in unmittelbarer Nähe des Fürsten. Und wenn auch oft in den Gesprächen der Höflinge vom Hofnarren die Rede war statt vom Lustigen Rat, das nahm er leicht. An seiner Bedeutung konnte das ja nichts ändern. Allerdings, wie die Heidelberger über ihn sprachen, das klang ihm denn doch ein bißchen zu wenig ehrerbietig. »Das Clementel«, so sagten sie unter sich. Und er hatte es erst mitgekriegt, als es schon fast allgemein üblich geworden war. Auch am Hof. Das Clementel, das empfand er als eine Unverschämtheit. Die Verkleinerungsform, nun gut, das mochte ja noch berechtigt sein. Aber ein Das vor seinem Namen? Wieso wurde er zur Sache gemacht, wieso glaubte man, ihn als etwas Geschlechtsneutrales bezeichnen zu dürfen?

»Denen werde ich zeigen, daß ich männlichen Geschlechts bin«, schimpfte er vor sich hin. »Und ab sofort werde ich nur noch mit meinem Nachnamen angeredet. Perkeo heiße ich, weil hier niemand sonst so heißt. Damit man mich niemals mit einem Herrscher verwechseln kann, der zufällig denselben Vornamen hat wie ich!« Clemens – oh, Verzeihung, Perkeo – brauchte nicht lange auf eine Gelegenheit zu warten für die Einführung der Namenskorrektur. Dabei war es sicher kein Zufall, daß ihm gerade die Comtesse Dorothee über den Weg lief. Das passierte ungewöhnlich oft.

»Oh, das Clementel«, rief sie ihm fröhlich zu. »Und so nachdenklich heute. Hat Er einen Kummer, den man vielleicht wegwischen könnte?« Und sie machte eine Handbewegung in der Luft, die schon mehr ein Streicheln war als ein Wischen. Da war es also schon wieder, das Clementel. Und doch konnte er nicht wütend dagegen angehen, der Neuerdings-Perkeo. Dafür war sie einfach zu hübsch, zu jung und zu freundlich, die Comtesse Dorothee.

»Aha, das Comtesschen«, sagte er kühl. Und dabei fiel ihm auf, daß er auch sie geschlechtsneutral gemacht hatte. Was ihn mehr verwirrte, als er sich in diesem Moment zugeben wollte.

»Braucht der Traurige Rat eventuell von mir einen guten Rat?« fragte die Comtesse ohne jeden Spott.

»Nein, aber ich muß einmal ein ernstes Wort mit dir sprechen, Comtesschen.«

»Dann gehen wir ein paar Schritte in den Park«, sagte sie und wandte sich schon dem Stückgarten zu, wohin er ihr nur zögernd folgte. Diese Seite des Parks, der Westwall, war seine schwache Seite. Trotz der schönen Bäume, die an die Stelle der Stücke, der Kanonen von einst, getreten waren. Dorthin ging er nicht gern. Einfach weil die abschließende Mauer so hoch war, daß er kaum hinüberschauen konnte. Und jeder ging doch ganz selbstverständlich auf diese Brüstung zu, um den Ausblick über die Stadt und das ganze sich weitende Neckartal zu genießen. »Ein wundervoller Anblick«, das war das übliche Urteil. Er hatte es inzwischen oft genug gehört. »Dort hinten die Hügelkette, das sind die Pfälzer Berge auf der anderen Rheinseite«, wußten die einen zu berichten, und die anderen wiesen darauf hin, daß man hier die Peterskirche sehen könne und da die Heiliggeistkirche.

Einen viel köstlicheren Anblick müssen die beiden Spaziergänger geboten haben, wie sie dahinschritten: Die Comtesse anderthalbmal so groß wie der Lustige Rat, der weder lustig war – noch einen Rat brauchte. Was er brauchte, das war etwas für sein Selbstbewußtsein. Fehlt nur noch, daß sie mich an die Hand nimmt, ging es ihm durch den Kopf, dann sehen wir aus wie Mutter und Kind. Und das war der Gedanke, der ihn endlich wütend genug machte für das, was er ihr zu sagen hatte. Jetzt konnte er sich gegen das Clementel wehren: »Das Clementel hast du zu mir gesagt, Comtesse.« Und als sie erstaunt zu ihm hinunter sah: »Das will ich nie mehr hören, verstanden! Ich heiße Perkeo, ich bin der Lustige Rat Perkeo und nichts anderes.«

»Aber was ist denn Schlechtes dran an dem Clementel?« fragte sie, unsicher geworden.

»Erstens«, sagte er in ungewohnt ernstem Ton, »ist das eine Verkleinerungsform. Und ich weiß auch so, daß ich nicht sehr groß bin. Und zweitens ist ein Das davor eine Beleidigung, weil es mich zu einer Sache macht – geschlechtslos.«

Dabei waren sie, ohne daß er darauf geachtet und es rechtzeitig verhütet hätte, an die Brüstung getreten, zwischen dem Dicken Turm und dem Rondell. Und nun stand er dumm da und reckte den Hals und konnte doch kaum über die Mauer hinwegäugen. »Wenn ich mir erlauben darf, Ihn etwas anzuheben, Lustiger Rat, dann ist Er genauso groß wie alle anderen«; sagte sie gegen ihn gewandt und griff schon zu, indem sie ihn an sich drückte und mit äußerstem Kraftaufwand anhob. Sein Gesicht lag an ihrem Brustansatz, und er sah nichts von der Heiliggeistkirche und nichts von der Peterskirche, auch nichts von der Rheinebene und den fernen Pfälzer Bergen. Er sog ihren feinen Duft ein und hoffte, daß sie ihn nie mehr loslassen würde. Was nun wirklich zuviel verlangt war, lieber Perkeo, bei allem Verständnis. Die kräftigen Mädchenarme hatten ihn zwar anheben können, aber sie konnten ihn nicht lange halten und ließen ihn langsam, aber unaufhaltsam an ihr herabgleiten.

Die Comtesse atmete schwer, als sie ihm dann gestand: »Daß Er nicht geschlechtslos ist, das weiß man doch längst am Hofe. – Und ich bin da jetzt auch ganz sicher.« Worauf er nur »Pardon« sagen konnte. Da lachte sie, nahm ihn bei der Hand und zog ihn weg von der Mauer mit dem prächtigen Ausblick. »Es braucht uns ja nicht jeder zuzusehen«, sagte sie und schlug einen schnellen Schritt an auf dem Rückweg zum Schloßhof. Und ehe er noch fragen konnte, wohin sie ihn ziehen wolle, kam ihre Bemerkung, die ihm alle Fragen beantwortete: »Übrigens hat er mich vorhin begrüßt mit den Worten: Aha, das Comtesschen, wenn ich mich recht erinnere. Ich hätte also genauso allen Anlaß, mich gegen das Das zu wehren. Auch ich bin nicht geschlechtslos.«

Als die Zeit stehengeblieben war

War es einfach nur, weil er der Zerstörungswut der Franzosen entgangen war, oder war es, weil er der größte war, der Torturm wurde Perkeos Lieblingsturm. Es machte ihm immer wieder Spaß, durch die Toreinfahrt zu gehen, wie einer, der hinein will ins Schloß oder hinaus aus ihm, und sich dann blitzschnell zur Seite und in die Tür hinein zu drücken. Plötzlich von der Bildfläche verschwunden wie weggezaubert. Das war sein spezieller Trick. Er beobachtete die, die ihm begegneten, und wartete geschickt einen Augenblick der Unaufmerksamkeit ab, um so zu verschwinden. Dann horchte er hinter der Tür des Turmaufgangs auf ihre Gespräche. Wie sie sich fragten: »Wo ist Perkeo denn nun geblieben? Gerade kam er doch auf uns zu.« Oder er lief schnell die Wendeltreppe hoch und stellte sich oben, mitten über dem Durchgang, über das kreisrunde Loch, das dort war, und schaute auf die Ahnungslosen hinab und ließ sie sein gackerndes Lachen hören, sich umgucken, die Hälse verdrehen – und ihn doch nirgends entdecken. Dieses Loch war geblieben, weil man den Schlußstein des Gewölbes als großen Steinring eingesetzt hatte. So konnte der Türmer aus seiner Wohnung hoch oben im Turm durch drei Stockwerke hindurch sein Körbchen am Seil hinablassen und es, mit frischer Milch und frischem Brot gefüllt, heraufziehen. Dieses erste Obergeschoß, von dem aus Perkeo so gern die Leute foppte, hatte an der einen Wand einen besonders imposanten »Schmuck«: Das große Fallgitter aus mächtigen Balken mit geschwärzten Eisenspitzen. Eine ständige Mahnung: Hütet euch vor euren Feinden! So hing es da in den Seilzügen mit den massigen Gegengewichten. Als letzter Schutz, wenn der Feind die Zugbrücke schon betreten hätte.

Der Türmer war schnell Perkeos besonderer Freund geworden. Wenn er auch nicht gerade die höchste Stellung am Hofe hatte, irgendwie machte sein Arbeitsplatz hoch oben bei der Turmuhr ihn für Perkeo zu einem besonders wichtigen Mann. Seine Wohnung im dritten Obergeschoß mit dem freien Ausblick in alle vier Himmelsrichtungen – aus jeweils einem Sehschlitz, wie ein Schlüsselloch geformt – war besonders anheimelnd wegen des riesigen Uhrwerks, das den Raum beherrschte. Ja, es beherrschte ihn tatsächlich. Weil es mitten im Raum stand und ihn anfüllte mit seinen Bewegungen und völlig ausfüllte mit seinen Geräuschen. Das Schnarren, Schlurfen, Rasseln und Ticken des Gangwerks war die Musik dieses Turms. Besonders gern war Perkeo am Morgen dabei, wenn der Türmer sich mit dem ganzen Körper an die Seile hängte und die Gewichtssteine wieder hochzog, die sich vierundzwanzig Stunden lang bemüht hatten, den Fußboden zu erreichen. Den sie selbstverständlich nie berühren konnten. Denn der Türmer war die Zuverlässigkeit in Person. Nie war er krank, und nie war er betrunken. Er verschlief nicht, und er vergaß seine Pflichten nicht. Man sagte sich von ihm, er habe sogar damals, als die Franzosen die Burg zerstörten, wie jeden Tag die Uhr aufgezogen.

Das war vor 25 Jahren. Damals muß er noch ein junger Mann gewesen sein, überlegte Perkeo. Und er begann, ihn über diese Zeit auszufragen, wenn er bei ihm in der Stube saß. So erfuhr Perkeo, was in dem unseligen Jahr 1693 Furchtbares passiert war in Heidelberg und auf der Burg. Daß der Verteidiger der befestigten Stadt beim Anrücken der Franzosen feige die Stellungen geräumt und Heidelberg samt seinem wehrhaften Schloß den Feinden übergeben hatte. Was nützten da Zugbrücken, Fallgitter und meterdicke Mauern? Der französische General ließ die ganze Stadt in Schutt und Asche legen. Nur das prächtige Haus neben der Heiliggeistkirche, das sich hundert Jahre zuvor ein französischer Tuchhändler gebaut hatte, blieb verschont, weil der General selbst darin Quartier bezogen hatte. Die Universitätsbibliothek ging in Flammen auf. Die Heiliggeistkirche, in die sich eine große Menschenmenge geflüchtet hatte, wurde ebenfalls in Brand gesteckt. Die Tore blieben zugesperrt. Und der General besah sich mit zufriedener Miene das Inferno. Ein kleiner Nero, der sich ja auf den Befehl eines Höheren, nämlich des allerchristlichsten Sonnenkönigs Ludwig XIV., berufen konnte. Die verzweifelten Menschen, die in der brennenden Heiliggeistkirche eingesperrt waren, ließ er erst raus, als die Glocken schon schmolzen und der Turm in sich zusammensackte. Aber nicht nur Heidelberg sei es damals so schrecklich ergangen, berichtete der Türmer, ebenso völlig zerstört wurden Mannheim, Speyer und Worms und ungezählte kleinere Ortschaften. Und in den alten Städten wurden überall die Gebeine von Königen und Fürsten aus den Grüften geholt und verstreut, ihre Sarkophage zerschlagen und aller Schmuck geraubt. Auch damals saß der Türmer in seiner Wohnstube und zog zuverlässig Tag für Tag die Uhr auf.

Sogar die Besetzer des Schlosses wußten seine Zuverlässigkeit zu schätzen. Die französischen Offiziere stellten ihre wertvollen goldenen und silbernen Taschenuhren nach seiner Turmuhr. Das hat dem Türmer das Leben gerettet. Denn auch in seinen Turm hatten die Franzosen schon Sprenglöcher gebohrt, die sie mit Schießpulver füllten. Aber als die anderen Türme schon gesprengt waren und in die Paläste ringsum brennende Pechkränze flogen, die letzten Besetzer sich aus dem Schloßhof zurückgezogen hatten und die Mineure die Lunte an die Sprengladungen des Torturms legen wollten, da rief ihnen einer ihrer Offiziere zu: »Halt! Da oben sitzt noch der Mann, der meiner Londoner Uhr den richtigen Gang beigebracht hat!« Er wollte zwei Soldaten hochschicken, die den Türmer holen sollten. Aber es fand sich niemand, der den Mut gehabt hätte, jetzt noch in den Turm einzudringen und die vielen Stufen hinaufzuklettern, während rundum schon alles in Flammen stand und die Mineure bereits mit der Lunte in der Hand an den Sprengkammern des Turms zugange waren. »Merde!« rief der Offizier und gab den Befehl zum sofortigen Rückzug aus dem Schloßbezirk. War ihm doch ohnehin nicht verständlich, warum sein König all diese unsinnigen Zerstörungen anrichten ließ. Warum so viele Heidelberger, die sich doch ergeben hatten, hingemordet, ihre Frauen und Töchter geschändet worden waren. Er wußte nicht, warum. Aber er konnte auch nicht danach fragen. Er konnte nur zum Rückzug blasen lassen. So blieb der Torturm erhalten. Nur der Dachstuhl fing Feuer und brannte ab. Damals, Ende Mai des Jahres 1693, blieb die Turmuhr das einzige Mal stehen. Aber das nicht etwa, weil der Türmer nicht auf seinem Posten gewesen wäre, sondern weil die Antriebswellen der Uhr unter den brennend herabgefallenen Dachbalken schmolzen.

Als die Uhr des Torturms stehengeblieben war, da hatte in Heidelberg der Herzschlag der Zeiten für einen Schlag ausgesetzt. Panische Angst und Verzweiflung waren an die Stelle des gleichmäßigen Verrinnens der Zeit getreten. Plötzlich war jedem klar, daß sich alles geändert hatte. Auch dem, der noch einiges von seiner Habe hatte retten können und sich glücklicher wähnte als seine Nachbarn. Nach der Uhr des Torturms hatten sie gelebt. Weil nach dieser Uhr die Glocken im Glockenturm des Schlosses geschlagen hatten – geraubt nun wie alle anderen Schätze des Schlosses – und weil sich nach dem Glockenturm die Uhr im Mitteltor der Stadt, unten an der Hauptstraße, gerichtet hatte – ebenfalls nun zerstört. Tag und Nacht waren mit einem Mal aus dem Rahmen gefallen, der sie gehalten und in feine Einheiten gegliedert hatte. Als die Flammen im Schloß droben wie in der Stadt drunten nichts Brennbares mehr fanden, als der grelle Dauerschein des Feuers endlich vorüber war, da gab es für die wenigen in den Trümmern zurückgebliebenen Heidelberger nur noch den simplen Wechsel von hell und dunkel, hell und dunkel – wie in grauer Vorzeit.

Genf am Neckar, Rom am Neckar

»Das ist die kleine rote Waldameise«, hatte der Graf von Thurn und Taxis ihn belehrt, als sie bei einem Ausflug in die Wälder oberhalb des Schlosses auf einen Ameisenhügel trafen, der so groß war wie

Perkeo. Die Hofgesellschaft war weitergezogen, ohne einen Blick für das Gewimmel auf und um den Haufen, der fast nur aus Tannennadeln bestand. Sie haben das Material genommen für ihre Burg, das sie hier fanden, genau wie die Erbauer des Heidelberger Schlosses, dachte Perkeo. Für ihn war die Ameisenburg eine Erinnerung an seine Kindheit in Südtirol. Nur daß dort die Ameisen viel größer waren, überlegte er. – Oder ich noch so klein, daß sie mir größer vorkamen? Diesen Gedanken ließ er aber schnell fallen.

Der Graf nahm seinen Degen aus der Scheide und köpfte mit einem kurzen Schlag den Hügel wie ein Ei. Wie ein ungekochtes. Denn die Kuppe fiel in sich zusammen. Das Gewimmel der Ameisen wurde noch hektischer. »So eifrig wie diese Tiere sind«, sagte der Graf, »zu schade, daß man sie für nichts gebrauchen kann. Dabei wäre es so einfach, ihrem Bau eine große Kappe überzustülpen wie eine übergroße Falkenhaube. Darunter hätten sie Ruhe zu halten, und erst wenn die Haube abgenommen würde, dürften sie ihre tausendfache Angriffslust einsetzen, ganz gezielt. Aber nichts da. Mit Ameisen ist nichts anzufangen.« Das war die fachliche Äußerung des kurfürstlichen Oberfalkenmeisters und Kommandeurs der Leibgarde zu Pferde. Er mußte es ja wissen. Und deshalb widersprach ihm Perkeo auch nicht. »Recht hast du, Graf«, sagte er nur, »diesen Tieren fehlt überhaupt jede feinere Kultur. Sie sind einfach nur Natur, gräßlich.« Und der wackere Soldat war zufrieden, weil er nicht merkte, wie er aufgezogen wurde. Hinterher kam Perkeo darauf, daß die Idee mit der Falkenhaube für Ameisenburgen so schön verrückt war, daß er daraus etwas machen müßte. Aber – zu Ameisen fiel ihm nichts ein, außer daß es lange juckte, wenn sie einen gebissen hatten. Dafür fiel ihm etwas anderes ein: Die ein einziges Mal stehengebliebene Uhr des Torturms. Nie mehr sollten die armen Heidelberger in die Verlegenheit kommen, daß sie nicht wüßten, was die Uhr geschlagen hat, sagte er sich. Und ließ den Hoftischler einen kleinen Kasten bauen, mit einem Glöckchen und einem Fuchsschwanz drin. Dieses Kästchen hängte er im Faßbau als Wanduhr auf. Die beste Uhr des Schlosses, denn ihr Zifferblatt wirkte so beruhigend: man wußte immer die Uhrzeit, weil sie sich nicht änderte. Und wer das Glockenspiel hören wollte, der konnte an einem Ring unter dem Kästchen ziehen und kriegte mit dem Fuchsschwanz eins ausgewischt.

Als die Hofleute wenige Wochen danach wieder an dem Ameisenhaufen vorbeikamen, war Perkeo gerade in Begleitung des Ingenieurs

Flemal, den noch Kurfürst Johann Wilhelm von Düsseldorf nach Heidelberg geschickt hatte, damit er Stadt und Schloß möglichst schnell wieder aufbaue. Er hatte Vorbildliches geleistet, das wurde von jedem anerkannt. Die Ameisenburg war wieder so groß wie Perkeo, und nichts mehr erinnerte an das geköpfte ungekochte Ei. Perkeo erzählte Flemal von dem Erlebnis mit dem Grafen von Thurn und Taxis und wunderte sich über die so schnell wiederhergestellte Burg. »Ja, so sind wir halt. Wir können nicht anders«, meinte der Baumeister. »Das Leben muß ja weitergehen. Und es verlangt nach Behaustheit, nach immer schönerer, immer großartigerer.« Er erzählte seinem Begleiter dann, daß damals, gerade neun Jahre nach der zweiten Zerstörung des Schlosses, der Herrscher des Heiligen Römischen Reiches Deutscher Nation, wie der Kaiser damals offiziell hieß, Leopold I, nach Heidelberg kam. Da mußte alles wieder so weit hergerichtet sein, daß man dem Kaiser auf dem Schloß einen würdigen Empfang bieten konnte. Und das beinahe Unmögliche wurde möglich gemacht. Die Wohnbauten wurden wieder bewohnbar, die Festsäle wieder festlich. Als Kaiser Leopold I. im Sommer des Jahres 1702 im Heidelberger Schloß empfangen wurde, da spielte die weltberühmte kurfürstliche Hofmusik ihm auf. Johann Wilhelm hatte die Musiker mit ihren Instrumenten eigens per Schiff von Düsseldorf den Rhein hinauf fahren lassen. Dem Kaiser zu Ehren fand dann schon wieder die erste Aufführung einer neuen Oper auf dem Schloß statt.

»Kaiser Leopold I. war damals auf dem Weg an die Front. Seine Truppen belagerten die pfälzische Stadt Landau, wo die Franzosen sich eingenistet hatten, als sie ihren Vernichtungszug durch die Pfalz erfolgreich abgeschlossen hatten. Das Heer des deutschen Kaisers zwang den französischen General schließlich zur Kapitulation und befreite Landau. Wenn auch nur für kurze Zeit. Jedenfalls machte der Kaiser auf dem Heimweg noch einmal Station im Heidelberger Schloß. Und er wurde noch einmal mit einer festlichen Theateraufführung geehrt. Da strahlte das halbwegs wiederaufgebaute Schloß noch einmal im herrlichsten Glanz, ehe wieder die Handwerker das Regiment übernahmen.«

Ein merkwürdiger Mensch, dieser Flemal, dachte Perkeo. Er spricht nur immer davon, was andere Großes geleistet haben, statt von seinen eigenen Großtaten zu berichten. Darin ist er so ganz anders als die Hofschranzen, die einen hier umgeben. Von denen einer noch großartiger sein will als der andere, dabei sind sie doch alle nur Marionetten des Kurfürsten. Erst auf gezielte Fragen hin erfuhr Perkeo von dem kurfürstlichen Baumeister, daß auch er in der Stadt etwas Wichtiges gebaut hatte: Das Rathaus. »Aber nur die Planung war von mir, die Ausführung mußte ich anderen Baumeistern überlassen. Hier auf dem Schloß war genug zu tun. Mehr als genug«, berichtete Flemal. »Den Frauenzimmerbau beispielsweise konnte ich nicht neu hochziehen. Nur gerade das Erdgeschoß mit dem Königssaal herrichten. Und auch die Bibliothek und den sogenannten Englischen Bau mußten wir als Ruinen stehenlassen. Die gesprengten Wehrtürme sowieso.«

»Und was wurde in der Stadt unten sonst noch aufgebaut in den ersten Jahren nach der Zerstörung?«

»Da waren es die Jesuiten – neben den Privatleuten –, die hauptsächlich den Wiederaufbau in die Hand nahmen. Das waren die einzigen, die das Geld für größere Bauobjekte hatten. Der Baumeister der Jesuiten, Breunig, hat da Großartiges geleistet. Zuerst das Jesuitenkollegium auf dem Gelände der zerstörten Universität. Dann die Jesuitenkirche und das Jesuitengymnasium. Schließlich baute Kurfürst Johann Wilhelm dann gleich daneben das Universitätsgebäude, Domus Wilhelmiana genannt.«

»Ich höre immer Jesuiten, Jesuiten«, zog Perkeo die Stirn kraus, dabei dachte er an seine Rivalität mit dem Jesuitenpater Staudacher. »Mußten das denn immer die Jesuiten sein?«

Flemal blieb ernst und sachlich: »Unser Kurfürst Johann Wilhelm war ein gläubiger Katholik. Genau wie es unser jetziger Herr ist. Und die Jesuiten, die hatten wie gesagt das Geld, solche Bauten in Auftrag zu geben, und sie sahen es als ihre ureigenste Aufgabe an, Heidelberg wieder auf den rechten Pfad zurückzubringen. Da waren zwar auch noch andere Orden, die ihre Klöster wieder bezogen oder neue erwarben, doch waren sie alle nicht so bedeutend wie die Jesuiten, die sich am eifrigsten um das religiöse Leben des Landes kümmerten.«

»War man hier denn besonders sündig?«

Da mußte Flemal doch lachen. »Nein, im Gegenteil. Die Heidelberger, überhaupt die Pfälzer, die können sich kaum vorstellen, daß sie sündigen. Das ist ein sonderbares Völkchen. Eigentlich schon heidnisch zu nennen, wie sie sich fürs Saufen und Fressen begeistern. Sie nennen das einfach: leben.«

»Und was wäre dagegen der rechte Pfad, auf den sie gebracht werden sollten? Etwa Abstinenz?« Das Thema wurde nun doch immer prekärer für Perkeo.

»Nein, nein. Der rechte Pfad, wie ihn die Jesuiten sahen, das war der katholische Glaube. Dazu muß Er wissen, Lustiger Rat, daß Heidelberg vom Kurfürsten Ottheinrich zum Protestantismus übergeführt worden war. Und daß mit der Zeit die strenge Version des Genfer Reformators Calvin hier immer mehr an Boden gewonnen hatte. Heidelberg, das nannte man allen Ernstes schon das Genf am Neckar. Das machte vor allem auch den hohen Ruf der Heidelberger Universität aus.«

»Und nun soll Heidelberg das Rom am Neckar werden«, lachte Perkeo. Worauf Flemal nichts antwortete. Der vorsichtige Hofmann schwieg, als das Gespräch die Vergangenheit hinter sich ließ und bei der gegenwärtigen Politik des Hofes ankam.

Auf eine andere Art schön

So hatte er sich das Leben im Schloß des Kurfürsten bei Rhein nicht vorgestellt. So viele Menschen um ihn herum Tag und Nacht. Viel mehr noch als in Innsbruck, Neuburg oder Schwetzingen. Und dieses Hin und Her von Fragen und Antworten, Gerüchten und Geheimnissen, Verdächtigungen, Verleumdungen, Wünschen und Versprechungen. Und alles immer in Hinblick auf den Fürsten: Daß er es nur ja erfahre, was Großartiges geleistet wurde, daß er endlich Abhilfe schaffe in Mißständen, daß er nicht länger diesen dem anderen vorziehen möge, daß er den Eindruck gewinnen könnte …

Zuerst hatte Perkeo sich gewundert, daß man ihn ins Vertrauen zog. So wichtig bin ich also. Das hatte gutgetan. Er hatte sich dafür revanchiert, indem er im richtigen Augenblick die richtige Bemerkung beim Kurfürsten fallengelassen hatte. Das wirkte Wunder. Und auch das hatte nicht nur dem Begünstigten gutgetan. Bald wunderte Perkeo sich nicht mehr über die Aufmerksamkeit, die ihm überall zuteil wurde. Über die besondere Freundlichkeit der Höflinge, das äußerst vertrauliche Entgegenkommen der Damen. Er verstand: Das gilt überhaupt nicht mir. Das gilt alles nur dem Kurfürsten an meiner Seite.

Recht hatte er. Man konnte es auch so sehen. Diese Erkenntnis machte ihn nicht etwa unsicher. Im Gegenteil. Nun setzte er seinen Einfluß nur um so gezielter ein.

Perkeo wurde allmählich wählerischer in seinem Umgang. Die Comtesse Dorothee natürlich, die blieb seine Favoritin. Aber bei manchen Damen des Hofes zierte er sich nun hin und wieder. Zu oft hatten sie ihre Begeisterung für ihn, für seine Kraft, seine jugendliche Wildheit, plötzlich umschlagen lassen in das ganz große Anliegen, das sie bedrückte – und das sie ihm ans Herz zu legen sich erlaubten. Dann ging es der Dame auf einmal nicht mehr um ihn, sondern um ihren Gutshof oder ihren Ehemann, um den Sohn, einen Posten bei Hofe oder um ein Wegerecht.

Solche Erfahrungen machten aus dem begeisterten Liebhaber Perkeo einen versierten Hofmann. Er fing an, mit den Frauen zu spielen, statt sie zu erobern. Die schönen Augen, die sie ihm machten, bedeuteten ihm nicht mehr das, was sie ihm eimal bedeutet hatten. Der Knopf ist viel mehr wert als das Knopfloch, sagte er sich. Nun ging sein Ehrgeiz dahin, sie hereinzulegen, sie nicht zum Ziel kommen zu lassen. Er entwickelte ein feines Gespür für das, um was es ihnen eigentlich ging, wenn sie ihm sagten, er sei der einzige Mann am Hofe, er sei ein toller Kerl, unermüdlich wie ein Hengst, und wie die Komplimente alle lauteten, die sie ihm machten. Die Damen waren nicht zimperlich in ihrer Ausdrucksweise. Aber nachdem Perkeo sich klargemacht hatte, daß sie doch nur etwas von seinem Herrn wollten, glitten derartige Freundlichkeiten an ihm ab. Er nahm die Frauen, und er machte ihnen Hoffnung auf einen guten Ausgang ihrer Sache, die er dem Fürsten in einer guten Minute in den Sinn bringen würde, und er tat nichts mehr für sie. Er geizte nicht mit seinen Kräften, wohl aber mit seinem Einfluß auf Carl Philipp. Den wollte er sich für die Fälle aufsparen, in denen ihm selbst an der fraglichen Sache lag. Kurz und gut: Die Erfahrungen am Hof machten Perkeo zu einem Fiesling.

Nur eine war da, bei der alles ganz anders war. Nicht die Comtesse Dorothee, nein, auch die hatte einen Wunsch, der über das hinausging, was sie von Perkeo wollte. Die Comtesse war beunruhigt, weil sie schon siebzehn war und sich noch immer nicht ein standesgemäßer Ehemann für sie gefunden hatte. Sie wußte, ihr könnte nur der Kurfürst helfen. Sein Wort würde das ausgleichen, was bisher bei allen Eheanbahnungsversuchen im Wege stand: Ihre Eltern hatten durch unglückliche Geschäfte ihr Vermögen verloren. Bei der Comtesse Dorothee kam Perkeo ins Wanken mit seinem neuen Grundsatz: Nichts für sie tun! Für sie hätte er gern was getan, so glücklich war er bei ihr. Aber was sie von ihm verlangte, das war nun wirklich zuviel verlangt. Sollte ein Reiter sich selbst vom Pferd werfen?

Nein, die ganz andere Affäre war die mit Violanta Theresia, einer Gräfin von Thurn und Taxis und Hofdame der Tochter des Kurfürsten. Ganz anders war diese Affäre insofern, als sie überhaupt keine wurde. Da konnte Perkeo sich noch so groß aufspielen, da konnte er auch durchblicken lassen, wie gut er sich mit ihrem Bruder, dem Oberfalkenmeister und Kommandeur der Leibgarde zu Pferde, verstand, die schöne Violanta Theresia blieb auf eine Weise reserviert, wie Perkeo es am Hofe noch nicht erlebt hatte.

Auf der Wendeltreppe im Ruprechtsbau hatte er sie gestellt und sich schon als erfolgreicher Jäger gefühlt. Die Treppe war so eng gebaut, daß kaum zwei Personen aneinander vorbeigehen konnten, zumindest nicht, ohne in engen Kontakt zu kommen. Die Gräfin kam von unten, er von oben. So konnte er auf sie hinabsehen. In ihr Dekolleté und dann tief in ihre Augen.

»Er schaut gerade, als habe Er noch nie eine Frau gesehen, Lustiger Rat«, sagte sie und blieb stehen, als warte sie darauf, daß er zurückgehe und ihr den Weg freigebe.

»Jede Frau ist auf eine andere Art schön. Und du, Gräfin, bist es auf eine ganz besondere.«

»Lauert Er mir jetzt schon auf, um mir das zu sagen?«

»Wenn du nicht mir auflauerst, muß ich ja dir auflauern.«

»Wenn ich mir das versagen kann, dann sollte Er es sich ebenfalls versagen können.«

»Ich bin nun mal kein Versager.«

»Schon gut, schon gut, Lustiger Rat. Ich habe davon gehört und ...«

»Und du glaubst dem Gerede einfach, Gräfin, statt dich selbst davon zu überzeugen? – Glaub mir, Wissen ist mehr als Glauben.«

»Ich ziehe es trotzdem vor, an Ihn zu glauben. Und nun sollte Er mir den Weg freimachen.«

Da spielte Perkeo seine letzte Trumpfkarte aus: »Ja, was auch immer das Problem ist, ich kann den Weg freimachen, wie man weiß.« Doch zu seiner Überraschung wurde die Gräfin nicht hellhörig, nicht gierig und nicht geschäftsmäßig. Sie lachte ihn aus und sagte: »Auch wenn Er es sich nicht vorstellen kann, mir steht nichts im Wege.« Sprach's, drehte sich um und ging die Wendeltreppe hinab und davon. Und Perkeo stand da als der Dumme. Wie dumm diese Attacke war, das sollte er erst viel später verstehen können. Wenn er keine Chance mehr hätte für eine Korrektur seines Fehlers. Solch ein Erlebnis mit einer Frau, das war ihm zwar fremd, aber es beunruhigte ihn nicht weiter. Nur rauf auf sein Zimmer und ein paar neue Grimassen einstudiert. Mit Hilfe des Handspiegels. Sicher habe ich die stolze Gräfin überschätzt, als ich ihr so ernsthaft kam. Ein paar neue lustige Fratzen, ein paar neue komische Verrenkungen, das wäre besser gewesen. Was bei den anderen gut ankommt, wird wohl auch für die Gräfin gut sein. Die Frauen, so verschieden sie aussehen, sie sind ja doch alle gleich.

Der geheimnisvolle Wolfsbrunnen

Für Carl Philipp waren die Jahre der Zerstörung Heidelbergs gleichzeitig die Jahre seines Glücks gewesen. 1689 hatte er seine erste Frau gefunden, die polnische Prinzessin Luise Charlotte von Radziwill. Damals fielen die Franzosen das erste Mal in der fernen Pfalz ein. Und 1693, bei ihrem zweiten Überfall und der barbarischen Zerstörung des noch Stehengebliebenen, wurde dem Pfalzgrafen Carl Philipp und seiner jungen Frau die Tochter Elisabeth Auguste geboren. Diese Tochter und ein halbwegs wiederaufgebautes Heidelberg, das war ihm aus der Zeit der Orléansschen Kriege geblieben. Elisabeth Auguste, obwohl verheiratet seit dem letzten Jahr in Innsbruck, war der ganze Stolz des Kurfürsten, der allmählich fühlte, daß er alt wurde. Er war nun 57 Jahre alt und zweifacher Witwer. Da war ihm sehr recht, daß seine Tochter und deren Mann, der Pfalzgraf Joseph Carl Emanuel von Sulzbach, bei ihm auf dem Schloß wohnten, zumal sein Schwiegersohn durch Kriegshandwerk und Verwaltungsarbeit oft verhindert war, sich um seine Frau zu kümmern. So wurde Elisabeth Auguste der eigentliche Mittelpunkt des Heidelberger Hofes. Ihr Vater hatte zwar das Sagen, aber sie ließ singen, musizieren und tanzen. Selbst musisch ungewöhnlich begabt, hatte sie eine sichere Hand in der Auswahl und Förderung von Künstlern. Und ihr Vater ließ ihr dabei weitgehend freie Hand. Für ihn gehörten die schönen Künste einfach zur Grundausstattung eines standesgemäßen, modernen Hofes. Dafür war nichts zu teuer. Denn schließlich vergoldete und versilberte alle Kunst doch nur ihn, den Fürsten, und sein Bild, wie es im Andenken der Nachwelt bleiben würde. Carl Philipp selbst hatte zur Kunst keine tiefergehende Beziehung. Er war lediglich ein geschickter Stratege seines Nachruhms. Das hatte er mit fast allen Fürsten seiner Zeit gemeinsam. Er unterschied sich von ihnen höchstens in den Möglichkeiten: Er hatte die Mittel dazu, einen ganz besonderen Aufwand zu treiben. Oder richtiger gesagt: Er verschaffte sich die nötigen Mittel durch eine rücksichtslos harte Steuerpolitik. Da war die feinsinnige und kunstverständige Tochter an seiner Seite das passende Aushängeschild. Wenn er ihr auch manchmal Abenteuer zumutete, die ihr gar nicht damenhaft schienen. So sein Wunsch, daß sie an einer Wolfsjagd teilnehme.

Es sollte eine beinahe richtige Jagd werden, wie in alten Zeiten. Dem ehemaligen Offizier Carl Philipp paßte es nicht, nur immer diese maskierten Jagden, wie man sie vornehm nannte, zu veranstalten. Dieses Abschießen von Wild, das in ein abgesperrtes Gehege getrieben wurde, wobei die Jagdgesellschaft feingemacht hinter der Absperrung blieb und ohne jede Anstrengung die Büchsen abfeuerte, die man ständig neu geladen anreichte. Nein, der verwegene Soldat Carl Philipp wollte ein Abenteuer erleben: Eine Treibjagd, bei der die Jäger den Tieren ungeschützt gegenübertreten würden. Allerdings mit soviel Flinten und Jagdhelfern, daß ihnen keine Gefahr drohen könnte. Schon seit Tagen wurden die Bürger und Bauern durch den Oberjägermeister davor gewarnt, sich in die Stadtwaldungen zu begeben, wenn Schnee falle. Denn bei fallendem Schnee werde eine große Wolfsjagd abgehalten.

Trotz aller Flinten und Hunde und der Bauern, die zum Treiben verpflichtet worden waren, war es eine hochelegante Jagdgesellschaft, die sich dann in den Wald hinter dem Schloß aufmachte, als endlich Schnee gefallen war. Nicht nur die Tochter des Kurfürsten und ihre Hofdamen waren mit von der Partie. Auch Perkeo und eine große Schar von vornehm gepuderten Höflingen mußten mit. Sie müßten ja nicht unbedingt ein Schießgewehr in die Hand nehmen, hatte es geheißen, aber sie sollten das Jagdhaus Wolfsbrunnen bevölkern, in dem man anschließend den guten Ausgang der Jagd feiern würde. Der Kurfürst konnte ja nicht ohne großes Gefolge auftreten. Dieser bunt gemischte Hofstaat erst ließ den Kurfürsten im rechten Licht erscheinen: als die Sonne, umgeben von ihren Monden und zahllosen Planeten. Das Jagdhaus Wolfsbrunnen, so erfuhr Perkeo unterwegs, war schon von dem Kurfürsten Friedrich II. vor fast zweihundert Jahren erbaut worden. »Es steht an einer Quelle«, erklärte der Freiherr von Sickingen, »die schon seit den ältesten Zeiten den Namen Wolfsbrunnen führt. In grauer Vorzeit, als das Heidelberger Schloß noch nicht erbaut war, soll dort, wo heute unser Schloß steht, eine Frau gewohnt haben, die die Gabe der Weissagung besaß. Sie hieß Jetta. Zu ihr kamen hin und wieder Leute, um sich von der Seherin Auskunft über ihr Schicksal zu erbitten. Einmal hatte Jetta verkündet: ›Auf diesem Hügel hier werden königliche Männer wohnen, und das Tal zu seinen Füßen wird Menschen aus vielen Völkern sehen.‹ Dann kam der unglückselige Tag, an dem die Seherin ihr Heim auf dem Hügel verließ, um einem kranken Fischer unten am Neckar Heilkräuter zu bringen, die sie gepflückt hatte. Auf dem Weg durch den dunklen Wald kam sie in eine noch dunklere Schlucht, wo sie eine Quelle sprudeln hörte. Sie ging hin zu dem Wasser und bückte sich, um davon zu trinken. Da stürzte sich eine Wölfin aus dem Dickicht auf sie und zerfleischte sie. Seitdem heißt diese Quelle Wolfsbrunnen. Und seitdem auch heißt der Hügel, auf dem unser Schloß steht und wo vorher Jetta gewohnt hat, der Jettenbühel.«

»Eine schreckliche Geschichte«, meinte Perkeo. »So hat der arme Fischer seine Heilkräuter bis auf den heutigen Tag nicht bekommen.«

»Dem tut nun nichts mehr weh, da sollte Er sich trösten lassen, Lustiger Rat«, tat der Hofkanzler Freiherr von Hallberg mitleidig.

»Aber die arme Frau, diese Seherin«, klagte Elisabeth Auguste, »die ist zu bedauern. Sie hatte es doch so gut gemeint.«

»Ach, Prinzessin, spare dir dein Mitgefühl für andere auf, die würdiger sind«, tat Perkeo sie ab.

»Und wieso hält Er diese Jetta nicht für meines Mitgefühls würdig, Lustiger Rat?«

»Eine Seherin, die sich nicht vorsieht, hat eben das Nachsehen. Oder aber sie ist überhaupt keine Seherin gewesen und hat den Leuten nur was vorgemacht. Dann ist es auch nicht schade um sie.«

»Oder sie wollte sich fressen lassen, um sich so in eine reißende Wölfin zu verwandeln. In eine, die vielleicht heute noch durch die Wälder schleicht«, meinte eine der Hofdamen der Prinzessin schaudernd.

»Dann soll sie sich nur jetzt nicht sehen lassen. Sonst brenne ich ihr eins aufs Fell, daß ihr Hören und Sehen vergeht!« Das war der Oberfalkenmeister, der so martialisch auftrumpfte.

Trotz derart wehrhafter Begleitung waren doch viele dieser Jagdgesellschaft froh, als man endlich am Wolfsbrunnen ankam, ohne etwas von einer Wölfin gesehen zu haben. Das Jagdhaus versprach sicheren Schutz. So beeilte man sich, die Tür hinter sich zu schließen. Ohnehin war von der Galerie aus der Blick in die Landschaft am schönsten. Wie idyllisch die eingefaßte Quelle mit der Brunnenschale und dem großen steinernen Becken, in das alles Wasser läuft, um weiter unten vier Forellenteiche zu speisen, ehe es sich in den Neckar ergießt. Der Platz vor dem Haus war von hohen Linden beschattet, die jetzt statt der Blätter eine frische Schneelast trugen. Hier oben, auf der Galerie, konnte man den Gedanken an die reißende Wölfin so richtig genießen. Und der Seherin Jetta ein stilles Gedenken widmen. Aber wenn sie nun tatsächlich noch umherstreicht und mitgehört hat, wie man sie als eine Betrügerin bezeichnet hat?

»Er ist immer so direkt, Lustiger Rat«, konnte Elisabeth Auguste einen leisen Tadel nicht unterdrücken.

»Unvermeidlich«, lachte Perkeo. »Wie die Färber blaue Hände haben und die Schuhmacher plattgeklopfte Daumen, so habe ich eine Plattheit auf den Lippen, wenn andere zu blauäugig sind.«

Da zog die Prinzessin ihn beiseite und flüsterte ihm ins Ohr: »Ich meinte nicht blaue Augen, sondern blaues Blut, als ich Ihn zu direkt schalt.« Und als Perkeo nicht verstand, wurde sie deutlicher: »Er hat sich an eine meiner Hofdamen herangemacht, kleiner Wolf Er. Das läßt Er besser, Lustiger Rat. Denn da kommt Er einem viel zu großen Jäger vor die Flinte. Das nur als wohlgemeinter Rat.« Und verriet mit keinem Wort, vor welchem Konkurrenten sie ihn warnte, so sehr er auch in sie drang. Was für Perkeo besonders unangenehm war, weil er nicht wußte, welche von dem runden Dutzend hübscher Hofdamen der Prinzessin sich ihrer Herrin anvertraut hatte.

Man bringe ihn her, tot oder lebendig!

Schon in Innsbruck hatte sich Carl Philipp als ein großartiger Gastgeber erwiesen, der selbst königliche Besucher aufs Beste zu bewirten und zu unterhalten verstand. Jetzt auf seinem Stammschloß zeigte er, daß er den Bogen auch überspannen konnte – und seinen Spaß daran hatte. Es war der reisefreudige Freiherr Carl Ludwig von Pöllnitz, der den Gastgeber einmal von einer anderen Seite kennenlernen sollte. Der umtriebige Freiherr trug etwas zu deutlich den Wind der großen weiten Welt in seinem Wams. Das stieß Carl Philipp, der in seinem Leben wahrhaftig auch schon weit herumgekommen war, sauer auf. Dazu kam, daß der Gast offenbar einiges an Reisebeschreibungen gelesen hatte und nun das Gelesene mit dem Vorgefundenen verglich. Als er durch das Schloß geführt wurde, entschlüpfte ihm eine Bemerkung darüber, daß die Räume früher doch mit sehr viel mehr Zierrat ausgestattet gewesen seien. Er war so ungeschickt, die wunderschöne Bibliothek der Kurfürsten zu rühmen, als er vor der Ruine dieses Gebäudes stand. Und statt sich über den Wiederaufbau anderer Teile des Schloßkomplexes zu freuen und pflichtgemäß zu verwundern, bedauerte er den Schloßherrn wegen des unsäglichen Verlustes. Wozu Carl Philipp verdrossen schwieg. Der Kurfürst zog sich dann bald in seine Gemächer zurück, nachdem er den Besucher noch persönlich eingeladen hatte, an seiner Tafel sein Gast zu sein an diesem Abend. Er ließ ihn mit Perkeo und einigen weiteren Begleitern seinen Rundgang fortsetzen, nachdem er diesen eingeschärft hatte, dem Gast nicht zu widersprechen, was auch immer er sage. Nur gut zuhören sollten sie – und ihm nachher genauestens Bericht erstatten.

Die Gruppe wanderte also hinaus aus dem inneren Burghof, den der Gast mit überschwenglichen Worten pries. »Wenn ich mich hierher stelle, mit dem Rücken zu der Ruine der Bibliothek, dann habe ich einen so vollkommenen Platz vor mir, der viel mehr die Plaza major einer stolzen spanischen Stadt ist oder ein verkleinertes Abbild des Marktplatzes einer reichen holländischen Kaufmannsstadt, viel mehr jedenfalls als bloß der Innenhof eines Schlosses.«

»Ja, ja«, sagten seine Begleiter. Und der Freiherr fuhr fort: »Dieses leicht verschobene Karree hat etwas von urbaner Intimität, das ihm auch die Zerstörungen nicht nehmen konnten.« Und seine Zuhörer sagten wieder: »Ja, ja.« Sie schritten unter dem Torturm und dem Brückenhaus hindurch und wandten sich nach links. Und während sie unter den Bäumen dahinspazierten, von denen wenige älter als 25 Jahre waren, sprach der Besucher von den Bildern dieses Parks, die er gesehen habe. »Der Hortus Palatinus, er muß ein wahres Meisterstück der Gartenbaukunst gewesen sein. Produkt herrscherlicher Genialität und Willensstärke und großartiger Landschaftsarchitektur zugleich.

Die Beete und Grotten und Wasserspiele, der Irrgarten, die Fülle an herrlichen Statuen, verträumte Winkel und doch alles eine einzige Glorifizierung der Geometrie. Ach Gott, ich kann mir gut vorstellen, daß unsere Vorfahren diesen Garten als achtes Weltwunder gefeiert haben. Und was ist davon geblieben? Gerade noch der Platz für einen Park. Wie schade, wie jammerschade! Zu sehen, was Menschen alles anrichten können, das ist deprimierend.«

Da wollten einige der Gesellschaft den Gast damit beruhigen, daß sie ihn auf die Große Grotte hinwiesen, auf die Statue von Vater Rhein, die davor gelagert war, auf den Reiz der vielstufigen Terrassen und das gefällige Arrangement von Rasen, Büschen und Bäumen. »Vergebliche Liebesmüh'«, brachte Perkeo sie zum Schweigen. »Wer sich für das prächtige Gefieder und die stolze Haltung des Fasans begeistert, den trösten die schimmernd weißen Knöchelchen nicht, wie sie malerisch daliegen, wenn er den Vogel aufgegessen hat.« Woraufhin der Freiherr ihn erstaunt ansah – und seinen Weg schweigend fortsetzte.

Später, als sie an der kurfürstlichen Tafel saßen und es sich gut schmecken ließen, erkundigte Carl Philipp sich auf besonders entgegenkommende Weise, ob sein Gast auch alles gesehen habe, was sein Schloß zu bieten habe. Der Freiherr von Pöllnitz, durch die Bemerkung des Hofnarren etwas vorsichtiger geworden, sagte, er habe umfassend Gelegenheit gehabt, die Schönheiten des Schlosses und des Parks zu bewundern. »Wie, hat Er nur Augen für die Damen gehabt?« zeigte der Kurfürst sich erstaunt. Und der Gast mußte unter dem Gelächter der Tafelrunde genauer erklären, was er an Schönheiten gesehen habe.

»Hat Er auch das Große Faß gesehen?« wollte Carl Philipp wissen.

»Nein, Durchlauchtigst, das habe ich noch nicht gesehen«, mußte der Gast zugeben.

»Dann werden wir selbst Ihn hinführen. Und unsere Tochter wird uns mit ihrer Anwesenheit erfreuen.«

So wurde beschlossen, gleich nach dem Aufheben der Tafel zum Großen Faß hinüberzugehen. Die Trompeter gingen voraus, und die ganze Hofgesellschaft folgte. Ein Zug von malerischer Pracht. Sie stiegen in den Faßbau hinab und dann auf den Umgang um das Große Faß und schließlich auf die Empore hinauf. Dort angekommen, ließ der Kurfürst sich einen riesigen vergoldeten Pokal reichen, der randvoll mit Wein gefüllt wurde. »Auf unseren edlen Gast, den ehrenwerten Freiherrn Pöllnitz«, sagte Carl Philipp feierlich. »Er sei uns willkommen!« Dann hob er den Pokal an die Lippen und leerte ihn in einem Zug. Darauf ließ er ihn wieder füllen und durch einen seiner Pagen dem Gast präsentieren, damit dieser sich auf dieselbe Weise für das Willkommen bedanke. Was den Freiherrn in nicht geringe Verlegenheit brachte. Konnte er doch diese Ehrung nicht ausschlagen – den Wein aber auch unmöglich auf einmal hinunterstürzen, nachdem er schon während des Essens dauernd hatte trinken müssen. So bat er um die besondere Vergünstigung, den Willkommenstrunk in mehreren Schlucken nach und nach genießen zu dürfen, während man sich unterhalte. Was der Kurfürst ihm großzügig gestattete. Ja, er ging sogar so weit, nicht mehr besonders auf seinen Gast zu achten, sondern sich mit den Damen zu unterhalten, um dem Freiherrn Gelegenheit zu geben, irgendwie mit dem Riesenpokal fertig zu werden. Der nahm die ihm gebotene Chance wahr und tat nur so, als ob er genießerisch trinke und ließ dabei das meiste heimlich auf den Boden rinnen. Carl Philipp tat, als ob er nichts von dem Betrug bemerkt hätte, und zeigte sich sehr zufrieden, als der Gast den leeren Pokal zurückreichte. Man brachte nun große Gläser, und die ganze Hofgesellschaft sprach eifrig dem Wein zu. Während einige der Damen die Gläser nur immer in der Hand hielten und hin und wieder an die Lippen setzten, ohne zu trinken, verlangte der Kurfürst von den Herren, daß selbstverständlich stets ausgetrunken werde. Der von Pöllnitz war der erste, dem die Knie weich wurden. Er befürchtete, der Wein und das vorher genossene Essen müßten ihm im nächsten Augenblick hochkommen. Deshalb schlich er aus der fröhlichen Runde davon, die Treppe hinunter und zur Tür des Faßkellers, um zu verschwinden. Vor dem Ausgang aber standen zwei Mann der kurfürstlichen Leibgarde mit gekreuzten Gewehren, die ihm zuriefen: »Halt, hier kommt niemand durch!« Der Freiherr pochte auf seinen Rang und auf sein Gastrecht und daß man ihn unbedingt sofort passieren lassen müsse, weil gewisse triftige Gründe ihn hinauszugehen nötigten. Er käme ja sofort anschließend wieder. Doch war bei den Soldaten jedes Wort vergebens. Was sollte er nun tun? Wieder hinaufzuklettern auf das Große Faß, das schien ihm unmöglich. Das wäre fast wie der Gang in die sichere Katastrophe. So versteckte er sich hinter dem Faß. In der dunkelsten Ecke hingekauert und mit beiden Händen vor dem Mund, weil der viele Wein ihm immer wieder aufstieß. Er hörte die lustige Gesellschaft hoch über sich lärmen. Und er hoffte nur, daß ihr Vergnügen bald ein Ende finden möge.

Damit aber hatte er nicht gerechnet: Plötzlich rief der Kurfürst: »Wo ist der Freiherr von Pöllnitz? Er gehört auf den Ehrenplatz an unserer Seite. Man suche ihn, und man bringe ihn her, tot oder lebendig!« Man fragte die Wachen an der Tür und erfuhr, daß der Freiherr hinaus gewollt habe, daß man ihn aber nicht habe gehen lassen. Also suchte man ihn in den Kellergewölben. Nun hatte der Entwischte gerade noch Zeit, zwei Bretter, die auf dem Boden lagen, so vor sich aufzustellen, daß er nicht mehr zu sehen war. Doch einer der Pagen war besonders eifrig bei der Suche. »Hier ist er, hier ist er!« schrie der Junge, während dem Freiherrn der kalte Angstschweiß auf die Stirn trat. Er hatte es gehört, das Wort des Kurfürsten: »Tot oder lebendig«. Und er wußte, daß Carl Philipp ein verwegener Soldat gewesen war. Wie mochte der Mann erst in alkoholisiertem Zustand sein, der Hausherr, der sich als allgewaltiger Herrscher dieses Landes alles erlauben durfte.

Man holte den Gast aus seinem Versteck und brachte ihn vor den Kurfürsten, der sich in seinem Sessel als Richter in Positur setzte. »Jetzt wird das hohe Weinfaßgericht Recht sprechen«, sagte Perkeo in feierlichem Ton. Und die Trompeter gaben ein Signal dazu, daß es schauerlich widerhallte in den Gewölben. Da nahm der Freiherr allen verzweifelten Mut zusammen, schließlich ging es jetzt um sein Leben, und protestierte: »Verzeiht, Durchlauchtigst, aber Ihr könnt nicht als mein Richter fungieren, weil Ihr parteiisch seid. Denn Ihr selbst seid es ja, der sich beleidigt fühlen muß, weil ich nicht weitertrinken konnte.« Carl Philipp akzeptierte diesen Einwand sofort: »Wie, mein Guter, Ihr verwerft uns als Euren Richter? Nun gut, ich will Euch andere geben. Dann werden wir sehen, ob Ihr damit besser wegkommt.« Und ernannte seine Tochter und deren Hofdamen zu Richterinnen über den Freiherrn. Der Kurfürst selbst trat als Kläger auf. Für ihn war es ein Kapitalverbrechen, daß sein Gast ihm nicht entsprechen wolle beim Willkommenstrunk. Der Freiherr verteidigte sich damit, daß er nicht gewohnt sei, so viel Wein zu trinken. Und nicht so guten und starken Wein. Darauf gaben die Richterinnen ihre Entscheidung ab, und als ihre Stimmen gezählt waren, da hieß das Urteil: »Der Freiherr von Pöllnitz ist einmütig dahingehend verurteilt, daß er so lange trinken soll, bis er tot ist.«

Dieser sibyllinische Spruch, der für die Damen ein neckischer Scherz war, schien dem schon betrunkenen Gast bitterer Ernst. Und so war er schon mehr tot als lebendig, als der Kurfürst schnell intervenierte: »Als Landesherr nehmen wir uns das Recht, das Urteil abzumildern. Der Verurteilte hat noch am heutigen Tag vier große Gläser Wein zu trinken, jedes ein halbes Maß. Ferner hat er vierzehn Tage lang an unserer Tafel, sobald wir die Suppe genossen haben, ein gleiches Maß auf unsere Gesundheit auszutrinken.«

Jedermann bewunderte die Gnade des Kurfürsten. Und der Freiherr mußte miteinstimmen und sich noch auf das höflichste bei ihm bedanken. Darauf wurde der erste Teil des Urteils vollstreckt: Der Verurteilte trank die vier großen Gläser Wein. Und verlor so zwar nicht das Leben, doch für etliche Stunden Sprache und Vernunft. Man trug ihn in sein Bett. Und als er nach einem langen Schlaf aufwachte, da tröstete ihn, was der erste Besucher, Perkeo, ihm von seinen Richterinnen erzählte: »Denen ist es nicht besser ergangen als dir, Freiherr. Sie sind so mit Wein traktiert worden, als Lohn für ihren Urteilsspruch, daß auch sie ganz anders aus dem Keller herausgekommen sind als hinein.«

Der Kurfürst erwies seinem Gast am nächsten Tag in seiner unendlichen Güte die Gnade, ihm den täglichen Schlaftrunk zu erlassen, und zwar gegen das Versprechen des Freiherrn, dafür einen vollen Monat lang an seiner Tafel zu weilen.

Hofklatsch

Der Freiherr Carl Ludwig von Pöllnitz war, wenn auch kein großer Trinker, so doch ein großer Erzähler und damit eine wertvolle Bereicherung der kurfürstlichen Tafel. Schon als Zwanzigjähriger hatte er festgestellt, daß ihm seine soldatischen Erfahrungen reichten und daß auch der Status eines preußischen Kammerjunkers auf die Dauer langweilig werden müßte. So hatte er ein unstetes Wanderleben begonnen, das ihn kreuz und quer durch Europa führte. Dabei mußte er zwar hin und wieder in fremde Dienste treten, auch als Offizier, um sich das Geld für einen angemessenen Lebensstil zu verschaffen. Doch fand er auch andere Methoden der Finanzierung brauchbar. So das Schuldenmachen. Und gerade diese Methode förderte noch die Mobilität des jungen Mannes: Er konnte einige Male seinen

Gläubigern nur durch überstürztes Verlassen des Landes entwischen. Bei der Zerrissenheit Deutschlands in viele Dutzend Einzelstaaten war es nie allzu weit bis zur Grenze, das war ein nicht zu verachtender Vorteil der Kleinstaaterei.

Einen besonderen Ruf als Abenteurer hatte er schon, der nun gerade siebenundzwanzigjährige Adlige, der da im Heidelberger Schloß angeklopft hatte. Und es spricht für die Klugheit des Kurfürsten, daß er ihm gleich Kost und Logis gratis gewährte, statt ihn in Versuchung zu führen, dem einen oder anderen seiner Landeskinder die Zeche schuldig zu bleiben. Für Carl Philipp war eine gute Unterhaltung mehr wert als ein guter Ruf – und auch mehr als jede Bezahlung. Wurden doch gerade die Winterabende oft lang. Wenn er nicht wie einer seiner Vorgänger – Kurfürst Friedrich IV. – sich jeden Abend mit Wein vollaufen lassen wollte, mußte er einen anderen Zeitvertreib finden. Dieser Friedrich IV., dessen Standbild nun die Front des Friedrichsbaus zierte – als das erste unten rechts –, hatte öfters in sein Tagebuch schreiben müssen: »Wie kam gestern ich ins Nest? Bin, scheint's, wieder voll gewest.« Carl Philipp mußte zwar oft genug die gleiche Feststellung treffen, er machte sie sich jedoch nicht zur Gewohnheit – und schrieb sie auch nicht als Tagebuchnotiz nieder. Wenn ihn nicht Verwaltungsarbeit beschäftigte, dann konnte er abends Musik hören – auch seine Tochter musizierte gern für ihn – oder mit seinen engsten Vertrauten Brettspiele und Karten spielen.

Da war es schon eine köstliche Abwechslung, wenn ein weitgereister Mann wie der Freiherr von Pöllnitz an den Hof kam und erzählte. Vor allem, weil er so geschickt war, stets das zu erzählen, was man gern hören wollte: Vertrauliches aus den besten Kreisen. Beispielsweise die Geschichte vom ersten Auftreten des jungen sächsischen Prinzen August an einem europäischen Königshof. Allein dieser Bericht füllte mehrere Abende. Denn der Erzähler holte weit aus. Er schilderte zunächst das frühere Leben am sächsischen Hof, wo der Kurfürst Johann Georg IV. völlig unter der Herrschaft seiner Mätresse, einem Fräulein von Neitsch, gestanden hatte. Diese Mätresse habe einen verheerenden Einfluß auf den Kurfürsten von Sachsen ausgeübt. Sie sei ein übler Charakter gewesen, und die Ehefrau des Kurfürsten, die liebenswürdige und sanfte Eleonora, habe viel unter den Gemeinheiten der Mätresse zu leiden gehabt.

Wen wundert es, daß Kurfürst Carl Philipp seinen Besucher gern von diesen Vorgängen erzählen ließ, die längst zum internationalen

Hofklatsch gehörten. Der Hof zu Dresden war ihm ein Dorn im Auge, nicht zuletzt wegen der glänzenden Hofhaltung des jetzigen Kurfürsten, August des Starken. Der war ja sein Konkurrent gewesen, damals bei der Wahl eines Königs von Polen, und dieser August hatte ihn ausgestochen, weil er mehr Geld verfügbar hatte: zum Bestechen.

Prinz August, der jüngere Bruder des vormaligen Kurfürsten, hatte sich damals mit dem Fräulein von Neitsch überworfen, und er hatte seiner Schwägerin Eleonora beigestanden, als sein Bruder sie im Zorn erstechen wollte. Zwar hatte der Bruder ihm die Einmischung in sein Privatleben verziehen, als sein Zorn vorüber war. Aber der Prinz nahm den Vorfall zum Anlaß, um Beurlaubung vom Hof zu bitten. Was ihm nach einigem Widerstreben auch gewährt wurde. Der Kurfürst rüstete ihn sogar noch mit allem Nötigen aus, so daß der Prinz eine standesgemäße Grand tour unternehmen konnte, wie sie für junge Adlige üblich zu werden begann. August entschloß sich, inkognito zu reisen, und zwar unter dem Decknamen eines Grafen von Meißen. So trat er an etlichen deutschen Höfen auf, genauso wie in Holland, England und Frankreich. Und überall bestand der sehr gutaussehende junge Adlige die üblichen amourösen Abenteuer mit Bravour.

Die Miene Carl Philipps verfinsterte sich, als er seinen alten Konkurrenten so hochgelobt sah. Was der Freiherr von Pöllnitz bemerkte – und was ihn zu einer sofortigen Kurskorrektur veranlaßte. »Auf der nächsten Station seiner Reise«, fuhr er in seiner Erzählung fort, »das war in Madrid, sollte der übermütige junge Prinz dann endlich die Erfahrung machen, daß solche amourösen Abenteuer kein bloßer Zeitvertreib sind, sondern Verzweiflung und Tod heraufbeschwören können – und uns schuldig werden lassen.« Und ging dann schnell in die Einzelheiten. Schilderte die Ankunft des Prinzen in Madrid an einem Abend vor einer großen Stierkampfveranstaltung. Und erzählte, wie der junge Mann, ohne erst am Königshof vorgestellt worden zu sein, am nächsten Tag mit seinen Begleitern zur Arena gegangen war, wo man sich über den vornehm und kostspielig gekleideten Fremden wunderte. Die Fiesta wurde vom spanischen König Carl zu Ehren seiner ihm gerade erst vermählten Gattin abgehalten, der schönen kurpfälzischen Prinzessin Maria Anna von Neuburg. Das hörte Carl Philipp gern, seine Miene hatte sich wieder aufgehellt, er war ein aufmerksamer Zuhörer. Das Königspaar sei auf diese Weise Zeuge des ersten Auftritts des jungen Fremden gewesen, erzählte der Freiherr. »Der junge Adlige sah sich das für ihn neue Schauspiel eine Weile an, dann stieg er kurzentschlossen zu Pferde und ritt in die Arena ein. Mit viel Geschick brachte er sich zum Staunen der Spanier in eine so günstige Position zu dem rasenden Stier, daß er dem Tier seinen Hirschfänger ins Genick stoßen konnte. Dabei schlug er so gewaltig zu, daß das Tier sofort tot zu Boden fiel. Was jedermann für ein gutes Entree hielt, das sollte sich nur allzubald als der bloße Auftakt zu viel Entsetzlicherem erweisen.«

So erfuhr die aufmerksam lauschende Tafelrunde auf dem Heidelberger Schloß, daß der jugendliche Held noch am selben Abend der spanischen Königin seine Aufwartung machen durfte. Nicht auch dem König. Der hielt auf Etikette und ließ den Fremden zunächst noch auf eine Gelegenheit, sich vorzustellen, warten. Während der Audienz bei der Königin sah Prinz August im Kreis ihrer Hofdamen eine, die er noch schöner fand als alle die anderen. Und an ihr blieb sein Blick hängen, ob er wollte oder nicht. Und diese Schöne erwiderte seine Blicke, womit ihr Schicksal schon besiegelt war. Denn der Prinz hatte bald ausgekundschaftet, daß sie die Marquesa von Manzera sei und wo sie wohne. Und mit Hilfe eines italienischen Bettelmönchs aus dem Barfüßerorden, den er mit viel Geld bestochen hatte, schaffte er es, Kontakt zu Dona Lora herzustellen, dem Kammerfräulein, dem die Marquesa voll vertraute. Schmuckstücke und Goldstücke bauten ihm die Brücke zu der Angebeteten, die von alledem nichts ahnte, sich nur über die Briefe des fremden Verehrers wunderte, die in ihr Boudoir gelangten. Die Marquesa von Manzera fühlte sich natürlich geschmeichelt von der Begeisterung des schönen Fremden, den alle in Madrid bewunderten, eine Begeisterung ausgerechnet für sie. Und sie war neugierig, mehr über ihn zu erfahren. Aber seine Liebesbeteuerungen machten ihr angst, denn sie war verheiratet. So wehrte sie seine Annäherungsversuche ab, verbot ihrem Kammerfräulein, ihr noch einmal einen Brief des Fremden zu überbringen, und bemühte sich ernsthaft, den Prinzen zu vergessen. Bei dem jedoch gab es kein Ausweichen und kein Entrinnen. Mit Hilfe des Bettelmönchs und des Kammerfräuleins, noch großzügigerer Bestechungsgelder und auch Drohungen konnte er endlich ein kurzes nächtliches Zusammentreffen mit der Angebeteten arrangieren. Nur zum Sich-Aussprechen und um die Affäre zu beenden, darauf hatte die Marquesa bestanden. Doch wurde aus dem kurzen Gespräch eine heiße

Liebesnacht. Und dann blieb es auch nicht bei der einen nächtlichen Begegnung. Der Ehemann der Marquesa, der krank war und deshalb in einem anderen Zimmer des Hauses schlief, der schlief gerade wegen seiner Krankheit schlecht. Oft stand er mitten in der Nacht auf und ging ans Fenster, um sich abzulenken von seinen Beschwerden. Und so kam es, wie es kommen mußte. Eines Nachts sah er zu seinem größten Erstaunen, wie das Kammerfräulein seiner Frau einen fremden Mann durch den Garten hinausgeleitete.

Der Marques wußte keinen anderen Ausweg, als vier Mörder anzuwerben, die er an der Gartenpforte auf den Eindringling zu warten anwies, sobald die nächste Nacht angebrochen sei. So kam es zu einem nächtlichen Gefecht, in dem der Prinz schwer verwundet wurde. Zu seinem Glück hatte er seinen Kammerjunker, den Herrn von Vitzthum, in der Nähe warten lassen. Der eilte ihm nun mit gezogenem Degen zu Hilfe, als er den Lärm hörte. So blieben drei der Mordbuben tot auf dem Platz, der vierte konnte entfliehen. Der Marques aber stürzte noch in derselben Nacht in die Gemächer seiner Frau und erstach das verräterische Kammerfräulein. Seiner Frau ließ der Wütende die Wahl, ebenfalls von seiner Hand erstochen zu werden oder den Giftbecher zu nehmen, den er ihr reichte. Die Marquesa nahm den Giftbecher, trank ihn aus und starb. Ihr Mann aber fiel durch diese Aufregungen in ein heftiges Fieber und starb ebenfalls bald darauf. Das spanische Königspaar verbot jede gerichtliche Untersuchung des nächtlichen Vorfalls und gab den gewaltsamen Tod von fünf Menschen als einen bedauerlichen Unfall aus. Den sächsischen Prinzen aber ließen sie; als er endlich von seinen Wunden geheilt war, reich beschenkt und hochgeehrt seine Reise fortsetzen, neuen Abenteuern entgegen.

Ein Titel und nichts dahinter?

Daß die Comtesse Dorothee auch einen Nachnamen besaß, das hatte Perkeo erst auf ihrem Zimmer erfahren. An der Wand über ihrem Bett hing ein Stich des Städtchens Laufenburg. »Das liegt am Oberrhein«, hatte sie ihm erklärt. »An der eidgenössischen Grenze. Und von dort stamme ich. Meinen Vorfahren gehörte einst die Burg über der Stadt«, kam es stolz hinterher. Und dann viel bescheidener: »Jetzt gehört meinem Vater nur noch der Titel Graf von Laufenburg.«

»Ein Titel und nichts dahinter«, wollte Perkeo sie necken. Aber selbstbewußt und kein bißchen verlegen öffnete sie ihre Bluse: »Wer sagt hier: nichts dahinter?« Klar, daß Perkeo die Einladung annahm. Er wußte, sie wollte was von ihm. Aber er redete sich ein, es sei wirkliche Zuneigung, was sie in seine Arme trieb. Und wie sie bei ihm war, das unterschied sich tatsächlich so sehr von allen anderen Erlebnissen, die er hatte, daß er wohl bei seiner guten Meinung von ihr – und von sich – bleiben konnte. Ja, er wußte eine ganze Menge über sie. Nicht nur, daß sie auf sein Wort beim Kurfürsten hoffte. Damit der ihr einen Mann von Stand und Vermögen zuweist. Perkeo wußte, daß es wenig Sinn hätte, dem Kurfürsten mit diesem Anliegen zu kommen. Der hatte ja ganz anderes vor mit der kleinen Comtesse. Er hatte sie an seinen Hof geholt, als sie ihm bei einer Feierlichkeit vorgestellt worden und als besonders hübsch aufgefallen war. Um sie an höfisches Leben zu gewöhnen, hatte er gesagt. Die Comtesse sollte aber nicht nur lernen, sie sollte für den Kurfürsten aufgespart werden. Sie gehörte zu seiner Mätressenreserve. »Noch etwas zu jung«, hatte Carl Philipp zu Perkeo gesagt, »mit ihren siebzehn Jahren. Sie muß erst mal auf eine fette Weide geführt und eine richtige Frau werden.« Der Kurfürst liebte keine mädchenhafte Zerbrechlichkeit, und erst recht mochte er keine Zimperlichkeit. Bei ihm mußte alles von einer gewissen Deftigkeit sein, wie das Essen, so die Sprache und auch eine Frau. Aber über die zukünftige Verwendungsmöglichkeit der kleinen Comtesse hatte er Perkeo absolut zu schweigen geboten. Die Mätressenreserve war keine geheime Staatsangelegenheit, sie war noch viel mehr: Eine reine Männersache, die überhaupt nur in dem besonderen Verhältnis, das der Kurfürst zu Perkeo hatte, angesprochen werden konnte. Der Lustige Rat hatte seinem Herrn Stillschweigen versprochen und bei sich beschlossen, selbst dafür zu sorgen, daß die schöne Dorothee eine richtige Frau würde – und niemals die Mätresse des Kurfürsten.

Die Comtesse wohnte im Ottheinrichsbau, im zweiten Obergeschoß, in einem Zimmer, das nach Osten hinaus ging. Perkeo konnte vom Friedrichsbau zu ihr hinüber, also von Palast zu Palast, über Treppen und Flure laufen, ohne über den Schloßhof zu müssen. Durch den Gläsernen Saalbau. Man mußte nur die Türen und Treppen kennen und einen sicheren Sinn für die Himmelsrichtungen haben. Das einzige, was Perkeo an dem Zimmer der Comtesse nicht gefiel, das war die Tatsache, daß es gleich unter den Zimmern der Pagen lag. Diese Konkurrenz fand er gefährlicher als den Kurfürsten.

Weil er dagegen nichts machen könnte, nicht einmal mit einer dezent abwertenden Bemerkung wie beim Kurfürsten. Eine ganze Horde Pagen im Zaum zu halten, das würde viel schwieriger sein als eine einzige Durchlauchtigst.

Am Morgen nach der Eröffnung der Comtesse, daß hinter ihrem Titel doch was stecke, wurde Perkeo von der Morgensonne geweckt. Das hatte er seit seiner Kindheit nicht mehr erlebt. Ja, ich lebe auf der Schattenseite, sagte er sich. Zwar habe ich von meinem Fenster aus den schönen Blick über die Stadt und den Fluß, aber erst am Abend fällt gelegentlich ein Sonnenstrahl in mein Zimmer. Doch schien ihm die Situation zu schön, um sich dem Selbstmitleid hinzugeben. Neben ihm lag die Comtesse, das gelockte, fast schwarze Haar aufgelöst, ein bißchen bleich von zu wenig Schlaf das kleine Gesicht. So hingegeben, daß es ihm schien, als werde es auf dem Kissen wie auf einer Silberplatte serviert. Schön garniert, dachte er – und schämte sich für diese unmögliche Assoziation. Er wollte sich ablenken und betrachtete die kunstvolle Glaserarbeit, bleigefaßt, die im Fenster hing. Vermutlich das Wappen derer von Laufenburg: Ein rotzotteliger Löwe im aufrechten Gang, mit den vorderen Pranken in der Luft gestikulierend, als ob er was Wichtiges zu sagen hätte. Den buschigen Schweif ebenso erhoben, wie triumphierend. Eigentlich sieht diese Bestie, auf die die Laufenburger so stolz sind, kaum anders aus als die Bestie, auf die die Pfälzer sich was einbilden, überlegte Perkeo. Und fand diese Entlarvung sehr nachdenkenswert, als er unterbrochen wurde.

»Ja, siehst du, der steht schon wieder wie eine Eins«, hörte er die Stimme der Comtesse neben sich.

»Oh, du bist wach? Das ist schön.«

»Schön? Dabei scheint mir, du läßt schon genauso die Zunge aus dem Maul hängen wie unser Löwe.«

»Seine Zunge hängt nicht aus dem Maul«, korrigierte Perkeo sie unnachsichtig. »Er läßt sie gierig vorschnellen, genau wie ich jetzt. – Komm, wir wollen zur Frühstückstafel!«

Bauern und Priester

Es war nur der kleine Thronrat, den Carl Philipp um sich versammelt hatte, als die unangenehme Nachricht eintraf. Dazu gehörte als wichtigster Mann der Freiherr von Hallberg, der in Innsbruck der

Sekretär des Kurfürsten gewesen war – und zugleich sein engster Vertrauter und auch der, der ihn mit seinem Privatvermögen bei den Gläubigern ausgelöst hatte. Inzwischen war er zum Hofkanzler avanciert. Neben ihm gehörten der Beichtvater des Kurfürsten, Pater Staudacher, und der Obristkämmerer, Freiherr von Sickingen, zu dieser Runde. Ferner der Obristhofmarschall von Globen und Perkeo. Die sechs Herren waren selten einer Meinung, was aber nichts ausmachte, da schließlich doch immer das Wort des Kurfürsten allein entscheidend war. Als jetzt der Bote den kleinen Kabinettsaal betrat und mitteilte, daß die bei der kürzlich veranstalteten Wolfsjagd angeschossene Bauersfrau ihren schweren Verletzungen erlegen sei, da war auch nicht einmal die Bestürzung allgemein. Der Kurfürst war sehr erregt und sah seinen Lustigen Rat fragend an, als ob der den bitteren Ernst noch zum Spaß wenden könnte. Der Hofkanzler und der Beichtvater jedoch taten betont uninteressiert, während die Herren von Sickingen und von Globen zumindest zeigten, daß sie von diesem Ereignis unangenehm berührt waren.

»Wieso haben wir von dieser Verletzten überhaupt nichts erfahren?« herrschte Carl Philipp die Runde an.

»Ein Jagdunfall, Durchlauchtigst, ein bloßer Jagdunfall. Warum sollte man Euch damit behelligen?« antwortete der Hofkanzler.

»Ein Jagdunfall, der eines meiner Landeskinder das Leben gekostet hat«, erwiderte Carl Philipp entrüstet.

»Ein dummer Zufall halt, ein Irrtum. Zudem hatte die Frau zur fraglichen Zeit nichts im Wald zu suchen«, versuchte der von Hallberg den Kurfürsten zu beruhigen. »Das Verbot, bei Schneefall die Waldungen zu betreten, war rechtzeitig und überall bekannt gemacht worden, und das mehrfach. Und – nicht zu vergessen – die ganze Wolfsjagd geschah ja nur im Interesse der Bauern, nämlich damit deren Vieh nicht gerissen und deren Felder nicht zerwühlt werden.«

»Wenn die Frau nichts im Wald zu suchen hatte, wie kam sie dann dorthin und zu Schaden?« fragte Perkeo.

»Die Frau suchte Brennholz, Lustiger Rat, und ist in gebückter Haltung mit einem Wolf verwechselt worden.«

»Wenn das so ist, Hofkanzler, dann hatte die Frau also doch etwas zu suchen im Wald, und zwar Brennholz. Unsere Bauern haben meines Wissens das Recht zum Sammeln des abgefallenen Holzes«, setzte Perkeo nach.

»Natürlich haben sie das Recht«, erwiderte der Hofkanzler, »normalerweise wenigstens. Nicht aber, wenn Neuschnee gefallen und eine Wolfsjagd angesagt ist.«

»Die Frau hat das Holz nicht zu ihrem Vergnügen gesammelt«, schloß der Kurfürst die Diskussion ab. »Auch bei Neuschnee ist es kalt in einer Bauernkate. Es ist deshalb dafür zu sorgen, daß dem Bauern, dessen Frau getötet wurde, jetzt sofort und zu Anfang eines jeden Winters zwei Klafter Holz aus unseren Waldungen vor die Tür geliefert werden.«

Mit diesem schnellen Schlußstrich war jedoch der Pater nicht einverstanden: »Wollt Ihr aus dem augenblicklichen Bedauern heraus, Durchlauchtigst, das ja verständlich ist, einen Präzedenzfall schaffen? Bedenkt doch, daß zwei Klafter Holz recht viel ist – noch dazu als zeitlich unbefristete Dotation.« Der Obristkämmerer und der Obristhofmarschall nickten zustimmend. Doch ehe sie etwas sagen konnten, fragte Carl Philipp: »Was sagt unser Lustiger Rat zu diesem Einwand?« Er hatte gesehen, wie Perkeo immer ärgerlicher dreinsah und erwartete nun eine scherzhafte Bemerkung, die der Auseinandersetzung den Stachel nehmen und die Sache erledigen würde.

»Man muß Holz haben, wo ein Herz sein sollte, und Holz auch dort, wo ein Kopf sein sollte, wenn man deine Anweisung nicht gut und richtig findet, Kurfürst«, antwortete Perkeo.

»Will Er damit sagen ...«, sprang der Pater wütend auf, als wollte er sich auf Perkeo stürzen.

»Nein, das will ich nicht sagen – ich habe es ja schon gesagt«, lachte Perkeo ihn aus. Woraufhin der Pater sich an seinen Herrn wandte mit seiner Beschwerde: »Wollen Durchlauchtigst mich bitte vor den Injurien des Lustigen Rats bewahren.«

»Aber durchaus nicht, Pater, denn dazu ist der Lustige Rat ja da.«

»Ihr könnt doch nicht zulassen, Durchlauchtigst, daß er mich, einen Vertreter des zweiten Standes, beleidigt, wo es nur um das Interesse eines Bauern geht, also eines Vertreters des vierten Standes.«

»Der Bauer kann nichts dazu«, tat der Kurfürst ihn kurz ab, »daß er zum letzten Stand gehört.«

»Und ob er dazu kann«, widersprach der Pater erregt. »Die bäuerliche Arbeit ist nach der Lehre unserer heiligen Kirche die

Folge des Sündenfalls im Paradies. Im Schweiße deines Angesichts, so heißt es in der Genesis, sollst du dein Brot verzehren, bis du zum Ackerboden wiederkehrst, von dem du genommen bist.«

Der Kurfürst war offenbar beeindruckt von dem heiligen Eifer, mit dem sein Beichtvater diese Kurzpredigt gehalten hatte. Doch noch ehe er eine zustimmende Bemerkung machen konnte, sagte Perkeo in das betroffene Schweigen hinein: »Ich wußte gar nicht, daß nur die Bauern von Adam und Eva abstammen. Aber wenn das so ist, dann klär mich doch bitte darüber auf, Pater, von wem die Priester abstammen. Wenn nicht von dem ungenießbaren Apfel, dann wohl von der Schlange, wie?« Womit er die Lacher auf seiner Seite hatte. Der Kurfürst war glücklich, das ernste Gespräch erledigt zu sehen, weil es in gefährliche theologische Strudel zu geraten drohte. Genauso dachten und fühlten seine obersten Beamten. Und dem Pater gelang es nicht mehr, sich Gehör zu verschaffen, als er seine Predigt fortsetzte mit tiefschürfenden Bemerkungen über die Erbsünde und über die, die nicht im Stande der Sünde verharren, sondern die ausgestreckte Hand des Erlösers ergreifen …

Die Herren blieben bei Adam und Eva und dem ungenießbaren Apfel und der Schlange und wollten gar nicht mehr aufhören, sich darüber zu amüsieren, als sie auseinandergingen. Sehr erleichtert, daß es vorbei war, das Streitgespräch über Probleme, die man nicht lösen konnte. Nur Perkeo war wütend. Wie der Pater über die Bauern gesprochen hatte, das hatte ihn betroffen gemacht. Ist es meine Abstammung von den kleinen Leuten? Oder liegt es nur daran, daß ich den Schwarzrock nicht leiden kann? Er spürte, er müßte für sich allein sein, mit sich selbst ins reine kommen. Gar nicht so einfach in diesem großen Schloß, mitten unter Hunderten von Menschen, die um ihn herum waren und ihn alle kannten. Die alle ein Scherzwort von ihm erwarteten. Oder wenigstens eine scheinbar grobe Anpöbelei. Er schlich in den Faßbau hinab, wo er tatsächlich allein war, wo es ihm aber bald zu eng wurde. Er hatte das Gefühl, losbrüllen zu müssen. Gegen die Ungerechtigkeit dieser Welt anbrüllen, gegen die Überheblichkeit der Herren, gegen ihre Ignoranz. Und für die Kleinen. Alles was er an Schimpfwörtern kannte, deutsche und italienische, das drängte sich ihm jetzt auf die Zunge. Er kletterte auf den Umgang, der in halber Höhe um das Große Faß lief, und drückte seinen Kopf in die Luke des Gemäuers, vor der ein steinerner Löwenkopf saß, draußen an der Wand. Ein furchterregender Löwe, mit weitaufgerissenem Maul. Und durch diesen Löwenkopf brüllte er all seinen Protest in die Welt hinaus, alles in einem einzigen wilden: »Wa – uh!«

Dabei flatterte ihm seine rote Perückenmähne vor dem Gesicht, so pfiff der Wind durch die beiden Löwenmäuler, durch dieses und das andere, das um die Ecke herum war: Die Belüftung des Faßkellers, wie Perkeo wußte. Damit nicht jeder gleich vom Weindunst umfiele, wenn er sich dem Großen Faß näherte. Luft, Luft, ja, das war es, was er jetzt brauchte. Und das Gesicht eines Löwen, nicht das eines Hofnarren.

Mensch oder Narr?

Irgendwie zu wenig, überlegte Perkeo, als er sich etwas beruhigt hatte, durch eine Löwenmaske zu brüllen, da mag sie noch so majestätisch aussehen, wenn es darum geht, sich gegen den Hochmut der Herren zu wehren. So ging er zum Kurfürsten und bat um die Erlaubnis, den Bauern, dessen Frau getötet worden war, aufzusuchen.

»Eine sehr gute Idee«, sagte Carl Philipp. »Mache Er das, und sofort! Und sage Er dem Mann und seiner ganzen Familie, daß Er in unserem Auftrag kommt. Und daß wir den Vorfall sehr bedauern. Auch daß er jetzt sein Holz vom Hof bekommt, soll Er dem Bauern schon mitteilen. Der Hofkanzler hat Anweisung, sich um die verläßliche Erledigung zu kümmern.« Und als Perkeo gehen wollte, hochbefriedigt, rief Carl Philipp ihm noch nach: »Er geht aber nicht zu Fuß, Er läßt sich in einer Sänfte dorthin tragen und nimmt neben den Trägern noch zwei Lakaien mit!« Und setzte, als er sah, daß Perkeo Einwände machen wollte, hinzu: »Er geht in unserem Auftrag und tritt deshalb entsprechend auf. Viel Glück, Lustiger Rat!«

»Dann müßte ich eigentlich im Büßerhemd gehen«, erwiderte Perkeo und eilte davon, um nicht noch mehr hören zu müssen, was ihm nicht paßte.

Der Tag wurde schwierig für den Lustigen Rat. Und alles andere als lustig. Er wurde mit seiner eigenen Vergangenheit konfrontiert und gleichzeitig als Vertreter des Landesherrn gefordert. Als die Träger den Weg vom Schloß hinunter in Richtung Peterskirche einschlugen, hatte Perkeo das Ganze noch als eine bloße Wiedergutmachungsaktion empfunden. Doch als sie dann unten an der Plöck die Sänfte vor einem niedrigen Bauernhaus abstellten, da wurde ihm sein Ausflug in die Welt der kleinen Leute sehr schnell fragwürdig. Nicht nur, daß sie von überall her zusammenliefen und mit den Händen in den Taschen dastanden und ihn nicht gerade freundlich anstarrten, wortlos. Kaum war er in das Haus des Bauern getreten, der die Frau verloren hatte, da war er umringt von einer Schar in Lumpen gekleideter Kinder, die ihm so nah kamen, daß er fürchten mußte, Wanzen, Flöhe und die Krätze von ihnen zu bekommen. Die sahen so unverhohlen auf seine Taschen, wohl ob er etwas zu essen mitgebracht habe, daß er schon die ganze Aktion beenden wollte. Aber das ging jetzt nicht mehr. Er müßte das Beste daraus zu machen versuchen.

Zunächst wollte er einmal zeigen, daß er der Herr der Lage war. So schaute er sich interessiert um, statt etwas zu sagen. In der Stube brannte nur ein sehr schwaches Feuer im Herd. Deshalb war es genauso düster wie kalt. Und kalt war auch die Art, wie der Bauer seinen Gruß erwiderte. Reichlich unverschämt, überlegte Perkeo. Diese Zurückhaltung mir gegenüber, als wäre ich selbst einer von denen, die holzsammelnde Bauersfrauen abschießen. Dabei packe ich keine Flinte an. Und trotzdem diese Ablehnung. Wo ich der einzige bin, der ihrem strengen und rücksichtslosen Herrn die Meinung sagt. Aber vielleicht hat das arme Bäuerlein ja recht. Gehört nicht auch der Kritiker der Herrschenden zu den Herrschenden? Weil er mit seiner unwirksamen Kritik den Anschein erweckt, als gebe es ein Gegengewicht, als gebe es Hilfe für die kleinen Leute. Wer Opposition treibt, ohne in Opposition zu stehen, der bleibt ein Helfershelfer der Herrschenden. Da war keine Zeit mehr, erst einmal die Blicke schweifen zu lassen, das ganze Durcheinander von Arbeitsgerät, Kochgeschirr und Kleidungsstücken zu betrachten, das Perkeo an sein Zuhause in Südtirol erinnerte. Hier nicht, hier bin ich nicht zu Hause, sagte er sich. Hier bin ich der Feind, der Ausbeuter. Er nahm seine Geldbörse aus der Tasche und legte sie auf den Tisch. »Davon, Bauer, kaufe Er den Kindern was zu essen«, sagte er. Was die Miene des Mannes schon etwas freundlicher werden ließ. Der Bauer nahm die Börse in die Hand und wog sie, ohne sie aufzumachen. Aber er sagte immer noch kein Wort. Und auch die Kinder wagten nicht, ihn anzusprechen oder gar anzufassen, wenn es sie auch offensichtlich reizte, sein prächtiges Kammerherrengewand zu betasten.

Es roch nach Herdfeuer und nach Tieren, und Perkeo vermißte gleich den Essensdunst, der diese Enge erst anheimelnd werden ließ. Der Bauer, ein Mann, der so verarbeitet aussah, daß Perkeo unmöglich schätzen konnte, wie alt er sein mochte, stand immer noch stumm vor ihm und sah ihn erstaunt an. Wir haben sie dazu gebracht, dachte Perkeo, wir, die Herren vom Schloß, daß sie so dumm dastehen und kein Wort zu sagen wagen, weil sie nichts anderes kennen als die Arbeit, Schwerstarbeit. Nicht die Erbsünde ist ihr Schicksal, wir sind es. Aber so geht das nicht weiter. »Ich komme im Auftrag seiner Durchlauchtigst, des Kurfürsten«, sagte Perkeo langsam und mit besonderer Betonung Wort für Wort. »Ich soll Ihm und seinen Kindern mitteilen, daß unser gütiger Herr den Unfall sehr bedauert.«

Da öffnete der Bauer den Mund: »Ich weiß, Herr, es war ja verboten. Es war bekannt gemacht. Aber die Stube eiskalt. Und dann die kleinen Kinder.« Er sprach nicht weiter. Und Perkeo war es peinlich zu sehen, wie der Mann jedes weitere Wort der Rechtfertigung für überflüssig zu halten schien. Für vergebens. Offenbar aus Erfahrung. Jetzt wurde Perkeo klar, daß der Bauer sich verhöhnt fühlen könnte von seinem Besuch. Plötzlich ging ihm auf, daß er nicht als Mensch gesehen würde, sondern als Hofnarr. Der Lustige Rat im Haus der Toten. Er müßte ganz schnell klarstellen, daß es diesmal nicht um eine der übermütigen Launen der Herrschaft ging, mit denen die Bauern sonst gepeinigt wurden. »Seine Stube wird jedenfalls nicht mehr kalt sein, Bauer«, sagte er schnell. »Unser Herr läßt ihm durch mich mitteilen, daß Er jetzt und zu Anfang eines jeden Winters zwei Klafter Holz aus den kurfürstlichen Waldungen geliefert bekommt, gratis, solange Er lebt.«

Da kam der Bauer tapsig auf ihn zu und wollte vor ihm auf die Knie sinken, als Perkeo ihm zuvorkam mit der Zurechtweisung: »Laß Er das! Dafür ist der Lustige Rat nicht zu haben.« Und um dem Mann aus seiner Verlegenheit zu helfen, fragte er leutselig: »Was baut Er an auf seinem Feld, Bauer?«

»Dinkel, Herr, nur Dinkel. Zu mehr reicht das Stückchen Land nicht.«

»Er sorgt also für unser täglich Brot, das ist wohlgetan.«

»Für unser Brot, Herr, ja, aber auf dem Schloß oben, da eßt Ihr ja kein Dinkelbrot, da eßt Ihr Weizenbrot.«

»Und warum baut Er keine Kartoffeln an, Bauer?« Und als er sah, daß der Mann ihn nicht verstand: »Grumbeere, wie Er sagt.«

»Grumbeere, ich weiß nicht, Herr. Wir haben immer Dinkel gehabt. Und Hirse. Und ein bißchen Kohl im Garten. Aber Grumbeere?«

»Ich werde selbst dafür sorgen, daß Er im Frühjahr Saatkartoffeln kriegt, Bauer, ohne Bezahlung, zum Kennenlernen. Ein Geschenk Seines Fürsten. Dann wird Er sehen, Er hat keine Not mehr, Seine Kinder satt zu kriegen. Denn dann hat Er immer was zu essen im Haus.«

Er verabschiedete sich schleunigst und ohne den Kindern die schmutzigen Hände zu drücken, die sie ihm hinhielten und wandte sich seiner Sänfte zu, damit der Bauer nicht doch noch einen Fußfall vor ihm machen könnte. Und damit er nicht sehen könnte, daß dem Lustigen Rat – völlig unpassend – Tränen in den Augen standen.

Das Schloß wird zu eng

Kurfürst Carl Philipp war ein Mann von geradezu grotesker Großzügigkeit. Und seine Leute bis hinab zum letzten Küchenjungen nahmen sich daran ein Beispiel, wenn auch immer nur zu ihrem eigenen Nutzen. Während die Leute einfach in ihre Taschen wirtschafteten, war der Eigennutz, aus dem die Großzügigkeit des Kurfürsten resultierte, weniger leicht als verwerflich zu beurteilen. Bei Carl Philipp diente alles nur seiner Glorifizierung – und damit letztlich ja auch seinem Land und seinen Leuten. Wer könnte dieser Logik widersprechen? Der Kurfürst konnte keinem Bittsteller etwas abschlagen. Was als seine grenzenlose Güte gerühmt wurde. So war es nicht allzu schwer, an seinem Hof Karriere zu machen. Da gab es immer wieder neue Funktionen zu besetzen, weil jeder Dienst in viele einzelne Tätigkeiten zerlegt wurde, für die dann jeweils andere Höflinge zuständig waren. Der eine durfte ihm das Bett machen, der andere den Morgenmantel reichen. Der eine war nur als Zuckerbäcker angestellt worden, der andere nur als Bratenwender. Bald jeder Schrank hatte seinen eigenen Aufseher; so mußten sich natürlich auch die Aufseher über all die Aufseher vermehren.

Dieses System der phantastischen Arbeitsteilung hatte Carl Philipp nicht erfunden. Er hatte es seinem Idol, dem französischen König Ludwig XIV. abgeguckt. Wenn auch nur halb. Der vielbewunderte französische König hatte die Postenschaffung im Exzeß auch als Einnahmequelle genutzt. Er verkaufte die Posten und Pöstchen an die Interessenten, und das zu enormen Summen. Da konnte er die mit dem Amt verbundenen Gehälter leicht bezahlen, denn die hatte der Bewerber vorher in einer Summe hinlegen müssen. Trotzdem rissen die Höflinge sich darum und nahmen hohe Kredite auf, um einen Posten zu ergattern, wie den des Verwahrers der königlichen Halsbinden oder des Nachtstuhlaufsehers.

Carl Philipp, der unter allen deutschen Fürsten als der Musterschüler des Sonnenkönigs galt, war doch nur ein schwacher Kopist seines Meisters. Er machte mit dem Ämterschacher kein Geschäft. Und er ließ zu, daß seine Leute sich durch Ämterhäufung bereicherten und die nötigen Arbeiten dann durch unqualifizierte Vertreter durchführen ließen. In seinem Bemühen, es dem französischen König gleichzutun, sagte er zu allem ja und vergaß, daß das Herrschaftssystem des Sonnenkönigs auf wachem Mißtrauen gegenüber seinen Leuten und auf bewußter Ausbeutung der Reichen aufgebaut war. Der Sonnenkönig schaffte es, jeden potentiellen Konkurrenten der Macht um sein Vermögen zu bringen – und damit um jeden gefährlichen Einfluß. Carl Philipp dagegen glaubte, immer ja sagen zu müssen, weil er Angst hatte, bei einem Nein so auszusehen, als könne er einer Bitte nicht entsprechen. »So geht's: Man wird immer kleiner, je mehr man sich streckt, wenn man großtun will«, hatte Perkeo ihn schon mehrmals zurechtgewiesen, natürlich vergebens.

Wer zu Besuch auf das Schloß des Kurfürsten kam, der war Gast an seiner Tafel, solange es ihm beliebte. Und seine Leute wohnten ebenfalls im Schloß, auf Kosten des Kurfürsten, oder aber sie wurden im Ort unten einquartiert, wenn kein Platz für sie war im Schloß, dann aber mit einem besonderen Zehrgeld des Kurfürsten für die Unannehmlichkeit entschädigt. Neben der kurfürstlichen Tafel, die viel Geld kostete, gab es noch diverse andere Tafeln im Schloß. So präsidierte Graf Max Emanuel von Thurn und Taxis einer besonderen Tafel für die Edelknaben. Und neben der kurfürstlichen Hofhaltung gab es noch die besondere Hofhaltung seines Schwiegersohns, des Erbprinzen Joseph Carl Emanuel von Pfalz-Sulzbach, und seiner Familie, für die Carl Philipp ebenfalls die Kosten übernommen hatte. Es war wie im Schlaraffenland: Jeder aß und trank, soviel er nur konnte, und brauchte sich um die Bezahlung keine Sorgen zu machen.

»Das Schloß ist mir zu eng«, sagte Carl Philipp nach einem üppigen Mahl zu Perkeo. Er machte eine Pause und wartete auf die Mehlspeise, die den Abschluß bilden sollte, ehe der Kaffee käme. Diese süße Mehlspeise war sein Souvenir, das er aus Innsbruck mitgebracht hatte. Eine Bereicherung der kurfürstlichen Tafel, auf die Carl Philipp nicht wenig stolz war und auf die er nie mehr verzichten wollte.

»Bei mir ist es nicht das Schloß«, antwortete Perkeo, »es ist der Gürtel, der beengt.«

Ein Kompliment an die Pfälzer Küche, das der Kurfürst gern hörte. Er legte Wert darauf zu zeigen, daß sein Land alles an Genüssen bieten konnte, was man sich nur wünschte. Vielerlei Kohl und anderes Gemüse, wie zarten Spargel. Und natürlich alles vom Schwein dazu. Ein richtiger Hunger verlangt halt nach Deftigem. Aber auch viel Wild aus dem Odenwald beiderseits des Neckars gehörte auf die Tafel. Und der Neckar selbst mußte mithalten als Lieferant von Barschen, Flußlachsen, Hechten, Barben und Karpfen. Ganz abgesehen von den feinen Kartoffelklößen und Pasteten, den Steinpilzen, Nüssen und Maronen aus dem Pfälzerwald, den Pfirsichen, Pflaumen, Feigen, Mandeln und dem Wein in beiderlei Gestalt: fest und flüssig.

»Schön verdreht, Lustiger Rat«, lachte Carl Philipp über den Scherz mit dem Gürtel, ließ sich aber nicht von seinem Thema abbringen: »Dieses Schloß ist zu altertümlich und viel zu klein. Ich werde Pläne ausarbeiten lassen für einen Neubau, der sich sehen lassen kann.«

»Da wüßte ich einen besseren Rat«, widersprach sein Hofnarr.

»Nämlich?«

»Jag die Architekten aus dem Schloß und noch zweihundert weitere Leute, die ebenso überflüssig sind, und wir haben Platz genug, es uns hier gut sein zu lassen.«

»Neben mir«, wurde der Kurfürst plötzlich ernst, »ist entweder jeder überflüssig, und dann trifft es auch Ihn, oder es ist niemand überflüssig.« Da verstand Perkeo, daß an dem neuen Schloß kein Weg mehr vorbeigehen würde. So konzentrierte er sich auf die Palatschinke, die gerade aufgetragen wurde.

»Am Hofe zu Versailles hatte der Sonnenkönig zehntausend Menschen um sich versammelt«, fuhr Carl Philipp in seinen Überlegungen fort. »Hier im Schloß aber finden nicht einmal eintausend Platz.«

»Überlaß die Kasematten nicht den Ratten, Kurfürst, dann kannst du noch viel mehr Höflinge unterbringen.«

»Dort laß ich den Hofnarren verscharren.«

Perkeo ließ sich nicht irritieren von dem grimmigen Gesicht, mit dem sein Herr diese Drohung ausgesprochen hatte.

»Dann mußt du dich ja mit dort vergraben lassen, Kurfürst.«

»Wieso müßte ich das?«

»Weil du nie so groß bist wie neben mir.«

Das war eine Antwort, wie sie Carl Philipp gefiel. Das richtige Kontrastprogramm zu dem ewigen Gesäusel und Gewinsel seiner Höflinge, die ihm doch nur nach dem Mund redeten. Er prostete seinem Lustigen Rat zu und stürzte sich dann auf die Palatschinke, als habe er den ganzen Tag noch nichts zu essen bekommen.

»Auf dem Westwall wird der neue Palast entstehen«, teilte er Perkeo überm Reinschaufeln mit. »Da ist Platz genug, wenn wir die Ruinen vom Englischen Bau und der Bibliothek abtragen lassen. Damit wird der westliche Burggraben gefüllt, bis er die Höhe des Stückgartens hat. Und auf das gesamte freie Gelände wird dann ein neues Schloß gebaut, ein heller Palast à la mode, mit einer breiten Fahrrampe den Schloßberg hinab, vom Westportal des Schlosses aus, eine lange Galerie von Stützbogen hoch über der Stadt, an der Peterskirche vorbei und bis ans westliche Ende von Heidelberg. Johann Jakob Führer hat schon einen Entwurf gezeichnet, der mir brauchbar erscheint. Draußen auf dem freien Feld hinter der Stadt soll dann eine neue Stadt entstehen, großzügig in der Anlage, mit breiten Straßen in einem streng geometrischen System, alles exakt auf die Fahrrampe und unser neues Schloß hin ausgerichtet.«

»Am besten, du verlängerst die Fahrrampe gleich bis zur Grenze nach Frankreich. Damit würdest du es deren Armeen noch leichter machen.«

»Papperlapapp, Lustiger Rat. Die Zeiten der Kriege sind endgültig vorbei. Das Leben von heute ist ein einziges Fest, und wir Fürsten sind die Veranstalter. Das verpflichtet.«

Eine Überraschung im Schnookeloch

Mein Fürst auf der Jagd, und ich einmal frei von der Hundeleine, sagte Perkeo sich. Das muß ich ausnutzen. Und um der Jagdgesellschaft nur ja nicht versehentlich vor die Flinten zu kommen, beschloß er, jeden Schritt in den Wald hinaus zu vermeiden und zur Stadt hinunterzugehen. Wohin auch sonst? Vor allem allein, endlich einmal allein.

Er schlich sich mehr davon, als daß er ging, weil er vermeiden wollte, daß sich ihm jemand anschloß, der sich dann den ganzen Weg von ihm unterhalten lassen wollte. Vom Westportal aus schlug er den geraden Weg am Berghang entlang ein, die tiefeingeschnittene Gasse mit der alten Stützmauer gegen den Berg, die stets linkerhand hoch über ihm stand. Und gleich begegnete ihm ein Bauer, der seinen schwerbeladenen Esel den Berg hinauftrieb. Wie der Bauer ihn gegrüßt hatte, das fiel ihm doch als sonderbar auf, als er weiterging. Nicht in der gegenüber Hofleuten üblichen Art: untertänig und dabei doch deutlich ablehnend. Nein, der Mann, der vermutlich Lebensmittel zum Schloß hinauf brachte, hatte ihn auf eine direkt freundliche Weise gegrüßt.

Perkeo kam an dem kleinen Brunnen vorbei, den er rechterhand liegen ließ. Die Erquickung für alle, die sich bergauf bemühen, nicht für ihn, der aus dem Schloß zur Stadt hinunter ging. Hundert Meter weiter dann auf der rechten Seite ein neues Haus, das ihm durch seine außergewöhnlichen Ausmaße auffiel: dreigeschossig und zwölf Fenster breit. Er stellte sich vor, wie die vom Kurfürsten geplante breite Fahrrampe hoch über dieser Gasse stehen würde. Dieses neue imposante Wohnhaus würde unter seinen Stützbogen verschwinden. Genau wie das Brünnchen von vorhin und die Edelkastanien, die ihre Äste über die Gasse ausbreiteten. An dem neuen Haus sah Perkeo einen niedrigen Durchgang, der wie für ihn geschaffen war. Er ging hinein und durch das ganze Haus hindurch, kam auf eine breite Terrasse und fand dann eine Treppe, die hinunter führte. Unter einem Bogen durch, über dem ein Stein die Jahreszahl 1713 trug. Und in einer Kehre ging es hinab in Richtung Stadt. Durch Gärten und Nebenwege. Und schon kam er in die Krämergasse, die direkt auf die Heiliggeistkirche zuführte. So findig zu sein, machte Perkeo stolz. Wo er doch das erste Mal allein außerhalb des Schlosses unterwegs war.

Inzwischen nahm er es schon nicht mehr so verwundert auf, daß die Leute ihn betont freundlich grüßten. Nun wurde es ihm schon fast selbstverständlich. Und lästig auch. Er kam an dem schönen Haus des hugenottischen Tuchhändlers vorbei, das als einziges bei der Zerstörung der Stadt im Jahre 1693 stehengeblieben war und jetzt als ein Gasthaus recht einladend wirkte. Nein, sagte er sich, dafür habe ich nicht den weiten Weg gemacht. Das konnte ich auch auf dem

Schloß haben. Er ging über den Marktplatz, am Westportal der Heiliggeistkirche vorüber und die Haspelgasse hinunter, um zum Fluß zu kommen. Durch das majestätisch aufragende Doppelturmtor trat er auf die Brücke und ging ein paar Schritte weiter, um Abstand von dem Tor zu bekommen, das ihn so bedrohlich hoch überragte. Aber nur grade so weit ging er auf die Brücke, bis der gedeckte Teil, der Hauptteil, anfing. Von dort aus hatte er den besten Blick auf die Stadt und das Schloß hoch darüber. Was seine ganze Welt war, das schien ihm von dort unten aus ein Felsenriff, das sich aus wildschäumenden grüngrauen Fluten erhob. Wo bin ich da nur gestrandet, dachte er. Und die Halbschale des aufgerissenen Dicken Turms verstärkte noch das Erschrecken. Genau wie die bizarr gegen den Wald stehenden leeren Fensterhöhlen des Englischen Baus. Doch dann fiel ihm ein, daß er versuchen könnte, sein Zimmer zu entdecken. Und er sah sein Fenster dort im Friedrichsbau, gleich neben dem schmalen Ecktürmchen, im Dachgeschoß. Und es war ihm, als ob er sich selbst tief in die Augen schaute.

Viel zuviel an sonderbarer Gemütsbewegung für einen Menschen, der stets seinen ganzen Verstand beisammen haben muß, um seinen Mann zu stehen. Perkeo fand, daß er genug besichtigt habe. Und daß er eine Stärkung brauchen könne. Und so wandte er sich wieder der Haspelgasse zu, wo er vorhin ein Wirtshaus gesehen hatte, das ihm mit der steinernen Brezel über dem Eingang recht einladend vorgekommen war. Zwar konnte er sich unter dem Namen Schnookeloch, der über der Tür stand, nichts vorstellen. Aber darauf kam es ihm auch nicht an. Er hatte Hunger und Durst. Und es war ihm gar nicht recht, daß die Bedienerin gleich so viel Aufhebens um ihn machte, als er sich auf der Bank am Kachelofen niedergelassen hatte. Ein dralles Mädchen vom Lande, das ihn gleich an seine Magd Maria erinnerte, die er damals in Innsbruck zurücklassen mußte, als er sich gerade an ihre dummängstliche Art gewöhnt hatte. Das Mädchen hier hieß Petronella, wie er erfuhr. Was auch schon das einzige war, was Perkeo von ihrem Reden verstand. Dabei überschüttete sie ihn mit ihrem Lächeln und mit köstlich fröhlichem Geplapper. Große runde Augen hat sie, fiel ihm auf, und auch große runde Nasenlöcher. Natürlich, sie hat die plumpen verarbeiteten Hände einer Bauerntochter. Perkeo bemühte sich nicht besonders, ihr Geplauder zu übersetzen. Sie sprach den Dialekt der Gegend. Und sie sprach ihn so breit und genußvoll und schnell, daß er Jahre gebraucht hätte, sie zu verstehen. Die Hauptsache war ihm, daß sie Petronella hieß und hübsch war – und wunderbar zutraulich. Er würde sich wohl mal um sie kümmern müssen, überlegte er. Im Moment aber war ihm nur unangenehm, daß die anderen Gäste sich um ihn kümmerten. Die Leute in der Stube hatten ihn begrüßt, als sei er der Kurfürst persönlich. Darauf war er nicht eingestellt gewesen. Er konnte ja nur auf Unverschämtheiten reagieren, auf Freundlichkeiten hatte er sich noch nicht die richtige Antwort einfallen lassen. Dazu hatte er noch zu selten Anlaß gehabt.

Die Kleine holte den Wirt. Und der begrüßte den neuen Gast wie seinen alten Lieblingskunden. Dabei hat er mich doch noch nie gesehen, überlegte Perkeo. Was ist nur los mit den Leuten? Sie verwechseln mich doch wohl nicht mit ihrem Herrn? Bei dem Gedanken mußte er über sich selbst lächeln. Der Wirt lachte diensteifrig mit und fragte dann, was er bringen dürfe aus Küche und Keller. »Was Er selbst gern ißt und trinkt, das ist sicher nicht das schlechteste«, sagte Perkeo. Womit er Pfälzer Saumagen und Weißwein bestellt hatte. Und was für einen Wein! Nachdem er seinen Magen ordentlich gefüllt hatte, konnte Perkeo doch nicht umhin, die nette Kleine noch einmal heranzuwinken. Sie solle den Wirt herholen. Der auch sofort kam. »War was nicht in Ordnung, werter Herr?« fragte er erschrocken.

»Wäre das so schlimm bei einem Gast, den Er ja doch nicht kennt?«

»Und ob ich Euch kenne, Herr. Jeder im Ort kennt Euch jetzt. Ihr seid der Lustige Rat unseres Herrn. Und Ihr seid zu dem Bauern gekommen, dem sie die Frau abgeschossen haben bei der Wolfsjagd.«

»Na und?«

»Ihr habt gesagt, daß Euch das leid tut, Herr, und Ihr habt den armen Mann beschenkt. So was hat noch nie einer vom Schloß getan.«

»Ist das wahr?«

»Ja, Herr.«

»Dann muß ich Ihn doch fragen: Wozu habt Ihr die auf dem Schloß denn überhaupt?«

Der Wirt war einen Moment sprachlos. Vielleicht hatte er aber auch nur Angst, das auszusprechen, was sich ihm auf die Zunge drängte. Dann hatte offenbar sein Vertrauen zu dem Lustigen Rat über das Mißtrauen gegenüber einem von denen da oben gesiegt. »Ich glaube, Herr, mit Verlaub zu sagen, wir haben gar nicht die auf dem Schloß. Die haben uns.« Und wie um schnell aus dem gefährlichen Fahrwasser wegzukommen, riß der Mann das Ruder herum und fragte besorgt: »Aber was war denn nicht in Ordnung an dem Essen, das ich Euch geboten habe, Herr?«

»Das Essen war ausgezeichnet, Wirt, da kann Er ganz beruhigt sein. Und der Wein auch. Nur –«

»Nur?«

»Nur – solchen Wein hatte ich nie zuvor getrunken. Und ich habe weiß Gott viel Wein kennengelernt. Wo ist diese edle Rebe aufgewachsen?«

Da strahlte der Wirt: »Ihr habt wahrhaftig eine feine Zunge, Herr. Wirklich, da habt Ihr einen Wein getrunken, den Ihr noch nicht kennen konntet.«

»Das ist kein deutscher Wein, gebe Er es nur zu. Ein französischer Wein ist ja auch nichts Schlechtes.«

»Doch, doch, Herr, das ist ein deutscher Wein. Und gewissermaßen auch ein französischer«, zierte der Wirt sich noch, mit seinem Geheimnis herauszurücken. »Gestattet Ihr, Herr, daß ich noch eine Flasche davon hole und mich zu Euch setze, um Euch mit diesem Wein bekanntzumachen?«

»Dann bringe Er nur gleich zwei Flaschen!«

So erfuhr Perkeo, daß der Wein, der so fremd und gut war, aus Speyer kam, also ganz aus der Nähe. Der Kaufmann Ruland baute ihn an und verkaufte ihn als seine Spezialität unter seinem Namen, als Ruländer. »Ein wunderbarer Wein«, schwärmte der Wirt. »Weil er auf wunderbare Weise entstanden ist. Ein Weißwein, der sich aus dem blauen Burgunder entwickelt hat, das ist das Besondere an ihm. Ein Kind der Unordnung also, und die werden ja immer was Besonderes, wie wir Männer wissen.« Die Art des Wirtes, sich mit ihm zu verbrüdern, paßte Perkeo nicht. Aber nun wollte er das Abenteuer auch nicht einfach abbrechen. Zuviel lag ihm daran, den neuen Wein richtig kennenzulernen. Vor allem aber zu erfahren, weshalb er ihn bisher nicht getrunken hatte. » Sie müssen wissen, Herr«, fuhr der Wirt fort, »damals, als die Franzosen uns überfallen und unser ganzes Land verwüstet hatten, in dem unseligen Jahr 1689 und später, da blieben die Weingärten lange Zeit unbestellt. Wir hatten ja andere Sorgen. Wir mußten zunächst einmal unsere Wohnungen wieder instandsetzen. Und was zu essen brauchten wir. In der Zeit lag auch der Weingarten des Gerichtsassessors Seuffert in Speyer so verwildert wie alles drumherum. Die blaue Burgunderrebe hatte dort gestanden. Doch als der Kaufmann Ruland dann eines Tages das verluderte Zeug aberntete, da hatte er plötzlich eine neue Weinrebe vor sich. Und er machte einen neuen Wein daraus, einen Wein, wie es ihn noch nicht gegeben hatte. Was Ihr nun trinkt, Herr, das ist von dieser neuen Rebe. Und es kommt von den Hängen des Kaiserstuhls, da gedeiht der Ruländer am besten. Ist es nicht, als ob die Franzosen mit diesem Geschenk etwas wiedergutmachen wollten?«

»Wahrhaftig ein edler Tropfen«, mußte Perkeo zugeben. Und er freute sich schon darauf, den Kurfürsten genau auf dieselbe Weise mit einer Neuigkeit zu überraschen.

»Schickt mir den Kaufmann Ruland aufs Schloß«, wies er den Wirt an. »Aber der Mann soll mit niemandem sonst im Schloß darüber sprechen, was er zu bieten hat. Er wird ein gutes Geschäft machen, das kann Er dem Kaufmann sagen.«

Mastgänse

»Seine Durchlauchtigst wollen Ihn sehen, Lustiger Rat«, sagte der Page, der an seine Tür geklopft hatte.

»Ha, das will jeder. Aber sag ihm, ich trage genauso ein Verlangen nach seiner Durchlauchtigst in meinem Herzen – und komme gleich nach.«

»Ich bin gehalten, Ihn zu begleiten, Lustiger Rat.«

Der Kurfürst saß im kleinen Kabinettsaal, allein. Und er sah finster drein, als er Perkeo anwies, Platz zu nehmen. »Ist der Bankrott nicht mehr abzuwenden?« fragte Perkeo, bekam jedoch keine Antwort. »Oder steht der Franzose wieder vor den Stadttoren?« Doch der Kurfürst ging nicht auf seine Scherze ein.

»Er ist unten gewesen«, sagte er.

»Ja.«

»Ohne mich zu fragen.«

»Ich habe den Weg auch so gefunden. Das war nicht schwierig.«

»Und allein.«

»Ja, ein ganz neues Lebensgefühl, einmal ein paar Stunden allein zu sein.«

»Daß Er es weiß: Ich wünsche nicht, daß Er sich vom Hof entfernt. Und ich wünsche nicht, daß Er Unternehmungen macht, ohne mich vorher zu fragen. Und ich wünsche nicht, daß Er allein unter die Leute geht. Haben wir uns verstanden, Lustiger Rat?«

»Na, laut genug gebrüllt hast du ja, Kurfürst.«

»Dann kann Er jetzt gehen, ich brauche Ihn nicht mehr«, sagte der Kurfürst. Dabei stand er auf, drehte sich um und verließ den Raum so schnell durch die hintere Tür, daß Perkeo nichts mehr sagen konnte außer einem trotzigen: »Perche no.«

So sonderbar war er ja noch nie, überlegte Perkeo. Was kann ihn nur so verärgert haben? Sicher ist es nicht die Sorge um mich, was ihn drückt. Er weiß, daß mir nichts passiert. Ja, das ist es wohl: Er weiß, daß die Leute mir sehr zugetan sind. Seine Spitzel haben ihm nicht nur meinen Ausflug gemeldet, sie haben ihm auch gesagt, wie gut ich angekommen bin bei den Leuten. Perkeo strich durch die Wirtschaftsgebäude und reagierte auf keinen Gruß und keinen Zuruf. Er wollte mit keinem Menschen sprechen. Er wollte zunächst mit seinem Herrn abrechnen. Ganz klar, sagte er sich, er gönnt mir nicht, daß mich die Leute gern haben, mich gern bei sich sehen, lieber jedenfalls als all die anderen hier oben, die auf dem Schloß, wie sie sagen. Die Leute haben verstanden, ich bin einer von ihnen und nicht einer von denen da oben. Und das stört ihn. So leicht also bricht ihm ein Zacken aus der Krone, dem durchlauchtigsten Herrn.

Aber verstanden zu haben, um was es ging, genügte Perkeo nicht. Was nützt mir, daß ich ihn durchschaut habe? Dieses Vergnügen ist zu leicht zu finden. Der Kurfürst muß seine Strafe haben – und ich meine Rache. Und er faßte den Entschluß, den Kaufmann Ruland, wenn der Wirt ihn aufs Schloß zu ihm schicken würde, nicht dem Kurfürsten vorzustellen. Er wird den neuen Wein nicht kennenlernen. Und wenn er der letzte im ganzen Land sein wird, der den Ruländer nicht kennt. Ich werde einen Auftrag für meinen eigenen Bedarf erteilen und aus meiner eigenen Tasche bezahlen. Wein ist Wahrheit, und der beste Wein ist wie die beste Wahrheit nur für den Narren, den Herren könnte es leicht zuviel werden.

Seine Rachegelüste befriedigen zu können, diese Aussicht hob Perkeos Stimmung gleich wieder. Er war in der Ritterküche angelangt, ein Ort, zu dem er stets ganz von selbst kam, wenn er ziellos durchs Schloß schlich. Seine Nase, die er trotz ihrer unverhältnismäßigen Größe als eine feine Nase zu bezeichnen pflegte, leitete ihn mit unfehlbarer Sicherheit dahin, wo ständig gebraten, gekocht und gebacken wurde. Die Köche waren seine besonderen Freunde, und die Köchinnen noch etwas mehr. Sie wußten ja zum Glück nicht, was sie für ihn so anziehend machte, wenn er mit ihnen ins Bett ging. Er wußte es selbst nicht so recht, wehrte sich nur mannhaft gegen die lästige Frage, die ihm dann immer wieder in den Sinn kam: Ist das nun Liebe oder ist es nur, weil sie so nach Braten duftet? Also ist es Hunger? – Einmal hatte er sogar eine Köchin angebissen, aber das hatte er dann schnell – und überzeugend – als Liebesraserei ausgegeben. Da hatte sie ihm auch noch den anderen Batzen vor die Zähne geschoben.

Das Gewirr der Räume, die alle zum Küchenbereich gehörten, hinter dem Backhaus und dem Metzelhaus, war für Perkeo faszinierend. Die großen Herde unter den gewaltigen Abzügen, die wie Baldachine über ihnen hingen: schwer und feierlich. Das wohlorganisierte Durcheinander von Töpfen, Bottichen, Kannen, Platten und Pfannen. Riesige Kupferkessel mit Deckeln, die Rittern als Schilde hätten dienen können. Da die große Steinwanne, in der Salate und Gemüse gewaschen wurden. Und dort das gemauerte breite Becken, voller Fische, durch das ständig frisches Wasser floß: Ein eigener Karpfenteich in der Küche.

Perkeo kam gerade dazu, als einige Frauen große, schwere Gänse auf einem langen Tisch abstellten. Jede einzelne Gans stand auf einem eigenen Brettchen. Und Perkeo traute seinen Augen nicht, als er sah: Sie waren auf den Brettchen festgenagelt. Nägel mit besonders breiten Köpfen waren durch die Schwimmhäute der Füße in das Holz getrieben worden. So standen die Tiere da, fast so reglos wie Porzellanfiguren.

»Mastgänse, Lustiger Rat«, rief ihm eine der Frauen zu. »Hat Er noch nie gesehen, wie sie gestopft werden?«

Der gräßliche Anblick der festgenagelten Tiere ließ Perkeo stumm bleiben – aber auch neugierig werden. So sah er zu, wie die Frauen den Tieren mit geschickten Händen die Schnäbel öffneten und dann eine solche Unmenge an Nudeln hineinschoben, daß der Kropf dick anschwoll.

»Das gibt eine feine Gänseleberpastete«, schwärmte die Frau. »Dafür ist Er doch zu haben, oder?« Sie war offenbar so was wie eine Obergansfütterin, denn die anderen Frauen unterbrachen sie nicht, sondern arbeiteten schweigend weiter. Und mit welcher Emsigkeit.

Mit den Fingern drückten sie den Tieren die Nudeln bis tief in den Hals hinunter. So tief und so schnell, daß es Perkeo würgte.

»Die essen halt ein bißchen mehr, als sie eigentlich brauchten«, erklärte die Frau. Und Perkeo fragte sich, ob das wohl eine Anspielung auf seine wohlbekannte Freßlust sei. Aber die Frau fuhr arglos fort: »Die Nudeln werden in Olivenöl getaucht vorher, damit sie besser rutschen. Und immer mal wieder eine Portion Wasser dazwischen, mit Salz, das macht einen schönen Durst. So, ihr lieben Tierchen, ihr sollt ja haben, was ihr braucht.« Und wieder zu Perkeo gewandt: »Das tut der Leber gut, Lustiger Rat, dreimal am Tag gut vollgestopft und nachgeschwemmt, und dann ab in den dunklen Verschlag zum Verdauen.« Perkeo wurde nun doch unsicher, ob die Frau wirklich so arglos war, wie sie tat. »Das gibt eine prächtige Leber«, sagte sie, »mindestens drei Pfund schwer. Und das herrliche Fleisch! Die Brüste und Keulen werden geräuchert, das andere Fleisch wird eingepökelt. Eine einzige Freude für jeden richtigen Fresser, so eine Mastgans. Und hinterher ein schönes Nickerchen in den Daunen, nicht wahr, das macht uns die Gänse doch erst so richtig zu Freunden. – Und die nichts vom Essen und vom Schlafen halten, die kriegen die Gänsekiele und können sich damit die Finger krumm schreiben.«

Die Frau lachte ihn in einer so derben Art an, daß es Perkeo schauderte. Er wollte fliehen, aber vorher mußte er doch noch fragen: »Und warum werden die armen Tiere denn auf dem Brettchen festgenagelt?«

»Na, damit sie keine unnötigen Bewegungen machen, Lustiger Rat. Ruhe, Ruhe, Ruhe, das gibt Fett, das feine Gänsefett. – Jetzt sind sie schon so fett, die könnten sich ohnehin kaum noch bewegen.«

»Danke für die Aufklärung«, murmelte Perkeo und schlich sich davon wie geprügelt. Ich sollte vielleicht doch öfter in die Stadt gehen, überlegte er, einmal den Schloßberg hinunter und wieder hinauf. – Ach, ich darf ja gar nicht, fiel ihm dann ein. Er hat mir ja verboten, mich aus dem Schloß zu entfernen.

Eingesperrt und liebevoll bewacht

In fast jeder freien Stunde trieb es ihn zu dem Torwächter hin, der im Brückenhaus wohnte, in der kleinen Wohnung über dem Eingangstor. Perkeo war, als müßte er sich immer wieder dessen

Freundschaft versichern. Immerhin, der Mann hatte die Torschlüssel. Und er war es, der den schmalen Steg runterlassen konnte, wenn die Zugbrücke hochgezogen war. Den Steg daneben, dieses schmale Brett, das gerade reichte, einen Mann hinüberzulassen. Hier vor dem Brückenhaus der eine Steg und drüben am südwestlichen Ausgang des Stückgartens der andere, gleichartige Steg.

Seit er die Mastgänse gesehen hatte, fühlte Perkeo sich wie gefangen. Und man konnte ihn nun oft im Faßbau stehen sehen, tief in Gedanken, stumm und alles andere als lustig. Und sonderbarerweise mit dem Rücken zum Großen Faß. Er starrte auf die Eisenplatte im Boden, die Tür zu dem unterirdischen Gang, der vom Schloß in die Stadt hinab führte. Perkeo wußte, wohin die Geheimtreppe ging, und er wußte, daß er die Eisenplatte ohne fremde Hilfe hochheben könnte. Die ersten paar Stufen war er sogar einmal hinabgeklettert. Mehr nicht. Das hatte ihm schon genügt. Zu wissen, man kann hinaus, ist mehr als davonzulaufen, sagte er sich. Er genoß die Möglichkeit und verkniff es sich, sie Wirklichkeit werden zu lassen. Die Möglichkeiten sind überlegen, beruhigte er sich, denn sie sind immer in Mengen da. Die Wirklichkeit aber ist stets allein: eine gegen viele. Den Gedanken, daß es ihm auch nichts nützen würde, heimlich in die Stadt zu schleichen, weil die Späher des Kurfürsten einfach überall waren, diesen störenden Gedanken hatte er energisch verjagt wie eine räudige Katze.

Was er nicht verjagen konnte – und auch nicht wollte –, das war die Comtesse Dorothee von Laufenburg, die ihm auffällig oft über den Weg lief. Sie hatte seine Verstörtheit schnell bemerkt und war seitdem doppelt aktiv. Einmal, um diese Verstörtheit zu beseitigen, zum anderen, um herauszufinden, was dahintersteckte. Bei dem Ruf, den Perkeo unter den Damen des Schlosses genoß, war ihr klar, daß es sich nur um eine Frau handeln könnte. Aber um welche? Das war die Frage. Ich bin doch wohl nicht eifersüchtig, wies sie sich selbst zurecht. Nicht bei einem Hofnarren. – Aber er ist nicht nur ein Hofnarr, er ist ein Mann. Und was für einer.

»Warum so traurig, Comtesse?« riß eine Frauenstimme sie aus ihren Überlegungen. Die Freifrau von Kageneck, die lebenslustige Gattin des Obristkammerpräsidenten. Wenn nicht gar sie meine Konkurrentin ist, durchfuhr es die Comtesse. Aber sie schaffte es, kühl und doch freundlich genug zu antworten: »Nein, nein, Freiin, ich bin nicht traurig, lediglich in Gedanken.«

»Wenn ein Mädchen so dreinschaut, dann ist ein Mann in den Gedanken.«

»Ihr seid eine sehr erfahrene Frau, wie man weiß. Euch kann man offenbar nichts vormachen«, sagte die Comtesse. Und sie hatte plötzlich das Gefühl, sie müßte sich dieser Frau anvertrauen, und wußte doch nicht, wieso. Die Freiin lachte über das sonderbare Kompliment, sie lachte in einem merkwürdig kehligen Ton, so als hätte sie schon viel zu oft so gelacht, dabei drohte sie der Comtesse mit dem Finger – und ging dann schnell weiter. Schon diese Stimme, durchfuhr es die Comtesse, klingt nach Perkeo. Nicht einfach nur nach Mann, nach vielen Männern, nein, nach Perkeo. Wie ja auch alte Ehepaare sich angleichen. Sie muß es mit ihm treiben, und das schon länger. War es nicht auch die Freiin, von der man tuschelte, sie habe über den Lustigen Rat mit seiner großen Nase gelacht und gesagt: »Wie die Nase des Mannes, so ist sein Johannes.«

Der Verdacht machte ihr Beine. Sie lief durch alle Gänge des Schlosses, bis sie Perkeo endlich fand, und zwar vorm Apothekerturm. »Da bist du, du Unhold«, fuhr sie ihn an. »Ich weiß jetzt alles über dich und die Freiin Kageneck!«

»So, so, du weißt? – Wer nur Wissen solcher Art im Kopf hat, der kann ihn ruhig mal verlieren.« Und wollte sie einfach so stehenlassen.

»Weich mir nicht aus! Sag schon, daß du es mit ihr treibst!«

»Mach ich. Gib mir nur 24 Stunden Zeit. Dann kann ich dir was sagen. Und ich werde es dir in allen Einzelheiten schildern.«

»Soll das heißen, du hast bisher gar nicht –?«

»Noch nicht, Comtesschen. Ehrlich. Aber um dir einen Gefallen zu tun, bin ich mir für nichts zu schade. Und so übel ist die Freiin ja auch nicht. Ein tolles Weib. Ich mach mich sofort ans Werk.« Und lief schon davon, so daß sie ihm nur noch nachrufen konnte: »Hüte dich!«

»Das Verhüten ist Sache der Frau!« hörte sie ihn zurückrufen. Dann war er verschwunden. Und blieb es für Stunden. Für schrecklich lange Stunden, fand die kleine Comtesse.

Aber in den Apothekerturm war Perkeo nicht gelaufen. Einmal und nicht wieder, hatte er sich gesagt. Nur nicht noch einmal so ein Gespräch wie vorhin. In der Arbeitshöhle des Dottore. Perkeo war schon nach wenigen Sätzen geflohen. Der Mann war ihm zu unheimlich. Schon die geheimnisvolle Sprache ließ ihn schaudern. Mit »Alaun« hatte der Apotheker ihn angeredet und dann erklärt: »Das alchimistische Symbol für den Narren ist das Alaun. Und sein Zeichen ist die Null, deshalb.«

»Ich bin also eine Null für dich«, hatte Perkeo irritiert festgestellt.

»Es ist die Null, die Ihn als Nichtsein einstuft, da kann Er sein, wie Er will.«

»Auch lustig?«

»Meinetwegen auch lustig, das macht nichts. Hier, im Kartenspiel, was sieht Er da?«

»Na, mich, den Narren.«

»Ja, und Er weiß, was der Wert dieser Karte ist?«

»Ja, sie kann jede andere Karte ersetzen.«

»Und warum das?«

»Warum, warum«, kam Perkeo in Verlegenheit.

»Ganz einfach. Es ist der Vorzug des Nichtexistenten, daß es alles Existente ersetzen kann – und auch wird«, kam es fast schon röchelnd aus dem Mund des alten Apothekers und hallte so dumpf wider in dem düsteren Gewölbe, daß Perkeo ohne ein weiteres Wort hinausgestürmt war.

Das Fuchsprellen

Wochenlange Vorbereitungen machten jedem auf dem Schloß klar, daß ein großes gesellschaftliches Ereignis bevorstünde. Weil gerade kein Festtag zur Hand war, hatte der Kurfürst dekretiert, daß der Geburtstag seines Lustigen Rats gefeiert würde. Und er hatte ihn einfach auf den 1. April festgelegt, ohne lange zu fragen, wann Perkeo denn nun geboren sei. Der Obristjägermeister und seine Leute hatten alle Hände voll zu tun. Sie mußten Füchse fangen, lebende Füchse. Und täglich hatten sie seiner Durchlauchtigst mitzuteilen, wieviel sie eingesammelt hatten. Dabei zeigte sich, daß die Wälder rund um Heidelberg nicht das an Füchsen liefern konnten, was der Kurfürst erwartete. So gab er Erlaubnis, auch Hasen und Dachse einzusammeln. Daß er daneben auch einige junge Wildschweine zu fangen habe, was aber niemand erfahren dürfe, das wußte der Obristjägermeister.

In das Pflaster des Burghofs waren Pfähle eingerammt worden, die ein großes Karree bildeten. Und nun ächzten schon seit Tagen die

Ochsenkarren der Bauern den Schloßberg hoch und brachten feinen Sand aus dem Neckar. Die Pfähle waren zu einem Zaun geworden, der mit Stoffbahnen bespannt wurde. Und diese Tücher waren so breit, daß sie noch auf dem Boden auflagen. Dieses ganze riesige Karree füllten die Bauern fast fußhoch mit Sand. An den Rändern legten sie ihn sorgsam auf die Tücher, so daß ein vollkommener Abschluß entstand.

Alles sprach nur noch von dem bevorstehenden Fuchsprellen. Die Schneider arbeiteten Tag und Nacht, um dem Anlaß entsprechende Kleidung zu fertigen. In Grün mußte man natürlich auftreten, mit Gold und Silber bestickt, durchwirkt und gepaspelt. Die Damen im Reifrock, das Haar weiß gepudert und das Gesicht stark geschminkt. Man mußte sich ja gegen die frische Luft schützen bei dieser Veranstaltung, die den Festsaal nach draußen verlegte. Die Herren würden im Justaucorps auftreten, dem taillierten Überrock, die Allongeperücke so fein weiß wie die langen Strümpfe. Und während die Bauern heimlich schimpften über den Frondienst, der ihnen die Zeit und die Kraft für die Frühjahrsbestellung ihrer Felder nahm, ritten kurfürstliche Boten über Land, um die Damen und Herren von Stand einzuladen, die würdig waren, der auf Schloß Heidelberg stattfindenden Solennität beizuwohnen. Der Kurfürst rief, und alle, alle kamen. Wer hätte diese Ehre auch auszuschlagen gewagt, wer sich dieses seltene Vergnügen versagen sollen?

Der 1. April brachte Sonnenschein und erste Frühlingswärme. Und naive Gemüter hielten allen Ernstes die guten Beziehungen des Kurfürsten zur Kirche für die Ursache. Anderen war nur wichtig, einen guten Platz hinter den Tüchern zu bekommen. Deshalb standen sie schon längst da, ehe die Akteure in das Karree einzogen. Sie starrten auf den Sandplatz, der noch ein letztes Mal glattgeharkt wurde. An einer Seite stand eine Reihe Kästen, und jeder wußte: Darin sind die gefangenen Füchse. Dann endlich erschien der Kurfürst mit seinen Familienangehörigen an den oberen Fenstern des Friedrichsbaus. Die Jagdhörner erklangen. Und die Damen und Herren Akteure zogen paarweise in das Karree ein. Das Hoforchester spielte. Und Lakaien halfen den Akteuren bei der Aufstellung und gaben ihnen lange schmale Netze in die Hände. Damit stellten sich die Paare in drei Reihen auf, jeweils so weit auseinander, daß die langen Prellnetze zwischen ihnen lose auf dem Sandboden hingen.

Der Kurfürst gab das Zeichen zum Beginn des Fuchsprellens, und die Musik brach abrupt ab. Unter dem Jubelgeschrei der Zuschauer wurden einige Kästen geöffnet und die Füchse freigelassen. Da hatten die Damen und Herren auf dem Sandplatz alle Hände voll zu tun. Es ging darum, gerade in dem Augenblick das Netz an sich zu reißen, da einer der Füchse hineingelaufen war. Mit einem heftigen Ruck, schön gleichzeitig an beiden Enden, wurde das Netz plötzlich gespannt und der Fuchs im hohen Bogen durch die Luft gewirbelt. Das gab ein Jauchzen und ein Geschrei. Dieses wilde Hin und Her der verschreckten Füchse, die irgendwohin entweichen wollten und sich doch nur immer in einem anderen Netz verfingen und schon wieder durch die Luft und in den Sand flogen. Und wer nicht höllisch aufpaßte, der riskierte, daß ihm einer der fliegenden Füchse auf den Kopf fiel und die teure Frisur demolierte. Die Bauern hatten gute Arbeit geleistet und eine gehörig dicke Sandschicht auf das Pflaster gelegt. So konnten die Füchse viele Male unter hellen Begeisterungsschreien und sonorem Oho-Gebrüll in die Luft geschleudert werden, ehe der eine oder andere unglücklich auf den Boden fiel. Die sich dabei das Rückgrat oder die Läufe gebrochen hatten, wurden von Lakaien eingesammelt und neben den Kästen als Strecke ausgelegt. So geschickt waren diese Lakaien, daß sie die Akteure in keiner Weise bei ihrer Tätigkeit behinderten. Immer mehr Füchse wurden freigelassen. Und Hasen und Dachse zwischendurch auch. Für die an den Prellnetzen machte das keinen Unterschied. Das Vergnügen war dasselbe. Die Akteure machten sich gegenseitig Komplimente wegen der wunderlichen Figuren, die sie die Füchse, Hasen und Dachse in der Luft machen ließen. Es war einfach himmlisch, darin war man sich einig.

»Sag Er, Lustiger Rat, bekommt Er nicht ein wahrhaft fürstliches Geschenk zu seinem Geburtstag mit diesem herrlichen Fuchsprellen«, meinte der Kurfürst zu Perkeo, der neben ihm am Fenster stand. Auf einem Hocker, den man eigens für ihn dort aufgestellt hatte.

»Immer noch besser, ein kurfürstlicher Hofnarr zu sein, als ein kurfürstlicher Fuchs.«

»Ich glaube fast, Er ist das eine wie das andere.«

»Mach dir keine Hoffnung auf eine weitere Steigerung deines Vergnügens, Kurfürst«, entgegnete Perkeo. »Ich habe so gut gefrühstückt heute, ich bin für das Prellnetz zu schwer. Und für die Damen und Herren Akteure auch.«

»Da täuscht Er sich aber gewaltig. Es ist für ein stärkeres Prellnetz gesorgt. Und für kräftige Akteure ebenfalls. Sieht Er dort hinten die beiden Offiziere meiner Leibgarde stehen? Mit einem Netz in den Händen. Sie werden Ihn zur Feier seines Geburtstages in der gebührenden Weise hochleben lassen.«

Aber noch ehe der Kurfürst den Satz beendet hatte, war der Platz an seiner Seite frei. Perkeo war zwischen den Reifröcken der Damen und den langen weißen Beinen der Herren verschwunden, wie in dichtem Gebüsch. Wieselschnell huschte er hinüber in den Gläsernen Saalbau und weiter in den Ottheinrichsbau, wo er die Tür der Comtesse Dorothee unverschlossen fand. Unter ihrem Bett versteckt, wartete er das Ende der großen Festivität ab. So konnte er nicht mehr mitansehen, wie das Fuchsprellen zu seinem Höhepunkt kam. Zwar blieben die beiden Leibgardisten mit ihrem extrastarken Netz beschäftigungslos, dafür aber gab der Kurfürst das Zeichen, die heimlich herangeschafften jungen Wildschweine freizulassen. Da brach die schöne Ordnung der prellenden Paare in einem unbeschreiblichen Tumult zusammen. Denn die Frischlinge, das lichtscheue Gesindel, suchten – und fanden unter den Reifröcken der Damen Schutz. Was die Herren zu diensteifrigen Beschützern machte, die mit Gebrüll und Gezerre und heftigem Schlagen auf die weiten Röcke die Eindringlinge zu verjagen suchten und ihre Damen schließlich doch nicht anders zu retten wußten, als daß sie sie um die Taille packten und hoch in die Luft wirbelten und dabei selbst unter die Röcke gerieten, plötzlich und im vollen Schwung im Dunkeln standen, das Gleichgewicht verloren und sich schließlich zusammen mit ihren Damen im Sand kugelten. Wobei die Herrschaften – ungewollt – mit den Wildschweinen im Chor grunzten und quiekten.

Ein ungleicher Kampf

Es dauerte nur wenige Minuten, da hörte Perkeo schon den Lärm auf dem Flur. Der Kurfürst hatte also Leute losgeschickt, die ihn suchen sollten. Sie rannten durch die Paläste und rissen alle Türen auf, die unverschlossen waren. Und ich habe vergessen, den Riegel vorzuschieben, fiel Perkeo ein. Zu spät. Jetzt dürfte er es nicht mehr wagen, unter dem Bett hervorzukommen und zur Tür zu schleichen.

Denn jeden Augenblick konnten sie ins Zimmer der Comtesse stürzen. Man kann sich ja auch kaum bewegen in diesem Aufzug, schimpfte er in sich hinein. Der Kurfürst hatte Wert darauf gelegt, daß sein Lustiger Rat zur Feier des Tages den offiziellen Staatsrock trug: fast knielang und leicht tailliert der Überrock, blau mit viel Goldbesatz an den Kanten und auf den Ärmeln. Und in derselben Farbe der enge Rock darunter und die hochgerollten Beinkleider. Enger Gürtel, weißes Beffchen und weiße Handschuhe. Die Tasche am Lederriemen umgehängt, die fuchsrote Perücke auf und – nein, die Kappe hatte er verloren bei der wilden Flucht. Hoffentlich gleich zu Beginn, dachte er, sonst führt sie die Häscher unfehlbar hierher.

Da wurde auch schon die Tür aufgerissen. Zwei Mann tappten ins Zimmer und riefen: »Holla, he!« Perkeo sah vier weißbestrumpfte Beine in Lackschuhen. Lakaien, dachte er. Was ihn halbwegs beruhigte. Die sind viel zu bequem, richtig zu suchen. Vor allem sich bücken, das tun die nicht gern, weil sie schon den ganzen Tag Bücklinge machen müssen, überlegte er. Und er behielt recht. Die vier Schuhe rannten hinaus und schlugen die Tür hinter sich zu.

Ein befreites Aufatmen. Und wenn auch der Staatsrock sehr beengte, Perkeo streckte sich zufrieden. Jetzt müßte er nur geduldig warten, bis man die Suche nach ihm aufgibt. Bald müßte ja auch das Fuchsprellen beendet sein. Dann würden die Netze eingesammelt, und die Akteure würden sich in den Königssaal zurückziehen, zum Festbankett. Und wenn der Kurfürst erst beim Essen säße, dann könnte er auch wieder auftauchen. Dann könnte er sich neben ihn setzen und so tun, als wäre nichts gewesen. Beim Essen ist mein Fürst der friedlichste Mensch auf der Welt. Da ist ihm nämlich nichts wichtiger als der nächste Bissen. Bei dem Gedanken spürte Perkeo plötzlich, daß er Hunger hatte. Und Durst, vor allem einen Riesendurst. Im Zimmer der Comtesse nach Eßbarem und Trinkbarem zu suchen, das wäre vergebens, wußte er. Sie hat offenbar keine derartigen Bedürfnisse. Also muß ich mich von dem Gedanken ans Essen und Trinken ablenken, sagte er sich. Ja, das Comtesschen hat nur ein einziges Bedürfnis: einen Mann zu kriegen. Aber nicht irgendeinen. So nett sie auch sein kann. Nein, es muß ein Ehemann sein. »Einzig bei dir mache ich eine Ausnahme«, hatte sie gesagt. Und als ich gefragt hatte, warum denn gerade bei mir, da war sie zunächst um eine Antwort verlegen gewesen. Bis sie dann gestanden hatte, auf mein intensives Drängen hin erst: »Bei dir ist das ganz was anderes. Du kannst das nicht mißverstehen, wenn ich dich in mein Bett lasse.« »Und wieso nicht«, hatte ich nachgehakt, und sie hatte geantwortet: »Weil wir beide gute Freunde sind – und weil wir doch so verschieden sind, daß ganz klar ist, daß du für mich niemals als Ehemann in Betracht kommst.« Dabei hatte sie sich so liebevoll an mich geschmiegt, das hob all das Harte, das Schneidende auf, das in diesen Worten lag. Und so war ihre Zärtlichkeit wohl auch gemeint …

Als er wach wurde, brauchte er nicht lange, um sich klar darüber zu werden, wo er war. Der harte Boden und die Enge unter dem Bett, an das er stieß, kaum daß er den Kopf ein wenig anhob. Es war stockfinster geworden. Aber Perkeo konnte nicht darüber nachdenken, wie lange er wohl geschlafen hatte. Denn jetzt verstand er, daß der Lärm, den er vom Flur her hörte, ihn aufgeweckt haben müßte. Das ist doch die Stimme der Comtesse, durchfuhr es ihn, als er wieder ein unterdrücktes »Nein« hörte. Und – noch ein paarmal: »Nein, nein, nein!« Jetzt aber so, als ob ihr der Mund zugehalten würde. Es bumste gegen die Tür. Perkeo hörte, wie eine Männerstimme auf die Comtesse einsprach, halb flüsternd, aber doch so heftig, daß deren Nein übertönt wurde. Die Dielen knarrten, es rappelte an der Tür, dann war sie offen. Perkeo sah Lichtschein vom Flur her und spürte auch den Luftzug. Dann schlug die Tür zu. Sehen konnte Perkeo nichts, aber nun war deutlich zu hören, wie jemand um sich schlug, neben dem Bett, offenbar die Comtesse, und wie ein Mann sich bemühte, sie zur Ruhe zu bringen. Das Handgemenge, mit Keuchen, unterdrücktem Fluchen und leisem Jammern, wurde immer wilder. Immer geräuschvoller auch. Das gab Perkeo Gelegenheit, unbemerkt an der von der Tür abgewandten Seite unter dem Bett hervorzukriechen. Gerade noch rechtzeitig. Denn nun gelang es dem Mann, die Comtesse auf das Bett zu werfen. Perkeo, dessen Augen sich inzwischen an die Dunkelheit gewöhnt hatten, erkannte die Umrisse des Mannes, aber nicht sein Gesicht.

Die Comtesse lag wimmernd auf dem Bett. Und jetzt war zu erkennen, auch deutlich zu hören, wie der Mann über sie gebeugt dastand und ihr die Kleider vom Leib riß. Das Mädchen wehrte sich mit wildem Strampeln, wurde aber von dem Mann mit festem Griff wehrlos gemacht. »Nein, nein, nein!« röchelte die Comtesse in das Kissen, das der Mann ihr mit einer Hand aufs Gesicht drückte. Mit einem Knie hielt er jetzt ihre Beine runtergedrückt, gleichzeitig bemühte er sich mit der freien Hand, seine Kleider abzustreifen. In dem Moment schlich Perkeo hinter den Mann und trat ihm mit aller Kraft in die Kniekehle. Wie gut, daß ich meine extraharten Schuhe anhabe, dachte er. Der Kerl knickte ein, sprang aber sofort anschließend auf, drehte sich um und schlug nach dem, der hinter ihm stand. Und seine Schläge hätten auch für jeden genügt, der dort gestanden hätte. Nur für Perkeo nicht, weil sie über ihn hinweggingen. Der Mann war so verdutzt, daß er mit herabhängenden Armen dastand und in das Dunkel starrte, um seinen Gegner zu entdecken. Dieses Zögern nutzte Perkeo entschlossen aus: Mit solcher Wucht rammte er dem Kerl seinen Kopf in den Bauch, daß der Mann zusammenklappte und hinfiel, dabei mit dem Kopf auf das Nachttischchen schlug und regungslos neben dem Bett liegenblieb.

Plötzlich herrschte absolute Ruhe im Zimmer der Comtesse. Perkeo ging auf den Flur hinaus, kletterte auf einen Stuhl und nahm einen Blaker von der Wand. Als er wieder ins Zimmer trat, sah er die schöne Dorothee mit zerrissenem Festgewand neben dem Mann am Boden hocken. »Er lebt noch, ein Glück, er lebt noch«, stammelte sie. Perkeo erkannte mit einem Blick den Mann, den er gefällt hatte: den Kommandeur der Leibgarde zu Pferde, Graf Max Emanuel von Thurn und Taxis, Oberfalkenmeister des Kurfürsten. Was ihm keinen geringen Schrecken einjagte.

»Gott sei Dank, er lebt noch«, seufzte die Comtesse. Was ihn wütend machte. »Liegt dir so viel an ihm?« fragte er. »Dann hättest du dich vorhin nicht so anstellen sollen.«

»Nicht an ihm liegt mir, sondern an dir, du Dummer. Ich möchte dich nicht im Loch unter dem Torturm wissen, wo du von den Ratten angenagt wirst, noch ehe du verhungert und verdurstet bist.«

»Nur weg mit dem Kerl!« befahl Perkeo und packte den Bewußtlosen an den Füßen. Die Comtesse faßte mit an. Und so schleiften sie den Grafen auf den Flur hinaus bis zur Treppe, schoben ihn ein paar Stufen hinunter, daß es aussah, als wäre er auf der Treppe gestürzt, und verschwanden ungesehen.

Hochwasser in Heidelberg

Nichts Ungewöhnliches eigentlich, weil es ziemlich regelmäßig im Frühjahr, zur Zeit der Schneeschmelze, Hochwasser gab. Wenn die Sonne spät rauskam, erst im April, und dann schon besonders emsig war im Auflecken des Schnees auf den Odenwaldhängen, dann stürzten die Wassermassen mit Vehemenz durchs Neckartal, zum Rhein hin. Und wie der Neckar sich breit machte, da kletterte das Wasser schnell die Altstadtgassen hoch, die Mönchsgasse und die Semmelsgasse, die Steingasse, die direkt auf die Brücke zuführte, wie die Haspelgasse und weiter Strich für Strich alles, was sich zur Stadt hin öffnete, bis hin zum Marstall. Naturgewalt, gegen die kein Mittel gewachsen war, gegen die es auch keine andere Hilfe gab als Nachbarschaftshilfe. Das wußten die Heidelberger. Rechtzeitig beim ersten Anschwellen des Neckars die Keller ausräumen. Alles an Vorräten und Handwerkszeug hinaufschaffen in die Wohnungen. Und wenn der Fluß dann zeigt, daß er es diesmal ernst meint, alles noch einmal anpacken und ins Obergeschoß hinaufschleppen. Da waren viele Hände nötig. Da zeigte sich, wie gut der Nachbar wirklich war.

Viel weniger nötig war bei der »Wassernot« im Frühjahr des Jahres 1719, daß der Kurfürst persönlich sich an den Schauplatz des Geschehens begab. Mit ihm zahlreiches Gefolge. Ein richtiger großer Ausflug des Hofes, was der Kurfürst sich da hatte einfallen lassen. Selbstverständlich ließ er sich in einer Sänfte zum Tränktor hinuntertragen. Und vor, neben und hinter ihm her schwankten noch viele weitere Sänften zum Neckar hinab. Die vornehme Tracht der Gesellschaft, die sich da am Rande des Hochwassers versammelte, stand im denkbar stärksten Kontrast zum Aussehen der Stadtbewohner, die hochgeschürzt und hochgekrempelt mit nackten Beinen im Wasser standen und zu retten suchten, was eben noch zu retten war. Das Wasser war schneller gestiegen als erwartet, so hatte man nun alle Hände voll zu tun, um seine paar Habseligkeiten zu bergen. Die armen Leute nahmen sich gerade noch die Zeit, ihren Kurfürsten untertänigst zu grüßen. Dann aber waren sie schon wieder bei der Arbeit. Diesmal gab es kein großes Staunen über die feinen Kleider und kunstvollen Frisuren. Diesmal war es nicht das Volk, das gaffte. Die feinen Herrschaften waren es, die nun einfach nur dastehen und zusehen konnten. Was den Leuten offenbar nicht gefiel. Da wurden Bemerkungen gemacht, halblaut zwar nur, aber immerhin verständlich genug, die nicht mehr zu der untertänigen Art des Grüßens paßten. »Maulaffen feilhalten können wir selbst«, hieß es da, oder auch: »Ja, in der Sänfte kriegt man keine nassen Beine.« Und einer meinte: »Mitanpacken sollten die Herrschaften!«

Perkeo schnappte das Wort auf, obwohl es auf ihn wohl am allerwenigsten gemünzt war. Was sollte einer mit so kurzen Beinen im Hochwasser ausrichten? »Seid froh, Leute«, rief er, »daß die Herrschaften nicht mitanpacken. Die würden doch nur eine Oper draus machen – und dann müßtet ihr auch noch singen bei der Arbeit!« Der Kurfürst lachte, die ganze Hofgesellschaft lachte, und die Heidelberger, denen das Wasser schon bis zum Bauch stand, lachten auch. Man konnte zusehen, wie das Hochwasser stieg, wie es hinaufkletterte zum Fischmarkt und die feinen Herrschaften allmählich immer weiter zurückdrängte. »Der Hof ist auf dem Rückzug«, rief ein junger Mann. »Ja, aber bis der Neckar die Herrschaften in ihrem Schloß ersäuft, sind wir alle längst dahin«, zischte sein Nachbar ihm zu.

Der Fischmarkt, der auf der nördlichen Seite der Heiliggeistkirche lag, also immer im kühlenden Schatten des hohen Kirchenschiffs, füllte sich mit Wasser und verwandelte sich so zu einem Teich mitten in der Stadt. Die Glocken des Kirchturms läuteten zum Gotterbarmen – und änderten doch nichts an der bedrohlichen Situation. Immer hastiger arbeiteten die Leute, die ihre armselige Habe wegzuschleppen versuchten, schon tropfnaß die Tische, Stühle, Schränke und Truhen. Alle Nachen, die sie hatten, waren im Einsatz. Doch so sperrig wie das Transportgut war und so übereilt wie das Verladen vor sich ging, da konnte es nicht ausbleiben, daß manches Stück ins Wasser fiel und schnell stromabwärts weggerissen wurde. Die Leute ruderten und zogen ihre Boote im Wasser gehend, und die oberen Teile der Gassen wie der Marktplatz füllten sich immer mehr mit ihren geretteten Habseligkeiten. Schon bis auf den Marktplatz hatten die Leute vom Schloß sich zurückziehen müssen. Da standen sie nun vor dem neuen Rathaus und sahen zu, wie die auslaufenden Wellen des Neckars an seine Grundmauern heranrollten.

Vor dem Rathaus auf dem Marktplatz das Trillerhäuschen, auf das einige Heidelberger nun ihr Bettzeug warfen. Oben auf dem Blechdach des Gitterkäfigs würde es wohl vor den Fluten sicher sein. Ein ganz anderes Bild auf einmal, das der Triller abgab. Sonst stand nur ein Mann oder eine Frau in dem Käfig, der zur Belustigung der Leute herumgewirbelt wurde. Irgendein armer Teufel, der sich etwas hatte zuschulden kommen lassen, eine kleine Beleidigung oder die Kappe nicht abgenommen, als der Priester mit der Kommunion zu einem Sterbenden ging, oder Kirschen aus Nachbars Garten gepflückt …

Jetzt war ein Delinquent im Triller, dessen Angst mit dem Wasser stieg. Sein Schreien aber ging in dem Geschrei rundum unter. Sein Käfig, den das Hochwasser schon erreicht hatte, trug nun eine Haube aus Bettzeug. Wenigstens so lange, bis einer der Hofleute es sich einfallen ließ, den Käfig so heftig rotieren zu lassen, daß er unter allgemeinem Gelächter seine Last abwarf.

Das ständige Steigen des Wassers und das wild verbissene Arbeiten der Leute wurde der Gesellschaft natürlich schnell langweilig. Da kam einem der Höflinge die Idee, es müßte ein köstliches Ding sein, mit den flachen Kähnen der Leute, so primitiv gebaut und so schmucklos, auf dem Hochwasser herumzufahren wie Schiffbrüchige. »Zwischen Häuserblocks, die wie in Venedig im Meer stehen«, begeisterte sich eine der Damen. Und schon fingen die feinen Herrschaften an, den Leuten die Nachen wegzunehmen, kaum daß sie ausgeleert waren. Geputzte Damen und gepuderte Kavaliere in den Booten, statt nassen Bettzeugs und ähnlichem Plunder. Das gab nun wirklich ein ganz anderes Bild ab. Und wenn die Heidelberger sich auch dagegen sträubten, der Kommandeur der Leibgarde zu Pferde, Graf Thurn und Taxis, ritt mit seinen Männern einfach ins Wasser und requirierte die Boote, die für die höfische Kahnpartie gebraucht wurden. Die Leute schimpften und schrien, aber die Leibgardisten griffen nur um so konsequenter durch. Sie warfen alles ins Wasser, was in den Nachen war und halfen mit vollendeter Courtoisie den Damen des Hofes beim möglichst graziösen Einsteigen in die heftig schaukelnden Gefährte.

Perkeo fluchte leise vor sich hin und sagte dann zum Kurfürsten: »Du solltest Befehl geben, daß man die Leute gleich umbringt. Sie empfinden es dann nicht mehr als so hart, daß ihnen die Vorräte und die Betten davongeschwommen sind.« Der Kurfürst, der durch das laute und gestenreiche Beten und Segnen abgelenkt war, mit dem sein Beichtvater, Pater Staudacher, den Fluß zur Räson zu bringen bemüht war, hatte die Übergriffe seiner Hofleute nicht mitbekommen. Jetzt erst wurde er aufmerksam, als jemand aus seiner Begleitung rief: »Das macht dem Wein überhaupt nichts, daß er mal ein bißchen durch die Gegend schwimmt, wenn die Fäßchen nur ordentlich verpicht sind!« Dabei sah Carl Philipp, wie seine Leibgardisten eins der winzigen Boote packten, es einfach umkehrten, daß alles gerettete Gut ins Wasser fiel, und dann einigen Hofdamen galant beim Einsteigen halfen. Der Kurfürst wurde rot vor Zorn und brüllte mit einer Stimme, die ihm niemand zugetraut hätte, und mit erhobener Hand, als wäre er wieder mitten im Schlachtgetümmel der Türkenkriege: »Halt! Sofort aufhören! Alles zurück aufs Schloß!« Und mit gedämpfter Stimme hinterher: »Ich kann es nicht mitansehen, wie meine Landeskinder leiden.«

Peinlichkeiten

Fünfundzwanzig Jahre Wiederaufbauarbeit nach dem Orléansschen Krieg: Die Stadt Heidelberg hatte allmählich wieder ein Gesicht bekommen. Haus für Haus war neu hochgezogen worden. Alles in einem schlichten Stil, der vom Ernst der Jesuiten bestimmt zu sein schien, von dem Geist, der neuerdings in der Stadt herrschte. Eine Stadt mit lauter neuen Häusern, die auf die alten Fundamente gesetzt worden waren, der Einfachheit halber. So blieb es bei den engen verwinkelten Gassen, bei dem so gar nicht zeitgemäßen Wirrwarr einer mittelalterlichen Stadt. Und es blieb auch bei den unterirdischen Verbindungswegen, die man in den Kriegszeiten sehr zu schätzen gelernt hatte: Die meisten Keller waren mit den Nachbarkellern durch Schlupflöcher verbunden. Ein paar Bretter oder Fässer davorgestellt, das gab einem das Gefühl, gegen unbefugtes Eindringen ausreichend geschützt zu sein. Gegen das eindringende Hochwasser hatte es allerdings keinen Schutz gegeben. Aber das Hochwasser war etwas Normales und so schnell wieder vergessen, wie es gekommen war.

Der einzige Schmuck, den sich die neuen Bürgerhäuser leisteten, waren Madonnen- und andere Heiligenstatuen, die nun immer mehr die Giebel, Ecken und Erker verzierten. Sie hatten dann eine »Konkurrenz« bekommen in der großen Madonnenstatue, die Carl Philipp für den Kornmarkt in Auftrag gegeben hatte und die nun seit einigen Monaten dort stand. Ein prächtiges Werk, das dem Künstler, Peter van den Branden, viel Lob einbrachte. Pausbäckige Putten auf Wolken, aus denen goldene Sonnenstrahlen hervorbrachen, trugen die Erdkugel. Und auf dieser Erdkugel stand triumphierend die Gottesmutter. Eine Aufschrift auf dem Sockel wies deutlich darauf hin, daß man weder den Stein noch das Bildnis, noch die Säule verehre, sondern nur das Kind und seine Mutter.

Der Spruch war nötig, weil die Aufstellung der Madonnenstatue böses Blut gemacht hatte. War doch damit überdeutlich geworden, was für eine Veränderung sich in der Stadt vollzog. Das calvinistische Genf am Neckar, die Hochburg des Protestantismus, war unter den Einfluß der Jesuiten geraten und drauf und dran, ein kleines Rom am Neckar zu werden. Mit ihren großen Bauten beherrschten die Jesuiten genauso das Stadtbild, wie sie mit Pater Staudacher, dem Beichtvater Carl Philipps, den Kurfürsten beherrschten. Dagegen rannten viele überzeugte Protestanten Sturm, tapfer und aufrecht – und vergebens. Für sie waren die Madonnen- und anderen Heiligenstatuen, die immer mehr die Stadt bevölkerten, reines Heidentum – und eine Provokation zugleich. So gab es gerade auch um die Madonna auf dem Kornmarkt viel Geschrei, wenn auch nur heimliche Beschimpfung. Und für die Katholiken bekam die Kornmarktmadonna damit eine ganz besondere Bedeutung: Sie fühlten sich endlich wieder heimisch in ihrer Stadt.

Klar, daß Carl Philipp den Ortspolizisten wie den Nachtwächter und auch seine Spitzel angewiesen hatte, ein besonders wachsames Auge auf die Kornmarktmadonna zu haben. Ihr sollte nur ja niemand etwas anhaben.

Die Besorgnis war unbegründet. Und Carl Philipp hörte mit Freuden den Bericht über eine merkwürdige Demonstration, die ein einfacher Bürger, der Bierbrauer Hartlieb, jeden Samstagabend vor dem Marienbildnis veranstaltete. Er kam mit seiner ganzen Familie auf den Kornmarkt, zündete vier Öllampen vor der Statue an und betete und sang dann laut Maria zu Ehren. Und viele Heidelberger schlossen sich dieser frommen Demonstration an.

Das gefiel dem Kurfürsten, und er nahm sich vor, dem braven Mann eines Tages seine Huld zu zeigen, wenn er so weitermachte mit seiner Marienverehrung. Aber der Kurfürst sollte nicht nur Freude haben an dem neuen katholischen Geist, der so deutlichen Auftrieb hatte. Dafür sorgten die Andersgläubigen genauso wie seine eigenen Glaubensgenossen. Der härteste Schlag für ihn war die Auseinandersetzung mit seinem Beichtvater, dem Jesuitenpater Nikolaus Staudacher. Es war zum Abschluß des üblichen Beichtgesprächs am Samstagabend – dieser Generalreinigung vom unvermeidlichen Schmutz einer ganzen Woche voller Regierungsgeschäfte und ausschweifender Vergnügungen –, da verweigerte der Pater seinem fürstlichen Beichtkind die Absolution.

»Ich kann Euch nicht freisprechen von Euren Sünden, Durchlauchtigst, weil ich es nicht verantworten kann, daß Ihr auch morgen wieder in der heiligen Messe zur Kommunionbank schreiten und den Leib unseres Herrn empfangen würdet.«

»Wieso kann Er das nicht verantworten, Pater?«

»Weil Ihr die heilige Messe für eine vermaledeite Abgötterei haltet.«

»Was ist das für ein Unsinn. So etwas habe ich nie gesagt und würde ich auch nie sagen«, brauste der Kurfürst auf. Das war der Moment, auf den der Pater gewartet hatte. Er kramte umständlich aus den weiten Falten seiner Kutte ein Buch hervor und hielt »es dem Kurfürsten hin. »Ich nehme an, Ihr kennt dieses Buch«, sagte Pater Staudacher.

»Jedes Kind kennt dieses Buch – wenigstens jedes protestantische Kind. Das ist der Heidelberger Katechismus, nach dem in allen Schulen der Reformierten Religionsunterricht gegeben wird.«

»Dann schlagt das Buch doch einmal auf, Durchlauchtigst, und lest, was in der Antwort auf die achtzigste Frage geschrieben steht.«

Der Kurfürst las, daß wegen der Art, in der das Abendmahl zelebriert wird, die katholische Messe eine vermaledeite Abgötterei sei. »Eine vermaledeite Abgötterei«, wiederholte er laut und sprang wütend auf. »Mein Glaube wird hier in den Schmutz gezogen, die heilige Messe wird öffentlich als Götzendienst geschmäht«, tobte er. »Der soll es mir büßen, der dafür verantwortlich ist!«

»Ganz recht, Durchlauchtigst. Der soll büßen. Also tut Buße. Denn, schaut doch, was auf dem Deckel des Buches steht.« Und Carl Philipp starrte auf das kurfürstliche Wappen, sein eigenes Wappen, und las die Worte, die darunter standen: »Aus kurfürstlicher Verordnung.«

»Nun versteht Ihr, Durchlauchtigst, daß ich Euch die Absolution nicht erteilen kann.«

»Aber nicht ich habe diese Ungeheuerlichkeit in das Buch hineingeschrieben«, wollte Carl Philipp sich rechtfertigen. Doch der Pater blieb unerbittlich: »Ihr seid dafür verantwortlich, wenn schon nicht dafür, daß es hineingekommen ist, so doch wenigstens dafür, daß es nicht darin bleibt.« Damit beendete er das Beichtgespräch, stand auf und ging. Der Kurfürst aber mußte am nächsten Morgen eine Erkrankung vorschützen, als Erklärung dafür, daß er nicht an der Sonntagsmesse teilnahm. Wie hätte das ausgesehen, wenn er dabeigewesen, aber nicht zur Kommunionbank gegangen wäre.

Perkeo im Blutrausch

Der Kurfürst mußte handeln. Ohne eine durchgreifende Maßnahme würde der Jesuitenpater ihn nicht aus der Zwangslage entlassen, in die er schuldlos geraten war. Und überhaupt, hier ging es schließlich um das Selbstverständnis des Herrschers. Wie könnte er es zulassen, daß sein Glaube in seinem Land weiterhin von einer sich überlegen fühlenden reformierten Kirche herabgesetzt würde? Per Kabinettsorder verfügte der Kurfürst am 24. April dieses Jahres 1719, daß sämtliche Exemplare des Heidelberger Katechismus in seinem Land zu konfiszieren seien. Was leichter verfügt als durchgeführt war. Die Reformierten wehrten sich entschieden gegen diesen Eingriff in ihre Rechte. Sie hätten schon unter dem ebenfalls katholischen Kurfürsten Johann Wilhelm genug zu leiden gehabt, sagten sie. Übergriffe der katholischen Geistlichen wie der Polizei waren tatsächlich jahrelang so selbstverständlich gewesen, daß die unterdrückten Protestanten sich schließlich hilfesuchend an den König in Preußen gewandt hatten. Der, selbst ein Protestant, drohte den katholischen Geistlichen in seinem Land die Einziehung ihrer zahlreichen Güter an, wenn sie sich nicht für die Gleichberechtigung der Protestanten in der Pfalz einsetzten. Das Ergebnis war die sogenannte Religionsdeklaration, die am 21. November 1705 zustandekam und als die gesetzliche Grundlage für die kirchlichen Verhältnisse in der Pfalz galt. Der Hilferuf hatte gewirkt. Jetzt aber fühlten die Protestanten sich erneut falsch behandelt. Gegen diese Religionsdeklaration verstoße der Kurfürst, beklagten sie sich, wenn er die Einziehung des Heidelberger Katechismus fordere.

Der Kurfürst ließ den Reformierten Kirchenrat zu sich kommen, in der Hoffnung, die Sache durch eine gütliche Regelung bereinigen zu können. Er hatte den kleinen Thronrat um sich versammelt, jedoch Anweisung gegeben, das Gespräch ganz ihm zu überlassen wegen der besonderen Delikatesse des Themas.

Er bemühte sich als geschickter Diplomat um eine vernünftige Lösung des Problems. Doch mußte er enttäuscht feststellen, daß die Kirchenmänner nicht mit sich reden lassen wollten. »Wir bestreiten ja gar nicht, daß es sich bei der betreffenden Textpassage um eine herabwürdigende Äußerung handelt«, sagte der Präsident des Reformierten Kirchenrats, der als Sprecher fungierte, »aber sie betrifft ja nur die Sache, nicht aber die Personen, die mit dieser Sache zu tun haben. So daß Ihr selbst, Durchlauchtigst, von dieser Formulierung nicht betroffen seid.«

Da schaltete sich Pater Staudacher ein: »Es erscheint mir das als ein unerträglicher Sophismus, wenn hier versucht wird, die Beleidigung der katholischen Liturgie von der Beleidigung der sie Feiernden zu trennen.«

»Gerade der Jesuit hat es nötig, uns auf Sophismen hinzuweisen«, wehrte sich der Sprecher. »Er selbst ist doch …« Da verlangte der Kurfürst, energisch dazwischenfahrend: »Hier werden keine persönlichen Händel ausgetragen, sondern nur Stellungnahmen abgegeben zu unserer Order über die Konfiskation des Heidelberger Katechismus. Hat Er dazu noch etwas zu sagen?«

»Ganz sicher haben wir dazu noch etwas zu sagen, Durchlauchtigst. Die beanstandete Formulierung ist so altehrwürdig wie das ganze Werk, das als ein symbolisches Buch durch Reichstage und Friedensschlüsse anerkannt ist und deshalb nicht zu den vom Kaiser verbotenen religiösen Schmähschriften gezählt werden kann.«

»Aber ist eine herabwürdigende Äußerung, wie Er es vorhin selbst genannt hat, etwas anderes als eine Schmähschrift?« hielt der Kurfürst ihm entgegen.

»Es handelt sich dabei nur um eine einzige Formulierung …«

»Die deshalb korrigiert werden muß«, unterbrach ihn der Pater.

»Die nicht korrigiert werden kann, weil das Ganze ein einheitliches Werk ist, hundertfünfzig Jahre alt, das Werk des Kurfürsten Friedrich III., der mit Recht der Fromme genannt wird. Und in diesen 150 Jahren hat niemand gewagt, Hand an dieses erhabene Werk zu legen, und deshalb werden auch wir uns nicht erdreisten, sogenannte Korrekturen daran vorzunehmen«, sagte der Sprecher der Reformierten.

»Aber dieser Katechismus, der unseren Glauben schmäht, trägt das kurfürstliche Wappen und den Vermerk: Aus kurfürstlicher Verordnung«, entgegnete Carl Philipp.

»Woran auch nichts zu beanstanden ist, weil es den Tatsachen entspricht«, sagte der Sprecher. »Schließlich gab es schon Kurfürsten bei Rhein – und großartige –, Durchlauchtigst, als an Euch noch kein Denken war.«

»Und wenn es Euch tröstet, Durchlauchtigst«, meldete sich ein anderes Mitglied des Reformierten Kirchenrats zu Wort, »dann laßt Euch darüber aufklären, daß der gegenwärtige, für Schulbücher privilegierte Drucker, der diesen Katechismus herstellt, selbst ein Katholik ist. – Er macht seine Sache trotzdem sehr gut.«

Der Kurfürst sah seinen Lustigen Rat an mit einem Blick, den der gut kannte und auch übersetzen konnte. Etwa so: Ich bin es leid, ich fahre gleich aus der Haut! Perkeo ließ sich plötzlich von seinem Stuhl auf den Boden fallen und schrie: »Ich habe Hundefleisch gegessen, und jetzt kommt er, jetzt kommt der Blutrausch – Blut, Blut, hah!« Und rannte auf allen vieren durch den Raum wie rasend, hinter den Reformierten genauso her wie hinter den kurfürstlichen Ratgebern, mit furchterregendem Knurren und Zähnefletschen, bis auch der letzte in Panik hinausgestoben und er mit dem Kurfürsten allein war.

»Danke«, sagte Carl Philipp, und das sagte er selten.

»Der Hund, des Menschen bester Freund«, sagte Perkeo nur und verließ ebenfalls den Kabinettssaal – aber nicht mehr auf allen vieren.

Stunden gab es, die verbrachte der Hofnarr ganz allein damit, sich vorzustellen, wie Leute vom Hofe oder auch aus der Stadt zusammensäßen und über ihn redeten. Wie sie sich über ihn ärgerten oder seine Späße weitererzählten. Ganz egal: so oder so in ihren Köpfen. Und das war ihm die Hauptsache. Als ob er aus seinem kleinen Körper aussteigen wollte, umsteigen in andere und dabei sich immer mehr ausbreiten. Und wenn er daran dachte, wie viele ihm nur allzugern die Gurgel abdrücken würden, ließ er ein gluckerndes Kichern hören. Und er stellte sich vor, wie enttäuscht seine Feinde sein würden, wenn sie hundert Jahre später feststellen könnten, daß es nichts genützt hat, den Lustigen Rat umzubringen. Weil ich immer noch in den Köpfen der Leute bin, immer noch kennen sie meinen Namen, immer noch sprechen sie von mir. Das so richtig zu genießen, stundenlang, das ist mein schönstes Kunststück, sagte er sich, – und mein dreistetes.

Der Mord im Schloß

Perkeo vermied es, in die Nähe der Comtesse Dorothee zu kommen. Konnte er sich doch denken, daß der Graf Thurn und Taxis seine Leute angewiesen hatte, die Comtesse zu beobachten, um herauszufinden, wer ihr Liebhaber war. Denn nur der kam in Betracht als der Strolch, der in ihrem Zimmer war und ihm im Dunkeln so übel mitgespielt hatte. Als er das tun wollte, was man mit jungen Mädchen halt so tut: sie sich einfach nehmen, ob sie wollen oder nicht. Daß sie sich dabei sträuben, nun ja, das gehört zum Spiel, wie der Graf es verstand. Das erhöhte den Reiz. Und daß das Sträuben ihnen nichts nützte, das war Ehrensache. Zudem, wie sollte man denn jemals mit Sicherheit wissen, ob sie es ernst meinen mit ihrem Widerstand oder nicht? Wenn sie das selbst überhaupt wissen, sagte er sich. Ablehnung, das war ohnehin ein fast undenkbarer Gedanke bei einem so prächtigen Mann wie dem Kommandeur der kurfürstlichen Leibgarde zu Pferde. So etwas gab es einfach nicht. Ja, Perkeo konnte sich ganz gut in die Stimmung seines Gegners versetzen und sich dessen Rachegelüste lebhaft vorstellen – und sich deshalb zurückhalten.

So zischte er der Comtesse nur zu: »Ich treffe dich in der Kapelle hinter dem Altar«, als sie ihn endlich gestellt hatte. Und mit diesen Worten war er auch schon wieder entwischt, hinein in den Faßkeller und von dort hinauf in den Königssaal. An dessen Seitenwand, hinten, war die unauffällige und selten benutzte Tapetentür zur Kapelle, durch die er sich nun ungesehen davonmachte. Ein Treppenabgang führte ihn hinunter in eine Art Verschlag hinter dem hochaufragenden Altar. Perkeo wußte, er würde nicht lange zu warten haben, dann müßte sich die Tür dort oben wieder öffnen. Denn die Comtesse Dorothee hatte sich schon öfter mit ihm in diesem Versteck getroffen. Da kam sie auch schon angeschlichen, durch das sonderbare Verhalten Perkeos zu äußerster Behutsamkeit ermahnt.

Dort, hinter dem Altar, konnte sie ihrem Retter aus höchster Not nun endlich den schuldigen Dank abstatten. Und er konnte ihr erklären, warum er sich von ihr fernhielt. »Ich hätte ihn gleich ins Gemächte treten sollen, statt nur in die Kniekehle«, ereiferte er sich. »Mit meinen extraharten Schuhen. Damit wäre er erledigt gewesen. Dann hätte er keine Frau mehr belästigen können.«

»Hör auf damit, Clemens, so was tut man nicht.«

»Tut man nicht, tut man nicht. Ich hätte es tun sollen, dann wäre er nie mehr wach geworden, und wir beide brauchten uns jetzt nicht vor ihm und seinen Leuten zu verstecken.«

»Du meinst wirklich, er will sich an dir rächen?« fragte sie. Was ihn nun doch sehr wunderte.

»Ja, glaubst du, ein Mann läßt sich so fertigmachen vor seiner Geliebten, ohne sich dafür zu revanchieren?«

»Ich bin nicht die Geliebte des Grafen, und ich war es nie – und werde es auch niemals sein.«

»Warum hast du ihn dann zu deinem Zimmer mitgenommen?«

Mit dieser gespielten Eifersucht erreichte Perkeo, daß die Comtesse sich ihm erneut und mit um so größerem Eifer und in schönster Zärtlichkeit zuwandte. Um ihn davon zu überzeugen, daß der Graf sie mitgenommen habe und nicht sie den Grafen. Und Perkeo, der Genießer, ließ sich nur ganz allmählich überzeugen. Dabei konnten sie nicht ganz vermeiden, daß die Holzbohlen ächzten, wie sie sich wild umschlangen, und daß sie an den Altar stießen, der ihre Liebe dumpf kommentierte. Ein Holzkasten nur, der ganze hohe Aufbau, der bis in das Gewölbe der Kapelle hinaufreichte. Holz, das wie fein gebändelter Marmor aussah, zumindest von vorn und von den Seiten – und aus einiger Entfernung. Aber wenn es auch falscher Marmor war, der das große Altargemälde von der Taufe Jesu durch Johannes den Täufer rahmte, dieser Marmor war doch wenigstens ein zuverlässiger Vertrauter für die beiden Liebenden. Denn hierher, in die Schloßkapelle, verlief sich so leicht kein Mensch, wenn nicht gerade die Messe gefeiert wurde.

»Sag, willst du denn nun gar nicht mehr auf mein Zimmer kommen?« fragte die Comtesse noch atemlos.

»Ich will schon, aber ich kann nicht. Vorläufig nicht. Die Häscher des Grafen, du weißt schon.«

»Dann kann ja ich zu dir in den Friedrichsbau kommen.«

»Das kannst du zwar, aber du darfst es nicht.«

»Ich darf nicht?«

»Was glaubst du, wieviel Augen erst über meine Zimmertür wachen – lauter Frauenaugen natürlich«, entschuldigte Perkeo sich für das harte Verbot. Wobei mehr Stolz als Bedauern in seiner Stimme lag, wie der Comtesse schien.

»Was würde dir denn schon geschehen, wenn die Leute des Grafen dich erwischten? Wäre es dir nicht einige Unannehmlichkeiten wert, bei mir sein zu dürfen?«

»Der Graf würde mich umbringen. Und das wäre mir mehr als nur unangenehm und selbst für eine Nacht in deinen Armen ein zu hoher Preis.«

»Hier im Schloß bringt dich doch keiner um, du Dummkopf.«

Das war Herausforderung genug, Perkeo zum Reden zu bringen. So erzählte er seiner kleinen Geliebten, was sein Herr ihm kürzlich unter dem Siegel der absoluten Verschwiegenheit anvertraut hatte. Nämlich daß vor Jahren im Schloß zu Hannover des Kurfürsten von

Braunschweig-Lüneburg ein geheimnisvoller Mord aus Eifersucht geschehen sei. »Es ist gerade ein Menschenalter her. Und kaum jemand weiß davon«, tat Perkeo wichtig mit seiner Geschichte. »Damals wohnte die hübsche und junge Schwiegertochter des Kurfürsten Ernst August mit in seinem Schloß. Sie war seinem Sohn Georg Ludwig aus politischem Kalkül angetraut worden, wie das ja so üblich ist. Von Liebe konnte in ihrer Beziehung keine Rede sein. Zwar tat die Gute brav ihre Pflicht und schenkte ihrem Mann einen Sohn und eine Tochter, aber der beschäftigte sich trotzdem lieber mit seiner molligen Mätresse Melusine als mit seiner Frau. Da tauchte ein gutaussehender schwedischer Offizier am Hof auf, der Graf Philipp Christoph von Königsmarck. Er stammte aus einer alten Adelsfamilie und war selbst alles andere als alt: 25 Jahre jung. Und der fing nun an, der schönen Sophie Dorothea, so hieß die vernachlässigte Prinzessin, liebevolle Briefe zu schicken. Zwar war die Schöne ein Jahr jünger als er und insoweit paßte alles, aber sie war doch verheiratet, und rangmäßig stand ihr Liebhaber viel zu weit unter ihr. Die beiden wußten, daß es unmöglich war, was sie da begannen. Aber die Briefe gingen hin und her. Es war einfach zu schön. Einige hundert Briefe wurden es. Und mit sehr viel Kühnheit und List wurden auch einige köstliche gemeinsame Nächte voller Leidenschaft daraus. Stets in äußerster Gefahr zugebracht. Aber gerade das war es ja, was sie zusammenschmiedete. Wurde doch so für jeden von beiden klar: Wer sein Leben riskiert, um mich lieben zu können, der muß mich wirklich lieben.«

Perkeo machte eine Pause, um die Spannung unerträglich werden zu lassen. Die Comtesse hatte sich eng an ihn geschmiegt und sah ihn mit leuchtenden Augen und fieberrotem Gesichtchen an. Wie Graf Königsmarck fühlte er sich. Nur dessen Schicksal wollte er nicht erleiden. »Was für ein sonderbarer Zufall auch«, setzte er seinen Bericht fort, »daß die Schöne beinahe so hieß wie du: Sophie Dorothea. Aber was für ein Glück, daß du für unseren Kurfürsten nicht so wichtig bist wie die Prinzessin für ihren Schwiegervater. Der konnte sich aus politischen Rücksichten keinen Skandal erlauben. Das war das Ergebnis seiner Überlegungen, als er von der Affäre erfuhr. So ging die schöne Liebesgeschichte ganz plötzlich und ganz leise zu Ende. Am Abend des 1. Juli des Jahres 1694, es war ein Sonntag, ging Graf Königsmarck wie sooft ins Schloß des Kurfürsten in Hannover. Er war unbewaffnet und arglos. Und damit schon rettungslos verloren. Irgendwie ist der junge Graf in den Gängen des

Schlosses verschwunden. Es ist nie mehr etwas von ihm zu hören und zu sehen gewesen. Nicht mal einen Knopf von seinen Kleidern hat man je gefunden. Der Sohn des Kurfürsten, Georg Ludwig, ließ sich bald darauf unter einem Vorwand von seiner schönen jungen Frau scheiden. Vor fünf Jahren wurde er übrigens als Georg I. König von England. Aber das spielt hier keine Rolle. Die schöne Sophie Dorothea ließ man in ein ehemaliges Amtshaus bringen, wo es ihr an nichts fehlte außer an Freiheit. Bis heute lebt sie dort als Gefangene, schon 25 Jahre lang büßt sie für ihre Liebe zu dem Grafen Königsmarck. Und sie wird bis zu ihrem Tode dort eingesperrt bleiben und nur hin und wieder ihre alte Mutter sehen, niemand sonst darf zu ihr, nicht einmal ihre beiden Kinder.«

Der Comtesse liefen die Tränen über die Wangen, als sie sich jetzt an ihren Liebhaber preßte. »Dich sollen sie nicht umbringen, dich nicht«, schluchzte sie hemmungslos.

»Und du wirst keinem Menschen sagen, daß ich dir von diesem Mord im Schloß erzählt habe. Ehrenwort?«

»Ehrenwort, Ehrenwort.«

Siesta-Seligkeit

Frühling in Heidelberg: Der Schloßpark war nun Tag für Tag voller Arbeiter, die neue Wege und Beete anlegten, die Steineinfassungen ausbesserten, Hecken pflanzten und Wasserbecken bauten. Schon von Innsbruck aus hatte Carl Philipp Anweisung gegeben, die einstmals berühmten Terrassen wieder in einen würdigen Zustand zu versetzen. Nach der Eroberung Heidelbergs durch die Franzosen und der Zerstörung der Burg waren auf den Terrassen Gemüsegärten angelegt worden. Der Hunger war stärker als die Erinnerung an den Glanz des Hortus Palatinus, des Pfälzischen Gartens, der vor dem Dreißigjährigen Krieg mehr bewundert worden war als das Schloß selbst. Als ein achtes Weltwunder hatte die großzügige Anlage auf den übereinander liegenden Terrassen den Zeitgenossen gegolten: Das mit Lineal und Zirkel geschaffene Arrangement aus Blumenbeeten und Hecken, Laubengängen und Irrgärten, Wasserbecken und Springbrunnen, Standbildern und Grotten, Lusthäuschen, Galerien sowie beheizten Winterhäusern für Hunderte von Feigen-, Zitronen-, Pomeranzen-, Granatapfel- und Lorbeerbäumen.

Man hatte gut gegessen und dem Wein kräftig zugesprochen. Und als schließlich auch noch die süße Mehlspeise geschafft war, da hatte man es sich auf den Chaiselongues und in den Fauteuils nebenan bequem gemacht. Da wurde Kaffee und Kakao gereicht, und wer wollte, der konnte sich auch eine fachmännisch gestopfte Pfeife bringen lassen, eine von diesen langen holländischen Tonpfeifen, die soviel Gemütlichkeit ausstrahlten. Durch die farbig verglasten Fenster fiel die langersehnte Frühlingssonne in den Salon und ließ sich von dem Dampf der Kaffeetassen und dem Tabakrauch zu übermütigen Spielen hinreißen. Und so verspielt wie die Sonnenstrahlen waren auch die Gespräche. Siesta, die Stunde des ungezwungenen Miteinanders. Soweit das überhaupt möglich war in der unmittelbaren Umgebung des Kurfürsten. Hatte doch fast jeder fast jeden Tag irgendein besonderes Anliegen, das er seinem Fürsten in der dafür passenden Stunde ans Herz legen wollte. Der aber hatte seine eigene Methode entwickelt, in Gesellschaft zu sein und trotzdem unbehelligt zu bleiben.

Carl Philipp hielt sich gern im engen Kreis von schönen jungen Damen auf, mit denen er scherzte und alberte. Und jede dieser Hofdamen achtete schon von selbst eifersüchtig darüber, daß die anderen keine Gelegenheit bekämen, ein ernsthaftes Thema mit dem Kurfürsten zu besprechen. Und für den Fall der Fälle, daß doch jemand es fertigbrächte, die angenehm dahinplätschernde Siesta-Seligkeit mit mehr als Oberflächlichkeiten zu belasten, war Perkeo in der Nähe. Der sah es seinem Herrn sofort an, wenn er den Mund nicht aufmachen wollte. Und der riß sein Maul dann um so weiter auf. Und was dabei herauskam, das war gefürchtet, weil es stets ein heftiges Gelächter über einen niederprasseln ließ. Diese Stellvertretung funktionierte bestens, dabei war sie nicht einmal abgesprochen. Perkeo hatte schnell verstanden, daß er in diesen Stunden der Lässigkeit das Regiment übernehmen mußte. War sein Herr doch ein Mensch, der einfach nicht nein sagen konnte. Und das war nur zu gut bekannt am Hof. Man rühmte Carl Philipps Gutmütigkeit und versuchte rücksichtslos, sie für die eigenen Zwecke auszunutzen. Die Frage: »Könnt Ihr mir helfen?« konnte bei Carl Philipp nur zu irgendeiner lästigen Verpflichtung führen, weil er nun mal nicht zugeben wollte, daß er irgendwas nicht könnte. So groß der Kurfürst war, seiner Gestalt wie seiner Macht nach, er blieb doch immer bei der Manier des kleinen Gernegroß: »Natürlich kann ich Euch helfen.«

Gerade animierte Carl Philipp die jungen Damen, auch einmal ein paar Züge aus seiner holländischen Pfeife zu probieren. Eine hohe Auszeichnung, die von den Damen prompt mit viel zu heftigen Zügen und noch heftigerem Husten und Prusten quittiert wurde. Ein köstlicher Spaß für die Herren, wie die Mieder in wilde Bewegungen gerieten und die Damen sich in ihren Reifröcken drehten, um ihre Verlegenheit zu verbergen. Die Prinzessin Elisabeth Auguste war mit bei den Lachern, hatte aber die Pfeife an sich vorbeigehen lassen, ohne sie zu rauchen. Genauso eine ihrer Hofdamen, die Gräfin Violanta Theresia von Thurn und Taxis, was der Kurfürst ihr ohne ein Wort des Tadels durchgehen ließ. Als dann aber die Reihe an die Comtesse Dorothee von Laufenburg kam und die ebenfalls verzichtete, sah Carl Philipp sie erstaunt an und fragte: »Sie mag Ihren Fürsten nicht?«

»Der Himmel weiß, wie sehr ich Eure Durchlauchtigste Hoheit mag. Ich habe Euch in mein Nachtgebet eingeschlossen«, rechtfertigte sich die Comtesse unerschrocken, noch ehe Perkeo ihr zu Hilfe kommen konnte.

»Schön, daß Sie für mich betet, Comtesse. Und für wen betet Sie sonst noch?«

Die Comtesse zögerte, und die Umstehenden sahen mit Freude, wie sie errötete. Dann sagte sie leise: »Ich bete für den Mann, den ich noch nicht kenne, der aber eines hoffentlich nicht allzu fernen Tages mein Mann sein wird. Ich bete für ihn, obwohl ich ihn noch nie gesehen habe. Er möge so ein gütiger Mensch sein wie Eure Durchlauchtigste Hoheit.«

Carl Philipp war hin- und hergerissen zwischen Freude über diese Schmeichelei und Ärger darüber, daß sie so platt daherkam – und so fordernd. Er schwieg und sah Perkeo an. Und der war auch schon zur Stelle mit seinem Tadel: »Du solltest den Himmel nicht überfordern, Comtesschen, unser Fürst ist und bleibt einmalig.« Und alle rundum lachten pflichtschuldigst – und etwas gequält und fragten sich heimlich, warum die kleine Comtesse so schonend behandelt worden war von dem sonst viel härter zuschlagenden Hofnarren.

»Die Sonne lockt. Gehen wir in den Garten, um zu sehen, wie dort die Sache steht«, sagte der Kurfürst und erhob sich von seiner Chaiselongue. So machte sich die ganze Gesellschaft zu einem Schlendergang durch den Schloßpark auf, der Kurfürst mit Perkeo vorneweg. Und der ganze Anhang formierte sich schnell und wie von selbst nach Rang und Amt zu einer langen bunten Schleppe, die über

Treppen und Kieswege dahinzog, während die Arbeiter ihre Mützen zogen und gar nicht mehr aufhören konnten mit ihren Verbeugungen. Der verwilderte Garten sollte ein neues Gesicht bekommen, ein zeitgemäßes. Dazu gehörte natürlich ein Hauptweg als beherrschende Achse, nach der alles symmetrisch ausgerichtet sein müßte. So Carl Philipps Forderung. Doch ließ sich das in dem terrassierten und gewinkelten Gelände nicht machen. So hatte er Anweisung gegeben, zunächst nur die Hauptterrasse neuzugestalten, die sich in westöstlicher Richtung vor dem Torhaus und dem Krautturm hinzog. Dieses ihm fremde Sichbescheiden glich der Kurfürst damit aus, daß er statt einer Hauptachse gleich zwei schaffen ließ: zwei parallele Wege, die von dem Brunnen mit den Fratzengesichtern zum Säulenbrunnen mit seiner achteckigen Beckeneinfassung hinführten und zu den Wasserbecken mit den Fontänen und Vater Rhein sowie der Großen Grotte dahinter.

»Er mag sie, wie?« meinte Carl Philipp zu Perkeo. Und der antwortete ausweichend: »Wie? – Nun, am liebsten hätte ich sie paniert und fein knusprig gebraten, mit Maronen und Pilzen garniert und dazu einen feurigen Muskateller.« Der Kurfürst verzog den Mund zu einem hämischen Grinsen, verzichtete aber darauf, eine Antwort auf seine Frage anzumahnen.

Als sie – gleich gegenüber vom Krautturm – auf der obersten Terrasse des Parks angelangt waren, kamen Lakaien gelaufen, die ihnen hölzerne Schläger brachten, mit einer Art Hammer am Ende. Denn dort war eine Bahn für das Schlagballspiel gebaut, dem man sich nun widmete. Das von den Franzosen abgeschaute Paille maille war bei Damen und Herren gleichermaßen beliebt, zwang es doch nicht zu unschicklich anstrengenden Bewegungen und brachte auch nicht in Hitze. Es gehörte mehr Geschicklichkeit als Kraft dazu, die Holzkugeln über die Bahn und durch den kleinen eisernen Bogen zu treiben, wo dem der Jubel der ganzen Gesellschaft sicher war, der dieses Zieltor als erster erreichte.

»Wie ich unlängst hörte«, sagte der Erbprinz Joseph Carl Emanuel zu seinem Schwiegervater, »ist in London jetzt eine Straße im Westteil der Stadt nach diesem Spiel benannt worden. Sie soll Pall Mall heißen, weil dort eine solche Schlagballbahn gewesen sei.«

»In Italien kennen wir das Spiel auch schon lange. Als Kind habe ich in Bologna auf der Straße Pallamaglio gespielt«, ergänzte Alessandro Galli da Bibiena den Bericht. Um sich dann, als der Kurfürst dafür kein Interesse zeigte, gleich den Gebäuderesten zuzuwenden, die an der Rückwand dieser Terrasse standen: hohe Bögen und abgebrochene Stützpfeiler, Überbleibsel von Trennwänden und Eingängen. »Warum eigentlich nicht das ehemalige Fürstenbad wiederherstellen. Daß man in diesen Ruinen noch die Geschützstände des Orléansschen Krieges erkennt, ist doch blamabel. Dabei wäre es ein Leichtes«, meinte der Baumeister, »diese Galerie mit ihren Thermen wieder aufzubauen. Die Fundamente ruhen auf gewachsenem Fels, die Stützmauer gegen den Berg ist wie für die Ewigkeit gebaut. Und Wasser, um die Anlagen wieder zu betreiben, gibt der Berg genug her.«

Doch der Kurfürst ging nicht auf seine Anregung ein. Er war ganz offensichtlich mit seinen Gedanken woanders. Und Perkeo hatte den bangen Verdacht, daß der Kurfürst immer noch bei seiner Frage war, ob er die Comtesse von Laufenburg mag. So versuchte er es mit Vorwärtsverteidigung und unterstützte schnell den Vorschlag des italienischen Baumeisters: »Ja, die Bädergrotten wieder aufzubauen und mit Badenden zu füllen, das müßte ein ganz besonderes Vergnügen sein.«

»Bäder und Badende, ein ordinäres Vergnügen«, tat Carl Philipp ihn nur kurz ab. Dann ging er weiter, und alle beeilten sich, ihm in der richtigen Reihung zu folgen.

Aufklärung über Wahrheiten

Nicht nur sehr erstaunt war er, daß der oberste Beamte des Hofes so viel Zeit für ihn hatte, er fand das vor allem auch sehr schmeichelhaft. Um so öfter ging er hin zu ihm, dem Obristkämmerer im Ruprechtsbau. Perkeo hatte noch nicht ein einziges Mal ein Zeichen von Ungeduld oder Überdruß bemerkt bei seinem Gegenüber. Der war der vollkommene Weltmann. Er wies seine Untergebenen an, nicht zu stören, wenn Perkeo zu ihm kam, und widmete sich dem ausführlichen Gespräch mit dem Hofnarren. Der sich auch stets einen plausiblen Grund für seinen Besuch einfallen ließ. Diesmal war es der beabsichtigte Auftritt des Kurfürsten in der wiederaufgebauten Universität, bei dem ihn Perkeo begleiten sollte. Und da diesem eine Universität so wenig vertraut war wie kaum etwas sonst, wollte er sich vom Freiherrn von Sickingen eine Einführung in diese fremde Welt geben lassen.

»Der Kurfürst wird auch dort von mir erwarten, daß ich ihm die Wahrheit sage. Doch scheint mir, daß es nirgendwo so schwierig ist, die Wahrheit zu erkennen, wie in einer Universität«, erklärte Perkeo sein Problem.

»Damit hat Er die Wahrheit schon beim Schopf gefaßt, Lustiger Rat«, lachte der Freiherr.

»Ich habe sie gepackt, meint Ihr, und dabei habe ich doch nichts in der Hand.«

»Ja, das ist sie, die Wahrheit.«

»Das verstehe ich nicht.«

»Das kann Er auch nicht ohne weiteres verstehen, Lustiger Rat«, setzte der Freiherr zu einer längeren Erklärung an. »Er kommt aus einem katholischen Land, in dem das mit der Wahrheit immer einfach war: Wahr ist, was mit der Lehre der heiligen römischen Kirche übereinstimmt. – Hier in der Pfalz sind die Verhältnisse viel komplizierter. Die Universität dort unten im Ort ist bereits über 300 Jahre alt. Erst lehrte sie einfach im christlichen Geiste. Dann aber kam die Reformation auch nach Heidelberg, und die Universität wurde protestantisch in ihrem Geist. Wie der Fürst, so auch das Volk und erst recht seine Universität. Das geschah unter den Kurfürsten Friedrich II. und Ottheinrich, die beide der Lehre Luthers anhingen. Dann aber kam unter ihren Nachfolgern ein anderer Geist hier im Schloß und damit auch da unten in der Stadt und der Universität zur Vorherrschaft, und das war der Geist Calvins. Die strenge Lehre des Genfer Reformators ließ das Denken und Handeln in Heidelberg strenger werden. Was zumindest für die Universität großen Gewinn einbrachte. Sie wurde weit über die Grenzen unseres Landes hinaus berühmt wegen der hohen Gelehrtheit ihrer Professoren.«

»Und das ist sie heute nicht mehr?« unterbrach Perkeo den Obristkämmerer, mit deutlicher Enttäuschung in der Stimme.

»Das ist sie heute nicht mehr – oder noch nicht wieder, so muß man es wohl sagen. Denn wie das Schloß hier und die ganze Stadt da unten fiel auch die berühmte Universität im Orléansschen Krieg den Franzosen zum Opfer. Sämtliche Gebäude wurden zerstört. Die Professoren fanden im Ausland neue Aufgaben. Gerade noch fünf von den Lehrern der Universität standen zur Verfügung, als Kurfürst Johann Wilhelm sich bemühte, den Lehrbetrieb wieder in Gang zu setzen. In Weinheim, denn in Heidelberg fehlte es zunächst an

Räumlichkeiten für eine Universität. Da die Jesuiten die einzigen waren, die Geld zum Bauen hatten, ließ er sie auf dem Gebiet der einstigen Universität ein Kollegium errichten. Dann eine Kirche, die jetzt noch ohne Turm dastehende Jesuitenkirche, und dann ein Gymnasium. Und gleich neben ihre Kirche ließ Kurfürst Johann Wilhelm schließlich ein neues Universitätsgebäude bauen, das deshalb Domus Wilhelmiana genannt wird.« Was Perkeo schon gehört hatte. Weswegen er ungeduldig weiterfragte:

»Und was hat das alles mit der Wahrheit zu tun, Obristkämmerer?«

»Wer ein Pferd einfängt, der legt ihm seinen Sattel auf, Lustiger Rat.«

»Das heißt, die Jesuiten haben unsere neue Universität gesattelt?«

»Nun, so sollte man es besser nicht ausdrücken. Tatsache ist aber, daß schon bald sieben Professoren an der Universität lehrten und heute noch lehren, die Jesuiten sind.«

»Also gilt in der neuen alten Universität jetzt eine alte Wahrheit neu.«

»Das ist sehr diplomatisch gesprochen und so gar nicht nach der Art des Lustigen Rats. Aber richtig ist es.«

»Das war ja auch nur als Vorwegnahme dessen gedacht, was Ihr gerade zu sagen im Begriff wart, Freiherr.«

»Er sollte sich die Aula der Universität genau anschauen, Lustiger Rat«, wich der Obristkämmerer auf ein weniger gefährliches Thema aus. »Ein Landsmann von Ihm, Clerici mit Namen, hat die Ausmalung der Flächen besorgt, die in der Holzvertäfelung freigelassen waren. Ansonsten ist der Bau von großer Schlichtheit. Der Kurfürst hatte nicht die Mittel zu aufwendiger Dekoration.«

Perkeo bedankte sich in aller Form für die Aufklärung, womit er aber auf sofortigen Widerspruch stieß: »Aufklärung sollte Er das lieber nicht nennen, was ich Ihm gesagt habe, Lustiger Rat. Aufklärung, das ist ein polemisches Wort, eine Kampfansage, die man neuerdings da und dort zu hören bekommt. Ich befürchte, es werden noch große Probleme auf uns zukommen im Zusammenhang mit diesem Begriff. Aber damit will ich Ihn nicht belasten, Lustiger Rat. Nur als einen gutgemeinten Rat möchte ich Ihm mit auf den Weg geben: Lasse Er das böse Wort Aufklärung einfach weg aus seinem Sprachschatz.«

Der Zwergenkönig

Fahrendes Volk auf dem Schloß. Es war Anweisung gegeben, alle Türen und Tore stets verschlossen zu halten und besonders gut auf alles zu achten, was sich fortschleppen ließ. In den Küchen wurde das Geschirr einem besonderen Wächter unterstellt, der immer wieder alles durchzählen mußte. Die Möbel und Bilder des Schlosses hatten sowieso ihre ständigen Betreuer, die jetzt zu besonderer Aufmerksamkeit aufgerufen waren. Und auf seine Kleider sollte jeder selbst ein Auge haben. Denn gerade so was könnten sie gut gebrauchen, die Leute von der italienischen Schauspielertruppe, die ihre Vorstellung auf dem Schloß vorbereiteten. Sie waren Gäste des Kurfürsten, natürlich, und deshalb mit allem nötigen Respekt zu behandeln. Doch man kannte dieses Volk der Landstraße zu gut, um sich auf ihre Beherrschung höfischer Umgangsformen zu verlassen. Komödianten, Fechtakrobaten, Musiker und Tänzer: lauter absonderliche Leute. Der genaue Kontrast zu der höfischen Gesellschaft schon in ihrem Aussehen. Von südlicher Sonne verbrannte Gesichter statt des hellgeschminkten Damenantlitzes, das à la mode war. Die Männer trugen Bärte, als wüßten sie nicht, daß man derzeit glattgeschoren ging. Alle hatten sie ihr wildes schwarzes Naturhaar an Stelle der grau oder weiß gepuderten Perücken. Ein schrecklicher Anblick. Ganz abgesehen davon, daß die Hälfte der Truppe aus Zwergen bestand, ein Kabinett der Entartung, der Häßlichkeit, der Abstrusität.

Das wenigstens war der erste Eindruck, den die vom Schloß bekamen, als die italienische Schauspielertruppe durch das Brückenhaus einzog. Eine Truppe, der ein guter Ruf vorausging, was ihre schauspielerische Leistung betraf. »Wenn ihr Spiel auch nicht zu vergleichen ist mit der ernsthaften Theaterarbeit unserer Hofschauspieler«, hatte der Kurfürst entschieden, »wir wollen uns ansehen, was sie zu bieten haben.«

Die kurfürstlichen Theaterarchitekten und Musiker, die Textdichter genau wie die Schauspieler des Hofes wurden zu bloßen Zuschauern bestimmt. Die Italiener hatten ihre eigene Bühnenmechanik mit Kulissen und Vorhängen mitgebracht. Eine Musikgruppe versprach viel Lärm zu machen. »Blitz und Donner machen wir ebenfalls selbst«, hatte der Direttore voller Stolz versichert. Auf dem Burghof wollten sie ihr Schauspiel aufführen. Doch als der Direttore den Schloßpark gesehen und die Große Grotte entdeckt hatte, war er so von diesem Platz begeistert, daß er die Aufführung dort stattfinden lassen wollte. Und der Kurfürst war einverstanden. So wurde die Große Grotte leergeräumt. Ohnehin diente sie im Moment nur dazu, unmittelbar nach der Jagd das erlegte Wild aufzubrechen und zu zerlegen.

Es war ein heller Frühsommerabend, an dem sich die ganze Hofgesellschaft vor der Großen Grotte versammelte. Der Rasen und die Wege um die Wasserbecken und die träge daliegende Statue des Vater Rhein waren vollgestellt mit Sesseln und Bänken, und vor dem Eingang zur Großen Grotte war ein Podium aufgebaut, von Tüchern umhangen, über dem sich das prächtige Portal der Grotte und dahinter der Berg erhoben. »König Laurins Verrat und Untergang« heiße das Stück, das zur Aufführung komme, erklärte der Direttore in einer kurzen und gestenreichen Vorrede. Es gehe um den Zwergenkönig Laurin, dessen Reich tief unten im Rosengartengebirge in Südtirol gewesen sei. Und dieses Portal hier hinter der Bühne sei der Eingang zu diesem geheimnisvollen Reich der Zwerge, die dort unermeßliche Schätze angesammelt hätten, über die sie eifersüchtig wachten.

Da konnte sich jeder vorstellen, wie es tief unten im Königstuhl von Gold und Silber und Edelsteinen strahlte und glitzerte. Aber noch über etwas anderes wachten die Zwerge dort, erfuhren die Zuschauer, nämlich über die schöne Künhild, die sie entführt hatten. Sie war die Schwester eines der Recken des gefürchteten Helden Dietrich von Bern, der deshalb mit seinen Mannen in das sagenumwobene Reich des Zwergenkönigs Laurin eindrang. Zunächst köpfte er nur die Rosen, weil er vergebens nach den Zwergen suchte. Dann aber stürzten die Höhlenbewohner erbost aus ihrem Versteck hervor, und es kam zu einem schrecklichen Kampf zwischen den Recken Dietrichs von Bern und den Zwergen des Königs Laurin. Nur einzelne Zweikämpfe konnte man sehen, gerade nur, was sich im Eingang zum Rosengartenmassiv und davor zutrug. Im übrigen half ein gewaltiger Schlachtenlärm in der Großen Grotte der Vorstellung von einem Kampf auf Leben und Tod tief innen im Berg. Dietrich von Bern kämpfte mit dem Zwergenkönig Laurin Mann gegen Mann. Aber das war ein ungleicher Kampf. Denn der Zwergenkönig trug einen Zaubergürtel, der ihm die Kraft von zwölf Männern verlieh. Dagegen kam selbst der heldenhafte Dietrich von Bern nicht an. Erst als sein Waffenmeister Hildebrand ihn auf diesen Zaubergürtel aufmerksam gemacht und Dietrich ihn dem Zwerg entrissen hatte, konnte er ihn überwältigen.

Der edle Ritter tötete jedoch seinen Feind nicht, sondern glaubte dem Zwergenkönig, der ihm Treue und Gefolgschaft schwor. Deshalb schenkte er ihm das Leben und ließ sich mit seinen Männern zu einem Versöhnungsmahl einladen. Dieses Festmahl fand auf dem Podium vor der Großen Grotte statt. Und manch einer aus der Hofgesellschaft, Perkeo sowieso, hätte am liebsten mitgemacht beim großen Schmausen und Bechern. Da erschien die schöne Künhild auf der Bühne, um die man so hart gekämpft hatte. Und jedermann sah, daß sie wahrhaftig einen großen Kampf wert war. Doch konnte man sich nicht lange des Sieges freuen. Plötzlich wurde klar, daß das Stück noch weiterging. Denn der tückische Zwergenkönig hatte einen Zaubertrunk unter den Wein gemischt, mit dem er seine Gäste labte. So konnten die Helden sich nicht dagegen wehren, daß sie in Schlaf fielen. Und den Zwergen war es so ein Leichtes, sie alle in Fesseln zu legen. Da waren die Befreier nun selbst zu Gefangenen geworden. Doch in der Nacht schlich die schöne Künhild zu ihnen, zerschnitt ihre Fesseln und weckte sie auf. Und es entbrannte ein erneuter Kampf, noch viel wilder als beim ersten Mal. Ein schier endloses Schwerterklirren setzte ein. Ein ungeheurer Waffengang, bei dem selbst die Naturgewalten ihren Gleichmut aufgaben und zu wilden Akteuren wurden. Es blitzte und donnerte, und es war, als ob ein schweres trockenes Sommergewitter das ganze Rosengartengebirge erschütterte.

In einem dramatischen Zweikampf gelang es Dietrich von Bern nur mit äußerster Mühe, den Zwergenkönig Laurin noch einmal zu besiegen. Anschließend wurden Laurin und seine Zwerge in Fesseln gelegt. Und während alles aufatmete, weil schließlich doch die Guten über die Bösen gesiegt hatten, erklärte der Direttore zum Abschluß, daß Dietrich von Bern den Zwergenkönig als seinen Gefangenen mit nach Hause genommen habe, wo er ihm als sein Hofnarr habe dienen müssen. Kurfürst Carl Philipp und seine Hofgesellschaft waren begeistert, nicht zuletzt, weil der Direttore es verstanden hatte, in seinen abschließenden Worten einen eleganten Bogen zu schlagen von dem großen, edlen und berühmten Dietrich von Bern zu dem ebenso großen, edlen und berühmten Kurfürsten bei Rhein. Da fühlten sich die Höflinge selbst als kampferprobte Recken, strafften ihre Haltung und schauten hart und energisch drein und vergaßen ihre Puderperücken und langen weißen Strümpfe, ihre Schnallenschuhe und engen Westen. Und die Damen des Hofes nahmen sich heimlich vor, genauso mutig und unverzagt den Gefangenen die Fesseln zu zerschneiden, wenn sie einmal entführt und ihre Befreier gefangengenommen würden. Nur Perkeo wußte nicht so recht, wie er sich fühlen sollte, als er nach der Vorstellung dem allgemeinen Geplauder auswich und sich schnell auf sein Zimmer zurückzog. Er sei auch ein Zwergenkönig, hatte der Kurfürst zu ihm gesagt. Und die Freifrau von Kageneck hatte dazwischengerufen: »Die Kraft von zwölf Männern hat er ja.«

»Aber wo hat er denn seinen Zaubergürtel?« hatte eine der Damen gefragt. Und schon hatten Frauenhände an seinem Gürtel genestelt.

Das war zuviel gewesen für Perkeo. Schon dieser Anblick einer ganzen Schar von Zwergen. Und was für häßliche Gestalten darunter waren. Wer bin ich denn, daß ich mit solchen hergelaufenen Gauklern gleichgestellt werde? Ich werde dem Kurfürsten sagen, gleich morgen schon, daß ich so wenig mit diesen Kretins gemein habe wie er mit Dietrich von Bern.

Perkeo als Maître de plaisir

Er hatte sich einen größeren Spiegel erbeten, und prompt wurde einer beschafft. Der Handspiegel, mit dem Perkeo sich bisher beholfen hatte, genügte für seine neuen Übungen nicht mehr. Damit hatte er zwar seine Grimassen einstudieren können, auch sein Dackelgesicht und den Eulenblick: ein Auge zu, ein Auge offen, dann umgekehrt und dann beide zu. Aber schon wenn er sich mit beiden Händen die Backen breit zog, konnte er die Wirkung nicht mehr im Handspiegel kontrollieren.

Ganz abgesehen von seinen Hüpfsprüngen und den Verrenkungen, die er die schwangere Kobra, vordere Hälfte, nannte.

Es war ja gar nicht so einfach, immer wieder Heiterkeit hervorzurufen. Auf immer wieder neue Art dieselben Leute zu erfreuen. Denn seine Zuhörer und Zuschauer fanden viel zu schnell immer alles schon bekannt. Ständiger Programmwechsel war angesagt. Da half Perkeo seine angeborene Schlagfertigkeit, sein Mutterwitz, womit er aus jeder Situation auf Anhieb ein Erlebnis machen konnte. Aber Carl Philipp wollte nicht nur mit witzigen Bemerkungen unterhalten werden – für witzig hielt er sich selbst – und schon gar nicht nur mit Witzen, die Perkeo überall begierig aufschnappte und sich gut einprägte, um sie – meist leicht abgeändert – in sein Repertoire aufzunehmen. Manchen Abend schon hatte er seinem Fürsten verschönt mit den Geschichten seiner Südtiroler Heimat, die er noch von seiner Mutter gehört hatte. Dem Kurfürsten war es gleich, woher die Geschichten stammten, die Hauptsache, sie lenkten ihn von seinen Staatsgeschäften ab und verkürzten ihm die langen Abend- und Nachtstunden.

Perkeo, der Maître de plaisir, hatte die Spiele seiner Kindheit auf dem Heidelberger Schloß gesellschaftsfähig gemacht. Da quietschten und prusteten die Damen und Herren vor Vergnügen beim Blinde-Kuh-Spielen, beim Figurenwerfen wie beim Bockspringen. Bei den sehr beliebten Pfänderspielen wurde ein Kleidungsstück nach dem anderen als Pfand abgeliefert.

Aber man hatte ja so viel um und an. Da dauerte es den meisten viel zu lange, bis es so richtig ans Verteilen der Preise ging: Zunächst ein Küßchen und dann die Damen selbst, mit den Zimmerschlüsseln, die als letztes zu gewinnen waren. Man war nicht zimperlich, die Damen schon gar nicht. Das Leben ist kurz, sagte einer dem anderen. Und versuchte auf jede Art, intensiver zu leben, wenn man es schon nicht verlängern könnte. Was natürlich auch manchen Streit verursachte, manchen Haß und manche Enttäuschung, was alles bekanntlich das Leben eher zu verkürzen als zu verlängern geeignet ist.

Der Hofnarr gab zu allem den Segen mit seinem: »Perche no.« Aber während man glücklich war mit seinen immer neuen Einfällen, mußte er sich immer wieder auf sein Zimmer zurückziehen und neue Grimassen, neue Verrenkungen, neue Tollpatschereien einüben. Der neue Spiegel war so groß wie er selbst. Zwar nicht aus einem Stück, sondern aus mehreren Rechtecken zusammengesetzt. Doch verstärkte das zerstückelte Spiegelbild nur noch die komische Wirkung, wenn Perkeo den Spiegel an der Wand stehen hatte und vor ihm herumhopste. Er konnte bald den Gang wie die Stimme des Kurfürsten und der wichtigsten Hofleute perfekt nachahmen. Und wenn er sich in ausgeliehenen Stöckelschuhen und Weiberröcken herausputzte, bewegte er sich so geziert wie die vornehmste Hofdame: Kein Schritt war mehr zu erkennen, der gewaltige Reifrock schob sich übers Parkett wie auf Kufen.

Der italienischen Komödiantentruppe hatte Perkeo den unblutigen Schwertkampf abgeguckt. Er ließ den Schmied leichte und stumpfe Blechschwerter anfertigen, die wunderbar hell klangen, wenn sie aneinandergeschlagen wurden, mit denen man sich aber kaum verletzen konnte. Was er auf der Bühne gesehen hatte, das untermauerte er noch mit Hilfe eines Anleitungsbuches für den Fechtkampf.

Bald hatte er es heraus, in vorbildlicher Haltung einen Ausfall zu machen oder einen Angriff zu parieren. Das Kunststück war, so zu tun, als wolle man den Tod des Gegners, und ihn doch kaum zu berühren mit der stumpfen, weichen Klinge. Für Carl Philipp war dieser Einfall ein herrliches Spiel. Halbe Nächte lang focht er mit seinem Hofnarren und fühlte sich in seine Heldenzeit zurückversetzt, in die Türkenkriege – wenn sie nicht Dietrich von Bern gegen König Laurin spielten.

Der teure Spiegel zahlte sich für den Kurfürsten also schnell aus. Er lachte Tränen über die neuen komischen Tanzschritte, die sein Hofnarr sich einfallen ließ und die er dann gleich der Hofgesellschaft beibrachte. Ein strenger Zuchtmeister, der mit seinem Narrenzepter nachhalf, wenn ein Bein, sei es herrlich oder dämlich, wie er zu sagen pflegte, nicht so schwungvoll in Bewegung kam, wie Perkeo sich das ausgedacht hatte. Was er aber nicht von den Hofleuten verlangte, das war auf den Händen zu laufen. Das entwickelte er zu seiner Spezialität. Dabei stieß er dann noch allerlei Tierlaute aus, so perfekt, daß die Schoßhündchen der Damen sich in Panik unter die Röcke flüchteten und sich auch mit den süßesten Lockrufen nicht mehr hervorholen ließen. Dabei konnte Perkeo die Lockrufe der Damen wirklich so gut nachahmen, mal im schrillsten Falsett, mal verderbt guttural oder mit matronenhafter Altstimme, daß ihm normalerweise alle Hunde nachliefen, wenn er sie rief. Aber einen auf dem Kopf stehenden Hofnarren, der wie eine Kuh brüllte oder wie ein Pferd wieherte, das konnten die verzärtelten Hündchen nicht ertragen.

Eine besondere Attraktion für den Hof war die innige Freundschaft, die Perkeo mit dem großen Mandrill Ruperto verband. Er hatte dem Affen, der zur kurfürstlichen Menagerie gehörte, diesen Namen gegeben. Und das kluge und friedfertige Tier revanchierte sich für diese hohe Auszeichnung mit besonderer Anhänglichkeit. So wurde es oft aus seinem Käfig befreit und – von dem kleinen hohen Herrn an der Kette geführt – bald im ganzen Schloß ein beliebter Gast. Der Freiherr von Sickingen meinte gar: »Der Mandrill Ruperto ist das Wappentier unseres Lustigen Rats und damit das genaue Pendant zum pfälzischen Löwen im Wappenschild unseres geliebten

Herrn.« Und Perkeo war nicht wenig stolz auf sein heraldisches Attribut. Wenn es auch viel Unsinn machte, nach allem grapschte, dabei vieles zu Bruch gehen ließ und die Frauen mit seinen unschamhaften Bewegungen erschreckte – oder amüsierte, da gab es solche und solche.

Violanta Theresia, die schöne Gräfin Thurn und Taxis, war es, die es eines Tages für angebracht hielt, den Hofnarren darüber aufzuklären, daß der Affe als Symbol der Häßlichkeit, der Eitelkeit und Schamlosigkeit gelte. »Und als Symbol der Lüsternheit auch, Lustiger Rat.«

»Und warum sagst du mir das, Gräfin?«

»Nun, weil Er so stolz ist auf Sein Wappentier, kleiner großer Dummkopf Er.«

»So stolz, wie du bist, neunmalkluge Schöne, bei jedem, den du lüstern machst – und dann dumm dastehen läßt.« Woraufhin sie ihn natürlich einfach stehenließ und sich mit heftig rauschenden Kleidern entfernte.

Daß sein neuer Freund Ruperto die Leute vom Schloß nicht nur erfreute, sondern auch provozierte, machte ihn für Perkeo besonders wertvoll. Pater Staudacher beispielsweise ließ sich sogar dazu hinreißen, ihm so etwas wie einen Vortrag über den Affen als besonders verabscheuungswürdige Kreatur zu halten. »Der Affe ist notorisch faul«, dozierte der Kirchenmann. »Und zu nichts nütze ist er. Deshalb paßt er zu Ihm, Lustiger Rat. Bei aller Ähnlichkeit mit dem Menschen ist doch die göttliche Gnade ihm versagt geblieben, die Gnade, die uns vor allen Tieren auszeichnet. Darum hat der Affe wie jedes andere Tier nichts gemein mit dem Menschen. Allenfalls mit dem Narren, der deshalb ja auch als Schluraffe bezeichnet wird, als schludriger, fauler Affe. Ich denke, Er versteht, was ich meine, Lustiger Rat. Er lebt ja selbst wie Sein Affe im Schluraffenland, in einem Narrenparadies, ohne Pflichten, ohne Verantwortlichkeit, ohne …«

»Ohne alles, meinst du.«

»Ja, ganz richtig, ohne alles.«

»Was den nicht zu unterschätzenden Vorteil hat, Pater«, lachte ihm der Zwerg frech ins Gesicht, »daß ich mir deine langweiligen Predigten nicht anzuhören brauche.« Und war schon weg, noch ehe der Pater den Mund zubekam.

Bücher haben ihre Schicksale

Der kleine Thronrat, zu dem Perkeo natürlich nur inoffiziell gehörte, tagte im Friedrichsbau, in dem Salon mit dem weißen Kachelofen. Carl Philipp hatte seine wichtigsten Berater um sich versammelt, um ihnen die Frage vorzulegen, was für und was gegen den Wiederaufbau des Bibliotheksgebäudes spräche. Ihn störten, gab er unumwunden zu, die Ruinen, die den Schloßhof im Westen flankierten. Er wolle und könne nicht zwischen Ruinen residieren, sagte er. Was ihm jeder in der Runde glaubte. Kannte man ihn doch sowohl als einen Ästheten als auch als einen Menschen, dem die Selbstinszenierung über alles ging. Er wolle die Bibliothek wiederaufbauen, gab Carl Philipp schon gleich zu Beginn der Beratung bekannt. Und sein weitergehender Plan, auf dem Gelände des Stückgartens und des westlichen Burggrabens einen neuen großen Palast zu errichten, werde dadurch nicht beeinträchtigt. Die Bibliothek solle als ein erster Teil dieses Palastes vorgezogen werden.

»Und was wollt Ihr in der Bibliothek aufbewahren, Durchlauchtigst?« fragte der Jesuitenpater Staudacher. Damit spielte er schonungslos auf die Tatsache an, daß die berühmten Buchbestände der Pfälzer ja schon im Dreißigjährigen Krieg nach Rom weggeführt worden waren. Seit nunmehr fast neunzig Jahren gehörten sie zur Vatikanischen Bibliothek.

»Als unser Beichtvater weiß Er ja wohl, wie eng unser Verhältnis zur heiligen katholischen Kirche ist und daß wir deshalb wohl darauf hoffen dürfen, vom Heiligen Vater das wiederzubekommen, was hierher gehört.«

»Teufelszeug ist es«, ereiferte sich der Pater, »was unser gütiger Vater in Rom unter Verschluß hält. Teufelszeug. Wie sollte er es jemals für richtig erachten, Euch, Durchlauchtigst, und Eure Landeskinder durch solche Bücher ins Verderben zu führen?«

»Was können uns Bücher anhaben«, tat der Kurfürst ihn kurz ab, mußte sich dann aber doch den Widerspruch seines Hofkanzlers, des Freiherrn von Hallberg, anhören: »Mir scheint, den Einfluß von Büchern kann man nur immer unterschätzen. So daß mir das Argument des Paters nicht ganz abwegig zu sein scheint.«

»Solange ein Platzbedarf für vorhandene Buchbestände nicht zu sehen ist – und ich sehe ihn allerdings nicht –, solange verbietet es sich aus Gründen der Ökonomie, ein eigenes Gebäude für eine

Bibliothek zu bauen«, gab der Obristhofmarschall Graf Globen zu bedenken.

»Und was meint Er dazu, Sickingen?« wandte der Kurfürst sich an seinen Obristkämmerer.

»Graf Globen hat eine Reihenfolge genannt, die berücksichtigt zu werden verdient. Genau wie das Bedenken, das der Pater geäußert hat«, meinte der erfahrene Hofmann vorsichtig. »Mein Vorschlag wäre deshalb, zunächst einen Vorstoß beim Heiligen Stuhl in Rom zu machen, um festzustellen, wie die Einstellung zur Frage einer Rückführung der Buchbestände ist. Bis zu ihrer Realisierung wäre dann immer noch genügend Zeit für den Wiederaufbau des Bibliotheksgebäudes, an dem mir selbst zugegebenermaßen auch sehr gelegen wäre, Durchlauchtigst.«

»Und als einzigem mir hat Er gar nichts Freundliches zu sagen, Freiherr?« meldete sich Perkeo schnell zu Wort, unmittelbar bevor der Kurfürst sagte: »Wir werden in dieser Weise verfahren. Flemal wird aber ungeachtet der noch offenen Frage, wie der Heilige Stuhl sich verhält, schon die Pläne für den Wiederaufbau der Bibliothek erstellen. – Die Beratung ist beendet.«

Perkeo schloß sich beim Hinausgehen dem Freiherrn von Sickingen an. Er hatte zu deutlich zu spüren bekommen, daß diesmal sein Rat nicht erwünscht war. Weil ich davon keine Ahnung habe, mußte er sich selbst eingestehen. »Das müßt Ihr mir erklären, Freiherr«, sagte er, »wieso unsere Bibliothek in Rom ist und wieso sie als Teufelszeug zu bezeichnen ist.« Was der Obristkämmerer gern zu tun versprach. Er solle nur gleich mit hinübergehen in den Ruprechtsbau. Auf dem Hof blieb Perkeo einen Moment stehen und deutete zu dem Erker hinauf, der an der Bibliotheksruine hing. »Dort möchte ich schon gerne stehen und das ganze Leben und Treiben hier auf dem Hof von oben als der Größte betrachten können«, meinte Perkeo. »Schon deshalb bin ich für den Wiederaufbau.«

»Ich hätte wohl auch gerne dort oben gestanden, und das vor hundert Jahren«, meinte der Freiherr. »Damals war diese Bibliothek das Großartigste, was es in deutschen Landen gab. Ein unermeßlicher Schatz an Büchern und Handschriften hätte mir dann zur Verfügung gestanden, fast das gesamte Wissen der Neuzeit und der alten Zeiten dazu. Philosophisches, theologisches und mathematisches Wissen, genau wie die Erkenntnisse über unsere Erde und den Kosmos. Daneben viele praktische Anweisungen für die Jagd, die Pflanzenzucht, die Behandlung von Krankheiten und dergleichen mehr. Werke in deutsch, lateinisch und griechisch. Dazu eine umfangreiche Sammlung arabischer Schriften, in denen sich das Wissen des klassischen Altertums widerspiegelte.«

»Und woher kam all das? Und wieso gerade hierher, nach Heidelberg?«

»Das hing mit der Gründung der ersten Universität auf deutschem Boden zusammen«, erklärte der Obristkämmerer in seiner geduldigen Art. »Nachdem Kurfürst Ruprecht I. im Jahre 1386 die Universität Heidelberg gegründet hatte, begann das große und nimmer endende Büchersammeln. Damals waren die wenigen Bücher nur den Professoren zugänglich, die Studenten mußten sich selbst Abschriften anfertigen. Das geschah nach Diktat, und zwar am Sonntag, wenn keine Vorlesungen waren. Nach dem Tode des Kurfürsten Ludwig III. kamen viele Bücher hinzu, die der sehr literaturbeflissene Fürst seiner Universität vermacht hatte. Als Aufbewahrungsort für den ständig wachsenden Buchbestand wurden in der Heiliggeistkirche an beiden Seiten des Langschiffs Emporen eingebaut. Dort waren die Bücher, riesige Folianten meist mit schweren Holzdeckeln, auf langen Reihen von Pulten ausgelegt, jeweils mit einer Kette an dem Lesepult befestigt. Daneben wurde es bereits damals eine schöne Tradition, daß der Kurfürst selbst eine stattliche Büchersammlung hatte. Dafür wurde unter dem großen Baumeister Ludwig V. der Bibliotheksbau errichtet. Der eifrigste Büchersammler war dann der Kurfürst Ottheinrich, schon fast ein Bibliomane. Am Ottheinrichsbau, dem Palast, den er für sich selbst gebaut hat, sieht man ja, was für ein kunstbegeisterter Mensch dieser Fürst war. An den Plastiken der Fassade läßt sich sogar ungefähr ablesen, womit er sich vor allem beschäftigte. Da sind die Helden des Alten Testaments genauso vertreten wie die griechischen Götter, und Glaube, Liebe und Hoffnung werden von den Darstellungen der Stärke und der Gerechtigkeit eingerahmt. Das ist alles nicht zufällig, muß Er wissen. Der Kurfürst Ottheinrich war einfach vernarrt in die Wissenschaften. Er kaufte mehr Bücher als seine finanziellen Verhältnisse zuließen. Schon auf seinem Schloß Neuburg an der Donau hatte er sich so hoch verschuldet, daß die Landstände ihn schließlich zum Rücktritt gezwungen hatten – gegen einen Schuldenerlaß. Als Kurfürst glaubte Ottheinrich sich erst recht nicht zurückhalten zu müssen. Was er an Büchern nicht kaufen konnte, das lieh er aus – und gab er dann nie mehr zurück. Und ob er den Schritt vom katholischen Glauben zum Protestantismus vielleicht auch aus der Überlegung heraus getan hat, daß er danach die Klöster auflösen und ihre Bibliotheken beschlagnahmen könnte, das ist durchaus der Erwägung wert. Jedenfalls hat ihm dieser Schritt bedeutende Buchbestände eingebracht. Überm Lesen, Essen und Trinken wurde Ottheinrich übrigens so umfänglich und so unbeweglich, daß er nur im provisorisch hergerichteten Parterre des Ottheinrichsbaus wohnen konnte. Denn die Treppen waren viel zu eng für ihn. Das Bildnis des gewichtigen Fürsten, das Er heute noch über dem Eingang des Palastes bewundern kann, Lustiger Rat, spricht Bände. Der Kurfürst lebte vor allem in einem Stadthaus unten am Kornmarkt und ließ sich nur hin und wieder aufs Schloß hinauftragen, in einer Sänfte, stets einen schweren Folianten in den Händen.«

»Dabei hatten die Träger doch schon gerade genug zu schleppen, wenn er so dick war«, unterbrach Perkeo den Freiherrn lachend.

»Dick, ja, das kann man wohl sagen«, fuhr der von Sickingen in seinem Bericht fort. »Auf uns ist eine Strickjacke des Kurfürsten Ottheinrich überkommen. Danach hatte er einen Brustumfang von zwei Meter zwanzig. Seine Leibesfülle war denn auch der Grund dafür, daß der Kurfürst hier nur drei Jahre zu regieren hatte. Dann starb er. Viel zu früh. Mit nur 57 Jahren. Dieser großartige Fürst war so besorgt um die Bibliothek, daß er in seinem Vermächtnis genaue Anweisungen gab, wie sie weiterhin zu pflegen und auszubauen wäre. So schrieb er vor, daß in jedem Herbst auf der Frankfurter Messe für 50 Gulden Bücher zu kaufen seien. Nach seinem Tode vor nunmehr 160 Jahren haben sich seine Nachfolger an diese Bestimmung gehalten. Sie haben die Bestände vermehrt und die ganze Bibliothek katalogisieren lassen. Bald war die Bibliotheca Palatina, wie sie genannt wurde, so berühmt, daß sogar der Papst in Rom sich Abschriften der Bücherverzeichnisse beschaffte. Und mit den Verzeichnissen war man dann eines Tages nicht mehr zufrieden. Anfang des Dreißigjährigen Krieges, als Heidelberg von den katholischen Truppen besetzt war, sandte Papst Gregor XV. einen Päpstlichen Nuntius an den Neckar, der genaue Listen der Buchbestände bei sich hatte und den Auftrag, alles in Kisten zu verpacken und nach Rom zu bringen. Der Mann hatte es nicht leicht, diesen Auftrag auszuführen. Denn die Heidelberger wehrten sich dagegen in einhelliger Ablehnung. Leute, die selbst noch nie ein Buch in der Hand gehabt hatten, verteidigten nun eine Bibliothek, indem sie dem päpstlichen Gesandten keine Wohnung vermieteten. Erst das Eingreifen des Feldherrn Tilly half ihm, in Heidelberg Fuß zu fassen. Doch das Verpacken der Schätze bereitete weitere Schwierigkeiten. Da die Heidelberger ihm kein Kistenholz verkauften, mußte er schließlich das Kirchengestühl zersägen, um seinen Auftrag durchführen zu können. Doch halfen alle Verzögerungen letztlich nichts. Im Februar des Jahres 1623 begann unter militärischem Geleit der Abtransport der über 8000 Bände, die in 184 Kisten auf 50 Pferdewagen verladen waren. Erst im August kamen sie in Rom an. Da war der büchergierige Auftraggeber, Papst Gregor XV., schon gestorben.«

»Das geschah ihm recht«, mußte Perkeo seiner Empörung Luft machen.

»Ja, aber das nützte den Kurfürsten bei Rhein auch nichts. Denn die Päpste stellen sich bis heute taub für alle Appelle, die Bibliothek wieder zurückzugeben. Nur das Tagebuch Friedrichs IV., das gaben sie einem Abgesandten von Kurfürst Carl Ludwig mit nach Hause. Die Notizen über seine Besäufnisse – ›wie kam gestern ich ins Nest? Bin, scheint's, wieder voll gewest‹ – paßten offenbar nicht in den vatikanischen Rahmen.«

»Aber die anderen Bücher, die man zurückhielt, wieso bezeichnete Pater Staudacher die als Teufelszeug?«

»Sicher ein viel zu hartes Urteil, das der Pater da abgegeben hat«, antwortete der Obristkämmerer. »Natürlich atmen viele der Bücher den Geist des Protestantismus, auch direkt calvinistischen Geist. Aber das sind Glaubensfragen, die man nicht als Teufelszeug bezeichnen sollte. Und all die Schriften aus dem Altertum, die spiegeln einfach das Wissen der vorchristlichen Zeit wider. Was unsere heilige Kirche als heidnischen Geist bezeichnet. Und wogegen sie stets unnachsichtig vorgeht. Insofern hat die Bibliotheca Palatina noch Glück gehabt, weil sie nur in Rom unter Verschluß genommen wurde. Die andere berühmte Bibliothek, die das gesamte Wissen des Altertums enthielt, die Bibliothek von Alexandria in Ägypten, wurde von einem Bischof einfach niedergebrannt, statt sie einzupacken und wegzuschleppen.«

»Mein Gott«, seufzte Perkeo, »man kann ja fast froh sein, daß man nur ein Mensch und kein Buch ist.«

Liebe ist … manchmal recht verwirrend

Erst als er sie im Stückgarten traf, zufällig, wurde ihm bewußt, daß er sie lange nicht mehr gesehen hatte. Seine kleine Comtesse, wie er sie gern nannte, obwohl sie genau anderthalbmal so groß war wie er. Aber so jung mit ihren siebzehn Jahren, sagte Perkeo sich, daß sie für einen ernsthaften Mann eigentlich nur ein Spielzeug sein kann. Oder überhaupt kein Umgang. Doch in dem Moment, als er sie durch das Elisabethentor auf sich zukommen sah, allein, genau wie er selbst, ging ihm auf, daß sie für ihn weit mehr als ein Spielzeug war. Dieses sonderbar heiße Gefühl, das einen plötzlich überfällt, was soll das denn, fragte er sich ärgerlich. Aber dann sprach sie ihn auch schon an, und der aufsteigende Ärger fand keine Zeit mehr, sich einzunisten. Sie war so unkompliziert freundschaftlich wie immer, und doch hatte Perkeo den Eindruck, daß irgendwas nicht wie immer war.

Was er so treibe, fragte sie. Und er war ihr dankbar für die Gelegenheit, ihr zu sagen: »Ich muß ein wenig auslüften. Ich war im Thronrat und dann noch in einer Besprechung mit dem Freiherrn von Sickingen.«

»Ach ja, was gibt's denn Neues?«

»Nichts, was ich dir erzählen könnte, Comtesschen. Politik, nur Politik.«

»Politik. Als ob es nichts Wichtigeres gäbe.«

»So, es gibt Wichtigeres? Was denn zum Beispiel?«

»Sieh dir diesen schönen Torbogen an. Den ließ Kurfürst Friedrich V. seiner Frau Elisabeth Stuart zur Freude errichten, in einer einzigen Nacht. Als sie am Morgen aufwachte, drüben im Englischen Bau, und aus dem Fenster sah, in den Stückgarten hinaus, da stand dort dieses Tor, als Geburtstagsgeschenk für sie. Das war nicht Politik, das war Liebe.«

»Zugegeben, das hatte mit Politik nichts zu tun, denn der Kurfürst war ja längst mit ihr verheiratet. Er brauchte also keinen Aufwand mehr zu treiben, um sie zu gewinnen. Aber ob es deshalb was mit Liebe zu tun haben muß? Da gibt es doch noch andere mögliche Erklärungen«, tat Perkeo überlegen.

»Und welche?«

»Ich sage nur: Renommage.«

»Sie wollte renommieren?« fragte die Comtesse entrüstet. »Wie kannst du der armen Elisabeth so etwas unterstellen?«

»Nicht ihr, nein, aber ihrem Friedrich.«

»Und woher willst du das wissen? War es etwa das, worüber ihr im Thronrat gesprochen habt?«

Da nahm Perkeo seine wütende Geliebte an die Hand und ging mit ihr zum Elisabethentor, stellte sie einmal auf die eine Seite und einmal auf die andere Seite vor das Gemäuer und hieß sie, sich das Bauwerk ganz genau anzusehen. »Ist dir was aufgefallen?« fragte er dann. Und als sie nur achselzuckend dastand und stumm blieb, erklärte er: »Hier auf der Seite, die Elisabeth sah, wenn sie am Morgen aus dem Fenster schaute, ist der Torbogen völlig schmucklos. Auf der anderen Seite, also auf der, die sie nicht sehen konnte, die aber jeder Besucher sah, der auf das Torhaus mit der Zugbrücke zuging, da ist der Bogen reich verziert mit Steinmetzarbeiten. Sieh nur, da oben die beiden pfälzischen Löwen, die den Reichsapfel zwischen den Vorderpfoten halten. Und darunter Flora, die Göttin der Blumen, und Pomona, die Göttin des Obstes, mit ihren Füllhörnern.« Voller Stolz brachte er das an, was ihm erst vor wenigen Tagen der von Sickingen erklärt hatte. – »Und nun behaupte nur nie mehr, Friedrich habe dieses Tor seiner Frau zuliebe errichtet.«

Die Comtesse war so verblüfft von dieser Beweisführung, daß sie nur dumm fragen konnte: »Ja, aber wem zuliebe wohl sonst?«

»Natürlich sich selbst zuliebe. Die Eigenliebe, Comtesschen, ist die einzig wahre Liebe.«

»Pfui, Clemens, das ist ein garstiges Wort!« Damit riß sie sich von seiner Hand los und rannte davon, zum Schloßhof zurück. So daß Perkeo ihr nur noch nachrufen konnte: »Die Wahrheit ist immer garstig!« Ihr nachlaufen aber, nein, das wollte er nicht. Was auch nicht nötig war. Denn die schöne Comtesse ließ ihn auf andere Weise erfahren, was sie ihm Unschönes zu sagen hatte.

Als Perkeo am späten Abend in sein Zimmer im obersten Stock des Friedrichsbaus trat, ziemlich außer Atem vom Treppensteigen, da fand er auf dem Boden ein Briefchen, das unter der Tür durchgeschoben worden war. Er konnte noch schnell den Fuß draufstellen und mußte dann wie angewurzelt stehenbleiben, damit die neue Hilfsköchin, die er mit auf sein Zimmer nehmen wollte, nichts merkte. Das Mädchen war ihm jetzt lästig. Der Brief war viel reizvoller. Und die Neugier siegte: Er schickte die Hilfsköchin weg, er habe nun doch keine Zeit, ein anderes Mal ganz sicher, und zog sich dann mit dem Briefchen allein zu seiner Kerze zurück. Von der

Comtesse, sah er. Und dann las er, sie sei maßlos enttäuscht von ihm. Ohne sich mit einer Anrede aufzuhalten, hatte sie das einfach so hingeschrieben. Und dann kam die Erklärung: Was er über die Liebe gesagt habe, das sei niederschmetternd. Und die Behauptung, die Eigenliebe sei die einzig wahre Liebe, sei einfach infam. Zu so einer Einstellung passe es, daß er sie erst kürzlich der Lächerlichkeit preisgegeben habe, nämlich als der Kurfürst sie gefragt habe, um was sie bete, und sie ehrlich geantwortet habe, darum, daß ihr Mann ein so gütiger Mensch sein möge, wie der Kurfürst einer ist. »Statt ein gutes Wort für mich bei seiner Durchlauchtigst einzulegen, hast du mich verhöhnt, ich überfordere damit den Himmel. Das hatte ich ganz schnell wieder vergessen wollen, aber seit heute weiß ich, daß du mich nicht liebst, daß du nur dich selbst lieben kannst. Und deshalb will ich nicht mehr, daß du zu mir kommst. Nie mehr! Und Er soll mich auch nicht mehr ansprechen, wenn wir uns begegnen, verstanden!«

Ein wenig verwischt war die Schrift an einigen Stellen. So als wären Tränen auf das Blatt gefallen. Was Perkeo nun doch mehr betroffen machte, als es ihn belustigte. Wenn da nicht statt einer Unterschrift sauber geschrieben ihr Name unter das Briefchen gesetzt worden wäre, mit vollem Titel: Comtesse Dorothee von Laufenburg. Und wenn daneben nicht der Abdruck ihrer geschminkten Lippen auf das Papier gebracht worden wäre. Jetzt bin ich genauso verwirrt wie das Comtesschen, konstatierte er. Dagegen muß man was tun! Und da er es nicht richtig fand, jetzt sofort zu ihr zu gehen, und es als sehr übereilt bedauern mußte, die kleine Hilfsköchin weggeschickt zu haben, blieb ihm nur eins: Er wandte sich dem privaten Weinvorrat zu, den er unterm Bett hatte. Gansfüßer, überlegte er, oder Harthengst? Um sich schließlich für den Mittelweg zu entscheiden für den Räuschling.

Große Vorbereitungen

Ein Sommerfest, wie es noch keines gegeben hatte, sollte auf dem Altan hinter dem Friedrichsbau gefeiert werden. Ein Fest, das mit seinem besonderen Glanz Ehre einlegen würde für den Kurfürsten. Ein Fest, von dem man an den Fürstenhöfen Europas schwärmen würde. Eine Menge Gäste von hohem und niederem Adel würde erscheinen. Und natürlich die Geistlichkeit von nah und fern. Auch die Bischöfe von Speyer und Worms hatten sich bereits angesagt. Selbstverständlich erwartete der Kurfürst, daß sein Hofnarr wieder einmal über sich selbst hinauswachsen werde. Vor allem sollte er die dem Mandrill Ruperto beigebrachten Kunststücke vorführen. Einer von vielen Programmpunkten.

Carl Philipps Idee, den Hofdichter Giorgio Maria Rapparini, der bisher für die Libretti der Hofopern und Hofschauspiele verantwortlich war, ein großes Festgedicht schreiben zu lassen, brachte den Dichter in produktive Verzückungen. Schon Wochen bevor das Fest begann, ließ der Dichter sich die köstlichsten Formulierungen auf der Zunge zergehen, mit denen er die Zelebrität angemessen besingen würde. Er ging wie ein Nachtwandler durchs Schloß, ohne zu sehen, wem er begegnete. Und er streifte einsam durch die Wälder hinter dem Schloß und scheuchte mit seinem lauten Deklamieren die Hasen und Rehe auf. Daß sie vor ihm Reißaus nahmen, störte ihn nicht. Das nahm er auch nicht persönlich. Das war ja ihre Natur. Und mit Natur hatte er es nicht, sein Metier war die Kultur.

Rapparini hatte sich untertänigst bedankt beim Kurfürsten für den neuen ehrenden Auftrag. Und dann hatte er es gewagt, um einen neuen Überrock zu bitten, damit er zu diesem Anlaß nicht sein mottenzerfressenes Wams tragen müßte, was ja weiß Gott nicht … Der Kurfürst hatte ihn in seiner Huld unterbrochen und die Anweisung gegeben, ihm einen neuen Überrock zu beschaffen. »Aus gutem Tuch«, hatte er gesagt. Und der Dichter war überglücklich gewesen. Und stolz auf seinen Mut vor Fürstenthronen. Ein erhebendes Gefühl, das wenigstens so lange anhielt, wie er Perkeo nicht sah. Doch als er auf den Hofnarren traf, in der Brunnenhalle, da brach das schöne Gefühl ohnmächtig in sich zusammen. War doch nicht zu übersehen, daß der Narr ihm vorgezogen wurde. In Samt und Seide gekleidet und fast immer an der Seite des Kurfürsten, den er sogar duzen durfte und dem er sagen konnte, was er wollte. Privilegien, die eher ihm, dem Mann der Kunst, zugestanden hätten. Aber so ist die Welt nun einmal, ohne alles Verständnis für die wahren Werte.

»Lustiger Rat«, sprach Rapparini den Hofnarren sofort an, um einer bösartigen Bemerkung aus dessen Lästermaul zuvorzukommen, »setzt Euch einen Moment zu mir. Ich finde, diese schöne Halle ist wie dafür geschaffen, Leuten wie uns beiden kühlen Schatten zu spenden.«

»Perche no, Dichter. Deine Aufmerksamkeit zu erregen, ist ja schon halbwegs, in die Unsterblichkeit einzugehen.«

Der Dichter überhörte den Spott und streichelte liebevoll eine der grauen Granitsäulen. »Ist der Gedanke nicht wahrlich erhebend, daß diese Säulen von Römerhand geglättet wurden und ...«

»Ja, von den Händen der Sklaven der Römer«, unterbrach Perkeo ihn, »die sie für einen Palast in Rom oder Ravenna rundschleifen mußten.«

»Und daß die Augen des großen Kaisers Carolus wohlwollend auf diesen unverwüstlichen Granit geschaut haben, als die Säulen noch in seiner Kaiserpfalz zu Ingelheim gestanden haben.«

»Ja, etwas muß immer schon von früher sein, damit die Herrscher dieser Welt sich wohlfühlen können. So wie der Hahn einen Misthaufen braucht, wenn ihm nach Krähen zumute ist.«

»Ihr habt eine Art, die Dinge zu sehen, Lustiger Rat, die ...«

»Die sich vielleicht nicht so gut anhört wie deine, Dichter, dafür aber mehr mit der Wirklichkeit zu tun hat. Ich sehe, wenn ich diese Säulen betrachte, die Hauptstützen der Macht unseres Fürsten. Diese halbe Säule dort, das bin ich beispielsweise.«

»Und wo sieht Er mich, Lustiger Rat?«

»Tut mir leid, Dichter, aber das Säulchen, das dich darstellte, ist beim Transport verlorengegangen, einfach durch eine Ritze der Transportkiste gefallen.«

»Über mein trauriges Los als Dichter spotten kann ich selbst«, erwiderte Rapparini resignierend.

»Aber nein, das ist meine Aufgabe«, widersprach Perkeo lebhaft. »Deine Berufung ist es zu verherrlichen, Dichter.«

»Ich wollte, Er würde nicht gar so viel Wert auf das legen, was uns unterscheidet und mir längst deutlich genug ist, sondern mehr auf das sehen, was wir gemeinsam haben, Lustiger Rat.«

»Wie du willst, Dichter. Ob Lorbeerkranz oder Narrenkappe – wir packen beide den Verstand ein, damit er nicht zu sehr stört. Und wir erfreuen uns und andere mit unserem Wortgeklingel, reden aufs Geratewohl ...«

»Und denken oft ganz anders, als wir reden«, vollendete der Dichter den Satz.

»Langsam, langsam, Dichter, nur nicht vorschnell über das hinweggehen, was uns nun wirklich unterscheidet.«

»Und das wäre, Lustiger Rat?«

»Du glaubst, du sagtest die Wahrheit, wenn du sagst, was man gern hört. Während ich weiß, daß ich die Wahrheit sage, wenn ich sage, was man für Scherz hält.«

»Das hat Er komplizierter ausgedrückt, Lustiger Rat, als es nötig wäre. Ich würde einfach sagen: Ich mache ernst mit der Kunst, während Er nur Quatsch macht, das aber gekonnt, wie ich zugeben muß. Und ich muß weiter zugeben: Die Göttin Fortuna ist offensichtlich mit den Narren und nicht mit den Dichtern.«

Die Leichenbittermiene seines Gesprächspartners erheiterte Perkeo. Er nahm ihn bei der Hand, als wollte er einen Spaziergang mit ihm machen. Und tröstete ihn lachend: »Mach dir nichts draus, Dichter. Die Göttin Fortuna ist genauso ein Quatsch wie deine Kunst.« Womit er um die Ecke verschwand und den Dichter verdutzt allein dastehen ließ.

Zu den umfangreichen, wochenlangen Vorbereitungen des großen Sommerfestes auf dem Altan gehörte dann auch die Absprache, die der Hofnarr mit seinem Fürsten traf. Wenn das auch kein offizieller Programmpunkt werden konnte und nicht in den fein gedruckten Festablauf aufgenommen wurde. Die kleinen Gemeinheiten, die das Leben so lustvoll machen, müssen halt immer zurückstehen. Um was ging es denn nun bei dieser Vereinbarung? – Perkeo hatte Carl Philipp darüber informiert, daß der Hofdichter Rapparini bereits seine große Ode auf den Fürsten und dessen wundervolles Fest vorbereite. »Er stolziert durch die Landschaft und deklamiert sein Gedicht so vollmundig, daß die Wege unpassierbar werden von seiner Spucke. Er macht sie so glitschig wie eine Schnecke mit dem Schleim, den sie absondert. Jungvögel fallen vor Schreck aus den Nestern, wenn sie ihn hören, und Schlangen hacken ihre Zähne in den eigenen Schwanz bei dem Versuch, sich das Lachen zu verbeißen.«

»Unser Poeta laureatus ist ein großer Künstler«, gab der Kurfürst zu bedenken. »Ich bin überzeugt, er wird unser Fest in einem großen Epos verewigen.«

»Zumindest wird es uns wie eine Ewigkeit vorkommen, bis er fertig sein wird mit seinem Vortrag.«

»Um so schöner wird Er, Lustiger Rat, uns anschließend die Zeit verkürzen.«

»Gewiß, Kurfürst, das werde ich tun. Du solltest mich nur richtig in die Zucht nehmen und mir vorher befehlen, den letzten Vers einer jeden Strophe seines Gedichts zu wiederholen.«

»Damit derVers sich besser einprägt? Oder wozu sonst?«

»Laß dich überraschen, Kurfürst. Ich werde dich daran erinnern, daß du mir diesen strengen Befehl geben willst. Abgemacht?«

»Abgemacht, Lustiger Rat.«

Bei den Goldwäschern am Rhein

Es wurde eine lange Nachtsitzung, zu der Carl Philipp seinen Hofnarren geladen hatte. Ihn und niemand sonst. Im kurfürstlichen Boudoir fand das Gespräch statt, hinter zugezogenen Vorhängen und bei schwachem Kerzenlicht. Und wie immer, wenn es um wichtige Staatsangelegenheiten ging, schickte der Kurfürst das Personal ins Bett und beauftragte Perkeo, die bereitstehenden Weinflaschen eine nach der anderen zu entkorken und den Mundschenk zu spielen.

»Aber es geht nicht um ein Wetttrinken heute«, erinnerte der Kurfürst an die ähnliche Situation damals in Innsbruck. »Deshalb sind auch keine Zeugen eingeladen. Wir sollten auch recht langsam trinken, damit wir klare Köpfe behalten. Denn es geht um Wichtiges.«

Am Fenster des Schlafgemachs stand das Fernrohr des Kurfürsten. Auf einem schweren Stativ lagerte das Rohr, schräg gegen den Himmel gerichtet, wie zum Schuß in die zusammengetriebene Herde der Sterne bereit. Sein ganz besonderer Stolz, aber manchmal auch so etwas wie ein Splitter in seinem Auge. Wie jetzt, als ihm bei einem langen Blick durch das Rohr die Bemerkung entschlüpfte: »Was ist der Mensch anderes als ein winziges Staubkorn im Kosmos.« »Immerhin bist du, Fürst, eines der prächtigsten Staubkörner, die der Wind je hergetrieben hat.« »Meint Er nicht, daß der Ausdruck vom Wind hergetrieben unpassend ist, wenn es um den Herrscher geht, den Gott eingesetzt hat?«

»Wenn du meinst, daß Gott sich um jedes Stäubchen kümmert, Durchlauchtigstes Staubkorn.« »Daß Er sich nur nicht einfallen lasse«, kam es mit drohendem Unterton vom Fernrohr her, »am Glauben herumzumäkeln. Was wären wir in allem Zank und Streit hier auf Erden und in der Weite des Weltalls verloren ohne den Triumph des Glaubens.«

»Ja, Kurfürst, das sehe ich auch so: Ein ungläubiges Staubkorn ist noch schlimmer dran als ein gläubiges.« Carl Philipp sah ihn an wie ein krankes Hündchen seinen Herrn. Der ihn aber nicht streicheln wollte. Der sich ihm einfach verweigerte. »Es geht um etwas ganz anderes«, sagte der Kurfürst schließlich, »was deshalb aber nicht weniger wichtig ist. – Ist Er bereit zuzuhören?«

Perkeo nickte nur stumm und wartete, daß sein Gegenüber mit seinem Problem herausrücke. Doch Carl Philipp schien schon vergessen zu haben, was ihn bedrückte, denn mit einem Mal war er beim gemütlichen Plaudern. Vom sächsischen Hof zu Dresden erzählte er, wo eines Tages ein Mann namens Johannes Kunkel aufgetreten sei mit der Behauptung, er könne Gold herstellen, wenn man ihm nur die nötigen Gerätschaften, einen Arbeitsraum und etwas Zeit biete. »Der Mann wirkte glaubwürdig. So wurde er als Hofalchimist angestellt, gegen ein wirklich fürstliches Salär. Kunkel arbeitete in seiner Werkstatt vor sich hin und beschied alle ungeduldigen Fragen seines Herrn mit der Bemerkung, er brauche noch ein klein wenig mehr Zeit, dann werde er es geschafft haben. Der Kurfürst ließ ihm Zeit. Aber als Kunkel bei ihm anfragte, wo denn nun sein Gehalt bleibe, ließ er ihm die Antwort zukommen: ›Entweder er kann Gold machen, dann braucht er kein Gehalt, oder er kann kein Gold machen, dann hat er auch kein Gehalt verdient.‹

»Ein salomonisches Urteil fürwahr«, unterbrach Perkeo ihn. »Es soll ja Leute geben, die sich von solch weisen Sprüchen ernähren können.«

Carl Philipp lachte: »Nun, dieser Johannes Kunkel konnte sich davon nicht ernähren. Und so verließ er Sachsen, so schnell er nur konnte. In Berlin, wohin er sich gewandt hatte, wurde der Goldmacher mit offenen Armen aufgenommen. Damit er ungestört arbeiten könnte, stellte man ihm die Insel Pfauenwerder zur Verfügung. Dort werkelte Kunkel nun zu einem Salär, das nicht ganz so fürstlich war wie das in Sachsen, dafür aber den Vorzug hatte, tatsächlich gezahlt zu werden.«

»Die sind ja so korrekt in Berlin.« »Was aber auch nichts nützte. Dem Mann gelang es einfach nicht, Gold zu machen, so sehr der Kurfürst von Brandenburg es benötigte – wie wir alle, weiß Gott. Dafür aber erfand Kunkel eine besondere Glassorte, das Rubinglas. Was ja immerhin etwas für die kurfürstliche Tafel war. So ließ man den Mann schließlich in Frieden ziehen, als der König von Schweden ihn an seinen Hof rief. Bald darauf bemühte sich ein junger Mann in Berlin, alles zu erfahren, was man über die Goldmacherei wußte. Eigentlich hatte er die Apothekerkunst erlernen wollen, aber was er so alles über das Goldmachen hörte, das reizte ihn doch viel mehr. Der junge Mann hieß Johann Friedrich Böttcher. Und er nahm genau den umgekehrten Weg wie Kunkel. Weil man nämlich in Berlin nach der Enttäuschung mit Kunkel nicht mehr allzugut auf Alchimisten zu sprechen war und jeden mit Gefängnis bedrohte, der behauptete, Gold machen zu können, floh Böttcher aus Berlin und wandte sich an den sächsischen Hof. Das war um das Jahr 1700. Er fand gnädige Aufnahme am Hof zu Dresden. Natürlich. Wer schickt schon einen Mann weg, der verspricht, Gold zu machen. Böttcher bekam eine Werkstatt für seine Experimente zur Verfügung gestellt und arbeitete eifrig los. Aber genau wie Kunkel schaffte er es nicht, Gold zu machen. Statt dessen fand er die Rezeptur zur Herstellung von weißem Porzellan. Das war ja schon was. Er kennt ja das Meissener Porzellan, von dem wir in unserem Porzellankabinett einige besonders schöne Stücke besitzen.«

»Ja, ja«, antwortete Perkeo nur pflichtschuldigst, machte aber weiter keine Bemerkung, um den Redefluß des Kurfürsten nicht zu unterbrechen. Fragte er sich doch schon die ganze Zeit, was an dieser Besprechung so wichtig sei.

»Leider«, fuhr Carl Philipp fort, »leider haben wir an unserem Hofe weder einen, der uns Rubinglas macht, noch einen, der uns Porzellan herstellt. Und einen Goldmacher schon gar nicht. Und unser Hofapotheker, weiß der Himmel, was der alles macht – nur leider kein Gold, so sehr wir es brauchten. Der Apotheker läßt sich nur alles mögliche an Getier bringen, das er dann tötet und mit seinen Ingredienzien behandelt, nach dem Tod erst, komischerweise. Und einige Zeit später sieht man dann nichts mehr von dem Tier. Kein Fell, kein Zahn und kein Knochen bleibt übrig. Und man muß dem Mann noch Beifall zollen für diese Kunst, dabei weiß ich nicht, wozu sie uns jemals nützlich sein könnte. Und er weiß es selbst natürlich auch nicht. Aber das ist ein anderes Thema. Das will ich jetzt nicht mit Ihm besprechen, Lustiger Rat.«

»Sondern?«

»Es geht um die Exkursion, die Er morgen machen wird, gemeinsam mit dem Grafen Globen. Und zwar geht es an den Rhein. Bei Mannheim ist eine Stelle, an der viele Goldwäscher tätig sind. Wenn wir uns schon nicht auf die Kunst der Alchimisten verlassen können, so wollen wir doch wenigstens denen auf die Finger sehen, die tatsächlich Gold beschaffen. Denn wir brauchen dringend viel mehr davon.«

»Ich verstehe, deshalb schickst du deinen Obristhofmarschall zu ihnen, also den Mann, der für die Einnahmen des Landes verantwortlich ist.«

»Richtig. Und zwar wird er unangemeldet auftreten.«

»Unumgänglich. – Nur, wozu schickst du mich mit ihm?«

»Das ist das Delikate an diesem Ausflug«, sprach der Kurfürst so leise, daß Perkeo sich zu ihm hinüberbeugen mußte. »Es ist nun einmal so, Lustiger Rat, daß ich dem, der den Leuten dort auf die Finger schauen soll, einen Mann mitgeben muß, der ihm auf die Finger schaut. Denn es steht nicht zum Besten mit unseren Finanzen, und ich verstehe nicht, wieso uns das Geld fehlt. Schon möglich, daß der Obristhofmarschall selbst unsere Einnahmen schmälert durch gelegentliche Unterschleife und ...«

»Aber ...«

»Nichts aber. Er ist der richtige Mann dafür, weil Graf Globen Ihn nicht als Aufpasser ansehen kann. Denn ich habe ihm erklärt, daß ich Ihn nur auf sein inständiges Bitten hin mitfahren lasse, in der Kutsche des Grafen. Nur damit Er endlich seine Neugierde befriedigen kann, die Ihn – und damit mich – schon so lange plagt. Schau Er es sich also einmal an, das Wunder, wie man aus dem Rheinschlamm Gold gewinnt, und Er ist endlich zufrieden. – Und halte Er die Augen offen dabei und die Ohren. Das wär's. Gute Nacht, Lustiger Rat.«

»Gute Nacht, Kurfürst.«

Als Perkeo am nächsten Tag am Rheinufer stand und den Männern zusah, die sich um die Gewinnung von Gold bemühten, war er maßlos enttäuscht. Paßte das Bild doch ganz und gar nicht zu dem hohen Begriff vom Gold, den er hatte. Halbnackte Kerle, die eine flache Blechschale in der Hand schwenkten, hockten da am Wasser. Sie starrten auf das Blech in ihrer Hand, während sie es so schüttelten, daß Wasser und Kiesel überschwappten. Und wenn die Schale leer war, schauten sie, ob sich in der umlaufenden schmalen Vertiefung Gold angesammelt hätte. Was meistens nicht der Fall war. Dann fuhren sie mit der Schale ins Wasser und hoben sie wieder voll mit Wasser und Kies heraus. Und das Schütteln und Starren begann von neuem.

»Gold ist schwerer, deshalb bleibt es in der Rille hängen«, erklärte ihm einer der Goldwäscher. Und machte ihm vor, wie er das leichtere Wasser und den leichteren Kies allmählich aus der Schale hinausschwemmte. Und tatsächlich hatte er plötzlich einen Goldfund zu zeigen, den Perkeo glatt übersehen hätte: ein hauchdünnes winziges

Plättchen. »Manchmal sind es auch richtige Goldkörner, die man findet«, sagte der Mann. Aber zeigen konnte er das nicht, so lange Perkeo sich auch bei ihm aufhielt.

»Und was machen die da mit dem Kasten?« wollte Perkeo von dem Mann erfahren, der offenbar als Aufseher fungierte. »Das ist eine Wiege«, erklärte der Mann bereitwillig. »Der Flußsand wird durch das grobe Sieb hier oben in den Kasten geworfen, mit der Schaufel. Und fällt dann auf den Boden, auf dem ein Tuch befestigt ist. Läßt man dann Wasser durch den Kasten laufen und bewegt ihn auf den beiden Rollen eifrig hin und her, fließt aller Sand und Lehm ab, und die Goldteilchen bleiben an den Fasern des Tuchs hängen.«

Diesen Apparat bezeichnete der Aufseher als großen Fortschritt, weil damit viel schneller viel mehr Flußsand durchgespült werden könnte. Doch als Perkeo fragte: »Und wie lange dauert es, bis der Kasten voll ist mit Goldkörnern?«, lachte der Mann nur grimmig. Schließlich knurrte er: »Einen Kasten voll Gold habe ich in meinem langen Leben noch nicht gesehen und werde ich wohl auch nie sehen.« In einer primitiven Bretterbude, die er als sein Bureau bezeichnete, legte der Aufseher dem Grafen Globen dann die Abrechnungen vor, die – Perkeo stand wie zufällig dabei – dem Grafen durchaus glaubhaft erschienen. »Die Sache lohnt überhaupt nur, wenn die Männer gerade nichts Besseres zu tun haben, auf dem Feld oder im Weinberg oder beim Fischen«, stellte der Graf fest. »Und was an Zehnten in unsere Kasse kommt, das ist wahrhaftig beinahe eine Quantité négligeable.« Was Perkeo genauso glaubhaft schien. Kam er doch von seinem Ausflug zu den Goldwäschern am Rhein zurück, ohne auch nur ein einziges Goldkörnchen als Souvenir abbekommen zu haben.

Sommerfest auf dem Altan

Sehr laut begann's, mit Trompetenklang, und ist ein Fest geworden, kaum minder geräuschvoll. Offiziell war es als das Sommerfest der Prinzessin Elisabeth Auguste ausgegeben worden. Carl Philipps Tochter hatte ganz selbstverständlich die Lücke geschlossen, die sich durch den frühen Tod ihrer Mutter aufgetan hatte: Sie repräsentierte an der Seite ihres Vaters. Und ihr eigener Mann, Prinz Joseph Carl Emanuel, geriet immer mehr in den Hintergrund. Was dem Kurfürsten natürlich sehr gefiel. Eine so junge und attraktive Frau an seiner Seite, mit der er sich bestens verstand, das sah er als selbstverständlich an. Und er kam nicht auf den Gedanken, daß es sich mit der jungen Begleiterin genauso verhalten könnte wie mit dem Zwerg Perkeo: daß es der Kontrast ist, der so wirkt. Carl Philipp war immerhin bereits 58 Jahre alt, sah sich selbst aber als einen Mann ohne Alter. Und sah deshalb auch gern den strahlenden Kranz von Hofdamen, eine schöner als die andere, die seine Tochter umgaben. Wobei es ihm vor allem eine angetan hatte. Die das auch längst wußte, sich aber gegenüber anderen nichts anmerken ließ. Um das Geheimnis der langsam sich entwickelnden Liebesbeziehung zwischen dem Kurfürsten und ihr wußten nur noch der Bruder der Hofdame und die Prinzessin.

Auf dem gedruckten Programm hatte es geheißen, bei schlechtem Wetter werde das Fest in den Königssaal verlegt. Unnötige Sorge. Der Tag war sonnenheiß gewesen, und der Abend brachte ein wohltuendes Abklingen. Ein kühlender Wind wehte durch das Neckartal und bewegte die aufwendigen Kleider der Damen, die auf dem Altan lustwandelten wie ausgestreute Blüten. Musik, Tanz, Wortvortrag und immer wieder Musik, dazwischen Essen und Trinken, das war es, was das fröhliche Plaudern hin und wieder unterbrach. Dann versammelte man sich um das Podium, das an dem einen Ende des Altans aufgebaut war, oder an den langen reich gedeckten Tafeln am anderen Ende. Was dort an Wildbret, Obst und Gebäck aufgetürmt war, das verdeckte beinahe ganz die gleißende Pracht der Terrinen, Deckelschüsseln, Tafelaufsätze, Kerzenleuchter, Kellen, Platten, Schalen, Streubüchsen, Fischheber, Gießgarnituren, Prunkkannen, Saucieren, Wärmeglocken, Deckelhumpen und Pokale, alles in Silber getrieben und teilweise vergoldet. Ein wahres Schlemmerparadies unter dem wolkenlosen Abendhimmel, immer wieder neu hergerichtet und neu einladend. Wo hinter jedem Stuhl ein Page oder Lakai stand, ihn zurechtzuschieben und von den Leckereien anzureichen, einzuschenken, was immer man wünschte.

An diesem Abend sollte unter anderem eine Serenade zu Ehren eines besonderen Gastes aufgeführt werden, nämlich für den Herzog Eberhard Ludwig von Württemberg. Die Prinzessin selbst sang zusammen mit einer ihrer Hofdamen eine zweistimmige Kantate. Begleitet auf einem sehr schönen italienischen Cembalo, dessen reich dekorierter Zypressenholzkasten von vier stehenden Putten getragen wurde. Der dieses wunderschöne Instrument meisterhaft beherrschte, das war der Hofkapellmeister Hugo Wilderer. Wenn die Prinzessin es auch stets hartnäckig ablehnte, bei den Opernaufführungen des Hofes mitzusingen – »Ich dilettiere doch nur«, pflegte sie zu sagen –, bei so einer quasi privaten Festlichkeit ließ sie ihre schöne Stimme gern hören. Am späteren Abend zeigte sie sogar, daß sie auch die Altblockflöte zu spielen verstand. Ein besonders wertvolles Instrument aus Elfenbein, das aus der Werkstatt des berühmten Meisters Johann Benedikt Gahn in Nürnberg stammte.

Als die Damen und Herren auf die Tanzfläche schritten und zum Menuett Aufstellung nahmen, war das der große Moment der Mode. Und die Mode hieß: à la française. Die Cavaliere mit den imposant aufgeplusterten Allongeperücken um die feisten Gesichter trugen den Justaucorps. Dieser lange, leicht taillierte Überrock mit den Ärmelaufschlägen, die die kostbaren Spitzen des Hemdes sehen ließen, war einfach ein Muß. Unter dem Überrock zeigte sich eine lange Weste aus farbigem Brokat. Die weite Hose, Culotte genannt, war am Knie zusammengehalten. In den recht plumpen und hochhackigen Schuhen steckten die dünnen Männerbeine in weißen Seidenstrümpfen. Das gab den gewichtigen Herren etwas Zierliches, weil sie wie Kreisel kaum den Boden zu berühren schienen. Der genaue Kontrast zu dem Erscheinungsbild der Damen: Die Fontange, das treppenförmige Drahtgestell im Haar, ließ den Kopf spitz werden. Hals und Schultern waren frei, weil das Dekolleté nicht nur tief, sondern auch extrem breit war. Die Busen wogten verführerisch, weil sie mit Fischbeinstäbchen gestützt waren. Über den hellen Unterkleidern, die mit Gold- und Silberfäden bestickt waren, wurde die weite Robe getragen, die die fleischigen Unterarme frei ließ. Aber Beine und Füße schienen die Damen nicht zu haben: Sie standen mit einem weiten Reifrock auf dem Boden, mit dem sie sich weiterschoben, so graziös, daß man keine Schritte ausmachen konnte.

Ein prächtiges Bild, das lange von der untergehenden Sonne vergoldet und anschließend vom wirren Licht zahlloser Fackeln und Lampions umflattert wurde. Über allem hing ein süßer Duft, ein Gemisch aus vielen verschiedenen Parfums, mit denen sich die Damen wie die Herren reichlich besprüht hatten. Duftwässerchen, Schminke und Schönheitspflästerchen ließen die ordinären Techniken des Waschens und Badens überflüssig werden.

Rapparini, der Hofdichter, war von Stunde zu Stunde unruhiger geworden, weil der Kurfürst es immer noch nicht für an der Zeit hielt, ihn sein großes Gedicht auf das Fest vortragen zu lassen. Als er dann endlich die Erlaubnis zum Auftritt bekam, unterbrach der Zeremonienmeister die fein in Verse gesetzte Begrüßung der Gäste mit dem Hinweis, daß der Kurfürst für diesen Vortrag eine besondere Anweisung gegeben habe: Damit sich das Gedicht den Anwesenden besser einpräge, solle der Schlußreim einer jeden Strophe von einem Assistenten des Dichters wiederholt werden. Als sein Assistent habe der Lustige Rat zu fungieren. Der Dichter fühlte sich geschmeichelt von dieser Betonung seiner Bedeutung, hatte gleichzeitig aber auch Bedenken, ob gerade der Hofnarr der richtige Assistent sei für solch eine wichtige Aufgabe. Doch er wagte natürlich nicht, seine Bedenken laut werden zu lassen. Der Kurfürst hatte es so bestimmt, also mußte es so ablaufen. Er deklamierte mit heller, durchdringender Stimme die erste Strophe des Gedichts und gab dann dem neben ihm stehenden Hofnarren ein Zeichen, daß er aufpassen solle, weil jetzt der Schlußvers komme: »Schütte, Fortuna, auch weiter dein Füllhorn hier über uns aus. Laß unser Fürstenhaus leben auf ewig in Saus und in Braus!«

Alle lauschten ergriffen. Doch ehe sie dem Dichter applaudieren konnten, trat Perkeo einen Schritt vor und begann mit der Wiederholung: »Schü-ü-ütte, Fo-Fo-For-tuna, auch wei-ei-ei-eiter de-de-dein Fü-ü-üll-horn hie-hie-hie-hie.« Weiter kam Perkeo nicht, weil inzwischen die ganze Hofgesellschaft in sein Hie-hie-hie-hie eingefallen war. Der Gedichtvortrag wurde zur Massenstotterübung. Jeden einzelnen Vers mußte Perkeo wiederholen, in seiner urkomisch bemühten Art, die leider durch sein Stottern ein wenig behindert wurde. Die Gesellschaft amüsierte sich aufs Beste und spendete beiden, dem Assistenten wie dem Autor, reichlich Beifall dafür, daß sie Gelegenheit zu solch einem Riesenspaß gegeben hatten. Der Kurfürst belohnte die beiden Vortragenden damit, daß er jedem eine schöne goldene Halskette umlegen ließ. Die kurzen Ketten hatten nur eine Besonderheit: es war jeweils eine lederne Hundeleine daran befestigt. Daran wurden sie nun von zwei Hofdamen von der Bühne und auf ihre Plätze geführt. Ein Einfall, für den Carl Philipp sehr viel Beifall bekam.

Es war ein rundherum gelungener Abend. Darin waren sich alle einig. Die abweichende Meinung des Dichters zählte ja nicht. Den krönenden Abschluß des großen Sommerfestes bildete um Mitternacht ein gewaltiges Lustfeuerwerk über dem Neckar. Dafür hatte der Kurfürst Fachleute aus dem Ausland kommen lassen, die unzählige kleine Mörser auf der Brücke und am jenseitigen Ufer des Neckars aufgestellt hatten. Der Feuergott Vulkan und andere antike Götter traten auf, in phantastischer Kostümierung, und sangen das Lob des fürstlichen Gastes aus Württemberg. Dann, unmittelbar bevor Vulkan das Zeichen zum Beginn des Feuerwerks gab, beschwor er in einer großen Arie das Feuer, und ein Chor fiel in den Gesang ein, über dem plötzlich das Feuerwerk losbrach. In immer neuen Wellen explodierten nun die Geschosse in der Luft und ließen ihre feurigen Blüten in die dunkle Nacht hineinsteigen und wie erschöpft auf die Erde hinabfallen. Ein herrlich buntes Bild, von zuckenden Blitzen und dem Donner der Mörser untermalt.

»Nur schade, daß so etwas Schönes nicht bleiben kann«, flüsterte die Comtesse Dorothee dem Hofnarren zu, der inzwischen von der Hundeleine befreit war. Er hatte gar nicht bemerkt, daß die Comtesse sich an seine Seite gedrängt hatte. »Das Schöne ist nie bleibend«, belehrte er sie in barschem Ton, »denn was bleibend ist, das wird von uns nicht als schön empfunden.« Da zog die Comtesse sich mit verstörtem Blick zurück, und Perkeo fragte sich, warum er so abweisend zu ihr war. – Nur wegen der dummen Hundeleine, an die man mich zu legen gewagt hat? Daß ich nicht lache. Es gibt bösere Fesseln. Und auch angenehmere, ja, an eine Frau gefesselt zu sein. Plötzlich wurde Perkeo klar, daß ihm das Schloß doch sehr verödet vorgekommen war, seitdem die Comtesse Dorothee ihm aus dem Weg ging. Und das alles nur, weil ich ihr mal die Wahrheit gesagt habe über die Liebe. Vielleicht, wurde er unsicher, vielleicht habe ich doch mehr für dieses Mädchen übrig, als ich mir bisher eingestanden habe. – Perkeo nutzte die Verwirrung des allgemeinen Aufbruchs und schlich hinter der Comtesse her. Und auf ihrem Zimmer hielt er sich nicht lange mit Entschuldigungen auf, sondern bot ihr, was sie ersehnte: die Fortsetzung des Feuerwerks.

Der Studentenkarzer

Hier auf dem Schloß kenne ich bald jeden Stein, sagte Perkeo sich. Viel zu oft stehe ich müßig herum und starre auf das alte Gemäuer. Als ob ich mir all die vielen verschiedenen Steinmetzzeichen einprägen wollte, deren Bedeutung mir doch unbekannt bleibt. Gerade genug, daß mir die Löcher aufgefallen sind, die jeder einzelne dieser dicken Quader hat. Die Löcher vorn und hinten wurden in den Stein gehauen, damit die große Eisenzange, die am Flaschenzug hängt, in den Stein hineinpacken kann, hatte der Bologneser Baumeister Alessandro Galli da Bibiena ihm erklärt. Und sehr wichtig mit der Erkenntnis getan, daß die Zange um so fester zupackt, je schwerer der Stein ist, der an ihr hängt. Na und? Perkeo hatte nur mit halbem Ohr hingehört. Steine bleiben Steine. Perkeo aber brauchte Menschen. Leute, die zuhören würden, die lachen könnten, in deren Reaktion man sich spiegeln könnte, die sich für einen begeistern würden …

So schlich Perkeo eines Abends aus dem Schloß und den Burgweg hinunter in die engen Gassen, die ihn am Rathaus vorbei zur Brücke führten. Zwar hatte Carl Philipp ihm ausdrücklich verboten, allein in den Ort hinunterzugehen. Aber so ein Verbot kann man ja auch mal vergessen haben, sagte Perkeo sich. Vergeßlichkeit ist eine der am weitesten verbreiteten Eigenarten der Leute. Schon deshalb ist sie eine liebenswerte Eigenart. Sehr bald sollte Perkeo auch vergessen, sich derartige Ausreden zurechtzulegen. Denn als er unter dem Torbogen auf der Südseite der Brücke stand, da mußte er eine Entscheidung treffen. Die gedeckte Brücke lag vor ihm als ein dunkles Loch. Da konnte er sich nur abwenden. Und schon sah er gleich rechterhand vor sich eine offenstehende Tür und Licht und Leute. Das gefiel ihm weit besser. Also ließ er Brücke Brücke sein und ging in das Gasthaus mit dem goldglänzenden Hecht über der Tür, der ihn so einladend ansah.

Obwohl er nicht seinen Staatsrock trug, keinen Orden und keinen Kammerherrnschlüssel, erkannte man ihn zu seinem Erstaunen sofort und sprach ihn mit Lustiger Rat an, was ihn gleich in die richtige Feierlaune brachte. Eine Gruppe junger Leute lud ihn ein, an ihren Tisch zu kommen, und er ließ sich nicht nötigen. Sie waren Studenten, erfuhr er, und sie kannten sich offenbar bestens aus mit den Weinen des Wirts. Wie sie miteinander sprachen, ohne all die vorsichtige Verbrämung, die er auf dem Schloß tagtäglich zu hören bekam, das gefiel ihm. Eine lustige Truppe, die ihn gleich an seine Innsbrucker Zeit in der Clique »Die böse Sieben« erinnerte. Nur, daß diese Saufkumpane hier ihre Scherzreden mit vielen Fremdwörtern spickten, die er nie gehört hatte. Was ihm aber nichts ausmachte. Er schonte sein Mundwerk nicht und erzählte von den Streichen, die sie in Innsbruck angestellt hatten. Und er schonte auch seinen Beutel nicht und ließ den Wirt vom besten Wein bringen.

Ein schöner Abend. Perkeo sang mit seinen neuen Freunden Lieder, die er nie zuvor gehört hatte. Und sie ernannten ihn wegen seiner Gelehrigkeit zum Ehrenstudenten, krönten ihn mit einem Kranz von Efeu, das sie im Hof abgerupft hatten, und fanden so immer wieder einen neuen Grund für neue Flaschen Wein, wenn sie dem eben erst gebrachten auf den Grund sehen konnten. Sie bestätigten sich gegenseitig, daß sie ein Herz und eine Seele seien. Und sie waren glücklich dabei. Wenn da nicht auf einmal die Idee gekommen wäre, einen Freund zu besuchen, der im Karzer saß. Er gehöre zu ihnen, erklärten sie mit feuchten Augen, und er sei einer der lustigsten. Er habe nur das Pech gehabt, daß es so hallte, als er eines Nachts auf dem Nachhauseweg noch ein wenig vor sich hin gesungen habe. Das liege halt an der Enge der Gassen und den hohen Hauswänden. »Da haben Leute über Lärm geklagt, dabei hat er die schönsten Sauflieder gesungen. Lärm nannten sie das, und beschwert haben sie sich. Und schon hat ihn der Universitätsdekan in den Karzer werfen lassen.«

»Auf zu Otto«, so hieß es plötzlich. Da war kein Halten mehr. Der Wirt mußte noch schnell ein paar Flaschen Wein bringen, die aber verkorkt bleiben sollten. Damit wollten sie dem armen Otto eine Überraschung und einen Trost bringen. »Das wird ihm helfen, über die Ungerechtigkeit der Welt hinwegzukommen.« »Und über den Unverstand der Spießer.« »Und überhaupt den ganzen Jammer dieses Lebens.« Plötzlich sprachen sie alle durcheinander und drängten hinaus.

Natürlich fanden sie das Tor verschlossen, als sie beim Studentenkarzer ankamen, an der Rückseite des Universitätsgebäudes. Zwar waren Besuche erlaubt bei den Studenten, die hier ein paar Tage oder auch zwei bis vier Wochen einsaßen, aber nur am Tag. So stellten sich die beiden stärksten der Gruppe mit dem Rücken an die Hauswand, und ein dritter kletterte an ihnen hoch und stellte sich auf ihre Schultern. Der zog dann den leichtesten von ihnen zu sich hoch, einen spindeldürren, aber langen Studenten, und ließ den auf seinen Schultern stehen. So konnte er an das Fenster klopfen, hinter dem ihr Freund auf der harten Holzpritsche schlief. Eine kärglich eingerichtete Zelle sei das, erzählten sie Perkeo. Nur ein kleiner Tisch mit zwei Stühlen, zwei Betten an den Wänden und ein kleines Öfchen mit langem Ofenrohr. Das sei die Behausung für zwei Eingesperrte. »Aber auf jedem der beiden Stockwerke gibt es ein Plumpsklosett«, erfuhr Perkeo. »Das ist also geradezu komfortabel. Deshalb, einmal dort einzusitzen, das ist einfach Ehrensache für einen richtigen Studenten. Die ersten beiden Tage gibt es nur Wasser und Brot. Doch danach kann man sich Essen bringen lassen. Dann kann es ganz lustig werden.«

»Nur daß es keine Mädchengesellschaft gibt im Karzer, das ist etwas unerfreulich. Deshalb vertreibt man sich die Zeit damit, die Wände zu bemalen. Mit einem Stück Kohle aus dem Ofen und mit Wasserfarben, die eingeschmuggelt werden.«

Alles völlig neu für Perkeo und so aufregend. Doch leider ging es bei dieser Unterhaltung nicht allzu leise zu. Und auch das Wecken des Freundes wie das Hineinreichen der Weinflaschen durch das vergitterte Fenster waren mit mehr Geräusch verbunden, als die Heidelberger Bürger zu nachmitternächtlicher Stunde liebten. So kam es zu bösen Zurufen aus den Fenstern gegenüber. Und ein alter Mann in Nachtmütze schwenkte sogar sein Nachtgeschirr über den Köpfen der Ruhestörer, um sie mit seiner Kammerlauge zu vertreiben. Was zum Glück daneben ging. Aber auch der nächtliche Freundesdienst selbst ging daneben. Denn als die lustige Gesellschaft sich verdrücken wollte, lief sie ausgerechnet dem Nachtwächter und dem Ortspolizisten in die Arme, die sich in trauter Unterhaltung – natürlich ganz leise – gegenseitig die Zeit verkürzten. Die beiden Amtspersonen kannten kein Pardon. Sie notierten alle Namen, ehe sie strenge Anweisung gaben, sich sofort und geräuschlos nach Hause zu begeben. »Der Karzer ist den Herren sicher«, knurrte der Polizist sie zum Abschied an. Nur gegenüber Perkeo waren die beiden Isegrime zurückhaltender. Sie fragten nicht nach seinem Namen, sondern wünschten ihm nur höflich eine gute Nacht, wobei sie ihn mit Lustiger Rat ansprachen. Das tat zwar gut – im Moment –, würde aber, befürchtete Perkeo, im nachhinein gar nicht so lustig sein.

Die Narrenfrage

Das große Donnerwetter, mit dem Perkeo fest gerechnet hatte, blieb aus. Angenehm, dachte er. Doch die sonderbare Ruhe und betonte Freundlichkeit, mit der der Kurfürst ihm am nächsten Tag begegnete, beunruhigten ihn. Weil er sich diese Reaktion nicht erklären konnte. Und auch einen Tag später noch nichts. Daß der Kurfürst nichts von der Karzereskapade erfahren hätte, das war ausgeschlossen. Seine Beobachter waren einfach überall. Perkeo wußte ja ohnedies, was der Kurfürst ihm zu sagen hätte. Und er wußte auch, daß die strenge Anweisung, sich nicht allein und ohne Erlaubnis vom Schloß zu entfernen, ihren guten Grund hatte. Und der hieß Burgfreiheit. Hinter diesem Begriff verbarg sich ein besonderes Privileg des Hofes: Alle, die im Schloß und in der unmittelbaren Nachbarschaft lebten, standen unter dem Schutz des Burgfriedens. Das betraf auch noch die Häuser am Schloßberg, die sämtlich von Bediensteten des Kurfürsten bewohnt wurden. Wer sich erfrechte, den Burgfrieden zu brechen, dem konnte die rechte Hand abgehackt werden. Nun, Perkeo hatte keine Angst vor Überfällen gehabt, sowenig wie er jetzt Angst vor dem immer noch ausstehenden Zornausbruch des Kurfürsten hatte.

Erst am dritten Tag nach dem unerlaubten Ausflug in die Stadt kam endlich das, was das sonderbare Verhalten Carl Philipps erklärte: Perkeo wurde mal wieder zu einer langen, intimen Nachtsitzung mit seinem Herrn eingeladen.

Was da noch schonend als Einladung bezeichnet wurde, das war in Wirklichkeit ein Befehl. Und sogar noch mehr als das. Es war ein Notschrei. So wenigstens hatte Perkeo es bisher jedesmal erlebt, wenn diese besondere Einladung an ihn ergangen war. Es waren das Sitzungen geworden, bei denen der Kurfürst die Probleme mit ihm besprach, für die ihm seine Minister nicht gescheit genug waren – und sogar der kleine Thronrat noch zu groß. Diese Besprechungen fanden stets im Schlafgemach des Kurfürsten statt, im Hinundhergehen meist und im gelegentlichen Sitzen auf der Bettkante. Als Perkeo einmal gefragt hatte, ob man nicht einen besseren Raum für diese Unterredungen finden könne, einen mit einem richtigen großen Eichentisch für die Flaschen und Gläser statt dieser kleinen Nachtkonsole, da hatte Carl Philipp ihm erklärt: »Es geht um die Probleme, die mir den Schlaf rauben. Und diese Bestien kann ich nur hier in meinem Schlafgemach, wo sie mich bedrängen, an den Hörnern packen und bezwingen. Wo wohl sonst.«

Es würde also wieder eine lange Nacht werden, wußte Perkeo. Und dazu eine recht unbequeme. Daß es keine Bedienung geben würde, war dabei noch das wenigste. Er war nicht auf die Hilfe eines Lakaien angewiesen, wenn er sich einer Flasche Wein gegenübersah oder sogar einer ganzen Batterie von Flaschen. Aber zuletzt, das wußte er noch vom letzten Mal, würde der Kurfürst sich nicht mehr halten können auf der Bettkante vor lauter Müdigkeit. Und sein Gesprächspartner müßte aufpassen, daß er nicht vornüber fällt. Im richtigen Moment dem Kurfürsten einen leichten Stups geben, daß er hintenüberkippt, und dann seine langen Beine hineinschwingen ins Bett und ihn wenigstens provisorisch zudecken: das würde seine schwierigste Aufgabe sein.

»Wo sind die Bestien, Kurfürst, wie sehen sie heute aus?« eröffnete Perkeo gleich das Gespräch, als er in das Schlafgemach trat. Carl Philipp tat, als sei ihm die Frechheit, ungefragt loszureden, nicht aufgefallen. War er doch ohnehin einmal dabei, den Ungehorsam seines Hofnarren einfach zu übersehen. »Die Bestien sind überall«, sagte der Kurfürst und sah Perkeo streng an, riß sich dann aber schnell zusammen und wies seinen Gast mit bemühter Freundlichkeit an: »Mache Er es sich nur bequem, Lustiger Rat, denn Er hat eine schwere Aufgabe zu übernehmen. Er muß mir helfen, mein Land zu retten.«

»Ei, sind die Franzosen schon wieder im Anmarsch?«

»Nein, die Franzosen kommen nicht mehr. Die haben drüben in der neuen Welt, in Louisiana, genug zu tun. Aber was viel schlimmer ist: Meine Pfälzer laufen ihnen nach.«

»Es muß was dran sein, an der neuen Welt, wenn so viele die beschwerliche, lange Reise auf sich nehmen.«

»Ob was dran ist oder nicht, das ist mir gleichgültig. Ich brauche meine Leute hier, darum alleine geht es.«

»Und wozu brauchst du die Leute, Kurfürst, die du als deine bezeichnest, obwohl sie doch alle anders heißen als du?«

»Sie sollen für mich arbeiten und ihre Steuern abführen, verdammt noch mal!«

»Ja, du hast recht, Kurfürst, darum alleine geht es«, meinte Perkeo nachdenklich. Was Carl Philipp hellhörig werden ließ.

»Was meint Er damit, Lustiger Rat? Worum geht es?«

»Kannst du dir nicht vorstellen, Kurfürst, daß es etwas Schöneres gibt für die Leute, als nur immer für dich zu arbeiten und Steuern zu zahlen?«

»Damit rüttelt Er an den Grundfesten unseres Staatswesens, Lustiger Rat.«

»Perche no«, antwortete der so Getadelte ungerührt, »jedenfalls rütteln die Leute nicht an den Grundfesten deines Staats. Die laufen einfach davon.«

»Was ich streng untersagt habe. Was die Leute auch wissen. Die Auswanderung ist nicht erlaubt. Aber sie machen sich bei Nacht und Nebel auf, mit ihren Familien. Per Schiff lassen sie sich den Rhein hinab und nach England transportieren. Und von dort geht es, wenn sie Glück haben und nicht schon von den englischen Agenten total ausgeplündert und verraten wurden, weiter nach New Amsterdam oder Philadelphia. Das sind jetzt die beliebteren Anlaufhäfen, nachdem sich herumgesprochen hat, daß fast alle verreckt sind, die sich von den Franzosen für Louisiana anwerben ließen. Sie fallen auf falsche Versprechungen herein, meine Landeskinder, und sie werden zu Opfern ruchloser Banditen, die mit den Regierungen in England und Frankreich zusammenarbeiten.«

»Wenn dich das Mitleid mit deinen Landeskindern plagt, Kurfürst, dann bleibt dir nur, einen hohen Zaun um dein Land herum zu errichten.«

»Ein Vorschlag, der nur von einem Narren kommen konnte. Wenn ich mein Volk einsperre, dann merkt es doch erst recht, daß es ihm nicht gut geht bei uns.«

»Das stimmt. Nur nützt diese Erkenntnis den Leuten dann nichts mehr, weil sie ja nicht mehr rauskommen aus dem umzäunten Land.«

»Und die Folge wird sein?«

»Die Folge wird sein, Kurfürst, deine Leute bleiben dir erhalten. Aber sie werden dann so wenig und so schlecht arbeiten wie eben möglich.«

»Da sieht Er es selbst, der Vorschlag taugt nichts. Nun gut, wir haben keinen Zaun um unser Land, und wir werden auch keinen errichten. Wir müssen auf andere Weise erreichen, daß uns die Leute nicht mehr zu Tausenden davonlaufen.«

»Ein guter Gedanke, mein Fürst. Du weißt sicher auch schon, wie du das anstellen wirst. Laß mich einmal raten, was du vorhast.

Ja, ganz klar, du wirst dir einen philosophischen Anstrich geben. Erraten? – Der Philosoph auf dem Thron, das macht sich immer gut: Die Ohnmacht des Geistes gepaart mit der Geistlosigkeit der Macht.«

Carl Philipp ließ sich durch den spöttischen Ton seines Hofnarren nicht irritieren. Er ging immer noch nachdenklich in seinem Boudoir auf und ab, die Hände auf dem Rücken. Und das kärgliche Kerzenlicht ließ seinen großen Schatten wie einen bösen Geist hin und her huschen über die Wände, auf denen die neuen Chinatapeten schimmerten. Bunte Papiertapeten, mit Blättern, Blüten und Schmetterlingen bedruckt, die dem Schaten nicht ausweichen konnten. Immer wieder blitzten die feinen Silberstreifen auf, die in das Geschlinge eingedruckt waren. Der Kurfürst war sehr stolz auf diese Tapeten, die er in London hatte einkaufen lassen und von denen er immer wieder sagte, daß sie direkt aus China kämen. Dabei klang das Wort China stets so, als spräche er von einem anderen Stern. Im Moment aber ging es um sein eigenes Land, und deshalb hatte der unruhige Nachtwandler keinen Blick für seine schönen chinesischen Tapeten.

»Ich habe unseren Hofpoeten Rapparini angewiesen, Beschreibungen der Zustände zu machen, die die Aussiedler in der neuen Welt erwarten, und das mit aller gebotenen Deutlichkeit«, sagte der Kurfürst. »Er wird alles aufdecken. Von den falschen Versprechungen der Werber angefangen, über die unsäglichen Leiden der langen Fahrt auf primitiven Schiffen, bis zu den Betrügereien der Agenten und Gouverneure drüben und den Überfällen der blutrünstigen Indianer.«

»Aha, Rapparini beschreibt die Hölle. Ich wußte gar nicht, daß er schon dort gewesen ist.«

»Natürlich war er nicht drüben. Aber er ist ein Dichter, und ein Dichter muß alles beschreiben können.«

»Natürlich, er muß, weil man ihm alles auftragen kann.«

»Er sagt es«, schloß Carl Philipp das Thema Dichter ab, mit deutlicher Betonung, daß es sich hier um eine Ablenkung gehandelt habe.

Doch war Perkeo so schnell nicht bereit, den Mund zu halten. »Wenn das Wort bei der Hand ist«, sagte er, »dann darf es nicht allzu handlich sein, sonst ist die Hand bald nicht mehr zu ertragen.«

»Merde«, stieß Carl Philipp unwillig hervor: »Merde!«

Perkeo verstand: Der Kurfürst war stolz auf seinen Einfall, den Hofpoeten als Antistimmungsmacher einzusetzen. Und wie um die Notwendigkeit dieser Maßnahme noch zu unterstreichen, schilderte Carl Philipp jetzt die wirtschaftlichen Verluste, die sein Land durch den Wegzug der vielen Menschen erlitt. Der Kurfürst hatte sich offenbar schon mit seinen Ministern beraten, denn er hatte konkrete Zahlen bei der Hand, Zahlen von Menschen und Zahlen von weggefallenem Steueraufkommen. Er sprach von Peuplierungsmaßnahmen, die er im Gegenzug unternehmen müsse, also die Anwerbung von Siedlern im Ausland, denen es noch schlechter gehe als den Pfälzern. »Nur, wo finden wir die? Und wenn wir sie irgendwo finden, dann müssen wir ihnen viele Vorteile anbieten, Steuererleichterungen, Hilfen aller Art, so daß sie unsere Staatseinnahmen noch mehr schmälern. Aber ich brauche das Geld. Es kommen noch gewaltige Aufgaben auf uns zu, Baumaßnahmen, über die die Welt staunen wird.«

Perkeo zog es vor, auf das Thema Baumaßnahmen nicht einzugehen. Weil er wußte, dann würde der Kurfürst wieder hellwach vor Begeisterung, und er würde ihn noch stundenlang festhalten mit seinen phantastischen Projekten. Lieber ihn jetzt beruhigen und alles dem erlösenden Schlaf überlassen. Zudem, überlegte Perkeo, würde mein Widerspruch ihn nur noch hartnäckiger an seinen Bauplänen festhalten lassen.

»Die englischen Agenten treiben sich in unseren Gasthäusern herum und verdrehen den Leuten den Kopf mit ihren Märchen von der wunderbaren neuen Welt. Dabei ist ihnen ganz egal, was aus den Leuten wird, es geht ihnen doch nur um das Kopfgeld, das sie kassieren wollen.«

»Ja, alle wollen sie nur kassieren. Aber was das Volk will, das kümmert keinen.«

»Was will Er damit sagen, Lustiger Rat«, blinzelte ihn der Kurfürst müde an.

»Daß man vielleicht die Leute einmal fragen sollte, was ihnen das Leben hier so unerträglich macht, daß sie sich zur Auswanderung entschließen, trotz Verbot und trotz aller Gefahren. Warum nicht den Leuten einmal Gelegenheit geben, ihr Herz auszuschütten, sich Luft zu machen? Was natürlich bedeuten würde, daß wir uns einiges anhören müßten, sehr viel über die hohe Steuerlast, aber sicher auch viel über die Willkür deiner Beamten, über die

Unduldsamkeit der Kirche, über die Unterdrückung der freien Religionsausübung, die ihnen eigentlich garantiert wurde. Wir sollten es einmal wagen, die Leute nach ihrer Meinung zu fragen, trotz allem.«

Der Kurfürst war nun doch mehr munter geworden, als Perkeo beabsichtigt hatte. Warum auch hatte er so deutlich Partei ergriffen? So ein Unsinn. Als Hofnarr bin ich nicht Partei. Als Hofnarr bin ich nur der Spiegel, ein Zerrspiegel möglichst, und das Echo, ein höhnisch krächzendes Echo.

»Ja, das ist gut, was Er da vorschlägt«, begeisterte sich der Kurfürst. »Genau das wird Er tun, Lustiger Rat. Er wird die Leute fragen, was ihnen nicht paßt.«

»Ja – aber«, kam Perkeo in Verlegenheit, weil er nicht damit gerechnet hatte, daß der Kurfürst auf seinen Vorschlag eingehen werde.

»Aber was?«

»Aber – warum muß es denn gerade ich sein, der die Leute fragt, was ihnen nicht paßt in unserem Land?«

»Nur ein Narr kann auf diese Frage kommen. Und nur ein Narr kann sie den Leuten stellen«, sagte Carl Philipp.

»Damit schickst du den kleinsten Mann am Hofe an die größte Aufgabe«, versuchte Perkeo immer noch, sich zu drücken. Doch der Kurfürst blieb ungerührt. »Ein Mann wächst mit seiner Aufgabe«, tat er die Bedenken ab.

»Aber man ist gewohnt, über mich zu lachen. Das wird dieser wichtigen Sache nicht förderlich sein.«

»Doch, das paßt zusammen: Die Sache ist so lächerlich wie Er selbst, Lustiger Rat.«

»Es ist billig, sich über meinen körperlichen Makel lustig zu machen, doch ich werde ...«

»Lustiger Rat, tröste Er sich mit der Erkenntnis, daß ein körperlicher Makel stets die beste Peitsche für den Geist ist.«

»Das ist wahrhaftig tröstlich. Und du, schöner Fürst, bist mir der beste Beweis dafür.«

»Gut, sehr gut«, lächelte Carl Philipp nur müde.

Damit ließ er sich zufrieden auf sein Bett fallen – und in den heißersehnten, wohlverdienten Schlaf. Den Perkeo in dieser Nacht so schnell noch nicht finden sollte. Dafür hatte er sich selbst zu sehr verwirrt.

Der Streit um die Heiliggeistkirche

Die Bestien lauerten nicht nur in seinem Schlafgemach auf den Kurfürsten. Plötzlich waren sie einfach überall. Und das positive Bild, das der Kurfürst anfangs abgegeben hatte, bekam häßliche Flecken. War er zunächst die Hoffnung seiner Landeskinder, so wurde er doch schon bald zur üblichen Last auf ihren Schultern. Darin unterschied er sich nicht von seinen Vorgängern. Die Bemerkungen der Leute über »die da oben« wurden immer gehässiger und lauter. Was nicht zuletzt damit zusammenhing, daß Carl Philipp sich die Herren des Reformierten Kirchenrats zu Feinden gemacht hatte, als er die Beschlagnahme des Heidelberger Katechismus angeordnet hatte. Er sollte die Herren noch richtig kennenlernen. Denn mit ihrer Vertreibung aus dem Kabinettssaal, damals, als Perkeo angeblich einen Blutrausch bekommen hatte, war der Glaubensstreit nicht etwa beendet. Damit hatte er erst richtig begonnen. Das lag nicht nur am bösen Willen, an übertriebener Rechthaberei, sondern auch an den tatsächlichen Veränderungen, die sich in Heidelberg vollzogen hatten. War noch unter dem Kurfürsten Johann Wilhelm nur ein Sechstel der Bevölkerung katholisch, so war ihr Anteil inzwischen schon auf ein Drittel angewachsen. Vor allem durch die vielen Leute, die der Kurfürst aus dem katholischen Rheinland wie aus dem ebenfalls katholischen Tirol an seinen Hof geholt hatte. Das machte die einen Heidelberger so selbstsicher und unverschämt wie die anderen Heidelberger ängstlich und widerborstig.

Pater Staudacher hatte einige Tage nach der mißglückten Verhandlung mit dem Reformierten Kirchenrat seinem Beichtkind, dem Kurfürsten, doch noch die Absolution erteilt. Dabei war das Problem Heidelberger Katechismus alles andere als gelöst. Er könne ihn trotzdem jetzt endlich wieder in den Stand der Gnade versetzen, hatte der Pater erklärt, nachdem er ausgiebig mit Gott darüber beraten habe – und mit Sicherheit auch mit dem zuständigen Jesuitenprovinzialat. Dabei hatte der Pater vom Unterschied zwischen Gesinnungsethik und Tatethik gesprochen und gesagt, daß er in diesem Falle die gute Absicht für die Tat nehmen könne. Bei diesem Entgegenkommen spielte vermutlich auch eine Rolle, daß der Pater selbst bei der gescheiterten Verhandlung mit den Kirchenratsleuten mit seinen Einwürfen genauso abgeschmettert worden war wie der Kurfürst. Aber endgültig Ruhe geben wollte der Pater natürlich nicht. Und er wußte auch genau, wo er den Kurfürsten packen müßte: bei seinem Machtbedürfnis, seiner Prunkliebe und dem Wunsch, sich selbst Denkmäler zu setzen.

Im Bodensatz der chaotischen Geschichte des vergangenen Jahrhunderts steckte noch ein Problem, aus dem sich was machen ließe, überlegte Pater Staudacher. Und das war die Heiliggeistkirche, die seit dem Jahre 1706 durch eine hohe Trennmauer in zwei Kirchen geteilt war. Der Chorraum war katholische Kirche, das ganze Kirchenschiff aber protestantisches Gotteshaus, und die Glocken im Turm nutzten beide Konfessionen. Ein alter fauler Kompromiß, der auch durch den schönen lateinischen Namen Simultaneum, also Gleichzeitigkeit, nicht besser geworden war.

Ende August dieses Jahres 1719 hatte Pater Staudacher den Kurfürsten endlich soweit, daß der den Reformierten Kirchenrat auf die Kanzlei bei Hof beschied. Es erschienen die Herren von Riesmann – der Präsident –, Mieg, Chuno und Kirchmeier. Sie hatten darum gebeten, daß diesmal der Hofnarr nicht anwesend sein möge, und der Kurfürst hatte sich in diesem Punkt zu einem Entgegenkommen bereiterklärt. Von seinem Beichtvater entsprechend beraten, der ihm klargemacht hatte, daß eine Vorleistung, die einen nichts kostet, Gold wert sein könne. Denn um so ungenierter könne man anschließend fordern. Und das tat Carl Philipp dann auch. Er konfrontierte die Herren mit dem Wunsch: »Wir sollten für die Heiliggeistkirche das Simultaneum beenden, also die Scheidemauer beseitigen und damit den Kirchenraum in seiner ganzen Schönheit wiederherstellen.«

»Wenn wir das, Durchlauchtigst, als den Verzicht auf die fortwährende Okkupation des Chorraumes verstehen dürfen, kann ich sofort sagen, daß der Reformierte Kirchenrat einverstanden ist«, sagte von Riesmann.

»Umgekehrt wird ein Schuh daraus«, widersprach Carl Philipp. Und als die Kirchenmänner empört von ihren Stühlen aufsprangen, fuhr er fort: »Es handelt sich bei der Heiliggeistkirche um die uralte Hofkirche und Grablege der Pfalzgrafen. Dieser Funktion muß die Heiliggeistkirche wieder zugeführt werden. Im abgetrennten Chorraum ist jedoch nicht Platz genug für die schnell anwachsende katholische Gemeinde. Und daß dieser Chorraum ohnedies einem regierenden Kurfürsten bei Rhein nicht gemäß ist, steht wohl außer

Zweifel. Wir brauchen die Heiliggeistkirche ganz, der Reformierten Kirche wird dafür Ersatz geboten werden.«

Die Herren vom Reformierten Kirchenrat verstanden, daß dahinter ein absoluter Wille stand, aber sie hatten auch ein feines Gespür dafür, daß ihnen der Kurfürst mit dieser Verhandlung eine Chance bot. Sie versuchten zwar noch, dem Kurfürsten seinen Wunsch auszureden, verwiesen auf die Schloßkapelle, die er ja zur Verfügung habe, genau wie die Jesuitenkirche und etliche neugebaute Klosterkirchen in der Stadt. Doch Carl Philipp argumentierte damit, daß diese Kirchen viel zu klein für seinen großen Hofstaat und die vielen bedeutenden ausländischen Besucher seien und daß die Jesuitenkirche ohnehin noch lange nicht fertiggestellt sein werde.

Man vertagte sich und verhandelte weiter. Der Reformierte Kirchenrat wollte die Chance, daß der Landesherr sich aufs Verhandeln einließ statt einfach zu dekretieren, dazu nutzen, möglichst weitgehende Zugeständnisse herauszuholen. Dann machte der Kurfürst tatsächlich einen noch weitergehenden Vorschlag, den er als seinen letzten Vorschlag bezeichnete: Im Falle der freiwilligen Abtretung der Heiliggeistkirche wollte er aus der eigenen Tasche den Bau einer neuen reformierten Kirche finanzieren, die ebenfalls auf dem Marktplatz stehen und sogar den traditionsreichen Namen Heiliggeistkirche übernehmen sollte. Die alte Kirche werde dafür den Namen St. Marien bekommen. Und alle wichtigen Ämter in der Stadt sollten je zur Hälfte mit Reformierten und Katholiken besetzt werden. Der Reformierte Kirchenrat war überrascht – und in seiner Einstellung zu diesem wirklich großzügigen Vorschlag gespalten. Und das erwartete Ja kam und kam nicht. Da mußte der Kurfürst handeln.

Perkeo hatte sich gewundert, daß man ihn von diesen schwierigen Verhandlungen ausgeschlossen hatte. »Die reformierten Herren sind wohl selbst närrisch genug, als daß sie mich vermissen könnten«, hatte er seinem Herrn die Meinung gesagt. Und der hatte darüber nicht lachen können, sondern nur geseufzt: »Es sieht tatsächlich so aus, Lustiger Rat.«

»Und der Heilige Geist selbst machte sich nicht erleuchtend bemerkbar?«

»Versündige Er sich nicht, Lustiger Rat!«

»Und dein kleiner Thronrat, Kurfürst?«

»Der hat geschwiegen.«

»Weil du deine Ratgeber wieder einmal zum Schweigen verpflichtet hattest?«

»Nein, sie hätten sprechen dürfen. Aber sie haben es vorgezogen zu schweigen.«

»Daran siehst du, Kurfürst, was für kluge Berater du hast.«

»Klug, sagt Er?«

»Ja, klug darf man es doch wohl nennen, wenn ein Beamter den Mund hält eingedenk der Tatsache, daß man in diesen unruhigen Zeiten nie weiß, welche Richtung morgen dran sein wird.«

Das konnte der Kurfürst nicht so einfach hinnehmen. Zwar war er sich mit seinem Hofnarren darüber einig, daß all seine Hofschranzen letztlich nichts zu bedeuten hatten, aber der Zweifel an der richtigen Richtung ging ihm doch zu weit. »Er spielt darauf an«, sagte er ernsthaft, »daß unter meinen Vorgängern einmal der Protestantismus eingeführt worden ist in diesem unserem Land. Damit aber habe ich so wenig zu tun wie mit diesen Vorgängern, die zwar wie ich Wittelsbacher waren, bekanntlich aber einer anderen Linie angehörten. Deren Irrtümer sind nicht meine Irrtümer, und ihr Abirren vom geraden Weg ist nicht mein Abirren. Wir waren gestern katholisch und sind heute katholisch, und wir werden auch morgen katholisch sein und nichts anderes, da kann Er ganz sicher sein.«

»Ja«, grinste Perkeo ihn frech an, »wenn du mich an Sohnes Statt annehmen würdest, mein Fürst, dann wäre ich da ganz sicher. So aber – du kennst ja deinen Nachfolger nicht.«

»Wieso nicht«, wunderte der Kurfürst sich. »Mein Nachfolger wird natürlich der Mann meiner Tochter sein.«

»Ob der Bläßling dich überlebt, Kurfürst, das scheint mir noch nicht ausgemachte Sache zu sein.«

»Ja, Gesundheit ist wahrhaftig nicht seine Stärke.«

Der freche Hinweis auf die Gefahr, daß sein Stammbaum verdorren könnte, hatte die Achillesferse des Kurfürsten getroffen. Er wußte, er könnte nur hoffen. Sein blasses Gesicht sah mit einem Mal noch mitleiderregender aus als zuvor. Doch dann straffte Carl Philipp sich schnell wieder: »Er wird nicht mein Sohn werden, Lustiger Rat. Aber Er wird morgen in aller Frühe gemeinsam mit dem Hofkanzler mein Beobachter sein, in der Heiliggeistkirche, wenn die Handwerker anrücken und die Trennmauer niederreißen.« Vergessen die Absicht des Kurfürsten, sein Volk zu fragen, was ihm an seiner Herrschaft nicht gefällt. Man machte sich seine eigenen Probleme. Perkeo aber war es nur recht, daß die schwierigere Aufgabe über der neuen, leichteren in Vergessenheit geraten war.

Abbrucharbeiten

Am Morgen des 4. September waren die Herren des Reformierten Kirchenrats beim Kurfürsten erschienen und hatten ihren definitiven Beschluß bekanntgegeben, die Heiliggeistkirche nicht freiwillig an die Katholiken abzutreten. Das war der Auslöser gewesen für die Anordnung Carl Philipps, die Kirche gegen den Willen der Reformierten zu einer katholischen Kirche zu machen. Dabei achtete der Kurfürst streng auf die Legitimität des Vorgehens. Er ließ nicht etwa vom Chorraum aus, in den die Katholiken ja durch zwei eigene Eingänge gehen konnten, die Trennmauer zerstören. Nein, als erstes sollte die ganze Heiliggeistkirche als katholische Kirche in Dienst gestellt werden. Danach erst sollte man die Trennmauer, die ja dann eine Sache wäre, die ganz im Besitz der Katholiken ist, niederreißen. So vermied er die Zerstörung einer Sache, an der auch die Protestanten Eigentumsrecht hatten.

Der Reformierte Kirchenrat war sich klar darüber, daß der Kurfürst sich nehmen würde, was er haben wollte. So hatten sie die vier Eingänge zum Langschiff, die ihnen zustanden, nicht nur sorgfältig abgeschlossen, sondern auch noch von innen verriegelt. Sie hatten dann durch das Westportal unterm Turm das Gebäude verlassen. Und genau diesen Weg mußten nun auch die vom Kurfürsten mit der Indienststellung der Kirche Beauftragten nehmen. Sie besorgten sich den Schlüssel zum Turm, der ja gemeinsam benutzt wurde, und nahmen vom Turmhaus aus die protestantische Kirche in Besitz, indem sie die Türen von innen öffneten und die gesamte Kirche offiziell und feierlich zur katholischen Kirche erklärten. Regierungskommissare, ein Weihbischof, ein Dechant, der Regierungspräsident von Hillesheim – Perkeo staunte über den Aufwand und konnte sich nicht verkneifen zu bemerken:

»Was für eine Chance. Wenn wir überall aus zwei Kirchen eine machen könnten, wären wir auf einen Schlag schon die Hälfte aller Kirchen los.«

Der Hofkanzler, Freiherr von Hallberg, der genau wie er nur als Beobachter fungierte, fragte lauernd: »Das erschiene Ihm wohl als ein Vorteil, wie?«

»Dir etwa nicht, Freiherr?«

»Durchaus nicht, Lustiger Rat.«

»Und du, Obristjägermeister«, wandte er sich an den Kommandanten der Soldaten, die vor der Kirche aufgezogen waren, »was meinst du zu diesem Verbesserungsvorschlag?«

»Ich bin ganz der Meinung des Hofkanzlers.«

»Ach, so ist das, Ihr liebt unseren Herrn nicht. Na, das werde ich ihm sagen, sobald ich wieder auf dem Schloß sein werde«, meinte Perkeo mit ernster Miene.

»Wie kommt Er auf so was, Lustiger Rat?«

»Wieso sollten wir seine Durchlauchtigst nicht lieben?«

»Wer nicht will, daß wir die Hälfte aller Kirchen los werden, der will nicht, daß unser Fürst Gelegenheit bekommt, neue Kirchen zu bauen. Und wer ihm dieses kleine Vergnügen nicht gönnt, den Spaß, zu bauen, zu bauen und noch einmal zu bauen, der liebt ihn nicht.«

Die beiden Herren lachten brüllend los und hielten sich die Bäuche vor Vergnügen. Die Rotte Arbeiter, die sie mitgebracht hatten, kam näher heran, um mitlachen zu können. Aber der Regierungspräsident trieb sie an die Arbeit. Sie sollten nun endlich die scheußliche Trennwand niederreißen, die ihr schönes Gotteshaus verunziere. Es blieb auch keine Zeit mehr für weitere Scherze, weil sich inzwischen immer mehr Menschen vor den Eingängen der Heiliggeistkirche einfanden, die aufgeregt fragten, was da drinnen los sei. Wo es rumorte und dröhnte und staubte. Der Regierungspräsident hatte persönlich den ersten Schlag gegen die Wand getan. Doch die Leute konnten nicht sehen, was dort drinnen geschah. Die Soldaten, fanatische Tiroler, die der Kurfürst aus Innsbruck mitgebracht hatte, hielten mit finster entschlossenen Mienen Wacht. Der Pfarrer der Reformierten genau wie die Herren vom Reformierten Kirchenrat wurden nicht in ihre Kirche eingelassen, trotz ihrer energischen Forderungen und der heftigen Proteste gegen den Gewaltakt. Die Kirche sei nun eine katholische Kirche, mußten sie sich sagen lassen, und zu dieser hätten sie keinen Zutritt. Was nützten da ihre Hinweise auf verbriefte Rechte? Was half ihnen das Jammern um die Mauer, die Stück für Stück zerböckelte? Die Mauer in einer katholischen Kirche sei eine katholische Mauer, sagte man ihnen, und als Katholik könne man mit einer katholischen Mauer anfangen, was man wollte. Und im übrigen möge man sich an den Kurfürsten halten, denn man habe Befehl von seiner Durchlauchtigst, so zu handeln.

Perkeo, der Beobachter des Kurfürsten, war nicht gerade glücklich über die Aufgabe, die ihm da zugefallen war. Zumal einzelne Bürger, die ihn im Eingang gesehen hatten, ihn baten, wenigstens er solle ihnen helfen. »Ihr seid doch der einzige Mensch am Hofe, Lustiger Rat«, rief ihm einer zu. »Lieber Freund«, rief Perkeo durch den Lärm der Abbrucharbeiten zurück, »was ändert ein einzelnes Weizenkorn, das ins Schwarzbrot geraten ist, an seinem Geschmack?« Eine Antwort, die ihm nachher leid tat. Er fragte sich: Kann ich mich wirklich damit rechtfertigen und beruhigen, daß ich als Einzelner nichts ändern könne? Nein. Das war die falsche Antwort. Wer denn sonst, wenn nicht der Einzelmensch kann etwas ändern an den Verhältnissen? Immer sind es ja nur einzelne überlegene Köpfe, einzelne energische Macher, die die Dinge ändern. – Und vielleicht sind sie auch nicht immer überlegene Köpfe. Wie der Pater Staudacher, der hier als einzelner für Veränderung gesorgt hat. Der dem Kurfürsten so lange zugesetzt hat, bis er zu diesem brutalen Gewaltakt geschritten ist.

Als der Kurfürst seinen Hofnarren am nächsten Tag als Weizenkorn im Schwarzbrot begrüßte, war Perkeo längst über diesen ihm peinlichen Schwächeanfall hinweg. So konnte er über das Weizenkorn lachen. Doch dem Kurfürsten stand offenbar nicht der Sinn nach Scherzen. Er hatte einen geharnischten schriftlichen Protest des Reformierten Kirchenrats entgegennehmen müssen, der mit der verklausulierten Ankündigung endete, dabei werde es nicht bleiben. »Man wagt es nicht nur, uns, dem regierenden Fürsten dieses Landes, entschiedenen Widerstand entgegenzusetzen, man versteigt sich sogar dazu, uns zu drohen!« Der Kurfürst war außer sich vor Erregung und sprach plötzlich über die Heidelberger, als handle es sich um die Verteidiger einer Stadt, die er belagert. Und Perkeo spürte mit Erschrecken, daß da mehr zerbrochen war als nur eine unschöne Trennwand in einer schönen Kirche.

Tatsächlich zog die Abbruchaktion unerwartet weite Kreise. Ganz Europa beschäftigte sich mit einem Mal mit der Heidelberger Heiliggeistkirche. Denn der Reformierte Kirchenrat hatte bei den ausländischen protestantischen Mächten um Hilfe gebeten. So mußte der Kurfürst den englischen Gesandten empfangen, der sich eigens nach Heidelberg begeben hatte, um gegen diesen Willkürakt zu protestieren, genau wie der holländische Gesandte anschließend. Die

Regierungen von Hessen-Kassel und Preußen drohten mit Repressalien. Und es blieb nicht bei den Androhungen, als sich Carl Philipp taub stellte. In Preußen und in Hessen wurden einzelne katholische Kirchen gewaltsam geschlossen. Der Kaiser mahnte beide Seiten zur Mäßigung und zur gütlichen Einigung und machte mit dieser halbherzigen Stellungnahme nur noch deutlicher, wie schwierig die Situation war. Und wie gefährlich. Mitteleuropa schien plötzlich am Rande eines neuen Religionskrieges zu stehen, der sich zu einem zweiten Dreißigjährigen Krieg entwickeln könnte. Sandte doch Papst Clemens XI. salbungsvolle Briefe an den Kaiser wie an den Kurfürsten Carl Philipp, sie sollten sich in ihrer Reaktion in dieser gerechten Sache nicht stören lassen, während gleichzeitig ein ermunterndes Schreiben des anglikanischen Erzbischofs von Canterbury bei dem Reformierten Kirchenrat der Pfalz eintraf, mit der Aufforderung, man möge auf den Schutz Englands vertrauen.

Da spielte Carl Philipp seinen letzten Trumpf aus: Er ließ dem Reformierten Kirchenrat und der gesamten Bürgerschaft Heidelbergs durch den Stadtdirektor Bardon mitteilen, daß das weitere Schicksal der Stadt nun in der Hand der Reformierten liege. Alles hinge von deren Haltung ab. Wenn sie nicht klein beigeben würden in Sachen Heiliggeistkirche, dann werde er, Carl Philipp, sich aus Heidelberg zurückziehen. Er werde den Hof nach Mannheim verlegen und auch sämtliche Verwaltungen von Heidelberg abziehen. Die Neckarbrücke werde er abbrechen lassen und die Stadt so zurücklassen, daß schon bald Gras vor allen Häusern wachsen werde.

Es geht bergab

Die furchtbare Drohung des Kurfürsten lastete auf der Stadt, als schielten die Franzosen schon wieder begehrlich nach der rechten Seite des Rheins. Die Heidelberger wußten: Wenn der Hof wegzieht, dann ist das der Anfang vom Ende. Plötzlich sahen sie die vielen Vorteile, die sie hatten durch die Leute auf dem Schloß, über die sie sonst nur schimpfen konnten. Die wichtigen Besucher aus dem Ausland, die ihr Geld in Heidelberg ausgaben; die Förderung des Wiederaufbaus und der Verschönerung der Stadt durch den Kurfürsten; der Zuzug hochgebildeter und meist auch vermögender Neubürger von überallher, die mit dem Hof zu tun hatten; und nicht zuletzt die vielen Löhne, die der

Hof an Frauen und Männer zahlte, die täglich aus der Stadt auf den Schloßberg hinaufzogen zur Arbeit. Schließlich: Wer sollte den Bauern das Obst und Gemüse abkaufen, wenn nicht mehr viele hundert Esser Tag für Tag auf dem Schloß verköstigt werden müßten.

Nicht mehr das Wetter war das Hauptthema, wenn die Leute nun zusammenstanden und miteinander sprachen. Es ging kaum noch um die Heiliggeistkirche und darum, daß sie gleichzeitig eine protestantische und eine katholische Kirche war. Eine Besonderheit, die den Leuten immer unwichtiger wurde. Es ging um Handfesteres: um den persönlichen Vorteil durch die Leute da oben. Doch der Reformierte Kirchenrat zeigte sich unbeeindruckt von der Drohung des Kurfürsten, genau wie von den Ängsten der Leute vor dem wirtschaftlichen Niedergang ihrer Stadt.

Während das Problem Heiliggeistkirche an allen europäischen Fürstenhöfen so heftig diskutiert wurde wie auf den Gassen und in den Wirtshäusern Heidelbergs, beschäftigte sich Kurfürst Carl Philipp mit den Vorbereitungen einer großen Hirschjagd auf dem Neckar. Wochenlang wurden Hirsche gefangen in den weiter entfernten Waldungen auf beiden Seiten des Flusses. Keine einfache Prozedur, die großen, starken Tiere lebend einzufangen und zum Schloß zu transportieren. Dort wurden sie im westlichen Schloßgraben ausgesetzt, wo sie für die Hofleute einen imposanten Anblick boten. Im Wald zwischen Heidelberg und Schlierbach wurde eine Schneise geschlagen, die sich senkrecht den Berg hinabzog bis unmittelbar ans Ufer. Und genau dort wurden im Neckar Netze befestigt, die ein großes Karree bildeten mit nur einer einzigen schmalen Öffnung, und zwar zu der Schneise hin. Einige prächtig geschmückte Boote lagen in diesem Karree auf dem Wasser und warteten auf die Spitzen der Hofgesellschaft. Viele andere waren außerhalb der Absperrung am Ufer festgemacht. Dort auch wurden Festzelte und hohe Postamente für Feuerpyramiden aufgebaut.

Eine eingestellte Jagd, wie sie hier veranstaltet werden sollte, erforderte nun einmal sehr viel an Vorbereitungen. Dafür bot sie den Vorteil, daß es später bei der eigentlichen Jagd in keiner Weise anstrengend würde. So daß man nicht die vornehm lässige Haltung verlieren müßte, seine Kleider in Unordnung brächte oder mit derangierter Frisur gesehen würde. Nein, bei der eigentlichen Jagd lief alles in vorbildlicher Ordnung und anmutiger Haltung ab. Erst gegen Abend begann das große Treiben in den Wäldern beiderseits der Schneise. Für die Bauern, die dort eingesetzt waren, ging es darum, Hirsche aufzustöbern und auf die dafür geschlagene Schneise zu treiben. Von dort gab es für die Tiere nur noch einen Weg, den bergab zum Flußufer hin. Wo sie in das abgesperrte Wasserkarree rannten, wie in eine Fischreuse. Daß es nicht nur Hirsche waren, was da aufgescheucht wurde, was machte das schon. Die Rehe vervollständigten das Bild nur. Und das Vergnügen. Kleineres Getier aber wie Füchse, Hasen und Dachse ließ man einfach durch die Lappen gehen. Die riesige Schar der Jagdhelfer hatte alle Hände voll zu tun. Mußten doch gleichzeitig die im Schloßgraben ausgesetzten Hirsche wieder eingefangen und zum oberen Ende der Schneise gekarrt werden. Dort wurden sie Stück für Stück freigelassen und mit lautem Hoho und Juchhe die Schneise hinab getrieben.

Immer mehr Tiere wurden es, die sich im Neckar tummelten, innerhalb des abgesperrten Karrees. Die großen Köpfe mit den gewaltigen Geweihen wühlten das Wasser auf, wie sie sich in sinnloser Panik hierhin und dorthin wandten. Immer zwischen den festlich geschmückten und vom Fackellicht erleuchteten Kähnen der Hofgesellschaft, so sehr sie auch bemüht waren, das Weite zu suchen. Dann plötzlich brach die festliche Musik ab. Signalhörner verkündeten den Beginn der Jagd. Alles war in fieberhafter Unruhe. Lakaien reichten den Herren und Damen die geladenen Flinten an. Und nachdem der Kurfürst den ersten Schuß getan und einen kapitalen Vierzehnender erlegt hatte, ging ein fröhliches Geknalle los. Jeder Treffer wurde vom hellen Jubel der zahllosen Gäste begleitet, die von Booten hinter der Absperrung und vom Ufer aus der Jagd zuschauten.

Perkeo hatte sich nicht drücken können. Doch hatte er zumindest erreicht, daß der Kurfürst ihm erlaubte, am Ufer zu bleiben. Und auch dort stand er nicht gerade im hellsten Licht. Er saß ein bißchen abseits auf einem Meilenstein am Weg. Diese Schlächterei ekelte ihn an. Und er fragte sich, warum nur? Nicht eigentlich, weil die Tiere getötet wurden, mußte er zugeben. Dafür lag ihm der Gedanke an Hirschgulasch und dergleichen Leckereien einfach zu nahe. Nein, er fühlte sich, als ob er auf ihrer Seite stünde: auf der Seite der größeren, stärkeren und schöneren Kreaturen, die hier nur durch den Einsatz der falschen Waffen rettungslos verloren waren. Was kann man im Wasser schon mit gefährlich starken Hufen und einem riesigen Geweih ausrichten? Und wieso bin ich auf ihrer Seite? Weil auch ich größer, stärker und schöner bin als diese Leute da? Ja, mit den Waffen des Geistes bin ich der Überlegene. Aber wenn man mich so in den Fluß hetzen würde wie die Hirsche, wäre ich genauso verloren, weil ich die falschen Waffen hätte für den Kampf ums Überleben. Es sei denn, ich spiele so ulkig den Ertrinkenden, daß sie alle vor lauter Lachen nicht mehr zielen können. Aber das ist kein guter Rat für die armen Hirsche. Weil sie nicht spielen können. Ja, das ist es, was sie uns unterlegen sein läßt: Für sie ist alles Ernst, sie können das Wichtigste nicht, nicht spielen.

Unbemerkt hatte sich neben den nachdenklich dahockenden Zwerg ein Mädchen ins Gras gesetzt, das sich jetzt an ihn drückte. »Du, Comtesschen?« wunderte Perkeo sich. »Hast du vergessen, daß du mir böse sein wolltest, weil ich gesagt habe, daß jeder nur sich selbst liebt?«

»Pst«, machte sie und legte ihm den Finger auf die Lippen. »Längst vergeben. Aber sprich bitte nicht mehr so. Dafür sind die Dinge viel zu ernst.«

»Welche Dinge?«

»Die Liebe – und alles, was damit zu tun hat und – und was daraus folgt«, kam es sehr verzögert.

»Was daraus folgt? Was meinst du damit?«

»Aber du weißt doch, Clemens. Wenn zwei sich lieben, sich so richtig innig lieben, dann sind sie wie eins – und über kurz oder lang sind sie dann drei.«

Es war heraus. Die Comtesse Dorothea von Laufenburg hielt den Atem an, wie sie auf Perkeos Antwort lauschte. Die aber noch nicht so richtig kommen wollte. Zunächst fragte er nur dumm: »Was willst du damit sagen, Comtesschen?«

»Nichts mehr mit Comtesschen, Clemens. Jetzt bin ich kein Mädchen mehr. Jetzt bin ich eine Frau, eine richtige Frau, denn wir bekommen bald ein Kind.«

»Wir?«

»Ja, du und ich, wir werden Eltern sein. Ist das nicht wunderbar?«

»Bist du da so sicher?«

»Na klar, ich spüre es doch.«

»Ich meine, ob du sicher bist, daß gerade wir beide die Eltern sein werden. – Du ja, aber ob ich, das ist doch wohl nicht so klar.«

»Ja, so ist das, jetzt kneifst du und willst mir sogar noch andere Männer anhängen«, brach die Comtesse in Tränen aus.

Unter Schluchzen beteuerte sie: »Dabei weißt du ganz genau, daß ich keinen anderen Mann als nur dich an mich herangelassen habe. Keinen. Aber ich hätte es mir denken sollen. Du bist auch nicht anders als die anderen. Nur weil du so aussiehst, als ob du mehr Liebe brauchtest, bist du doch noch lange nicht besser als die anderen Männer.«

Und als Perkeo sie unterbrechen wollte: »Aber so hör doch, Comtesschen«, sprang sie auf: »Dann war es eben keiner. Überhaupt keiner! Du brauchst dir keine Sorgen zu machen, Clemens. Niemand wird von mir erfahren, wer der Vater meines Kindes ist. Und ich werde dich auch nie mehr belästigen.« Damit lief sie davon und ließ den Hofnarren allein da hocken, bei den schon weit heruntergebrannten Fackeln und den vereinzelten Schüssen, die auf den letzten noch lebenden Hirsch abgefeuert wurden.

Weiße Weihnacht

Es war der ausdrückliche Wunsch des Kurfürsten gewesen, daß das Weihnachtsfest des Jahres 1719 ganz besonders groß gefeiert werde. Hatte man doch jetzt das schöne Standbild der Gottesmutter auf dem Kornmarkt. Und man hatte endlich die ganze Heiliggeistkirche zur Verfügung für die Feier der Christmette.

Die Hofschauspieler, gewohnt, antike Gottheiten, Nymphen und Kobolde zu spielen, Wasser, Erde, Feuer und Wind darzustellen, sie mußten jetzt unter Hochdruck ein neues Spiel einstudieren. Es ging um ein Weihnachtsspiel, also um die Geburt Jesu im Stall von Bethlehem. Carl Philipp hatte seinen zweiten Hofdichter, den Italiener Johannes Dominikus Pallavicini, damit beauftragt, das so weit zurückliegende Geschehen in einem richtigen, großen Schauspiel Wirklichkeit werden zu lassen. Und der routinierte Theaterdichter hatte sich nicht damit zufriedengegeben, die Geburt des Herrn aus den vergangenen Zeiten ins Heute zu holen. Er hatte sie auch aus dem sehr abgelegenen Palästina nach Rom geholt, weil er sich dort besser auskannte.

»Auf dem Palatinischen Hügel in Rom wird die Krippe stehen, in die das Jesuskind gelegt wird«, erklärte er seinem Auftraggeber die leichte Verschiebung der Geographie. »Was wäre wohl geeigneter, der Vorstellung auf die Sprünge zu helfen, bei uns, die wir hier im Hortus Palatinus leben?« Eine Argumentation, der Carl Philipp nichts entgegenzusetzen hatte. Das ist eben dichterische Freiheit, sagte er sich und ließ seinen Poeten ungestört weiterarbeiten.

Die Adventszeit verging in diesem Jahr schneller als sonst. Einmal, weil der Schnee schon früh für ein völlig verwandeltes Bild der Stadt und der Landschaft drumherum sorgte. Zum anderen, weil ein unbarmherziger Frost die Leute jeden Abend früher ins Bett trieb. Sogar die auf dem Schloß stöhnten, weil die knarrende, beißende, lähmende Kälte durch die dicksten Mauern drang, trotz der Gobelins aus Brüsseler Werkstatt. Was halfen gegen diesen Frost die paar großen Kachelöfen und die offenen Kamine? Nur wer es schaffte, ganz vornean zu sitzen, brauchte nicht mehr zu frieren. Dafür wurde er beinahe geröstet. Der Lieblingsplatz Perkeos, der in der Ecke des Kachelofens beim Kurfürsten, die vier Stufen hoch bis zu dem schmalen Sitz, der Platz war jetzt nicht mehr zu gebrauchen, weil die Heizer heizten, als hätten sie in der Hölle ihre Lehre gemacht.

Der Neckar war zugefroren. Die Bauern fuhren mit ihren Ochsenkarren über das Eis, und die Kinder putzten es mit ihren Schuhen und Hosenböden blank. Der Kurfürst hatte eine Schlittenpartie auf dem Neckar veranstaltet. Mit bunt geschmückten Pferdeschlitten war es den Fluß hinauf gegangen bis fast nach Neckargemünd. Und außer dem Hackteufel, dem Felsenriff gleich unterhalb des Schlosses, hatte es keine Schwierigkeiten gemacht, den Fluß zu bezwingen. Der Hackteufel aber schaute in seiner tückischen Art sogar noch aus dem dicken Eis hervor, was Pater Staudacher gleich für seine nächste Predigt verwendet hatte. Die Natur gab Anschauungsunterricht. Abergläubische Gemüter in der Stadt sprachen davon, diese strenge Kälte komme vom Kurfürsten, der ihnen neuerdings so kalt und abweisend begegne. Oder es sei das die Strafe des Himmels für diese kalte Ablehnung. Wobei nicht klar war, wer nun mehr gestraft wurde von diesem ungewöhnlichen Kälteeinbruch, der Kurfürst oder die Heidelberger.

Der Christmette in der Heiliggeistkirche ging diesmal ein besonders feierlicher Einzug des Hofes und der ganzen Geistlichkeit voraus. Die Glocken dröhnten, als stünde die Stadt in Flammen. Dabei war es nur der Auftritt von Engeln, den sie zu begleiten hatten.

Aber die hatten ja auch eine ganz besondere Botschaft zu verkünden: daß der Erlöser auf die Erde gekommen, daß Gottes Sohn ein Mensch geworden sei. Da lag er in der Krippe im Heu, und Maria und Joseph waren bei ihm. Und Ochs und Esel lagen da, auf dem Palatinischen Hügel in Rom, genau wie viele Schafe. Pallavicini hatte die Chance, die ihm eine ungeteilte, große Kirche bot, wahrgenommen. Der Chorraum und noch einiges darüber hinaus war zur Bühne geworden. Nicht nur die Hirten traten auf, recht zahlreich natürlich. Da kamen auch sonderbare Gestalten angeschlichen, die offensichtlich nichts Gutes im Schilde führten. Joseph stellte sich tapfer vor Maria, und der brave Handwerker stand seinen Mann, als die Fremdlinge sich als Räuber entpuppten. Mit seiner Zimmermannsaxt schlug er sie in die Flucht, derweil die Engel immer noch so schön sangen und die Schafe nur hin und wieder ihr »Mäh« hören ließen. Dann kamen auch schon bald die Weisen aus dem Morgenland, von einem Kometen hergeführt, der hoch oben im Kreuzgewölbe der Kirche aufleuchtete. Und kaum daß die drei ihre Geschenke abgegeben, ihre Huldigung dargebracht und sich wieder davongemacht hatten, kam Petrus. Und aus der Krippe tönte es laut und vernehmlich: »Du bist Petrus, der Fels, und auf diesen Felsen will ich meine Kirche bauen.« Im nächsten Augenblick zog der Papst in den Petersdom ein. Er setzte sich auf den Stuhl Petri, unter einem hohen Baldachin, den merkwürdig gedrehte, farbige Säulen trugen. Und als er sich erhob und begann, die Messe zu zelebrieren, da erkannte jeder, daß er gar nicht der Papst war, sondern der Bischof. Und alle fielen ein in den Gesang, der die Geburt Jesu verkündete.

Es war eine herrliche Nacht, diese Nacht vom 24. auf den 25. Dezember 1719. Selbst Perkeo war ein wenig ergriffen. Und als es wieder zurück ging aufs Schloß, wunderte er sich doch, daß das Eis nicht geschmolzen war, der Schnee nicht geschwunden von soviel Inbrunst. Aber auch die folgenden drei Tage, die intensiv Weihnachten gefeiert wurde, konnten den harten Winter nicht milder stimmen. Die erhabene Vorstellung, daß die Bäume in der Christnacht anfingen zu grünen und zu blühen und Früchte zu tragen aus lauter Begeisterung über die Geburt des Herrn, diese Vorstellung war aber doch zu ihrem Recht gekommen, teilweise wenigstens: Im Spiegelsaal des Gläsernen Saalbaus stand eine Tanne, mitten im Raum, und sie rührte mit ihrer Spitze bis an die hohe Decke. Und dieser Baum in seinem prächtigen Immergrün war über und über behängt mit Papierrosen, Äpfeln, Zuckerwerk und Knistergold. Ein so schönes Bild, daß sich niemand daran sattsehen konnte.

Schweinerei!

Das gibt es: Er wußte selbst nicht warum, aber es ekelte ihn alles an. Das gezierte Gehabe der Höflinge, die Verstellung, falsche Freundlichkeit und üble Nachrede rundum. Und das Katzbuckeln der Kleinen vor den Größeren, obwohl doch jedem klar war, daß auch die Großen letztlich nichts als Marionetten des Kurfürsten waren. Der konnte sie huldvoll mit goldenen Ketten behängen oder in Schande davonjagen, ganz nach Lust und Laune. Und weil das jeden Hofschranzen bei Tag und bei Nacht als ein Albtraum verfolgte, überschlugen sie sich in Höflichkeitsgesten und unterwürfigem Gerede gegenüber ihrem Herrn. So blieb Perkeo nur, kräftig dagegenzuhalten. Seine Bemerkungen wurden immer gröber, immer rabiater, sowohl gegenüber Carl Philipp als auch und erstaunlicherweise genauso häufig gegenüber seinen Hofleuten. Aber weil der Kurfürst seine Sottisen lächelnd hinnahm, konnten die anderen sich nicht darüber beklagen. Und die Klügeren unter den Hofschranzen hielten sich an die alte Regel: Wenn du einen Feind nicht besiegen kannst, dann mach ihn dir zum Freund. Perkeo wurde von ihnen mit um so größerer Freundlichkeit und Ehrerbietung behandelt, je ungehobelter er sich aufführte. Das hatte er natürlich bald erkannt – und sich eine Lehre sein lassen.

Die enge Wendeltreppe, die am östlichen Ende des Friedrichsbaus von der Schloßkapelle bis in die Prunkgemächer des Fürsten hinaufführte, war immer stark frequentiert von Höflingen, die dem Kurfürsten ihre Aufwartung machen wollten. Ein Anlaß ließ sich ja leicht finden. Gleich, ob es eine Erfolgsmeldung aus ihrem Verantwortungsbereich war oder eine Mißerfolgsmeldung aus dem Ressort eines anderen, ein besonderes Geschenk für Carl Philipp, ein persönliches Anliegen oder einfach nur Hofklatsch. Der Kurfürst war für alles sehr zugänglich. Das Gedränge auf der Treppe war also stets groß. Man begrüßte sich gegenseitig nur kurz und förmlich. Jeder tat, als wäre er sehr mit dem beschäftigt, was er dem Kurfürsten vorzutragen im Begriff war oder aber was er gerade mit ihm besprochen hatte. So konnte man am besten den Ärger und die schlimmen

Befürchtungen überspielen, die einen plagten, wenn man ganz zufällig den auf der Treppe traf, den man als seinen Konkurrenten oder Gegner fürchten mußte.

An dem dunklen Wintermorgen, an dem Perkeo besonders früh auf war, nämlich noch ehe die ersten Höflinge sich beim Kurfürsten zum Lever einfanden, erlebte die Wendeltreppe eine besonders fürsorgliche Behandlung: Perkeo kroch mit einem Topf Schweinefett von Stufe zu Stufe, indem er eine jede liebevoll einschmierte. Dann nahm er noch die Blaker aus den Nischen, so daß die Treppe zum düsteren Schacht wurde. Anschließend hockte er sich unten in der Schloßkapelle hin, um zu beten – und die Ohren zu spitzen. Und tatsächlich hörte er schon bald das gewünschte Poltern und Schreien von der Treppe her. Pater Staudacher war der erste, der durch die Kapelle nach oben gestrebt war, um den Kurfürsten beim Morgengebet zu akkompagnieren, wie er kurz bemerkt hatte, als Perkeo ihn sonderbar freundlich grüßte. Als er jetzt wieder auftauchte, hörte sich das, was er von sich gab, nicht wie ein Gebet an. Er schimpfte über die Düsternis und die Enge der Treppe und die Schlüpfrigkeit. Und er fand sehr schnell Leidensgenossen, die in den Chor der Entrüstung einfielen, so daß Perkeo seine Andachtsübung beenden mußte. »Nicht einmal hier im Hause Gottes ist man sicher vor dem Lärm der Kinder dieser Welt«, beschwerte er sich. Und als die Blessierten es nicht dabei beließen, sich wortreich zu verteidigen, sie hätten ja nur zum Kurfürsten hinauf gewollt, als sie anfingen, sich argwöhnisch zu fragen, ob wohl Perkeo hinter der unerwarteten Gefährlichkeit der Treppe stecke, da meinte der Hofnarr nur: »Auf dem Weg vom Allerheiligsten zum Allerunheiligsten kann man die Füße gar nicht behutsam genug setzen.« Und machte ihnen vor, wie man gehen müßte, mit hohen Schritten und seitlich abgewinkeltem Fuß. »Oder noch besser so: auf den Händen laufend.« Und verschwand dabei aus der Kapelle, noch ehe sich einer aus der Schar der Hereingelegten aufraffte, sich den bösartigen Zwerg einmal vorzunehmen.

Drei Tage lang schimpfte man vielstimmig über die Schweinerei auf der Treppe. Aber der Kurfürst hatte nur gelacht und es genossen, daß er etliche Stunden lang viel weniger Belästigungen zu ertragen hatte als sonst. Was allerdings in der Woche darauf passierte, das nannte selbst Carl Philipp eine veritable Schweinerei. Es hatte in der Nacht kräftig geschneit, und als es endlich hell wurde, lag eine herrlich weiße Decke im Schloßhof und auf dem Altan ausgebreitet.

So unberührt, daß es eine Freude war für die Augen der Frühaufsteher. Nur vor dem Gläsernen Saalbau sahen die Frühaugen das weiße Tuch beschmutzt. Mit dicken gelben Tropfen waren ihm dort Linien aufgestickt, die ganz deutlich als das Monogramm des Kurfürsten zu erkennen waren: das C und das P so ineinander verschlungen, wie Carl Philipp es zu schreiben pflegte. Und jedem, der es sah, war sofort klar, daß dieses Monogramm nur auf eine einzige Weise zustandegekommen sein konnte, nämlich von den Arkaden des Gläsernen Saalbaus aus in den Schnee gepinkelt. Kunstvoll ohne Zweifel, aber auch ohne jeden Respekt.

Carl Philipp brauchte keine langen Nachforschungen anzustellen, um den Täter ausfindig zu machen. Den er vor seinen Thron zitierte. Und der auch gleich geständig war: »Ja, das war ich.« Der aber den Vorwurf, den Landesherrn damit schwer beleidigt zu haben, weit von sich wies: »Was hat das mit dem Landesherrn zu tun? Jeder hat seine eigene Notdurft. Und wenn ich muß, dann muß ich ohne Rücksicht auf dich, Kurfürst. So hat es die Natur nun einmal eingerichtet. Du fragst mich ja auch nicht, wenn du mußt.«

»Aber mein Monogramm!«

»Wieso dein Monogramm? Geh hin und schnupper, und du wirst feststellen, daß es mein Monogramm ist: Clemens Perkeo, CP. – Wie der Volksmund sagt: ›Der Name der Jecken steht an allen Ecken.‹«

Womit die eine Schweinerei erledigt war, nicht aber die andere, die erste.

Zu neuen Ufern

Selbstverständlich: Das Wort vom Allerunheiligsten war dem Kurfürsten unverzüglich hinterbracht worden. Und von dem hörte Perkeo ein recht ärgerlich klingendes Echo. »Ich verstehe nicht, was du willst, Kurfürst«, wehrte der Hofnarr sich. »Soll ich auf einmal nicht mehr die Wahrheit sagen dürfen? Von wem sollte man sie dann wohl noch zu hören bekommen?«

»Die Wahrheit, die Wahrheit«, erregte Carl Philipp sich. »Wer weiß schon, was die Wahrheit ist? Und wen kümmert überhaupt die Wahrheit? Er soll mir nicht die Wahrheit sagen, Lustiger Rat, Er soll mir Spaß machen, verstanden!«

»Und ich hielt bisher so viel von dir, mein Fürst, daß ich annahm, es macht dir am meisten Spaß, wenn du die Wahrheit hörst.«

»Es ist ein Unterschied, ob Er mir eine Frechheit ins Gesicht sagt, so daß ich herzhaft lachen kann, weil ich fühle: da stehe ich drüber, oder ob Er mich hinter meinem Rücken verleumdet.«

»Hinter deinem Rücken, das ist ja gar nicht möglich.«

»Wieso nicht?«

»Egal wo und wem man etwas sagt, man sagt es dir direkt ins Ohr, großer Kurfürst, weil du deine großen Ohren überall hast. Also magst du auch diesmal ruhig darüber lachen – und fühlen, daß du darüber stehst, Allerunheiligster.«

Der geschickte Winkelzug imponierte Carl Philipp. Er lachte einmal kurz und bemüht, kam dann aber doch auf das zurück, was ihm quer saß wie eine verschluckte Fischgräte:

»Trotzdem, mich als Allerunheiligsten bezeichnet zu sehen, mißfällt mir. Ich bin ein religiöser Mensch, und ich bin der Garant des Wiedererstarkens unserer heiligen römischen Kirche in unseren Landen.«

»Ein Herrscher, der seinem eigenen Narren etwas vorzumachen versucht, der sollte gleich den Platz mit ihm tauschen«, bemerkte Perkeo trocken, dabei nahm er seine feuerrote Perücke ab und reichte sie dem Kurfürsten hin, mit der anderen Hand nach dessen weißer Allongeperücke verlangend.

»Was hätte ich Ihm vorzumachen versucht? Bin ich etwa nicht der fürsorgliche Vater unserer Kirche?«

»Doch, das bist du, Kurfürst, ein braver und gehorsamer Vater, der alles für seine Kirche tut, alles, viel mehr jedenfalls als gut und angezeigt wäre. Denn es muß zur Katastrophe führen, wenn ein Herrscher nicht mehr nur vorgibt, religiös zu sein, sondern schon selbst an derlei Glücksverheißungen glaubt.«

Tatsächlich ließ Carl Philipp den Kirchenstreit durch eine Kommission aus katholischen und protestantischen Räten weiterbehandeln – und damit dämpfen. Mit der klaren Zielvorgabe: gütliche Einigung und schnelle Erledigung. Denn inzwischen war seine Drohung zu einem Plan herangereift. So wurde den Protestanten erlaubt, den Heidelberger Katechismus weiterzubenutzen. Lediglich kleine Korrekturen sollten vorgenommen werden. Und auch die Heiliggeistkirche könnten sie wieder als ihr Gotteshaus betrachten. Doch zögerten die Protestanten noch mit ihrem Wiedereinzug in die Kirche, weil die Katholiken weder ihre Gerätschaften weggeräumt noch die Trennwand wiedererrichtet hatten. Der Kurfürst wollte schon den Spieß umdrehen und nun die zögernden Protestanten als Störenfriede hinstellen. Doch am 25. März dieses Jahres 1720 erschien in Heidelberg ein kaiserlicher Kabinettskurier mit dem strengen Befehl, den Reformierten innerhalb von vier Wochen »bey Vermeidung der Exekution« das Kirchenschiff zurückzugeben. Dies wie auch die internationale Aufregung der reformierten Mächte ließ den Kurfürsten schließlich die Anweisung geben, wieder eine Trennwand in die Heiliggeistkirche einzubauen.

Am 1. April konnten die Reformierten ihr Kirchenschiff feierlich wieder in Besitz nehmen und in Anwesenheit vieler ausländischer Gesandter den ersten Gottesdienst abhalten. Am 12. April ordnete der Kurfürst den Umzug des Hofes nach Mannheim an, womit er dem sechshundert Jahre alten Sitz der Pfalzgrafen bei Rhein für immer den Rücken kehrte. Der letzte regierende Kurfürst verließ das Heidelberger Schloß, in dem er nur anderthalb Jahre lang residiert hatte. Mit seinen bereits 58 Jahren begann Carl Philipp entschlossen einen neuen Lebensabschnitt an neuem Ort. Als ob er überhaupt keinen Sinn für Zeit und Ort hätte. »Ich muß gestehen«, sagte er seinem Hofnarren, »ich freue mich auf die Zukunft.« Und der gab auf seine Weise noch Ermunterung dazu: »Recht hast du, Kurfürst. Ein Herrscher, der nicht durch Heldentaten glänzen kann, der kann nur durch Verrücktheiten in die Geschichte Einlaß finden.«

Glück und Unglück

Der Mannheimer Stadtrat war hocherfreut über die Mitteilung, daß die junge Stadt Mannheim nunmehr Residenzstadt sei. Hatte man doch bisher mehr Unglück als Glück erlebt. Eigentlich nur eine Zitadelle mit einem breiten Wohnanhängsel, alles zusammen von einem vielzackigen Kasemattenstern umschlossen, war Mannheim schon im Jahre 1622, gerade sechzehn Jahre nach seiner Gründung, von den Ereignissen des Dreißigjährigen Krieges überrollt worden. Die kaiserlichen Truppen des Feldherrn Tilly hatten die Stadt erobert und gründlich zerstört. Die nächste völlige Zerstörung erlebte die Stadt dann im Orléansschen Krieg, da hieß ihr Sterbejahr 1689. Man hatte ein drittes Mal von vorne angefangen, diesmal als eine großzügig angelegte Stadt der Planquadrate, weil die beengenden Befestigungen von den Franzosen geschleift worden waren. Und Platz genug war ja in der Ebene, in dem breiten Zwickel zwischen dem Rhein und dem in ihn mündenden Neckar.

So erfreut wie der Mannheimer Stadtrat war, so entsetzt war der Heidelberger, als er erfuhr, daß der Kurfürst seine finstere Drohung wahrgemacht und die Verlegung der Residenz befohlen hatte. Das war ganz klar das Ende der Prosperität dieser alten Stadt, verstand man. Und es tröstete wenig, daß Carl Philipp wenigstens darauf verzichtete, auch noch die Brücke zu sprengen, wie er angekündigt hatte.

Perkeo sagte seinem Fürsten auf den Kopf zu, daß der Kirchenstreit doch nur ein Vorwand gewesen sei für den Umzug nach Mannheim. Daß es dem Kurfürsten in Wahrheit um ganz anderes gehe. Und Carl Philipp verhehlte nicht, daß es ihm einfach an Platz fehle in Heidelberg, Platz für die Macht- und Prachtentfaltung, wie sie einem regierenden Kurfürsten bei Rhein zustehe. Carl Philipp hatte den Plan fallengelassen, im Stückgarten des Heidelberger Schlosses einen neuen Palast zu errichten. Er hatte sich gegen jegliches Stückwerk und für Größe entschieden, für eine in Heidelberg nicht realisierbare Größe.

»Die Stadt Mannheim ist schon so angelegt, daß ihr nur noch das repräsentative Schloß fehlt, auf das alles ausgerichtet ist«, sagte er zu Perkeo. Und meinte mit dem, was fehlt, natürlich sich. »Dieses Schloß wird das Schloß aller Schlösser werden. Und ich werde derjenige sein, der es erbaut hat.«

Zunächst aber bemühte man sich in Mannheim, provisorische Unterkunft zu schaffen für die vielen Ämter, die nun die Residenzstadt Mannheim schmücken sollten. Schon am 20. Mai wurde das kurfürstliche Archiv nach Mannheim gebracht. Die Verlegung aller Gerichte und Verwaltungen folgte bald. Und was die Herren vom Reformierten Kirchenrat besonders hart traf: Zu ihren regelmäßigen Sitzungen dreimal in der Woche mußten sie nun nach Mannheim fahren. Die Hofgesellschaft aber rüstete zu ihrem Aufbruch in die Sommerresidenz Schwetzingen. Unmittelbar vor der Abreise dorthin trat jedoch ein Ereignis ein, das für Perkeo als ein dunkler Schatten erschien, der die Zukunft plötzlich gar nicht mehr so schön und lustig erscheinen ließ.

Nicht ein einziges Mal noch hatte er Gelegenheit gefunden, mit der Comtesse Dorothee von Laufenburg zu sprechen. Sie ging ihm aus dem Weg, und ihre Kammertür war stets verschlossen. Und nun sei ihre Zeit gekommen, hörte er. Jeden Tag war mit ihrer Niederkunft zu rechnen. Perkeo hatte ihr ein Briefchen zustecken lassen, in dem er ihr Glück wünschte und in dem er gleichzeitig bat, ihm nicht mehr böse zu sein. Dummes Gerede gehöre doch zu seinem Amt, hatte er geschrieben, so daß er manchmal selbst nicht mehr wisse, ob es nun klug oder dumm war, was er gesagt habe, ob es wirklich seine Meinung gewesen sei oder nur ein netter Witz. Doch es hatte keine Antwort gegeben auf diesen Brief. Was nicht weiter erstaunlich war. Denn Perkeo hatte es wohlweislich vermieden, sich zu seinem Kind zu bekennen. Vorsichtigerweise hatte er es bei allgemeinen Formulierungen belassen und darauf vertraut, die Comtesse werde schon Verständnis dafür haben, daß er in seiner Funktion sich nicht an Frau und Kinder binden könnte.

Ob sie tatsächlich Verständnis für diese Zwangslage des Hofnarren hatte – gepaßt hätte das zu ihr – oder ob sie nur aus verletztem Stolz schwieg, Perkeo sollte es nie erfahren. Zwar berichteten ihm Frauen, die dabei waren, die Geburt sei gut verlaufen und es sei ein gesundes strammes Söhnchen. Zwar erfuhr er weiter, die Comtesse habe gesagt, der Junge solle auf den Namen Clemens getauft werden, doch den Namen seines Vaters werde sie nie verraten, niemals. Das sei ihr süßes Geheimnis. Und sie sei überglücklich, daß sie einen Jungen bekommen habe. Aber dann sagten die Frauen auch, und das mit besorgten Gesichtern, daß die Comtesse in ein heftiges Fieber gefallen sei, was ein schlechtes Zeichen sei. Perkeo schlich wie zufällig in den Fluren nahe der Comtesse herum und beobachtete heimlich, wer zu ihr ging. Erst war es die Amme, dann der Hofmedicus und bald darauf einer der Priester des Hofes. Und am nächsten Tag gab es dann Gewißheit: Die junge Mutter sei im Fieber geblieben, hieß es. »Da war alle Kunst des Hofmedicus vergeblich gewesen. Und dagegen hatte der Hofapotheker kein Kraut gehabt. Doch ist die Comtesse versehen mit dem heiligen Sterbesakrament gestorben«, hörte er.

Perkeo war verzweifelt. »Zu spät, zu spät«, sagte er nur immer vor sich hin, während er in seinem Zimmer auf und ab rannte. Er hatte sich eingeschlossen, was sonst nicht seine Art war. Aber nun wollte er keinen Menschen sehen, wollte er allein sein mit seiner Erinnerung an die schöne junge Comtesse. »Mein Comtesschen«, jammerte er, »mein Comtesschen.« Und hatte bald solch ein Mitleid mit sich selbst, daß ihm die Tränen über die Wangen liefen, was ihm seit seiner Kindheit nicht mehr passiert war. Das erste Mal Tränen seit seinem Weglaufen von daheim, aus dem Südtiroler Städtchen Salurn. Das erste Mal fühlte er sich mutterseelenallein, völlig verlassen und verloren in dieser großen wirren Welt. »Comtesschen, Comtesschen, wenn du mich so sehen könntest!«

Perkeo sah hinaus, aber diesmal nicht auf die träge daliegende Stadt hinab, sondern in das Sternengeflimmer hinauf, in diesen endlosen gesprenkelten Himmel. Und hatte das Gefühl, er werde angesogen von den irisierenden Lichtern, flattere schon zwischen ihnen herum, rettungslos verloren in ihrer Unzahl. Und plötzlich kam ihm das Wort in den Sinn, das er schon mehrfach gehört, aber nie richtig ernstgenommen hatte. Dabei, so dumpf pathetisch wie es ausgesprochen wurde, mußte es sich um etwas ganz Wichtiges handeln. Wie hatte es noch kürzlich der Kurfürst ausgedrückt? »Der Mensch – ein Staubkorn im Kosmos.«

Er hatte es, das ominöse Wort. Aber beruhigen konnte er sich damit nicht. Im Gegenteil. Da kommen völlig neue Dimensionen zum Vorschein, schauderte ihn. Neue Probleme kommen auf mich zu, Probleme von ungeahnten Ausmaßen. Wie soll ich armer Zwerg die jemals bewältigen? Bin ich doch schon voll beschäftigt damit, mich zwischen all den vielen Menschen hier unten zurechtzufinden. – Legte sich auf sein Bett, vollangezogen, und ließ sich von wohligem Selbstmitleid in den Schlaf wiegen.

Der Kulturträger unterwegs

Es wurde Ende Mai 1720, ehe alles bereit war zum Aufbruch in die Sommerresidenz Schwetzingen. Schon waren erste heiße Tage und Nächte zu ertragen gewesen. Aus der Enge des Tals stieg es schwül den Hang hinauf zum Schloß. Für Perkeo mehr angenehm als störend nach dem langen und extrem harten Winter. Und er verstand überhaupt nicht, warum man den Sommer in Heidelberg fliehen und ihn in Schwetzingen verbringen sollte. Was wäre dort angenehmer? Wo keine Berge mehr zu sehen wären, nur plattes Land. Der Sohn der Berge löste sich ungern von den Hügeln des Odenwaldes. Immerhin mehr als gar nichts, hatte er sich stets bei ihrem Anblick gesagt – und sich so mit ihnen angefreundet. Aber Carl Philipp hatte den Ausspruch getan: »Ich will nicht mehr die Luft atmen, die von ihnen heraufzieht, die ekle

Luft, die sie und ihr Vieh ausgeatmet haben.« Damit war das Urteil über Heidelberg gesprochen.

Als sie dann in der Kutsche saßen, Perkeo wieder neben dem Kurfürsten wie bei der Fahrt nach Heidelberg, da hatte Carl Philipp für sich den Abschied offenbar schon vollzogen. Mit lockeren Reden konnte er über die bedeutungsschwere Stunde hinweggehen. Wie bei der Einfahrt in das Städtchen Neuburg an der Donau, damals im Frühjahr 1717, kommentierte er, was sie sahen. »Hier ruht ohnehin alles in tiefster Vergangenheit«, meinte er. »Sieh Er nur dort den Heiligenberg. Das Heidenloch auf der Kuppe, dunkel und unergründlich. Für uns völlig ohne Sinn und Zweck. Genau wie die Reste von gewaltigen Ringmauern. Alles so verlassen und verloren wie die Ruinen des Stephansklosters und der Michaelsbasilika. Überhaupt nicht mehr vorstellbar, daß dort einmal Menschen gelebt haben könnten, wo sich meist die Wolken so im Wald festkrallen, daß der Berg ohne Gipfel ist.«

»Das aber ist nicht tiefste Vergangenheit«, widersprach Perkeo, als die Kutsche die Hauptstraße entlang fuhr und sie rechterhand das prächtige Stadthaus des Professors Morass neben sich sahen.

»Trotzdem, auch dieses schöne Haus wird bald ein Haus der Vergangenheit sein«, orakelte Carl Philipp mit plötzlich ernster Miene. »Denn nie mehr wird diese Universität einen Professor so groß und reich machen, daß er solch ein Palais sein eigen nennen könnte.« Und auf das Haus mit der Riesenstatue vor der Wand deutend, auf der anderen Straßenseite: »Auch das Haus des Obristjägermeisters Venningen ist schon Vergangenheit. Da kann er noch so groß von der Fassade herüberschauen, der Herr der Trümmer.«

»Herr der Trümmer?« fragte Perkeo irritiert.

»Ja, mein Bruder Johann Wilhelm – Gott hab' ihn selig – hatte seinem verdienten Gefolgsmann die Erlaubnis gegeben, sich dieses Haus zu bauen, und zwar aus den Steinen des gesprengten Dicken Turmes. So ist der Riese dort an die Trümmer unseres Stammschlosses gefesselt, wie Prometheus an den Felsen, fürwahr ein schauerliches Omen«, seufzte der Kurfürst.

»Ein Omen? Wofür?«

»Wofür wohl?« antwortete der Kurfürst unwirsch. »Das Feuer der Kultur erlischt.«

»Aber es muß das doch nicht gleich der ganzen Kultur das Lebenslicht ausblasen, wenn du Heidelberg den Rücken kehrst, Kurfürst.«

Carl Philipp sah seinen Hofnarren überrascht an. Der Vorwurf der Selbstüberschätzung ist nicht gerade das, was Herrscher gern hören. Aber statt aufzubrausen, wurde er nachdenklich. Erst nach einer längeren Pause – schon hatten sie die letzten Häuser Heidelbergs hinter sich gelassen und waren in die schnurgerade Allee der Maulbeerbäume nach Schwetzingen eingebogen –, da sagte der Kurfürst plötzlich in die Stille hinein: »Er hat recht, Lustiger Rat. Das Feuer der Kultur lodert dort auf, wo der Fürst sich niederläßt. Und richtig hell strahlend wird die Kultur erst sein, wenn wir in Mannheim residieren. In einem Palast, der nicht seinesgleichen hat.« Und erzählte von den ersten Entwürfen der Baupläne, die er schon genehmigt habe, und schwärmte von der herrlichen Lage direkt am Rhein und von der harmonischen Verbindung der Palastanlage mit seiner neuen Residenzstadt Mannheim, die jedem Besucher gleich die richtige Einstimmung geben werde, wenn er dem Kurfürsten seine Aufwartung machen will. Und fand kein Ende, ehe sie am Tor des Schwetzinger Schlosses angelangt waren. Der wahre Lebenskünstler, wer so begeistert nach vorn schaut, statt der Vergangenheit nachzutrauern. Wenn es auch etwas ungerecht war gegenüber Schwetzingen, nur an das Übermorgen zu denken statt auch an das Morgen.

Im Residenzfieber

Die Bevölkerung Schwetzingens bereitete dem Kurfürsten und seinem Gefolge vor dem Schloßeingang einen unerwartet feierlichen Empfang. Der Rat der Stadt hatte die Devise ausgegeben: größtes Entgegenkommen! Denn man sah noch eine Chance, den Kurfürsten auf Dauer in der Stadt zu behalten. Hatte er sich doch im Zorn zum Aufbruch aus Heidelberg entschlossen, in Mannheim aber noch kein Schloß, sondern nur Pläne dazu. Carl Philipp war dieser freundliche Empfang ein Balsam für seine verwundete Seele, wie er ihn allzulange nicht mehr genossen hatte. Er bedankte sich schon bald mit aufwendigen Sommer- und Jagdfesten, an denen die Bürger der Stadt als Treiber und als staunende Staffage teilnehmen durften.

Nicht nur Carl Philipp, sondern auch die Schwetzinger erinnerten sich gern der großen Liebesromanze, die hier einst der Kurfürst Carl Ludwig mit dem Fräulein Luise von Degenfeld erlebt hatte. Ob sich Geschichte wohl wiederhole? Carl Philipp war gern bereit, es auszuprobieren. Und die Schwetzinger Bürger zeigten auch soviel an Entgegenkommen, daß es eine Lust war. Zumal Carl Philipp zuletzt in Heidelberg Zweidrittel der Bevölkerung gegen sich und so kaum noch die Möglichkeit hatte, auf die Schönen der Stadt zurückzugreifen, wenn ihm danach war. Und ihm war oft danach, weil seine Mätressen ihn langweilten. Zudem war ja die Mätressenreserve, auf die er so großen Wert legte, durch die Schwangerschaft und den Tod der Comtesse Dorothee von Laufenburg ein wenig geschmälert worden.

Der Kurfürst hatte seinen bestimmten Verdacht, wer ihm da als Wilderer ins Gehege gekommen war. Aber er war zu stolz, diesen Verdacht auszusprechen. Nur einmal, da konnte er es sich nicht verkneifen, Perkeo zu fragen, ob er sich erklären könne, warum die Comtesse ihren Jungen Clemens genannt hatte. Aber Perkeo ließ sich nicht einfangen. »Ich hörte«, antwortete er ohne jede Überraschung, »einer ihrer Urahnen habe so geheißen.«

»Na, die späteren Nachfahren jedenfalls werden nicht mehr Clemens genannt werden«, meinte Carl Philipp.

»Warum sollten sie nicht?«

»Weil man sich dann nicht mehr gern an den Mann erinnert, der sich um den allein übriggebliebenen Clemens der verstorbenen Comtesse nicht gekümmert hat.«

»Aber wieso wäre das nötig? Geht's dem Kleinen nicht beneidenswert gut an den vollen Brüsten seiner Amme?«

Der Kurfürst lachte und drang nicht weiter in ihn. Die Vorstellung von dem Kleinen am Busen der Amme – und wohl auch der Gedanke an seine eigenen Eskapaden – ließen ihn großzügig über den Fehltritt seines Hofnarren hinwegsehen. Nur noch nebenher bemerkte er beim Hinausgehen: »Es ist übrigens Anweisung gegeben, daß der Kleine, sobald er groß genug sein wird, als Page am Hof erzogen wird – und von Laufenberg heißt, um nicht die Linie derer von Laufenburg zu stören.«

Es gab viel zu tun für den Kurfürsten. Neben den zweierlei Jagdvergnügen, denen er sich mit voller Kraft und Hingabe widmete. Am 2. Juli schon wurde in Mannheim in einer großen Feier der Grundstein zu dem geplanten Schloß aller Schlösser gelegt. Die Mannheimer, die schon scheel nach den Schwetzingern gesehen hatten, atmeten auf. Die Schwetzinger würden es also doch nicht schaffen, den Kurfürsten ganz bei sich zu behalten. Schließlich wäre das dortige Schloß ja auch viel zu klein für eine richtige Residenz. Und es wäre auch nicht für einen Winteraufenthalt geeignet. Wenn es natürlich auch leichter zu bewerkstelligen wäre, dort ein paar Kamine und Kachelöfen zusätzlich einzubauen, als hier ein ganzes neues Schloß zu errichten. So waren die Äußerungen der Hoffnung wie der Ängste im Mannheimer Stadtrat hin und her gegangen. Aber nun lag ja endlich der Grundstein da, und die Arbeiten waren energisch angefangen worden. Die darüber aufgeatmet hatten, die sollten sich noch sehr wundern. Die Mannheimer, ja die Pfälzer allgemein, sie würden nicht nur heftig außer Atem kommen bei der Arbeit an diesem Mammutbauwerk. Es würde ihnen noch Hören und Sehen vergehen. Denn der Kurfürst hatte nicht nur seine Baupläne, er hatte auch bereits Pläne für die Finanzierung, und auch die ließ er nun energisch in die Tat umsetzen. Das hieß: Sondersteuern. So drückende Steuern, daß das arme Land noch mehr unter der Willkür der unsinnig vielen Beamten, ihrer Inkompetenz und Ignoranz stöhnen würde und daß immer noch mehr Schiffe den Rhein hinab fahren würden. Bei Nacht und Nebel. Schiffe, mit denen Pfälzer Bauern und Handwerker Haus und Hof verlassen, um in Amerika ein neues, lebenswerteres Dasein zu beginnen.

Doch zunächst kamen Schiffe den Rhein herauf. Die brachten die ganze schöne Düsseldorfer Orangerie nach Schwetzingen. Denn dort ließ Carl Philipp einen Schloßgarten anlegen, mit einem großen Orangeriehaus, dessen Hauptsaal ganz mit Fayencefliesen ausgelegt wurde. Wie in einem Pomeranzen- und Zitronenwald wollte er leben in seiner Sommerresidenz. Wenn schon nicht der Sonnenkönig, dann doch wenigstens ein Südfruchtkönig.

Im Maleratelier

Dieser Sommer in Schwetzingen wurde für Perkeo zu einer schweren Geduldsprobe. Und das vor allem, weil er so lange stillhalten mußte. Vor dem jungen Maler Johann Georg Dathan aus Speyer. Der gerade erst neunzehnjährige Künstler war zwar hochgelobt, aber kein Hofmaler, er wollte erst einer werden. Der mittlerweile berühmte alte Adriaen van der Werff, schon von Kurfürst Johann Wilhelm als Hofmaler verpflichtet und sogar geadelt, war nun bereits über die Sechzig und hatte sich ganz nach Rotterdam, in seine Heimat, zurückgezogen. Daß dieser Hofmaler geadelt worden war, bedeutete eine ganz ungewöhnliche Ehrung für einen Künstler. Er hatte sie erfahren wegen seiner besonderen Verdienste um das Zustandekommen der renommierten Düsseldorfer Gemäldegalerie. Die wollte Carl Philipp auch aus Düsseldorf abziehen, das war schon beschlossene Sache. Was läge näher, als damit das neue große Schloß in Mannheim zu schmücken. Van der Werff stand also nicht mehr zur Verfügung, ein großer Verlust für den pfälzischen Hof. Deshalb sollte der vielversprechende junge Maler aus Speyer seine Chance bekommen. Aber da Carl Philipp sich selbst in der Schwetzinger Umgebung mehr oder weniger nur als Besucher empfand, gab er nicht den Auftrag zu einem neuen Fürstenporträt, sondern zu einem Bildnis seines Hofnarren.

Nachwuchsförderung also, was Perkeo nun zum Stillhalten nötigte. Was ihm zwar nicht zum ersten Mal passierte, ihm dennoch gar nicht behagte, auch wirklich nicht zu seinem quirligen Naturell paßte. Und dabei noch stehen, Stunde um Stunde stehen. Zwar recht bequem, das rechte Bein als Standbein, wie der Maler es genannt hatte, und das linke Bein als Spielbein ein wenig vor und zur Seite gesetzt. Das ging ja noch. Aber der Arm. »Den linken Arm hoch und angewinkelt, die Faust geschlossen und den Daumen an der Nase, sagst du, Maler«, protestierte Perkeo, »so kann man doch unmöglich ewig stehen bleiben.« Aber aller Protest war vergebens. Der Maler war rücksichtslos in seinen Forderungen: »Und ob Er so stehen kann, Lustiger Rat. Und für das Ewige werde ich schon sorgen, darüber soll Er sich keine Gedanken machen.«

»Aber ich will doch gar nicht in die Ewigkeit eingehen. Und so bald schon gar nicht. Mir gefällt es im Hier und Jetzt ganz gut, wenigstens so lange ich dir nicht bei der Arbeit zusehen muß, großer Meister, denn du arbeitest mir zu langsam.« Doch der Maler war humorlos. »Frech lachen soll Er, nicht frech reden«, schimpfte er los, »verdammte Dreistigkeit!« Da hatte Perkeo wenigstens wieder was zu lachen.

Der Kurfürst hatte Auftrag gegeben, den Lustigen Rat im Staatsrock zu malen, mit der fuchsroten Perücke, mit Ordensstern und breiter Schärpe, den riesigen Kammerherrnschlüssel am Gürtel, den Stock, sein Narrenzepter in der Hand. Und der Maler, der viel lieber nur den interessanten Kopf des Narren gemalt hätte, mußte sich der Anweisung fügen, so lächerlich ihm der Kontrast auch schien, in dem der Zwerg zu seiner vornehmen Aufmachung stand. Dathan hatte weitere Personen mit aufs Bild nehmen wollen, was der Kurfürst ihm jedoch untersagt hatte. »Aber wie soll ich ohne Kontrastfiguren zeigen, daß er ein Zwerg ist?« hatte der Maler erwidert. »Er muß das auch ohne weitere Leute zeigen können, wenn Er überhaupt was kann«, hatte Carl Philipp den berechtigten Einwand abgetan. So mußte der Maler die mißlungenen Proportionen an überkurzen und überdicken Beinen deutlich machen und an einem Kopf, der zu groß war für die Figur, und einem Gesicht, viel zu alt für die kindlich kecke Haltung.

»Ich wußte, Er kann es auch ohne Kontrastfiguren«, sagte Carl Philipp anerkennend, als er einmal ins Maleratelier kam und das halbfertige Bild auf der Staffelei betrachtete.

»Danke, Durchlauchtigst«, kam es artig – und blieb dann doch nicht ganz so artig: »Aber richtiger wäre es, wenn ich eine Kontrastfigur benutzt hätte, wenn ich beispielsweise Euch mit aufs Bild genommen hätte.«

»Nein, der Fürst ist nicht der Kontrast zum Narren. Denn der Narr ist dem Fürsten gleich, insofern er wie dieser außerhalb jeglicher Rangordnung steht. Kontrast hätten nur Höflinge, auch irgendwelche anderen Untertanen abgeben können. Aber die sind die Mühe nicht wert, sie für die Nachwelt festzuhalten.«

»Pardon, ich muß zum Abort«, rief Perkeo. »Das ging mir runter wie Rizinus!« Und rannte mit allen Zeichen der Panik davon, quer durch das Atelier, wobei er in Tiegel tappte und Farbtöpfe umwarf und durch eine gerahmte Leinwand sprang, die noch unbemalt war. Als er kurz darauf wieder ins Atelier trat, brav und betont bescheiden und so, als wäre nichts geschehen, war der Kurfürst schon gegangen. Dathan aber saß verkrümmt auf dem Podium, auf dem der Zwerg vorher gestanden hatte, und hielt sich den Leib.

»Was ist los?« tat Perkeo arglos. Der Maler deutete nur auf die verschütteten Farben und die zerstörte Leinwand. »Mein Gott, da ist wohl einer aus dem Rahmen gefallen«, kam es erstaunt.

»Lustiger Rat«, seufzte der Maler, »ich weiß, daß Er sehr lustig sein kann. Aber ich bitte Ihn, mir ist nicht danach. Meine Magenschmerzen, seit Jahren schon, immer wieder diese plötzlichen Anfälle. Ich darf mich nicht aufregen. Und ich muß das Bild malen, muß fertig werden. Aber ich leide Höllenschmerzen.«

»Wie, jetzt schon?« fragte Perkeo. »Das ist ja unheimlich.« Bekreuzigte sich mehrmals, wich dabei zur Tür hinaus, rückwärts, und verschwand.

Das Bild ist doch noch fertiggeworden in diesem Sommer. Der Maler hat den Ärger mit Perkeo überlebt. Aber er hat sich auch gerächt für die Schwierigkeiten, die man ihm gemacht hatte. Als endlich die Stunde kam, da der Kurfürst mit großem Gefolge, den Hofnarren eingeschlossen, im Atelier erschien, um das fertige Bild auf der Staffelei zu bewundern, da gab es viel Ah und Oh.

»Wie er leibt und lebt«, sagte Carl Philipp. Danach durften auch seine Begleiter ihre Begeisterung äußern, in überschwenglichem Lob, das hier wiederzugeben sich nicht lohnt.

»Das mit dem Kontrast hat Er geschickt gelöst«, lobte der Kurfürst den Maler und deutete dabei auf das alte Gemäuer mit der Eule, dem Symbol der Weisheit, neben dem Zwerg, der bildbeherrschend in der Mitte stand. Und zeigte auf die verdorrten Äste auf der anderen Seite und auf das Stück Fassade des Schwetzinger Schlosses als Hintergrund, klein und wie hingeduckt, unter einem düsteren Himmel. Der Kurfürst fand noch mehr anerkennende Worte für das Bild, und das mit senkrecht gefurchter Stirn. Inzwischen hatte sich Perkeo durch die Mauer der Gaffer gedrängt, die das Bild für ihn verdeckte. »Das erste Mal, daß ich selbst zu mir aufschaue«, sagte er. Dann musterte er stumm sein Gegenüber, das ihm durchaus gefiel. Schließlich besah er sich sehr genau das, was da um ihn herum auf dem Boden lag: Arbeitsgeräte aus der Knopfmacherwerkstatt, eine Anspielung also auf die niedere Herkunft dessen, der da den Kammerherrnschlüssel am Gürtel trug, und ein zerbrochener Weinkrug, nicht minder deutlich in der Aussage. »Er schaut so drein«, sprach der Maler ihn nun an, »als ob Er sich gerade richtig erkannt hätte, Lustiger Rat.«

»Eben nicht, Pinselmeister«, enttäuschte Perkeo ihn. Und fügte hinzu: »Ein Glück nur für dich, daß mich ohnehin jeder kennt.« Und als der junge Maler recht betroffen die Blicke zwischen Perkeo und seinem Abbild hin und her gehen ließ, meinte Perkeo: »Dir zum Trost, Farbmischer, mich hat noch niemand richtig getroffen.«

Neuanfang in Mannheim

Der Grundstein des Mannheimer Schlosses lag im Kies, der sich dort im Mündungsdreieck von Neckar und Rhein abgelagert hatte. Und er sollte noch lange nicht zur Ruhe kommen. Denn auf dieser etwas erhöhten Kiesbank begann nun ein so emsiges und raumgreifendes Ausschachten und Mauern, wie Mannheim es noch nicht erlebt hatte. Dabei hatten auf diesem einzig hochwassergesicherten Fleck schon viele Generationen von Bauern gelebt. Die hatten eines Tages ihr Dorf räumen müssen, weil gerade dort die Zitadelle Friedrichsburg entstehen sollte. Längst auch schon wieder zerstört, galt die kleine Zitadelle jetzt nur noch als eine Vorläuferin des großen Schlosses. Ein Baumeister aus Mainz, Johann Kaspar Herwarthel mit Namen, war es, der nun hier auf dem Kieshügel das Sagen hatte. Als erster aber nur, denn ihm sollte noch eine ganze Reihe von Baumeistern und leitenden Architekten folgen. So wie die Baustelle wuchs – außer dem eigentlichen Schloß und der Schloßkirche waren auch ein Opernhaus, ein Ballhaus, eine Reitbahn und Stallungen als Grundausstattung der Residenz vorgesehen –, so wuchsen auch die Kosten. Die mehrfach revidierten Kostenberechnungen waren mit ihren Zahlenkolonnen mindestens ebenso imponierend, wie die rund 600 Meter lange Nordfront der Schloßanlage und die geplanten 1500 Fenster.

Nicht nur eine riesige Baustelle, wie der Kurfürst, sondern ein fast fertiges Rathaus, das hatte der Mannheimer Stadtrat vorzuzeigen. Gerade erst waren die Glocken des Rathausturmes geweiht worden. Dieses Rathaus am Marktplatz war nur die eine Hälfte eines recht ungewöhnlich konstruierten Doppelbaus. Die andere Hälfte war katholische Pfarrkirche. Und der Glockenturm, der zwischen ihnen stand und sie verband, war für beide da: für die kirchlichen wie die weltlichen Bedürfnisse. Die Leute würden schon wissen, was die Glocken gerade geschlagen haben.

Im übrigen bestand die Stadt, die der Kurfürst zu seiner neuen Residenz erhoben hatte, aus einer Ansammlung von schlichten zwei- bis dreigeschossigen Bürgerhäusern mit glatten Fassaden, in symmetrischer Anordnung zu Quadraten aufgestellt. Genau wie in Heidelberg alles erst aus der Zeit nach der Totalzerstörung im Orléansschen Krieg stammend, also etwa ab 1700 datierend. Das heißt: Die Stadt der Planquadrate war völlig neu und bot einen recht schmucken Anblick, besonders für das Auge eines Fürsten, der das streng Geometrische liebte, die ordentlichen französischen Gärten wie die Zentralperspektive mit ihren korrespondierenden Fluchten und Flügeln. »Der Stadt fehlt nur noch die Krone auf dem Haupt, das kurfürstliche Schloß«, hatte Carl Philipp bei der feierlichen Grundsteinlegung seinen Eindruck zusammengefaßt. »Und diese Krone setze ich der Stadt hiermit aufs Haupt.« Und die Mannheimer waren begeistert gewesen. Wer denkt in solch einem Augenblick schon daran, daß eine Krone ganz schön schwer sein kann und ganz schön drückend.

Von der Grundsteinlegung bis zum Bezug eines Hauses ist es stets ein langer Weg. Und in diesem Falle sollte es ein besonders langer werden: Elf Jahre sollte es dauern, bis das Schloß wenigstens in seinen Hauptteilen bezugsfertig war. Während dieser Zeit lebte der Kurfürst mit seiner Familie und dem unverzichtbaren Teil seines Anhangs – außer in den Sommermonaten – in einer Interimswohnung am Hauptplatz der Stadt. Das sogenannte Oppenheimersche Haus war – zusammen mit einigen angrenzenden Häusern – ein durchaus würdiger Aufenthalt für einen Fürsten. Der Baumeister Johann Jakob Rischer hatte es erbaut, und er hatte nicht an Skulpturen gespart, an Pilastern und Blendbalustern. Ein wahrhaft fürstliches Palais hatte er mitten in der Stadt errichtet. Sein Auftraggeber, Emanuel Oppenheimer, hatte es sich leisten können, deutlich von der Schlichtheit der übrigen Bürgerhäuser abzustechen. Stammte er doch aus der bekannten, in Wien zu Reichtum und hohem Ansehen gelangten jüdischen Familie von Hoffaktoren Oppenheimer.

Am 14. November des Jahres 1720 zog Carl Philipp in das ehemalige Oppenheimersche Haus ein. Natürlich war das ein Grund zum Feiern. Und der Kurfürst ließ sich ja nur zu gern feiern. Doch sollte sich bald zeigen, daß das Leben in Mannheim nicht nur eine Feier sein würde. Weil der Umzug in die neue Residenz nicht nur Vorteile hatte. Befreit aus der Enge des Neckartales und von der Ablehnung durch die überwiegend protestantische Heidelberger Bevölkerung verschont, ja, aber jetzt noch enger zusammengepfercht als auf dem Heidelberger Schloß. Und Enge erzeugt Unwillen, Empfindlichkeiten, Reizbarkeit. Das Verhältnis des Kurfürsten zu seinem Hofnarren, diese kumpelhafte Männerfreundschaft, verlor nun an Herzlichkeit. Längst waren die beiden nicht mehr die vertrauten Saufkumpane. Längst auch hatte Perkeo sein naßforsches und fröhliches Perche no abgelegt. Er war diplomatischer geworden, was ihn selbst betraf, und rabiater, was alle anderen anging. Immer öfter hatte Carl Philipp das Gefühl, daß der Lustige Rat ihm im Weg stehe. Daß er nur lästig sei mit seinen bissigen Kommentaren zu allem und jedem. Kaum daß er noch verstehen konnte, wieso er daran einmal seine Freude gehabt hatte. Selbst eingespannt in vielerlei Verpflichtungen, zu politischen Rücksichten gezwungen und zu mancherlei Finessen, fand er es mehr und mehr unerträglich, daß dieser hergelaufene junge Mann alles besser wußte. Daß er alles entlarven, alles lächerlich machen konnte, nur weil er nicht unter dem Zwang stand, politisch handeln zu müssen. Es gab Tage, da beneidete der Kurfürst seinen Hofnarren nur. Die Überlegenheit des Denkers gegenüber dem Macher, dachte er dann; aber weiter kam er nicht mit seinen Überlegungen. Denn an einen Verzicht auf das ständige Machen, das lustbringende Machtausüben, war natürlich kein Denken. Dann wieder gab es Tage, da hätte er dem Zwerg am liebsten die Gurgel zugedrückt, eigenhändig. Um endlich einmal einen Erfolg des eigenen Tuns zu sehen. Aber dazu war Carl Philipp viel zu gutmütig. Von daher bestand keine ernsthafte Gefahr für Perkeo.

Viel gefährlicher war etwas anderes: An manchen Tagen fühlte sich der Kurfürst irritiert von dem, was er von anderen Fürstenhöfen hörte. Daß man sich dort längst keinen Hofnarren mehr halte. Der Hofnarr sei nicht mehr à la mode, hieß es überall. Und Carl Philipp, der vielgerühmte deutsche Meisterschüler des französischen Sonnenkönigs, geriet in nicht geringe Panik angesichts der Gefahr, von der Mode überrannt zu werden.

Vom preußischen Hof in Berlin wurde dem Kurfürsten berichtet, daß König Friedrich Wilhelm I. den Rechtsgelehrten und Historiker Professor Jakob Paul Gundling in sein Tabakskollegium aufgenommen habe. Dort werde der Wissenschaftler wegen seiner Umständlichkeit und Pedanterie zur Zielscheibe roher Späße gemacht. Man halte sich den hochgelehrten Mann quasi als Hofnarren. Unter anderem habe man ihn schon zum Spaß aus dem Fenster geworfen; zu seinem Glück war ein Teich unterm Fenster. Als der Professor sich vor Jahren dem Berliner Hof durch heimliche Flucht entziehen wollte, habe man ihn aufgegriffen und mit Gewalt zurückgebracht in den Palast des Königs. Dort belustigte er seinen Herrn und illustre Gäste durch seine komische Besserwisserei. Ein wahrhaft sonderbarer Typ von Hofnarr, wunderte sich Carl Philipp. Die Zeiten ändern sich offenbar immer schneller. Statt der Hofnarren sind nun Wissenschaftler und Akademien der Wissenschaft en vogue, höre ich von überallher. – Aber Wissenschaftler dieser Art?

Perkeo jedoch tat, als ändere sich nichts um ihn herum. Er alberte durch die Räume des Oppenheimerschen Hauses, kniff Küchenmädchen wie Comtessen in den Po wie eh und je und sah sich nur in einer einzigen Hinsicht als einen Konkurrenten des Kurfürsten, nämlich im Zeugen von unehelichen Kindern wie um die Wette. Im übrigen glaubte er noch immer an seine Rolle.

Das Band ist zerrissen

So verbissen Carl Philipp an seinem Palast der Superlative baute, immer wieder neue Künstler hinzuzog, immer wieder wichtige Einzelentscheidungen traf – über die Dachform, die Ausmalung der Säle oder die Öffnung des Ganzen zum Rhein hin –, er merkte darüber kaum, wie ihm die Zeit davonlief. Seine Lebenszeit genauso wie die Epoche, der er entstammte. Er werkelte an seinem Denkmal für die Nachwelt, dabei brachten schon gleich die ersten Jahre in Mannheim zwei Ereignisse, die in ihrer Bedeutung weit über Carl Philipp hinausgingen. Was er nicht ahnen konnte. Für ihn waren beide Ereignisse nur Nachrichten aus der Ferne, die wie so viele andere zu ihm drangen, zur Kenntnis genommen und schnell wieder aus dem Bewußtsein verdrängt wurden.

Das erste dieser besonderen Ereignisse war der Tod seiner entfernten Verwandten, der Herzogin Elisabeth Charlotte von Orléans. Sie starb im Jahre 1722 in Saint-Cloud bei Paris. Damit versiegte ein Strom von annähernd 5000 Briefen, die diese Frau aus Frankreich an ihre Tante Sophie von Hannover, an ihre Halbschwester, die Raugräfin Louise von Degenfeld, und an einige Freunde geschrieben hatte. Die Frau, in der sich die ganze Tragödie der Pfalz personifizierte, hatte ihr langes, qualvolles Dasein treu und gehorsam zu Ende gelebt. Von ihrem Vater aus politischer Erwägung dem Bruder Ludwigs XIV. von Frankreich vermählt, waren ihre angeblichen Erbansprüche vom Sonnenkönig gegen ihren Willen zum Vorwand genommen worden für den Orléansschen Krieg und die völlige Zerstörung ihrer Heimat. Wie die mißbrauchte machtlose, aber kluge Frau in ihren Briefen die Verhältnisse am französischen Hof schilderte, mit schonungsloser Klarheit, das hat ihrer Feder im nachhinein den Sieg über die französischen Füsiliere eingebracht. Und als die berühmte Liselotte von der Pfalz sollte sie, die immer nur an Heimweh gelitten hatte, zur Statur einer Landesmutter heranwachsen, die den Pfälzern ja so lange gefehlt hatte.

So wie ihr Ruhm schon bald den des Kurfürsten Carl Philipp überstrahlte, so war es auch mit dem anderen wichtigen Ereignis jener Zeit: Im Jahre 1724 wurde im fernen Schloß Drogenbusch bei Brüssel Carl Theodor von Pfalz-Sulzbach geboren. Ebenfalls ein Verwandter, nämlich ein Neffe Carl Philipps. Und auch in diesem Falle konnte der Kurfürst nicht ahnen, daß mit diesem Ereignis sein eigener Nachruhm in den Schatten gestellt würde. Weil dieser Junge eines Tages sein Nachfolger würde, viel glücklicher und noch glanzvoller in seiner Herrschaft als der Onkel.

Kurfürst Carl Philipp baute an seinem Schloß, seinem gigantischen Denkmal. Dafür plünderte er das verarmte Land rücksichtslos aus. Dafür machte er es der Wirtschaft unmöglich, einen neuen Aufschwung zu nehmen. Aber er wohnte ja auch selbst nur provisorisch, und er bemühte sich unermüdlich um die Erhaltung des Landes, um den Zusammenhalt der Ländereien, die zwischen den Machtsphären der Großmächte Frankreich, Österreich und Preußen ausgestreut dalagen, wie Körner auf dem Hühnerhof: eine Einladung für Hungrige. Es gehörte schon eine gute Portion Diplomatie dazu, die Begehrlichkeiten rundum stets so gegeneinander auszuspielen, daß man selbst nicht zum Opfer wurde. Auf den Segen des Himmels allein mochte Carl Philipp sich dabei nicht verlassen, so gut seine Beziehungen dorthin auch waren. Hatte er doch schon in Heidelberg nicht nur die Jesuiten, sondern auch manchen anderen Orden nach Kräften gefördert. Ganz klar, daß er auch hier in Mannheim wieder als der große Freund und Förderer der Jesuiten in Erscheinung treten würde. Dafür sorgte schon sein Beichtvater und Berater, der Jesuitenpater Nikolaus Staudacher, der inzwischen mehr an der Seite des Kurfürsten zu sehen war als der Hofnarr. Die himmlische Geduld des Mannes in der schwarzen Kutte hatte offensichtlich doch noch den Sieg über den höllischen Witz des Zwerges im bunten Wams errungen.

Im Mai des Jahres 1724 konnte Carl Philipp einen außenpolitischen Erfolg vorweisen, auf den er lange hingearbeitet hatte: den pfälzisch-bayrischen Familienpakt. Die beiden Kurfürsten vereinbarten darin wechselseitigen Schutz und ein gemeinschaftliches Handeln in allen zukünftigen Erbauseinandersetzungen. Was als Militärbündnis gedacht war, das sollte sich viel später – Unberechenbarkeit des Schicksals – ganz anders auswirken, und zwar so, daß Carl Philipps Nachfolger den bayrischen Thron erbt – im Jahre 1777 – und sich plötzlich gezwungen sieht, seine Residenz von Mannheim nach München zu verlegen. Die Residenz, an deren Fertigstellung Carl Philipp im Jahre 1724 noch unermüdlich arbeitet. Der Bauherr und Diplomat, der sein Land gut bestellt, seine Angelegenheiten geregelt und sein Denkmal gesichert sehen will, scheint mit seinem Leben abzuschließen.

Dabei sahen seine Untertanen das Land durchaus nicht als wohlgeordnet an. Die Beamtenschaft war so unmäßig angewachsen, daß das Land die vielen Müßiggänger kaum noch ernähren konnte. Denn müßig waren die meisten Beamten, was mit dem Grundübel des pfälzischen Beamtentums zusammenhing, mit der Erblichkeit und Käuflichkeit der Posten. Da folgten Unmündige ihren Vätern im Amt, und Anwartschaften wurden auf Säuglinge übertragen. Und »natürlich« waren sämtliche leitenden Beamten Katholiken, trotz des angeblich geltenden Gleichheitsgrundsatzes. Auch vor den Steuereinnehmern war man nicht gleich. Eine Vielzahl von Privilegien und Immunitäten für die Höhergestellten sorgte für böses Blut. Dafür aber galt der pfälzische Hof unbestritten als einer der glänzendsten Europas. Dem kleinen Mann, der unter der unerträglichen Steuerlast und der alltäglichen Beamtenwillkür stöhnte, half es wenig, daß man vom Kurfürsten sagte, er halte strenge Andachtsübungen, ja, er geißle sich sogar alle zwei Tage. An Gründonnerstagen sah man ihn doch tatsächlich einer Anzahl alter Leute die Füße waschen.

Der Kurfürst, es war nicht zu übersehen, wurde alt. Der ehemalige Weltling hatte nun die Mitte der Sechziger überschritten, sah seine Zeit mehr im Rückblick als im Ausblick und wünschte sich nur noch einen guten Platz im Himmel. Wen wundert's? Da schien das Jahr 1727 noch einmal einen neuen Aufschwung zu bringen: Carl Philipps einzige Tochter, die Prinzessin Elisabeth Auguste, erwartete ein Kind. Und auf dem Heidelberger Schloß arbeiteten Zimmerleute an einer Generalüberholung des Großen Fasses. Es hatte zu viele Jahre leergestanden und war so nicht mehr zu gebrauchen gewesen. Nun also war endlich wieder was im Gange. Auch glaubte man, daß der erste Teil des Mannheimer Schlosses schon bald beziehbar sein werde. Ganz deutlich: Es ging aufwärts.

Die Reparatur des Großen Fasses war dem Kurfürsten übrigens so wichtig, daß er eine Medaille schlagen ließ, die dieses Ereignis für die

Ewigkeit festhalten sollte. Dabei ließ er sich einen besonderen Scherz einfallen: Zusammen mit dem Großen Faß sollte sein kleiner Zechgenosse Perkeo auf der Vorderseite der Medaille erscheinen. Aber nicht einfach so, sondern als Standbild auf einem Postament, dem Großen Faß gegenüber und in einer das gewaltige Behältnis bewundernden Positur. Ob der Kurfürst sich damit wohl schon der neuen Mode anpassen wollte? Daß man keinen Hofnarren mehr hat, allenfalls noch ein Standbild, das an ihn erinnert? Jedenfalls ist Perkeo durch diesen sonderbaren Einfall des Kurfürsten als Statue auf die anderthalb Lot schwere Silbermedaille gekommen, die die Jahreszahl 1727 und den Namen des Kurfürsten Carl Philipp trug. Ein Scherz, der viel belacht wurde. Wer hätte damals gedacht, daß er schon so bald zum Ernst werden könnte.

Bei einem der vielen Feste, die der Kurfürst veranstaltete – ein Anlaß ließ sich immer leicht finden –, zerriß das Band endgültig, das ihn an Perkeo gebunden hatte. Das sonderbar feste Bündnis dieser beiden so ungleichen und auch so gleichen Männer war einer letzten Belastungsprobe nicht mehr gewachsen. Alles hatte so schön angefangen an diesem Abend. Zum ersten Mal hatte der Hoftanzmeister zum Contredanse aufgefordert, diesem neuen Tanz, von dem man sagte, er sei jetzt in Paris en vogue. Die Damen und Herren nahmen in langer Reihe Aufstellung. Der Kurfürst an der Spitze, Perkeo am Ende.

»Hélas! Mesdames et Messieurs!« rief der Hoftanzmeister. »La Française, s'il vous plaît!« Und gab dann, während die Musik in heiterer Manier mal im Zweiviertel-, mal im Sechsachteltakt spielte, die Kommandos für das Gegeneinander der Paare in den einzelnen Tanzfiguren:

»Pantalon!«

»Été!«

»Poule!«

»Trenis!«

»Pastourelle!«

»Finale!«

Contredanse. – Der Kurfürst war in bester Laune, sein Hofstaat glänzte, und sein Lustiger Rat sprühte vor Witz. Es wurde musiziert und wieder getanzt, getafelt und gebechert. Doch als Pater Staudacher die lockere Stimmung dazu mißbrauchte, dem Kurfürsten das Versprechen abzuluchsen, daß er den Jesuiten eine große Kirche bauen werde, in unmittelbarer Nachbarschaft des

Schlosses – darauf legte der Pater besonderen Wert –, da riß es Perkeo hin.

»Laß die Finger von den Kirchen, Kurfürst«, rief er dazwischen. »Du hast doch kein Glück damit. Die erste, die in Innsbruck, durftest du zwar finanzieren, konntest sie aber nicht mehr selbst bauen. Die zweite, die in Heidelberg, hat dir nur den Rausschmiß aus dem angestammten Nest eingebracht. Und diese dritte hier würdest du auch allenfalls anfangen, aber niemals fertigstellen können. Du bist nicht mehr der Jüngste, Kurfürst!«

Da beugte sich Carl Philipp zu dem Zwerg hinab und gab ihm eine schallende Ohrfeige. Was nicht weiter schlimm gewesen wäre – auch so was muß ein Hofnarr als Kompliment ansehen können –, wenn nicht dieser verhängnisvolle Reflex eingetreten wäre: Perkeos rechter Fuß zuckte heftig vorwärts, und mit seinem kleinen extraharten Schuh traf er voll das Schienbein seines Fürsten. Da war keine Überlegung mit im Spiel. Das war eine seit eh und je festgelegte Verteidigungsmaßnahme, so in Vorsatz und Probe zur Gewohnheit geworden, daß sie ganz von selbst ablief. Der Kurfürst brüllte auf vor Schmerz und wollte den Hofnarren packen. Die Musik brach abrupt ab. Etliche der Hofschranzen sprangen auf Perkeo zu. Der aber huschte wieselschnell durch die ihm entgegengestreckten Arme und verschwand unter dem Reifrock der Gräfin Violanta Theresia von Thurn und Taxis. Die plötzlich mit hochrotem Kopf dastand, wie versteinert. Wie die ganze Hofgesellschaft.

Abgeschoben und …

Der Hofnarr unter dem Reifrock der Gräfin Thurn und Taxis. In diesem Versteck war Perkeo allerdings vor jedem fremden Zugriff sicher gewesen. Aber er hätte sich keinen schlechteren Unterschlupf aussuchen können. Denn, was weder er noch sonst jemand am Hof mit Ausnahme der Prinzessin Elisabeth Auguste wußte und wissen konnte: Kurfürst Carl Philipp hatte die Gräfin Thurn und Taxis heimlich zu seiner dritten Frau gemacht, als Gattin zur linken Hand. Diesen neuerlichen Einbruch des Hofnarren in sein Revier konnte er deshalb bei aller Gutmütigkeit nicht mehr hinnehmen. So machte er nun das wahr, was die Medaille scherzhaft vorweggenommen hatte. Der Lustige Rat bekam eine neue Aufgabe zugewiesen: Sobald das Große Faß wieder gefüllt wäre, sollte er ins Heidelberger Schloß versetzt werden, als Wächter des Großen Fasses. – Abgeschoben, einfach abgeschoben, mußte Perkeo sich zugeben.

Das gestörte Verhältnis zum Kurfürsten wurde dann aber noch einmal ein wenig besser, und zwar durch ein Ereignis, das Carl Philipp schwer traf. Am 30. Januar des Jahres 1728 starb seine Tochter, sein einziges Kind, bei einer unglücklichen Geburt. Und es war Perkeo, der die richtigen Trostworte für den unglücklichen Vater fand, wenn man das Trost nennen will, was Perkeo ungewöhnlich ernsthaft vorbrachte. Das war einmal nicht für die aufmerksam lauschende Kulisse der Höflinge bestimmt, das war eine erste wirklich private Äußerung des Hofnarren. Da hatte ein vereinsamter junger Mann einem vereinsamten alten Mann etwas zu sagen, als der am Sinn des Lebens verzweifeln wollte: »Ich bin sicher, Kurfürst, es gibt nichts Unsinnigeres als vom Sinn des Lebens zu sprechen. So vieles kann ein Leben haben, vor allem Größe oder Belanglosigkeit, Tragik oder Komik – aber niemals einen Sinn. Und doch hat für jeden einzelnen von uns sein eigenes Leben, wie auch immer es verläuft, verrinnt, verglüht, ganz selbstverständlich mehr Größe als Belanglosigkeit, mehr Tragik als Komik, aber auch damit bekommt es noch keinen Sinn. Das Ich, meines wie deines wie jedermanns, ist sich selbst das Wichtigste und deshalb das einzige, was man überhaupt als Sinn bezeichnen könnte – wenn das nicht Unsinn ergäbe. Es ist in Wahrheit wohl nicht der Sinn, es ist die ewige Verdammtheit des Ichs, daß es immer weiter ausgreifen, sich auf immer mehr Menschen stützen muß, um groß und größer zu werden, und doch eines nicht allzu fernen Tages nur noch eine Erinnerung sein wird.«

Und der große alte Mann verstand, daß diese Worte im Mund des kleinen jungen Mannes noch viel bitterer schmecken müßten als in seinem. Und war schon fast versöhnt mit seinem Gegenüber – und mit seinem Schicksal. Konnte er sich doch nicht vorstellen, daß er bald darauf auch seinen Schwiegersohn durch allzu frühen Tod verlieren, daß er völlig vereinsamen würde.

So kamen sie sich wieder etwas näher, der Kurfürst und sein Lustiger Rat. Ein letztes Mal. Carl Philipp erklärte sich sogar bereit, am 1. Mai, seinem Namenstag, die Einweihung und erste Füllung des restaurierten Großen Fasses zusammen mit Perkeo zu feiern: auf der Empore des Fasses. »Wie in alten Zeiten«, sagten sie gleichzeitig, sahen sich überrascht an und lachten noch einmal ihr altes Kumpanenlachen.

Das Heidelberger Schloß, in dem immer noch eine Restbesatzung an Hofleuten ihr Dämmerdasein fristete – einschließlich des alten Hofapothekers, der in Mannheim längst einen jüngeren Nachfolger gefunden hatte –, dieses still-düstere Schloß erlebte an diesem 1. Mai 1728 noch einmal und zum letzten Mal einen herrlichen Tag voller Lärm, Musik, Lachen und Fröhlichkeit, voll von Lichterglanz und festlich gekleideten Menschen. Die Einweihung des erneuerten Großen Fasses wurde ein letztes großes gemeinsames Besäufnis von Kurfürst und Hofnarr. Es ließ die beiden gigantischen Weinvertilger noch einmal ganz groß dastehen – als Gargantua und Pantagruel. Dann aber, noch in derselben Nacht, reiste der Kurfürst ab in seine Sommerresidenz Schwetzingen, und Perkeo blieb als Wächter des Großen Fasses in dem Schloß zurück, das sofort wieder in tiefen Schlaf fiel, in einen Jahrhundertschlaf. Das Heidelberger Schloß, das Perkeo nun – ohne die schöne Comtesse Dorothee von Laufenburg und ohne seinen Mandrill Ruperto, der in der Mannheimer Menagerie sein Käfigdasein fristete, – unerträglich leer vorkam.

Sicher, Perkeo hatte sich als ein König fühlen können.

Konnte er doch wie ein König über die Erinnerungen herrschen, die ihm die geschwätzigen Steine des allmählich verfallenden Schlosses schenkten. Ein König, auf seinem Weinthron sitzend oder weinselig die weiten Räume seines Reiches durchwandernd. Ein König ohne Untertanen zwar, dafür aber auch ohne Sorgen, ohne lästige Verpflichtungen, beinahe glücklich. Wenn da nicht einige Leute gewesen wären, drüben am Mannheimer Hof, die sich darüber einig wurden: »Der kaltgestellte Hofnarr ist mit dieser Abschiebung allein noch nicht genug gestraft für all das, was er uns angetan hat mit seinen dummen Scherzen. Er muß sterben!«

Es konnte nicht anders kommen: Seine Feinde rotteten sich zusammen und trafen sich dann heimlich beim Dottore im Apothekerturm, also ganz in seiner Nähe: der Oberfalkenmeister Graf Max Emanuel von Thurn und Taxis, seine schöne Schwester, des Kurfürsten Gattin zur linken Hand, der Jesuitenpater Nikolaus Staudacher und – last, but not least – der Dichter Giorgio Maria Rapparini. Und der alte Apotheker, er hatte tatsächlich schon das Mittel bereit, das einen ganzen Leichnam in nichts auflösen konnte. – »Unheimlich, aber zuverlässig, der Mann«, sagten sich die Verschwörer und gingen ans Werk.

Die Kurpfalz
und die
pfälzischen Nebenlinien
nach dem
Dreissigjährigen Krieg
Kurpfalz
Pfalz-Neuburg mit Hzgt. Jülich u. Berg
Pfalz-Sulzbach (kommt 1742 in Bes. d. Kurpf.)
Pfalz-Zweibrücken (1799 werden nach d. Aussterben d. übr. Linien sämtl. wittelsbachsche Lande unt. Max Jos. bisher Herzog von Pf.-Zweibr. wieder vereint. S.K. Bayern im 19. Jahrh.)
Maßstab 1: 2.500.000
Kilometer
Östl. v. Greenwich
Hzgt. Berg
1614
Hzgt. Jülich
1614
an Pf. Neubg.
Mark
Landgr.
Hessen-Cassel
Nassau
Erzb. Trier
Koblenz
Frankfurt
Bist. Fulda
Würzburg
Bist. Bamberg
Bayreuth
Oberpfalz
Sulzbach
Pf. Neuburg
1509 – 1685
Markgr. Ansbach
Nürnberg
Erzb. Mainz
Kurpfalz
Speyer
Heidelbg.
Hzgt. Lothringen
Hzgt. Wirtemberg
Stuttgart
Markgr. Baden
Hzgt. Bayern
Ingolstadt
Reichst. Ulm

Ebenfalls von Walter Laufenberg im verlag regionalkultur erschienen

Stolz und Sturm

Ein Bodensee-Roman über die Zeit der Bauernkriege

Der Autor ist bekannt für die packende Machart seiner historischen Romane, die Authentisches aus der Vergangenheit zu neuem Leben erwecken. Hier sind es historisch belegte Geschehnisse und Gestalten aus der Zeit des Bauernaufstands am Bodensee, im Hegau und im Schwarzwald. Ergänzt um die Leute aus dem Volk, die in den Geschichtsbüchern keinen Platz gefunden haben. Alles akribisch recherchiert und so lebhaft erzählt, dass es zum reinen Lesevergnügen wird. Vor dem Hintergrund der paradiesischen Landschaften rund um den Bodensee gibt der Autor den Blick frei auf das Leben der Menschen – wie es damals war und wie es immer noch ist.

224 S., fester Einband. ISBN 978-3-89735-448-7. € 19,90

Hotel Pfälzer Hof

Historischer Roman

Dieser Schicksalsroman macht mit drei historischen Figuren vertraut, die nie miteinander zu tun hatten: Der Theaterdichter August von Kotzebue aus Weimar, der Theologiestudent Carl Ludwig Sand aus Wunsiedel und der Scharfrichter Franz Wilhelm Wittmann aus Heidelberg. Doch dann kamen ihre Lebenslinien sich in Mannheim in die Quere. Damit bescherten sie der Stadt Anfang des 19. Jahrhunderts die beiden aufregendsten Ereignisse ihrer Geschichte.

Sands Mord an dem berühmten Dichter bot dem Fürsten Metternich, der Spinne im Netz Europas, den willkommenen Anlass für die Karlsbader Beschlüsse, die jedes patriotische und demokratische Aufbegehren unterdrückten. Damit entließ er die gerade erst vom napoleonischen Joch befreiten deutschen Länder in die zwielichtige Idylle des Biedermeier, die in Mannheim jedoch zu einer neuen Epoche des Ärmelaufkrempelns wurde.

304 S. mit 1 zeitgenössischen Stadtplan Mannheims, Broschur.
ISBN 978-3-89735-466-7. € 14,90